KB038068

착하게 살려고
했습니다만

키아르네 장편소설

fi
ret

착하게 살려고 했습니다만 2

초판 1쇄 인쇄 2022년 9월 13일
초판 1쇄 발행 2022년 10월 4일

지은이 키아르네
발행인 오광백
편집 편집부
표지·내지디자인 Mull
내지편집 오정인
제작 조하늬

펴낸곳 (주)삼양출판사 · 피오렛
주소 서울시 강북구 도봉로 173
대표 전화 02-980-2112 / **팩스** 02-983-0660
편집부 전화 02-987-9393 / **팩스** 02-980-2115
블로그 blog.naver.com/dan_gul
출판등록 1999년 3월 11일 제9-00046호.

ISBN 979-11-283-7187-5 (04810) / 979-11-283-7185-1 (세트)

fioret은 (주)삼양출판사의 로맨스 판타지 문학 브랜드입니다.

착하게 살려고
했습니다만

키아르네 장편소설

--·--▶ 2 ◀--·--

fioret

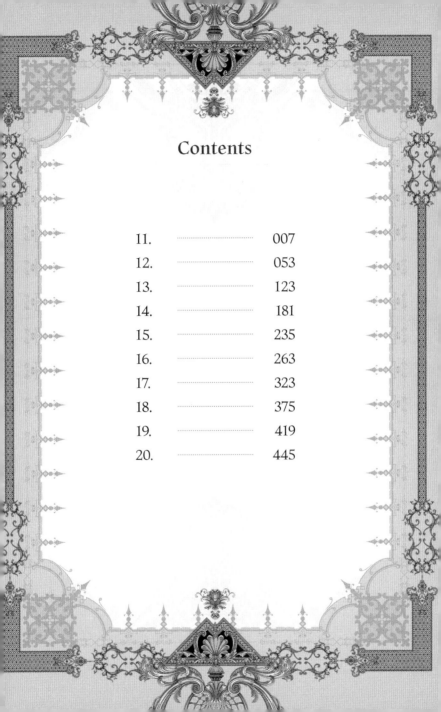

Contents

11

"에버딘? 사장님? 듣고 있어요?"

"응?"

정신을 차리자 도리스가 내 앞에서 걱정스럽다는 표정을 짓고 있었다. 어어, 지금까지 뭘 했지? 눈앞에 다 구워진 마늘 빵이 보였다.

마늘 빵 레시피를 검토하고 있었지. 도리스가 버터와 설탕을 더 넣는 게 어떻냐고 해서 배합을 바꿔 보고 있었다. 기존의 내 방식대로라면 마늘과 설탕, 버터가 동량으로 들어가지만 이 나라 사람들에게 그 정도 마늘은 너무 부담스러울 거라는 게 도리스의 주장이었다.

확실히 축제를 위해 방문한 외국인 중에 마늘에 익숙한 사람이면 몰라도 마늘에 익숙하지 않은 이 나라 사람들에게 팔려면 줄이는 게 더 나을 것 같았다.

게다가 버터와 설탕을 더 넣었더니 훨씬 촉촉해지고 바삭해졌다. 물론 엄청나게 살찔 것 같은 맛도 덤이지만 내가 살던 곳엔 이런 명언이 있었다.

칼로리는 맛의 척도다.

"음, 버터랑 설탕을 늘리는 게 확실히 더 괜찮네요."

나는 재빨리 눈앞의 마늘 빵을 집어 들며 그렇게 말했다. 모양도 좀 변화시킬 필요가 있다고 생각해서 이런저런 모양으로 구워 봤다. 원래는 그냥 납작했는데 스틱형이나 아예 빵 하나를 통째로 마늘 소스를 발라서 구워 보기도 했다.

하지만 도리스가 말한 건 그게 아니었나 보다. 그녀는 어쩔 수 없다는 듯 웃으며 말했다.

"제가 말한 건 '세상의 모든 빵들'도 마늘 빵을 팔기 시작했다는 거였어요."

앗, 그런 이야기였나. 나는 민망한 마음에 빙그레 웃었다. 그럴 수밖에 없다. 어제 션의 도움으로 에버딘의 부모를 찾았으니까.

아니, 정정하자. 부모가 아니라 아버지를 찾았지.

에버딘의 어머니는 사망했다. 아, 물론 에버딘의 자살 때문에 충격받아서 돌아가신 건 아니다. 아버지 말로는 몇 년 전에 돌아가셨다고 한다.

그러니까 우리가 찾아갔을 때 나온 여자는 에버딘의 새어머니였던 거다. 뭐, 이젠 내가 에버딘이니까 내 어머니겠지.

다행히 에버딘과 새어머니는 그리 친하지 않은 모양이었다. 어머니를 어떻게 대할지 모르는 나만큼이나 그녀도 다 큰 딸을 어떻게 대해야 할지 몰라 하는 게 눈에 보였다.

그리고 아버지는.

나는 어제 만난 에버딘의 아버지를 떠올리고 한숨을 내쉬었다.

그는 딸을 만나서 정말로 기뻐했다. 내 얼굴을 본 순간 잠깐 얼어붙었지만 곧 눈물을 흘렸다. 그리고 기억을 잃었다는 내 설명에 오열을 하며 나를 끌어안았다.

그게 아버지라는 거겠지. 나는 매일 아침 거울 속에 보는 얼굴을 닮은 중년 남자의 눈물에 어떻게 반응할지를 몰라서 멍하니 서 있었다.

나를 끌어안고 다행이라고 중얼거리던 아버지의 목소리가 아직도 뇌리에 맴돌고 있었다.

"에버딘?"

그때 다시 도리스가 나를 불렀다. 아차. 갑자기 생긴 가족들을 생각하느라 주의가 흐트러진 모양이다. 나는 자세를 바로 하고 그녀를 쳐다보며 말했다.

"어, 그러니까 '세상의 모든 빵들'에서 마늘 빵을 팔고 있다고요? 그건 예상하던 일이잖아요?"

이미 도리스는 내 허락을 받고 마이크에게 우리의 다음 신제품이 마늘을 이용한 빵이라는 것을 알려 줬다. 우릴 따라 해도 그만 안 따라 해도 그만이었거든.

하지만 마이크 하기로 결심한 모양이었다. 나는 얼굴도 모르고 만난 적도 없는 '세상의 모든 빵들' 사장을 향해 비웃음을 날려 주었다.

따라 할 거라면 빨리했어야지.

"그게 중요한 게 아니에요."

도리스는 그렇게 말하며 주머니에 넣어 놨던 신문을 꺼내 들었다. 나는 테이블을 정리하며 물었다.

"그거 오늘 신문이에요?"

나도 처음 여기에 와서는 어떻게든 이쪽 세상을 따라잡으려고 구할 수 있는 신문을 모조리 읽었었다. 하지만 가게가 바빠지면서 신문을 읽을 시간에 조금이라도 눈을 붙이는 게 나았기 때문에 지금은 딱 한 종류만 보고 있다.

빵을 오븐에 넣고 난 다음에 읽으려고 했는데 도리스가 먼저 읽은 모양이다.

"이거 봐요."

도리스는 그렇게 말하며 테이블의 빈 곳에 신문을 펼쳤다. 처음엔 대체 뭘 보라는 건지 알 수가 없었지만 곧 그녀가 가리키는 것이 칼럼이라는 것을 깨달았다.

여기도 평론가가 있다. 연주회나 공연뿐 아니라 스캔들까지도 평론한다. 뭐, 스캔들 같은 건 이런 신문이 아니라 수잔이 매우 사랑하는 가십지에 실리지만.

하지만 도리스가 보라고 한 평론은 공연이나 스캔들 같은 평론이 아니었다. 예절에 관한 평론이었다.

"이게 뭐야?"

'당신이 입을 열었을 때 나는 마늘 냄새. 과연 현대 시민의 예절에

걸맞은가.'라는 칼럼이었다. 나는 그 자리에서 꽤 긴 칼럼을 쭉 읽어
내려갔다.

"우릴 공격하는 건 아니에요."

꽤 긴 분량에도 칼럼이 말하고자 하는 건 단순했다. 마늘이 많이
들어간 음식을 먹는 건 지양해야 한다는 거였다. 심지어 콕 집어서
마늘 빵은 예의에 어긋난 음식이라고 말하고 있었다.

이게 우릴 공격하는 게 아니라고? 도리스의 변명 같은 말에 내가
어리둥절한 표정으로 고개를 들자 그녀가 다시 말했다.

"이 사람도 '세상의 모든 빵들'을 싫어하거든요."

"이 기사가 '세상의 모든 빵들'을 공격하는 거란 말이에요?"

"늘 그랬어요."

도리스의 말에 의하면 미나란 이름을 가진 이 평론가는 음식과
예의범절에 대한 칼럼을 쓰는 사람인데 '세상의 모든 빵들'에서 파는
것들에 대해 거의 유일하게 혹평을 한다고 한다.

그래서 마이크를 질투하는 게 아니냐는 말도 있다고.

"허."

나는 신문을 뚫어져라 쳐다보면서 과연 이 평론가와 마이크가 무
슨 관계일지 생각했다. 마이크를 질투하는지는 모르겠지만 그녀도
마이크와 안 좋은 일이 있었던 게 아닐까.

"아는 사람이에요?"

혹시나 해서 물어봤는데 도리스는 고개를 저으며 부인했다. 아는
사람이라면 만나서 이야기를 하고 싶었는데 그건 좀 아깝다. 나는
다시 한 번 칼럼을 정독한 뒤 그녀에게 물었다.

"이걸로 마늘 빵 판매에 타격을 입을까요?"

"그건 모르겠네요. 그럴 때도 있었고 아닐 때도 있었거든요."

평론가인 미나는 꾸준하게 마이크가 새로 내놓는 빵의 단점을 잡아서 혹평했지만 그게 늘 사람들에게 먹힌 건 아닌 모양이었다.

버터 빵 같은 건 버터를 너무 많이 넣어서 사치스럽다는 혹평을 받았지만 오히려 인기를 얻어서 귀족들이 즐겨 먹게 되었다 한다. 하지만 반대로 꽁치 파이 같은 건 자연스럽게 다들 잘 안 먹는다고.

"꽁치 파이요?"

나는 믿을 수 없는 음식에 깜짝 놀라서 물었다. 꽁치랑 파이가 어울리나? 아니, 잠깐. 혹시 꽁치 모양의 파이인 건가? 붕어빵처럼?

하지만 파이 안에 꽁치가 들어 있는 게 맞았다. 도리스는 손으로 꽁치가 든 파이 모양을 만들며 설명했다.

"보통 꽁치가 여러 마리 들어가는 파이인데요. 세 마리 정도라면 일렬로 놓지만 네 마리부터는 꼬리부터 파이에 파묻힌 형태로……."

"그만."

상상만으로도 어쩐지 무서운 모습이라 나는 손을 들어 도리스의 설명을 막았다. 파이 위로 꽁치 머리가 올라와 있다고? 어째서 그런 짓을?

하지만 말도 안 된다고 생각하는 나와 달리 도리스는 덤덤하게 말했다.

"지방 쪽에서는 아직도 꽤 먹는대요. 특히 바다 쪽에서요."

생각해 보면 내가 살던 곳도 비슷한 음식이 있었다. 말린 오징어 같은 거. 어쩌면 말린 오징어처럼 그것도 생긴 것만 좀 거부감이 들뿐 맛있는지도 모른다.

어쩌면 생선을 통째로 넣는 게 어떤 의미가 있는지도 모르고. 나는 선의 연회에서 본 거대한 통돼지 바비큐를 떠올리고 고개를 끄덕였다.

재료를 원래 모양 그대로 요리하는 게 이 나라의 전통 같은 것인지도 몰라.

"그럼 일단 지켜보죠."

나는 한 김 식은 마늘 빵을 차곡차곡 바구니에 담으며 말했다. '세상의 모든 빵들'에서 마늘 빵을 파는 것도 그렇고 평론가가 마늘 빵을 혹평한 것도 그렇고 딱히 우리가 할 수 있는 건 없다. 정확히 말하면 둘이 싸우는 거고 우리는 그 사이에 낀 거겠지.

나는 나대로 살면 된다. 주위 환경에 매번 일희일비하는 건 장기적으로도 단기적으로도 좋지 않다고 할머니가 말했었다.

그렇다고 화가 나지 않는 건 아니다. 회사에서 내가 한 일도 아닌데 뒤집어써서 상사에게 혼난 일이 떠올랐다.

그 자식, 제발 문지방에 새끼발가락을 찧기를! 그리고 그게 일 년에 한 번씩은 꼭 일어나기를! 그렇게 소원을 비느라 마늘 빵을 쥔 손에 힘이 들어간 모양이다.

"아차."

나는 망가진 마늘 빵을 잘못 잡아서 그런 척 재빨리 접시에 빼놓았다. 나중에 간식으로 먹어야지.

"그럼 우린 그냥 있어요?"

도리스가 물었다.

"뭐, 새로 팔 빵을 좀 더 빨리 생각해 내는 게 좋긴 하겠죠."

나는 그렇게 말하며 바구니에 담긴 마늘 빵을 쳐다봤다. 이미 마늘 빵으로 상당한 매출을 올렸으니 이제 와서 좀 덜 팔린다고 해도 괜찮다. 아깝긴 하지만 그래도 덕분에 선에게 갚아야 할 빚을 꽤 많이 모았거든.

빚 하니까 에버딘의 아버지가 생각났다. 선이 떠난 뒤, 그는 내게 선이 무서워서 숨어 있었다고 말했다. 결혼 약속을 한 에버딘이 결혼을 거부하고 죽었으니 웨스트 공작이 자신을 가만두지 않을 거라고 생각했다고.

집이 텅 빈 건 혹시라도 웨스트 공작의 분노가 사용인들에게도 갈까 봐 그들도 일시적으로 휴가를 줘서 내보냈다고 한다.

"좋은 사람 같아."

나는 아버지를 생각하며 빙그레 웃었다. 내가 에버딘이니까 내 아버지다. 내 아버지가 굳이 좋은 사람이길 바란 건 아니었지만 그래도 사용인들도 생각해 주는 좋은 사람이라니까 왠지 기분이 좋았다.

"미나가요?"

그때 테이블을 정리하던 도리스가 물었다. 나는 앞치마를 벗고 고개를 저으며 말했다.

"아니, 내 아버지 말이에요."

그녀도 내가 아버지를 찾았다는 걸 알았다. 오늘 아침에 출근하자마자 흥분한 내가 마구 떠들어댔기 때문이다. 아마 오늘 하루 종일 나한테서 아버지 이야기를 몇 번이나 들었을 것이다.

그럼에도 도리스는 싫은 내색 없이 웃으며 맞장구를 쳐 주었다.

"잘됐어요. 그럼 이제 빚은 안 갚아도 되나요?"

빚? 나는 그녀의 말에 잠시 멈칫했다. 그러고 보니 내가 도리스에게 가족의 빚을 갚고 있다고 이야기했었지. 확실히 내가 가족을 찾으려 한 이유 중에는 그것도 있었다.

그러네. 가족이 생겼다는 기쁨에 잊고 있었는데 아버지를 만났으니 이제 선에게 진 빚을 갚을 수 있다. 그 큰돈 중 적어도 일부는 남아 있겠지.

그러면 그동안 내가 번 돈과 합쳐서 선에게 돌려주면 된다. 운이 좋다면 돈이 고스란히 남아 있을 수도 있고.

그랬으면 좋겠다. 나는 희망적인 상상에 활짝 웃었다. 만약 아버지가 돈을 그대로 가지고 있다면 그걸 선의 빚을 갚고 내 돈은 가게를 위한 투자를 해도 되겠지.

선이 이 거리를 갈아엎는 동안 할 다른 가게를 알아본다거나.

"오늘 저녁때 이야기하려고요."

그러자 도리스가 뭔가를 말하려는 듯 입을 벌렸다가 닫았다. 그리고 다시 열린 순간, 가게 안으로 누군가 우르르 들어오는 소리가 들렸다.

"어서 오세요."

나는 도리스와 함께 부랴부랴 가게 쪽으로 나갔다. 가게 안은 여섯 명의 사냥꾼으로 가득했다. 당연히 지나와 그 부하들이었다.

"미리 인사하러 왔어."

느닷없는 말에 나와 도리스는 놀란 표정을 지었다. 벌써 떠난다는 말이다. 내가 왜 이렇게 빨리 가냐고 묻기도 전에 지나가 말을 이었다.

"내일 점심 먹고 출발하려고. 그런데 지금부터 주문한 걸 사러 다녀야 하거든. 인사할 시간이 없을까 봐."

사냥꾼들은 쇼핑을 다니고 나는 가게를 봐야 하니 서로 마주칠 일이 없을까 봐 미리 인사를 하러 왔다는 말이다. 별것 아니지만 일부러 인사하러 왔다는 말에 기분이 좋아졌다.

나는 그녀에게 잠시 기다리라고 말하고 주방으로 달려가서 미리 만들어 놓은 샌드위치를 가져왔다.

"출출하면 먹어."

종이로 포장한 샌드위치의 모습에 지나가 잠깐 당황했다. 그녀가 무슨 생각을 하는지 안다. 나는 재빨리 덧붙였다.

"샌드위치인데 달걀 샌드위치는 아냐. 콩을 갈아서 뭉친 거야. 달걀 샌드위치만큼 맛있진 않겠지만 괜찮을 거야."

콩을 갈아서 콩물을 낸 뒤 남은 비지에 밀가루, 양파, 당근을 다져 넣고 치댄 거다. 당연히 고기처럼 맛있지는 않지만 지금 지나와 그 부하들에게는 괜찮은 대안식이 되어 줄 거라고 생각했다.

"어, 지금 먹어 봐도 됩니까?"

그때 톰이 끼어들었다.

"먹는 건 상관없는데……."

나는 고개를 끄덕이며 말하고 이어서 주의사항을 말해 주려 했다.

하지만 내가 입을 여는 것과 동시에 톰이 종이를 벗겨 콩비지 샌드위치를 한입 베어 물었다. 그리고 우물우물 먹다가 말했다.

"괜찮은데요?"

"근데 토마토소스가 들어 있어."

그걸 말해 주려고 했다. 토마토소스를 발랐다고. 그러자 톰은 물론 다른 사냥꾼들도 멈칫하고 나를 쳐다봤다.

나 분명 설명하려고 했다?

"말하기도 전에 먹었잖아. 토마토로 만든 소스를 발랐어."

"어, 이 빨간 게 토마톱니까?"

굳이 따지면 빨갛다기보다는 주황색이겠지. 하지만 아마 톰의 눈에는 독이 흐르는 자신의 피처럼 새빨갛게 보인 모양이다. 내가 고개를 끄덕이자 톰이 어쩔지 모르겠다는 표정으로 지나를 쳐다봤다.

다시 침묵이 흘렀다. 지나는 인상을 쓰고 나를 쳐다보고 있었다. 그러다가 톰의 손에서 샌드위치를 빼앗더니 안을 슬쩍 보고는 크게 한입 베어 물었다.

"대장!"

"지나!"

누가 보면 독이라도 먹은 줄 알겠다. 지나도 비슷하게 생각하는 모양이었다. 그녀는 입 안의 샌드위치를 삼키고 부하들을 돌아보며 말했다.

"고작 토마토 정도로 난리 좀 피우지 마, 이 멍청이들아."

용감한데. 여기 사람들이 토마토에 독이 들어 있다고 여기는 것을 생각하면 지나의 행동은 아주 용감했다. 나는 사냥꾼들의 걱정을 덜어 주기 위해 완전히 익은 토마토에는 독이 없다는 것을, 그리고 팔팔 끓여서 더더욱 안전하다는 것을 설명했다.

하지만 내가 설명을 끝내기도 전에 지나의 부하들이 저마다 자기 샌드위치의 포장을 벗겼다. 그리고 토마토소스가 발린 것을 굳이 확인하더니 크게 한입 베어 물었다.

"괜찮네요."

"맛있습니다."

일부러 나한테 맛있다고 말해 줄 필요는 없다. 나는 어깨를 으쓱하며 말했다.

"고기만큼 맛있진 않아요. 고기 대신 대체가 되는 것뿐이지."

고기를 싫어하는 사람들이라면 모를까 이들은 사냥꾼이다. 고기 맛을 모를 리가 없다. 하지만 지나와 그 부하들은 고개를 저으며 맛있다고 말해 주었다.

좋은 사람들이다. 첫인상과 달리 예의도 있고.

생각해 보면 처음 대접한 콩국수부터 그 이후에 먹었던 비지전도 전부 맛있다면서 먹었다. 할머니가 만든 것도 아니고 내가 만든 게 그렇게까지 맛있을 리가 없는데도.

그런 사소한 일 덕분에 기분이 좋아졌다.

"어서 와라, 에버딘."

그날 저녁, 나는 이야기를 나누기 위해 어서가의 저택으로 향했다. 오늘 아침에 아버지와 새어머니가 저택으로 옮긴다고 들었기 때문이다.

과연 하인이 없는데 어떻게 옮기는지 걱정했는데 어느새 저택에는 집사로 보이는 남자가 돌아다니고 있었다. 에버딘의 아버지가 고용한 걸까, 아니면 원래 있던 집사가 돌아온 걸까?

"하인이 있네요."

문을 열어 준 하인을 돌아보며 말하자 에버딘의 아버지가 웃으며 대답했다.

"급하게 구해서 쓸 만하진 않아. 하지만 어쩔 수 없지."

"원래 있던 사람들은요?"

"몇몇은 휴가를 보냈고 몇몇은 고향에 돌아가고 싶다고 그만뒀거든. 휴가 보낸 사람들을 갑자기 돌아오라고 하는 건 불쌍하잖니."

결국 전에 일하던 하인들이 아니라는 말이다. 어쩌면 내게도 그게 더 나을지도 모르겠다. 기억이 없다고 해도 에버딘과 습관까지 다른 건 이상하게 여길지도 모른다.

고개를 끄덕이며 자리에 앉자 어디선가 또 다른 하인이 차를 가지고 왔다. 내가 찻잔을 들어 차를 한 모금 마시자 에버딘의 아버지 아니, 이젠 내 아버지지. 아버지가 안심한 듯한 표정을 짓더니 찻잔을 들어 올리며 물었다.

"그런데 웨스트 공작과는 어떻게 된 거냐?"

"거래를 했어요."

나는 거기까지 말하고 아버지의 얼굴을 쳐다봤다. 그의 이름은 헥터. 헥터 어서.

내 아버지가 아니라서 할 수 있는 생각일지 모르겠지만 그는 꽤 괜찮게 생긴 아저씨였다.

인상도 나쁘지 않았고 젊었을 때 그럭저럭 잘생겼다는 말을 들었을 것 같은 외모였다. 뭐, 그렇다고 해도 결국은 아저씨지만.

"거래라고? 네가?"

헥터는 거래라는 말보다 내가 거래를 했다는 사실에 놀란 모양이었다. 역시 원래 에버딘은 소극적인 성격이었던 게 아닐까.

"그쪽도 자기랑 결혼하느니 죽고 싶다고 한 사람과 결혼하고 싶지는 않을 테니까요."

그렇게 말하자 헥터의 얼굴에 마치 나를 처음 보는 듯한 표정이 떠올랐다. 그가 너는 누구냐는 표정으로 쳐다봤기 때문에 나는 재빨리 덧붙였다.

"제가 죽었다는 소문이 퍼져서 웨스트 공작도 곤란했던 모양이에요."

그러자 헥터의 표정이 어두워졌다. 그는 고개를 돌리더니 무거운 목소리로 말했다.

"네가 죽었다는 소문은 들었다. 믿지 않았지만 말이야."

그래? 머릿속에 작은 의문이 떠올랐다. 하지만 그 의문을 내가 풀기도 전에 헥터가 계속해서 말했다.

"하지만 웨스트 공작이 너무 무서워서…… 미안하구나, 에버딘."

그러고 보니 웨스트 공작에 대한 소문이 무시무시하긴 하지. 나는 엘리스도 그를 무서워한다는 것을 떠올렸다. 나도 소문만 들었을 때는 대체 무슨 괴물이냐고 생각했었다.

"알고 나면 그렇게 끔찍한 사람은 아니에요."

결국 내가 아버지를 위로하게 되어 버렸다. 헥터는 한숨을 내쉬더니 내 손을 잡으며 말했다.

"미안하다, 에버딘. 내가 널 너무 힘들게 했어."

기분이 이상했다. 가슴이 찡하고 울컥하고 눈물이 나올 것 같았다.

할머니가 돌아가시기 전에 내게 그렇게 말했다. 자신이 나를 너무 힘들게 했다고. 할머니를 돌보느라 젊은 애가 놀지도 못하고 있다고.

앙상하게 마른 할머니가 그렇게 말하던 게 겹쳐 보였다. 이것과 같은 말을 내 부모에게 듣고 싶었다. 할머니가 돌아가시기 전에. 그리고 돌아가시고 나서.

내 진짜 부모님은 이미 돌아가셨다는 것을 안다. 돌아가신 건 거짓말이고 사실은 어디선가 살아 계셔서 날 찾으러 오지 않을까 하는 상상은 십 대 때 이미 끝냈다.

하지만 그럼에도 내 마음 한구석에서는 그런 바람이 남아 있었던 모양이다. 언젠가 어디선가 살아 있던 엄마나 아빠가 날 찾아오지 않을까 하는.

나는 아버지의 손을 잡은 채 아무 말도 하지 못하고 앉아 있었다.

"그런데, 무슨 거래를 했단 말이냐?"

한참이 지난 후에 아버지가 물었다. 선과 무슨 거래를 했냐는 질문에 머릿속에 그에게 갚아야 할 빚이 생각났다. 맞다. 나는 반가운 마음에 몸을 내밀며 말했다.

"좋은 거래예요. 웨스트 공작이 준 돈만 돌려주면 없었던 일로 하겠대요."

"돈?"

아버지가 그게 무슨 소리냐는 표정을 지었기 때문에 나는 재빨리 설명했다.

"지참금 말이에요. 마틴 웨스트 경과 결혼하는 대신 지참금을 받았다면서요."

"아, 아아. 그래. 그거 말이구나."

아주 잠깐, 아버지가 그게 뭐냐고 말하면 어쩌나 하는 걱정을 했는데 다행히 그는 아는 시늉을 해 왔다. 다행이다. 설마 돈을 다 쓰지는 않았겠지. 그렇게 안심한 순간 아버지가 말했다.

"다 썼는데……."

"다 썼다고요? 고작 한 달 동안요? 뭐에 썼는데요?"

나는 깜짝 놀라서 그에게 덤벼들 듯 물었다. 그러자 아버지도 깜짝 놀라더니 다시 말했다.

"아니, 다 쓴 건 아니고. 이것저것 사느라…… 네가 살고 있는 그 집도 샀잖니."

"그 집을 사는 데 다 쓴 거예요?"

그 건물이 그 정도로 비싸나? 나는 이쪽의 건물 가격을 모르니 어쩌면 그럴지도 모른다는 생각이 들었다. 그렇다면 내 가게를 지참금 대신 선에게 줘 버리면 되지 않을까.

그렇게 생각한 순간 다행히 아버지가 고개를 저으며 말했다.

"아, 아니. 그, 뭐냐. 우리가 숨어 있던 그 집도 샀지."

"그렇게 건물 두 개를 사는 데 다 썼다고요?"

내가 어제 본 농가가 그렇게 비쌀 것 같지는 않은데. 게다가 건물이란 시외보다 시내가 더 비싸지 않나? 그렇게 생각한 순간 아버지가 다시 말했다.

"다 쓴 건 아니야. 물론 남아 있어."

"얼마나요?"

헥터의 표정이 굳었다. 그는 잠시 머뭇거리더니 곧 내게 남은 금액을 말해 주었다.

선이 준 지참금의 반도 안 되는 금액이었다. 내가 입을 딱 벌리자 헥터가 부랴부랴 말했다.

"걱정하지 말 거라, 에버딘. 네가 정 싫다면 다 팔아서라도 돈을 마련해서 돌려줄 테니."

그 말에 안도가 됐다. 내가 싫다면 아버지는 나를 마틴 웨스트와 결혼시킬 생각이 없구나.

사실은 조금 걱정하고 있었다. 내가 지참금을 돌려주라고 말해도 그가 웨스트가와의 결혼을 강요할까 봐. 하지만 아니었다. 나는 안도한 마음에 웃으며 말했다.

"건물 두 개 중 하나를 팔면 돈을 좀 충당할 수 있을 거예요. 전시내 가게보다는 농가를 파는 게 더 나을 것 같은데. 어떻게 생각하세요?"

"농가를?"

당황스럽다는 아버지의 반응에 나는 조심스럽게 물었다.

"농가로 뭐 할 거 있으세요?"

"아니, 별장으로 쓸까 했지."

뭐라고? 나는 어이가 없어서 헥터를 멍하니 쳐다봤다. 지금 이 상황에서 별장을 갖고 싶단 소린가? 하지만 내 표정을 본 그가 미안한 표정으로 다시 말했다.

"아니야. 네가 급하다면 그냥 팔거라. 나는 그냥⋯⋯."

그냥 뭐? 내가 계속 말하라는 듯 입을 다물자 헥터가 조심스럽게 말했다.

"내 집이 갖고 싶었거든."

"아버지 집은 여기 있잖아요?"

"그렇긴 한데, 집주인은 너잖아."

응? 진짜?

나는 예상하지 못한 정보에 놀라 주변을 둘러보았다. 어서가의 저택은 웨스트가의 저택에 비하면 고급스럽지는 않았지만 전체적으로 깔끔했다.

물론 그건 가구가 많이 없기 때문에 그렇게 보이는 걸 수도 있지만.

"나와 레슬리의 나이 차가 좀 있잖니. 그러니 혹시라도 내가 어떻게 되면 그녀에게 도움이 될 만한 걸 남겨 주고 싶어서 그래."

레슬리. 아버지의 부인이다. 당연하지만 에버딘의 친엄마는 아니었다. 몇 년 전 에버딘의 친엄마가 사망했고 아버지는 작년에 새장가를 들었다고 했다.

그게 에버딘과 몇 살 차이가 나지 않는 레슬리였다.

"네가 레슬리를 싫어한다는 건 이해한다."

그때, 아버지가 두 번째로 놀라운 이야기를 했다. 에버딘이 레슬리를 싫어했어? 내가 놀란 표정을 짓자 그가 고개를 끄덕이며 말했다.

"기억을 잃었다고 했지. 불쌍한 것. 너는 레슬리를 싫어했어. 네어머니의 자리를 차지하려 한다고 생각하더구나."

그랬어? 물론 아버지가 자기보다 몇 살 많지 않은 여자와 결혼하면 싫을 것 같긴 하다. 나는 약간 고집 세 보이던 레슬리를 떠올렸다.

"게다가 그녀가 귀족이 아니라는 것도 싫어했지."

그랬단 말이야? 이어지는 충격 고백에 이제는 놀랄 기력도 없었다. 내가 아무 말도 하지 않자 아버지가 연이어 말했다.

"그래서 오늘 나 혼자 너를 만나러 온 거란다. 레슬리도 너를 불편해하거든."

그야 그렇겠지. 나라도 나랑 몇 살 차이 안 나는 딸이 있는 남자와 결혼하면 그 딸을 어떻게 대해야 할지 모를 거다.

내가 고개를 끄덕이자 아버지가 내 손을 잡으며 말했다.

"네가 우리 결혼을 반대해서 집을 나간다고 했을 때 말릴 것을……."

그제야 에버딘이 왜 혼자 그 빵집에서 살고 있었는지 이해가 됐다. 그래서였군. 멀쩡히 잘 살던 귀족 아가씨가 갑자기 혼자 살기로 한 이유가 재혼한 아버지의 부인이 싫어서라면 이해가 된다.

하지만 나는 곧 한 가지 이상한 점을 깨닫고 물었다.

"어? 하지만 그 건물을 지참금으로 산 거라고 하셨잖아요? 아버지가 결혼하신 건 작년이었고요."

시기상으로 맞지 않는다. 내 지적에 아버지는 잠깐 당황하더니곧 고개를 저으며 말했다.

"그렇지. 네가 나간 건 우리가 결혼한 다음이지."

"그럼 그동안은 여기서 저도 같이 산 거예요?"

그럼 이 집에 에버딘이 쓰던 방도 있다는 말이 된다. 에버딘의 방을 보면 그녀가 어떻게 살아왔는지 알 수 있지 않을까?

"그래. 넌 여기서 태어났단다. 그래서 네가 나갈 줄은 나도 레슬리도 전혀 예상하지 못했어."

그 정도로 에버딘은 새어머니를 인정할 수 없었던 모양이다. 스물몇 해를 살아 놓고 아버지의 재혼을 그 정도로 싫어할 수도 있나? 나이를 헛먹은 거 아냐?

거기까지 생각한 나는 곧 고개를 흔들었다.

에버딘의 입장에서는 어머니가 돌아가신 지 몇 년 지나지도 않았는데 아버지가 자기랑 나이 차도 얼마 안 되는 여자를 데려온 거다. 그것만으로도 열 받는데 어머니라고 부르라고 한다면 누구라고 화가 나겠지.

내가 에버딘이 아니라 그런지, 그녀와 헥터의 입장 모두가 이해가 됐다. 분명 헥터는 에버딘의 아버지지만 나이에 비해 젊어 보이고 그럭저럭 미중년이라 해 줄 만한 외모를 가지고 있었다.

새장가 들고 싶은 마음도 이해가 간다. 게다가 남작이잖아. 남작가를 살필 안주인도 필요했겠지.

나는 아버지를 쳐다보며 물었다.

"그럼 제 방이 아직 있겠네요?"

"그럼. 당연히 네 방이 있지."

다행이다. 적어도 에버딘이 어떻게 살았는지를 알아낼 방법이 생졌다. 그리고 에버딘의 옷도.

빵집에 있는 에버딘의 옷이 몇 벌 되지 않아서 그걸 돌려 입는 게 점점 힘들어지던 차였다. 게다가 날씨도 따듯해지고 있으니 좀 더 얇은 옷이 필요할 거다.

에버딘의 여름옷을 가져갈 수 있지 않을까. 나는 그렇게 생각하며 아버지에게 말했다.

"그럼 제가 그 방을 써도 되죠? 어쩌면 기억을 되살리는 데 도움이 될지도 모르잖아요."

기억을 되살리는 데 도움이 될지도 모른다는 건 거짓말이지만 에버딘에 대해 더 잘 알 수 있을 테니 에버딘으로 살기는 더 쉬워질 거다.

그러니 이건 거짓말이 아니다. 그렇게 생각하는데 아버지가 당황한 표정으로 말했다.

"그, 그렇긴 한데…… 방이, 방이 텅 비어 있어서 사용할 수가 없단다."

"텅 비었다고요? 왜요?"

"왜냐면, 네가 다 가지고 갔잖니."

"제가요? 제가 사는 건물에는 없던데요?"

빵집에 내 물건이 없다는 말에 아버지는 더욱 당황한 눈치였다. 아니, 뭐야? 에버딘 물건 다 어디 있어? 당황하려는 순간 그가 알았다는 듯 말했다.

"헬름에 있나 보구나! 네가, 그러니까 내가 레슬리와 결혼할 때 결혼을 반대한다며 헬름으로 떠났었거든. 그때 다 가지고 간 모양이야."

"헬름이 어딘데요?"

"어디긴. 네 어머니의 영지……."

거기까지 말한 아버지가 멈칫했다. 나는 느닷없는 정보의 홍수 속에서 멍하니 그를 쳐다보고 있었다.

내 어머니의 영지라고? 에버딘의 어머니에게 영지가 있었어? 그럼 그 영지는 어떻게 되는 건데? 지금은 누구 거지?

잠깐, 영지라는 건 세습 귀족에게만 주어지는 거 아니었어?

"다음에 내가 데려다주마. 걱정하지 말 거라, 에버딘."

혼란스러워하는데 헥터가 내 손을 잡으며 다정하게 말했다. 아버지가 데려다준다면 괜찮겠지. 약간 안정이 됐다. 나는 고개를 끄덕이다가 문득 생각나서 물었다.

"전 외동인가요?"

그럴지도 모른다는 생각은 했지만 확인받고 싶었다. 아버지는 내 질문에 무슨 소린지 모르겠다는 표정을 짓더니 조심스럽게 말했다.

"레슬리가 아이를 가졌냐는 질문이라면 아니야. 하지만 그녀도 아이를 가지고 싶을 테니 언젠가 네 동생이 생길 수도 있지. 이해하지?"

나는 이해하지만 에버딘이 이해했을지는 모르겠다. 그래서 나는 아무 말도 하지 않았다. 아버지가 결혼하는 게 싫어서 가출까지 한 애가 이복동생이 생기는 걸 반길까?

아버지는 내가 아무 말도 하지 않자 잠시 내 대답을 기다리다가 한숨을 내쉬며 말했다.

"착하게 굴렴, 에버딘."

이상하게 그 말이 내 심장을 쿡 하고 찌르는 느낌이 들었다. 나는 뭐라고 말해야 할지 몰라 아무 말도 하지 않았다. 그러자 아버지가 다시 말했다.

"레슬리는 자식을 낳고 싶어 해. 그녀에게 남은 가족은 나뿐인데 우린 나이 차도 있으니 노후를 위해 아이를 가지고 싶어 하는 건 당연한 거야. 네가 이해해야지."

이 아저씨가 지금 뭐라고 씨불이는 거지? 사람 좋아 보이던 에버딘의 아버지가 약간 별로로 보였다. 나는 그가 잡은 내 손을 슬그머니 빼면서 말했다.

"전 제가 작위를 계승하는 건지를 물어본 건데요."

여긴 여자도 작위를 이을 수 있는 거 맞지? 첫째라면 무조건 작위를 이어받는다는 것 같았다. 그렇다면 에버딘 밑으로 형제가 몇이더라도 그녀가 첫째라면 다음 남작은 그녀가 되는 거다.

아니, 내가 되는 거다.

헥터는 내 말에 당황한 표정이었다. 그는 내 손이 빠져나간 자신의 손을 쳐다보더니 슬그머니 거두며 말했다.

"그, 그래. 다음 남작은 너지."

"전 남작은 어머니고요."

이건 사실 던져 본 말이었다. 나는 지금까지 당연히 에버딘의 아버지가 남작인 줄 알았다. 하지만 아까 헥터가 말하지 않았던가.

헬름은 에버딘의 어머니의 영지라고.

영지란 세습 귀족에게만 주어지는 것이고 그 말은 에버딘의 어머니가 세습 귀족이라는 말이다. 그러니 남작은 아버지가 아니라 어머니일 수도 있다는 거다.

"그래."

내 질문에 기분이 상했는지 헥터의 표정이 살짝 굳었다. 그렇군.

그제야 나는 레슬리, 그러니까 내 새어머니가 되는 여자가 왜 자식을 갖고 싶어 하는지 이해했다. 그녀와 에버딘의 사이는 그리 좋지 않다. 그리고 어서 남작은 에버딘를 낳아 준 어머니였고.

이 집이나 영지는 모두 에버딘의 것이다. 그러니 에버딘의 아버지라면 몰라도 사이가 안 좋은 새어머니까지 에버딘이 챙겨 줄 리는 없다고 생각했을 것이다.

에버딘의 아버지가 살아 있는 동안은 아버지를 봐서라도 에버딘이 두 사람을 돌봐줄 테지만 아버지가 돌아가시면 에버딘이 자신을 돌봐줄 리 없다고 생각했겠지.

그렇다면 빨리 자식을 갖고 싶어 하는 것도 이해가 된다. 헥터와 레슬리가 자식을 낳는다면 그 아이는 레슬리의 자식인 동시에 에버딘의 형제자매가 될 테니까.

에버딘이 최소한 자신의 형제자매까지 내칠 리 없다고 계산한 거겠지.

어쩌면 레슬리라는 여자는 생각보다 훨씬 머리가 좋은지도 모르겠다는 생각이 들었다. 그녀가 지금 이 자리에 없다는 것까지.

"이런, 시간이 벌써 이렇게 됐네."

그때 헥터가 품에서 시계를 꺼내며 말했다. 지금 몇 시지? 내가 시간을 확인하려는데 그가 자리에서 일어나며 부드럽게 말했다.

"미안하다, 에버딘. 시간을 좀 더 내주고 싶지만 약속이 있구나. 너도 이해하지?"

이해하고 자시고 난 그가 무슨 일로 바쁜지를 모른다. 내가 가만히 앉아 있자 헥터가 다시 말했다.

"네가 사는 곳까지 데려다주마."

명백한 축객령이었다. 좀 허탈했다.

"아뇨, 괜찮아요. 알아서 갈게요."

"아니야, 아니야. 사랑하는 딸인데 이렇게 보내는 게 내 마음이 아파서 그래. 너랑 조금이라도 더 있고 싶기도 하고."

그렇다면. 나는 말없이 고개를 끄덕였다. 그리고 그의 마차를 타고 거리로 돌아왔다.

"에버딘, 왔어요!"

가게 앞에서 멈춘 마차에서 내리자마자 안에서 도리스가 달려 나오며 외쳤다. 뭐가 왔다는 거야? 나는 먼저 고개를 돌려 아버지에게 인사를 하려 했지만 이미 그의 마차는 내가 내리자마자 출발한 뒤였다.

나는 멍하니 멀어지는 마차를 쳐다보다가 도리스에게 고개를 돌리며 물었다.

"뭐가 왔어요?"

"전에 말했던 거요!"

전에 말한 게 뭐지? 도리스에게 이야기한 게 너무 많아서 대체 뭔지 감을 잡을 수가 없었다. 강낭콩을 주문한 거? 밀가루 주문량을 늘린 거? 아니면 옥수수 주문량을 늘린 거?

하지만 모두 아니었다. 도리스는 나를 끌고 가게 안으로 들어가더니 거기서 멈추지 않았다. 그대로 가게 안쪽 문을 빠져나와 복도로 가더니 주방 반대쪽 문으로 나를 데리고 갔다.

"이거 말이에요!"

주방 반대쪽 문, 그러니까 내가 요리법을 연구하거나 도리스와 엘리스가 쉴 수 있게 내버려 둔 공간은 어느새 아주 깔끔한 식당이 되어 있었다.

원래 있던 식탁과 소파는 어디로 갔는지 사라지고 딱 두 명 정도 이용할 수 있는 식탁과 의자가 가운데에 달랑 놓여 있었다.

물론 바뀐 건 그것만이 아니었다. 벽지를 새로 발랐는지 낡은 벽이 깔끔했고 바닥에는 고급스러운 카펫이 새로 깔렸다.

게다가 안쪽에는 협탁과 커다란 일인용 소파까지 놓여 있었다.

"왔네요."

예상보다 늦긴 했는데 오긴 왔다. 나는 개인용 식당으로 탈바꿈한 공간을 바라보며 덤덤하게 말했다. 시합이 열리기 전에 선에게 부탁했던 장식에 대한 대가가 바로 이거였다.

"그 사람도 왔어요?"

"아뇨, 사람들만 와서 이렇게 바꿔 놓고 갔어요."

그럼 여기 있던 가구들은? 내가 묻자 도리스가 시킨 대로 뒤뜰에 내다 놨다고 말했다. 소파는 이 층에 올려놨고.

"잘했어요. 고마워요."

나는 도리스의 어깨를 한번 끌어안았다. 거리에 축제 분위기가 나도록 꾸미는 것을 허가해 주고 비용 처리를 해 주는 조건으로 선은 이 공간을 자신의 개인 식당으로 쓰고 싶다고 말했다.

여기가 뭐라고 여길 자기 개인 식당으로 쓰고 싶어 하는지 이해를 못 했는데 단골 식당을 그렇게 쓰는 부자들이 있는 모양이었다. 션 이 내 빵집을 드나든다면 그를 무서워하는 사람들에게도 알려 줘야 하기 때문에 도리스와 아이린 아주머니에게 이야기해 뒀다.

그때 도리스가 그런 사람도 있다고 말해 줬다. 자기가 소유한 식 당이나 단골 식당에 지정석을 두고 사용하는 사람도 있다고.

"그런데 굳이 지정석을 갖고 싶다면 여기처럼 자리도 없고 작은 빵집이 아니라 좀 더 크고 유명한 곳이 더 낫지 않을까요?"

나는 그렇게 말하며 도리스와 함께 가게로 돌아왔다. 도리스가 나를 이상하다는 듯 쳐다보더니 깔깔대고 웃었다.

"왜 웃어요?"

이유를 모르겠다. 어리둥절해 하는 내게 그녀가 뭔가를 말하려는 듯 입을 연 순간이었다. 문이 열리면서 딸랑하고 종이 울렸다.

"어서 오세요!"

반사적으로 인사를 한 뒤에야 나는 손님의 모습을 확인했다. 이 근방에서는 못 본 사람이다. 안경을 쓴 여자는 약간 움츠러들어 있 었다.

몸이 안 좋은가? 그렇게 생각하는데 손님의 시선이 도리스를 향 했다. 도리스를 본 손님의 표정이 굳었다. 하지만 곧 나와 도리스에 게 다가오더니 물었다.

"어느 쪽이 이 가게의 사장님이죠?"

나다. 내가 말하려는 순간 도리스가 손님에게 물었다.

"그건 왜 물으시죠?"

상대방이 사장을 공격할 것 같으면 자신이 사장이라고 나서 줄 것 같은 모습이었다. 아, 좀 감동인데. 도리스의 행동에 가슴이 찡했다.

"저는 사미나 하몬이에요."

익숙한 이름이었다. 어디서 들었더라? 내가 이름을 떠올리는 사이 도리스가 인상을 쓰며 다시 물었다.

"무슨 일이시죠?"

"제가 이 신문에 칼럼을 쓴 사람이거든요."

"어! 평론가! 미나!"

누군지 알았다. 나는 손님이 가방에서 꺼내는 신문을 보자마자 깜짝 놀라서 외쳤다. 오늘 아침에 도리스가 가져온 신문에 난 칼럼을 쓴 사람이다.

마늘 냄새, 현대 시민의 예절에 걸맞은가, 였든가? 내 지적에 도리스의 얼굴에도 깜짝 놀란 표정이 떠올랐다. 그러자 미나가 난처한 표정으로 신문을 가리키며 말했다.

"맞아요. 그게 저예요."

이 사람이었구나. 미나는 꽤 딱딱하고 날카로운 평론과 달리 평범하게 생긴 여자였다. 나이는 마흔쯤 됐을까. 안경을 쓰고 있긴 했지만 그렇다고 날카롭거나 깐깐하게 생기지는 않았다.

오히려 평론과 달리 성격이 좀 부드러워 보였다.

"사장은 전데요. 무슨 일로 오셨어요?"

여전히 도리스는 경계를 풀지 않았지만 나는 슬쩍 앞으로 나서며 물었다. 마늘 냄새가 예절에 걸맞지 않다는 평론을 쓴 평론가가 왜 마늘 빵을 만드는 나를 찾아왔는지 궁금했다.

설마하니 신문을 집어 던지며 '이 예절 파괴자!'라고 소리치려는 건 아니겠지. 말도 안 되는 상상에 약간 멈칫하긴 했지만 나는 의연한 태도를 유지했다. 그러자 미나가 입을 열었다.

"사과하러 왔어요."

응? 사과? 어리둥절해 하는 나와 달리 도리스는 바로 알아들은 모양이었다. 그녀는 기민하게 말했다.

"평론 때문에요?"

아. 무슨 소린지 알겠다. 나도 처음엔 그 평론이 날 비평하는 건 줄 알았다. 도리스가 설명을 듣지 않았다면 지금도 오해를 하고 있었겠지.

미나는 들고 있던 커다란 가방 안에서 이번에는 명함을 꺼냈다. 그리고 내게 내밀며 말했다.

"말씀드렸지만, 전 사미나 하몬이에요. 미나라는 이름으로 신문에 평론을 기고하고 있어요."

진짜로 미나의 명함에는 사미나 하몬이라는 이름이 찍혀 있었다. 직업은 평론가. 그리고 제빵사.

제빵사라고? 나는 명함을 확인한 뒤 도리스에게 건네주었다. 그리고 그녀가 명함을 들여다보는 사이에 사미나에게 말했다.

"제 직원 말로는 '세상의 모든 빵들'을 공격하기 위해 그런 글을 썼다고 하던데요?"

질문이었지만 확인을 위해 물어본 건 아니었다. 그녀는 아마도 자신의 평론이 날 공격하려던 게 아니었다는 것을 알리기 위해 온 것이다. 그래서 내가 이미 알고 있다고 말한 거다.

사미나는 내 질문에 이상하다는 듯 도리스를 쳐다봤다. 하지만 곧 한숨을 내쉬며 수긍했다.

"맞아요. 전 '세상의 모든 빵들'이, 마이크가 정말 싫거든요."

그렇게 대놓고 마이크가 싫다고 할 줄은 몰랐는데. 왜 싫은 건지 물어봐야 하나. 그렇게 고민하는 사이 명함을 확인한 도리스가 다시 내게 명함을 돌려주며 불쑥 물었다.

"당신도 마이크에게 당했어요?"

뭐? 나는 도리스의 질문에 깜짝 놀라서 사미나를 쳐다봤다. 그녀는 도리스의 질문에 나와 같이 놀란 표정으로 굳어 있었다. 하지만 곧 나와 도리스의 눈치를 살피더니 조심스럽게 고개를 끄덕였다.

"그럴 줄 알았어요."

이 상황에서 여유가 있는 건 도리스뿐이었다. 그녀는 가슴 앞으로 팔짱을 낀 채 못마땅하다는 표정을 짓고 있었다.

나는 그녀에게 낮은 목소리로 속삭였다.

"어떻게 알았어요?"

"저 같은 사람이 많을 것 같았거든요."

도리스는 마이크에게 빚을 지고 있어서 그의 요구를 거절할 수가 없다. 그래서 스파이 행위를 강요당했고 내게 도저히 못 하겠다고 양심 고백을 해 왔지.

그렇다면 사미나도 비슷한 일을 당했던 걸까. 내가 질문하려는 순간 딸랑하고 문이 열리면서 종소리가 울렸다.

손님이다. 나는 사미나를 가게 안쪽으로 안내했다. 그리고 주방으로 가서 차를 우리며 물었다.

"당신도 마이크에게 빚을 졌어요?"

"전 아니에요."

그럼 왜 '세상의 모든 빵들'을 싫어하는 거야? 아, 물론 거기 사장이 주는 거 없이 미울 수는 있지. 하지만 사미나는 겉보기에는 이유도 없이 대형 빵집의 사장이자 제빵 길드의 마스터를 미워해서 공격할 사람으로는 보이지 않았다.

"하지만 빚을 진 사람은 많죠."

그때 사미나가 놀라운 이야기를 했다. 제일 먼저 내 머릿속에 도리스가 떠올랐다. 역시 마이크에게 당한 사람은 도리스뿐만이 아니었던 거다.

내가 아무 말도 하지 않자 사미나가 계속해서 말을 이었다.

"그자는 계속해서 이런 짓을 하고 있어요. 누군가 그를 막아야 한다고 생각해요."

"그게 당신이고요?"

내가 물어본 건 그런 귀찮은 짓을 하겠냐는 의미였지만 사미나는 전혀 다르게 받아들인 모양이었다. 그녀는 확 하고 굳은 표정을 한 채 단호하게 말했다.

"내가 마이크를 대적하기엔 가진 게 아무것도 없다는 건 알아요. 하지만 그자는 지금도 계속 피해자를 양산하고 있는데 가만히 있을 수는 없잖아요."

와.

나는 뭐라 말해야 할지 몰라 사미나를 멍하니 쳐다보고 있었다. 이런 걸 뭐라고 하지? 정의감?

그녀를 비웃거나 어이없어하는 게 아니다. 내가 가지지 않은 것을 가진 사람에 대한 신기함과 약간의 존경스러움이 솟아났다.

물론 나도 빨간 리본에 대해 비슷한 행동을 하긴 했다. 하지만 그건 누군가 빨간 리본을 대항해 피해자를 구해야 한다는 정의로운 목적은 아니었다.

그냥, 그 남자가 얄미웠을 뿐이다. 그걸로 크리스틴과 친해질 수 있다면 좋겠다고 생각했고. 게다가 빨간 리본에게 엿을 먹일 좋은 방법이 생각나기도 했었지.

"게다가 저도 피해자기도 하고요."

내가 가만히 있자 사미나가 부끄러운 듯 덧붙였다. 그녀의 부끄러움은 자신이 피해자라서가 아닌 것처럼 보였다. 온전히 정의감이 아니라 자신의 복수도 약간이지만 포함돼 있는 게 부끄러운 모양이었다.

하지만 그건 당연하지 않나? 나는 세상에 과연 온전히 남을 위해서만 행동하는 사람이 있을까 하는 의문을 품으며 물었다.

"빚은 진 건 아니랬잖아요? 무슨 피해를 입었는데요?"

빚 말고 또 무슨 피해가 있어? 잠시 어리둥절해 하던 나는 곧바로 마이크가 할 만한 나쁜 짓을 떠올렸다. 사미나의 명함에는 자신이 제빵사라고 적혀 있었다.

그건 그녀도 빵을 만든다는 말이겠지. 그리고 '세상의 모든 빵들'의 마이크는 내가 만든 빵을 베끼고 있고.

나는 대답을 망설이는 사미나를 보고 혹시나 해서 다시 물었다.

"설마 그 녀석이 당신의 빵도 베꼈어요?"

사미나의 얼굴에 깜짝 놀란 표정이 떠올랐다. 그 표정은 어떻게 알았냐는 질문도 포함되어 있었다.

허어. 나는 어이가 없어서 그녀에게서 한걸음 물러났다. 그리고 우러난 차를 찻잔을 꺼내 따라 사미나에게 내밀며 말했다.

"제 빵을 베끼고 있거든요."

베끼기만 할 뿐인가? 자기가 만든 거라고 거짓말을 하고 있지. 그건 사미나도 당한 모양이었다. 그녀는 내가 내민 찻잔을 받아 들더니 한참을 찻물을 쳐다보고 있었다.

별로 좋은 기억이 아닌 모양인데. 나는 찻잔을 쥔 그녀의 손이 가볍게 떨리는 것을 발견하고 생각했다.

"십오 년 전에 우린 같은 선생님 밑에서 일했어요."

천천히 사미나의 이야기가 시작됐다. 놀랍게도 마이크와 사미나는 같은 제빵사 밑에서 일을 배웠다고 했다. 그리고 마이크는 거기서도 뛰어난 실력을 보이는 후계자였다고.

"전 평범했어요. 선생님도 마이크를 더 아끼는 게 눈에 보였고요."

모든 면에서 뛰어난 마이크와 달리 사미나는 마이크보다 떨어졌지만 딱 하나 잘하는 게 있었다고 한다. 장식하는 거.

"그게 제 특기였고 장점이었어요. 선생님도 그것만은 저를 칭찬하셨고요. 자연스럽게 그쪽으로 빠져들게 됐어요."

빵을 성형하는 것도 디자인적인 측면에서 기술이 필요하긴 하다. 예를 들면 소시지 빵이 그렇다. 그냥 빵 반죽을 소시지에 감아 굽기도 하지만 밑바닥이 이어진 채 잘라서 지그재그로 눕혀 모양을 만들기도 한다. 그건 감각이 필요한 일이다.

사미나는 그런 쪽으로 재능이 있었던 모양이다.

"그러다가 저는 재미있는 걸 생각했어요. 평범한 빵 표면에 그림을 그리면 어떨까 하는 생각이었죠."

빵 표면에? 확실히 여기서 가장 흔한 빵은 식빵 같은 틀에 넣어 규격대로 구운 빵이 아니라 그냥 덩어리 채로 구운 빵이긴 하다. 내가 파는 식빵은 샌드위치용 빵이지.

이야기를 들어 보니 사미나는 작은 조각칼로 덩어리 빵 표면에 조각을 하기 시작한 모양이었다. 그리고 그걸 마이크가 봤고.

"저런."

그쯤 되자 어떤 일이 벌어졌는지 예상이 됐다. 나는 저도 모르게 신음을 내뱉었다. 마이크 쪽이 사미나보다 모든 면에서 뛰어나다고 했다. 그건 새로운 빵을 만들어 내거나 독특한 성형 방법을 제외한 모든 면이라는 뜻이겠지.

"이튿날 제가 구운 것보다 더 완벽하고 예쁜 조각이 있는 빵을 만들어 놨더군요."

쉽게 말하면 마이크는 요령이 좋은 거다. 누군가 열심히 생각해서 만들면 그걸 베끼는데 탁월한 능력을 가진 거지.

답답한 마음에 나는 다 식은 차를 한 번에 홀짝 마셔 버렸다. 기껏 잘하는 걸 발견했는데 그걸 마이크에게 빼앗긴 십오 년 전의 사미나가 불쌍했다.

"그다음부턴 그건 마이크의 것이 됐어요. 처음 생각해 낸 게 저라고 해도 아무도 믿지 않았죠. 생각해 보면 당연한 일이에요. 정작 제가 조각한 건 삐뚤빼뚤하고 별로 예쁘지도 않았거든요."

그녀는 모든 면에서 뛰어난 수제자와 싸우기 싫어서 물러났다. 끝까지 자신의 아이디어라고 고집했으면 선생님이 들어 줬을지도 모르지만 그때는 어렸고 굳이 그렇게까지 시끄럽게 굴고 싶지 않았다고 했다.

게다가 스승님과 다른 사람들이 모든 면에서 뛰어난 능력을 가진 마이크를 사미나가 질투한다고 생각하는 것도 싫었던 모양이다.

"그게 잘못됐던 거예요."

지금까지 지친 듯한, 그리고 죄책감 어린 표정이었던 사미나의 표정은 거기까지 말하자 확 하고 바뀌었다.

그녀는 진심으로 화를 내고 있었다. 마이크가 아니라 과거의 자신에게.

"그건 내 잘못이에요. 제가 물러났기 때문에 그렇게 해도 된다는 걸 그가 깨달은 거예요."

그건…….

나는 사미나의 말에 고개를 끄덕이려다가 멈췄다. 그런가? 그렇지 않다는 생각이 들었다.

도둑질이 쉽다고 누군가가 도둑이 됐다면, 도둑질당한 사람 잘못인 건가? 사람을 죽이는 게 쉽다고 누군가 연쇄 살인마가 됐다면, 살해당한 피해자 잘못인가?

"저기, 하몬 씨."

"미나라고 불러요. 사미나도 괜찮고요."

그렇다면. 나는 입을 다물었다가 다시 사미나에게 말했다.

"사미나, 제대로 된 인간이라면 그게 잘못됐다는 걸 알아요."

나라고 편법을 쓰거나 남에게 피해를 입히는 게 어려워서 안 하는 줄 알아? 회사 다닐 때 탕비실에 있던 커피 믹스를 전부 가져가는 건 별로 어렵지 않았다.

야근하면서 아무도 없을 때 슬쩍 챙기기만 하면 된다고.

하지만 그러지 않고 진짜 아쉬울 때나 한 개 정도 가져갔던 건 그게 공중도덕이었기 때문이다.

공중도덕이라는 건 누군가가 깨트린 순간 마치 모래성처럼 무너진다. 깨진 유리창 효과라는 말이 있다. 유리창 하나만 깨져 있을 뿐인데 그 건물 전체가 엉망이 되어 버린다는 논리다.

다른 사람들이 바보라서 유리창을 안 깨는 게 아니다. 깨는 순간 내가 살고 있는 건물이 만신창이가 되니까 지키는 거다. 멍청한 놈들이나 그런 걸 생각을 못 하니 공중도덕을 지키지 않는 거겠지.

"마이크 같은 놈들이 있음에도 세상에 평화로운 건 사미나 같은 사람이 유리창을 고치고 있기 때문이겠죠."

"유리창이요?"

내 말에 사미나가 어리둥절한 표정을 지었다. 아차, 이게 아니지. 나는 서둘러 말을 고쳤다.

"중요한 건 당신이 잘못한 게 아니라 마이크가 나쁜 놈이라는 거죠."

"그가 나쁜 놈인 건 맞지만 나도 잘못을……."

뭐라는 거야. 나는 짜증 나서 얼굴을 일그러뜨렸다. 나는 뻐딱하게 서서 그녀의 말을 가로챘다.

"그래서, 다른 피해자들도 잘못했다는 거예요?"

"그건, 아니지만요."

내가 살던 곳에도 이런 이야기를 흔하게 들었다. 피해를 입었을 때 왜 강하게 나가지 못했냐고 피해자를 비난하는 사람들. 모든 사람이 빠르게 상황 판단해서 완벽하고 강하게 대처해야만 한다고 생각하는 사람들.

만약 사미나가 피해자가 아니었다면 나는 그녀에게 너나 똑바로 살라고 했을 것이다. 하지만 대신 한숨을 내쉬고 물었다.

"그래서, 평론으로 그 녀석을 막으려고요?"

그게 되나? 의아해하는 내게 사미나가 조심스럽게 말했다.

"적어도 올해는 상품을 베낀 건 당신이 처음이에요. 아마, 그랬다고 생각해요."

그렇군. 나는 그대로 의자 등받이에 몸을 기댔다. 그리고 사미나를 물끄러미 쳐다보기 시작했다. 이상한 기분이 들었다. 그녀는 평론은 재미있긴 했다. 확실히 그럴듯한 이야기이기도 했고. 마늘 냄새가 심하게 나는 건 맞으니까.

사미나의 말대로라면 그녀의 평론은 그동안 마이크가 남의 빵을 베끼는 걸 막고 있었다는 말이다. 하지만 내 마늘 빵은 바로 따라 했지.

마늘 빵이 그 정도로 욕심나는 빵일 거라고는 생각 못 했는데.

아, 마늘 빵의 냄새가 끝내주긴 하다. 나도 처음엔 그걸 노리고 만들었었지. 어쩌면 마이크도 그걸 보고 따라 했을지도 모른다는 생각이 들었다.

문득 할머니의 말이 떠올랐다. 세상이 평화로운 건 사람들이 자기 일을 제대로 하기 때문이라고 했지. 나는 조심스럽게 입을 열었다.

"다른 피해자들하고 어떻게 한번 해볼 생각은 안 했어요?"

피해자가 여럿이라면 다 함께 손을 잡고 마이크를 고소할 수 있지 않나? 잠깐, 레시피에는 저작권이 없던가? 그래서 안 되나?

이런저런 생각을 하는 사이 사미나의 표정이 굳었다. 그녀는 찻잔을 만지작거리며 입을 열었다.

"십오 년 전이면 몰라도 지금의 마이크는 상대가 안 되니까요."

이미 사미나가 한 번 다른 피해자들에게 이야기를 했지만 소용없었다고 한다. 심지어 어떤 사람은 그녀가 첫 번째 피해자라고 하자 그때 그녀가 잡았으면 자신이 피해자가 되지 않았을 거라고 비난했다고.

그렇군. 나는 팔꿈치를 세워 턱을 괸 채 한숨을 내쉬었다. 가해자가 강하면 약한 피해자끼리 싸우게 된다.

"그래서 말인데요."

그때 사미나가 다시 입을 열었다. 내가 그대로 눈동자만 굴려 그녀를 쳐다보자 사미나는 찻잔을 꽉 잡은 채 머뭇거리며 제안을 해왔다.

"혹시 생각해 둔 신제품이 있어요?"

뭐라고? 어째 느낌이 신제품을 캐내러 온 스파이 같다. 내가 의심스럽다는 듯 눈을 가늘게 뜨자 사미나는 손을 저으며 덧붙였다.

"당신 요리법을 빼내려는 게 아니에요. 만약 당신이 신제품을 만들 거라면, 그걸 내가 기다렸다가 마이크가 팔기 시작했을 때 기사로 내면 어떨까 해요."

일견 그럴듯한 방법이다. 하지만 문제는 몇 가지가 있다. 첫 번째로 내가 요리법을 알려 준 신제품이 인기가 없다면? 두 번째로 사미나가 그 요리법을 다른 사람에게 알리지 않을 거라는 보장은?

나는 두 번째 문제는 제쳐두고 우선 첫 번째 문제를 지적했다. 그러자 그녀가 멈칫하더니 굳은 표정으로 말했다.

"마이크는 당신이 신제품을 내놓으면 분명 베낄 거예요. 마늘 빵이라는 선례가 있으니까요."

마늘 빵이라는 선례? 내가 그게 무슨 소리냐고 묻자 사미나가 주변을 살폈다. 그리고 조심스럽게 말했다.

"마이크는 이미 당신이 마늘 빵을 만들 거라는 걸 알고 있었을 거예요. 그런데도 먼저 만들지 않은 건 그게 잘 안 될 거라 생각했던 거예요. 하지만 그것도 성공했으니 앞으로 당신이 만드는 건 다 베낄 거라고 생각해요."

그럴까. 나는 가슴 앞으로 팔짱을 낀 채 가만히 앉아 있었다. 어쩌면 그럴지도 모른다. 나는 앞으로도 신제품을 내놓을 거고 앞으로 내놓은 신제품이 마늘 빵보다는 훨씬 인기 있을 거라고 자신했다.

그러니 마이크가 베낄 가능성도 컸다.

"물론 오늘 처음 만난 사람 말을 믿긴 어렵겠지만요."

내가 가만히 생각하고 있자 사미나가 약간 기가 죽은 표정으로 덧붙였다. 그것도 그렇다. 사미나는 오늘 처음 만났고 내가 그녀를 믿어야 할 이유는 없었다.

"좋아요."

하지만 나는 잠시 생각 끝에 가볍게 대답했다. 그렇지 않아도 어떻게 할지 고민하던 차였다. 도리스는 한번 마늘 빵 정보를 알렸으니 두 번째는 넘어가도 될 것 같다고 했지만 상대는 그녀를 협박한 나쁜 놈이다.

이번에도 알리지 않는다면 도리스의 빚을 갚으라고 위험하게 굴지도 모른다는 생각을 하고 있었다. 그럴 거라면 차라리 여기저기에다 알리는 게 낫지 않을까.

어릴 때 할머니와 살던 동네에서 비슷한 일을 본 적이 있다. 옆집에 빚을 갚으라고 무섭게 생긴 사람들이 찾아왔었다. 그런 일이 도리스에게 일어나지 않으면 좋겠다. 나는 그녀가 좋으니까.

그런 계산 끝에 가볍게 대답한 거였는데 사미나의 표정이 이상했다. 그녀는 믿을 수 없다는 표정으로 나를 쳐다보고 있었다.

"정말요?"

"어, 네. 그걸 원한 거 아니었어요?"

"그렇긴 한데, 이렇게 흔쾌히 허락할 줄은 몰랐어요."

아마도 그녀는 이 전부터 비슷한 계획을 세웠지만 전부 거절당했던 모양이다. 하기야, 어느 누가 신제품 요리법을 기사화하는 걸 허락하겠어. 게다가 난 도리스가 자백을 해 줬지만 다른 피해자들은 마이크가 첩자를 보낸 것도 몰랐을 가능성이 컸다.

나는 어떤 신제품을 만들지 떠올리면 알려 주겠다고 말하며 자리에서 일어났다. 생각하고 있는 건 두 가진데 둘 중 하나만 하지, 둘 다 할지 고민 중이다.

그러자 나를 따라 일어난 사미나가 머뭇거리다가 내게 다가와서 속삭였다.

"신제품 말인데요. 아직 아무에게도 말하지 않았죠?"

아직 말은 안 했지만 도리스는 대충 눈치채고 있지 않을까. 대량의 강낭콩을 주문했고 크리스틴에게 부탁해서 짤 주머니를 만든 걸 그녀도 알고 있으니까.

내가 대답을 주저하자 사미나는 다시 망설이다가 말했다.

"혹시 모르니까 아무에게도 이야기하지 말아요. 직원에게도."

웅? 나는 그녀가 무슨 말을 하는 건가 하고 쳐다봤다. 대충 얼버무리려 하긴 했지만 사미나는 콕 집어서 직원이라고 했다.

그러자 내 표정을 오해한 그녀가 안됐다는 듯 말했다.

"모든 사람을 다 의심하라는 건 아니에요. 하지만 마이크는 피해 가게에서 정보를 빼 오는 걸 아주 잘해요."

이거 도리스를 말하는 건가? 나는 그녀가 뭘 아는지 알아내기 위해 물었다.

"내 가게에 첩자가 있다는 말이에요?"

그러자 사미나의 표정이 굳었다. 그녀는 뒤를 돌아보더니 내게 몸을 기울여 속삭였다.

"마이크는 피해자의 약점을 잡고 자기가 원하는 대로 이용하는 짓을 잘해요. 그 사람도 어쩔 수 없이……."

듣다 보니 확실히 도리스의 이야기다. 나는 멍하니 사미나의 이야기를 듣다가 불쑥 물었다.

"도리스를 알아요?"

아는 건가? 하지만 아까는 나와 도리스에게 사장이 누구냐고 물었었다. 내 질문에 사미나는 창백한 얼굴로 망설이다가 말했다.

"믿는 직원을 의심하는 건 괴롭겠지만⋯⋯."

어, 진짜로 아네. 나는 도리스를 두둔하는 사미나의 이야기를 듣다가 웃음을 터트렸다. 도리스가 마이크의 스파이 짓을 한 건 알지만 그녀가 내게 자백했다는 건 모르는 모양이다.

"어서 사장님?"

사미나는 갑자기 웃음을 터트린 내게 괜찮냐는 듯 물었다. 그러고 보니 그녀가 처음 가게에 들어왔을 때부터 도리스에게 반응이 좀 이상했던 게 떠올랐다.

나와 도리스에게 누가 사장인지 물었던 건 자신이 도리스가 한 짓을 모른다고 도리스가 믿게 하기 위해서였던 모양이다. 머리 좋네.

나는 웃으며 말했다.

"알아요."

"안다고요?"

"도리스가 내게 말했거든요. 마늘 빵도 내가 시켜서 그녀가 마이크에게 전한 거예요."

그제야 사미나의 표정이 풀어졌다. 그녀는 크게 한숨을 내쉬며 마치 무너지듯 식탁에 엎어졌다.

"괜찮아요?"

나는 웃으며 그녀에게 물었다. 엄청나게 각오를 하고 이야기 한 모양이다. 하긴, 내 직원이 내 상품을 베낀 큰 빵집의 첩자라고 말하는 건데 긴장하지 않을 리가 없다.

한참을 식탁에 엎드려 있던 사미나는 곧 붉어진 얼굴로 고개를 들었다. 그러더니 안도한 표정으로 말했다.

"다행이에요. 두 분 다, 좋은 사람들이었네요. 이런 제안을 하면 다들 절 마이크 쪽 사람으로 여기거나 사기꾼으로 생각하고 쫓아내거든요."

그래서 말하기가 어려웠다고 한다. 하지만 그럼에도 내게 말을 했지.

내 생각보다 사미나는 훨씬 더 행동력 있고 용감한 사람이었다. 그리고 도리스도. 나는 뿌듯한 표정으로 어깨를 으쓱했다. 그때 도리스가 주방에 몸을 내밀며 말했다.

"소, 손님이에요!"

"누구?"

나는 그녀에게 다가가며 물었다. 빵을 사러 온 손님이라면 여기까지 올 리가 없다. 나를 찾아온 손님이라는 말이겠지.

아니나 다를까 도리스가 설명하기도 전에 그녀의 뒤로 낯익은 남자가 모습을 드러냈다.

"웨, 웨스트 공작님이……."

그가 따라온 걸 모르는지 도리스가 선이 왔음을 알리기 시작했다. 나는 도리스의 손을 잡아 그녀의 말을 멈추고 사미나를 부탁했다.

"됐어요. 내가 맞이할게요. 하몬 씨를 배웅해 줄래요?"

선이 꽤나 부담스러웠는지 도리스는 내 부탁에 안도한 표정을 지었다. 하지만 자신의 뒤에 서 있는 선을 발견하고는 깜짝 놀란 표정을 짓더니 재빨리 사미나에게 다가갔다.

그사이에 나는 선에게 다가가고 있었다.

"무슨 일로……."

무슨 일로 왔냐고 물어보려는 순간 선이 대뜸 말했다.

"식당은 어때?"

얼마 전에 그가 보낸 사람들이 뜯어고친 개인 식당을 말하는 모양이다. 왜 또 이렇게 뻣뻣하담? 나는 약간 쌀쌀맞은 선의 태도에 그를 한번 훑었다.

오늘도 잘생겼네. 세상 남자들이 다 이 녀석처럼 생겼으면 전쟁이 사라지지 않았을까. 말도 안 되는 생각을 하며 그를 식당으로 안내하려는데 정작 선이 움직이지 않았다.

그대로 걸었으면 그의 가슴에 부딪힐 게 분명했기 때문에 나는 선의 앞에 바짝 붙은 채 그를 올려다보며 말했다.

"식당 보러 온 거 아냐?"

"맞아."

선의 표정이 좀 이상했다. 그는 감정을 알 수 없는 복잡한 표정으로 나를 쳐다보고 있었는데 곧 주방 안쪽에서 이야기를 나누는 사미나와 도리스를 힐끔 쳐다보고는 몸을 돌렸다.

또 뭐가 마음에 안 드는 건데? 나는 두 사람을 한번 돌아보고 선의 뒤를 따라갔다. 어찌나 걸음이 빠르던지 그는 고작 세 발자국 만에 주방에서 벗어나 개인 식당 입구까지 가 있었다. 그걸 따라잡기 위해 걸음을 서두르는 데 입구에서 그가 우뚝 멈췄다.

"으아."

하마터면 션의 등에 부딪힐 뻔했다. 저기에 부딪히면 분명 튕겨져 나오는 건 나일 테지. 가까스로 멈춘 것에 안도하는 데 션이 불쑥 말했다.

"너는 항상 주변에 사람이 가득하군."

"뭐?"

이건 또 무슨 소리야? 느닷없는 소리에 대체 무슨 생각인지 표정을 보고 있었지만 션은 여전히 내게 등을 돌리고 있었다.

"그야, 여긴 가게니까. 사람이 많을수록 좋지."

당연한 거 아냐? 하지만 내가 말하는 사이에 그는 그대로 쑥 식당 안으로 들어가 버렸다.

아, 안 들을 거면 말을 걸지 말던가!

"괜찮지 않은가? 더럼 백작 부인에게 소개받은 곳이라네."

레베카 공주의 말에 선은 아무 말도 하지 않았다. 두 사람이 있는 곳은 시내의 어느 고급 식당으로 그도 몇 번 와 봤던 곳이다.

이런 고급 식당은 이목을 피해 방문한 부유한 손님들 용으로 이층에 개인실이 몇 개나 만들어 둔다. 최근 이런 분위기가 평범한 식당에도 흘러서 개인실은 아니어도 외따로 떨어진 전용석을 만드는 식당이 늘고 있었다.

선의 머릿속에도 자신의 전용 식당이 떠올랐다. 에버딘의 빵집 안쪽에 있는 홀. 거리를 꾸미는 걸 도와 달라고 하길래 그 공간을 자신의 전용으로 내 달라고 요구했다.

지금쯤 대충 가구를 쌓아 뒀던 그 공간은 깔끔한 그의 개인 식당으로 변경돼 있을 것이다. 마음 같아서는 바로 찾아가 보고 싶지만, 그는 일부러 참고 있었다.

이게 다 브룩 경 덕분이다. 그다지 마음에 들지 않은 사람이지만 덕분에 정신을 차렸다.

"차입니다."

마침 식당에서 주문한 차가 도착했다. 다만 레베카의 시종이 대신 받아서 가져왔다. 장소가 장소니만큼 시종은 전하나 공주님이라는 단어를 사용하지 않기 위해 노력하고 있었다.

션 역시 마찬가지였다. 이런 곳에 불렀다는 건 사람들의 시선을 피하고 싶다는 뜻이다. 그를 공주의 궁으로 부르면 순식간에 소문에 소문이 보태져 눈덩이처럼 불어날 것이다.

"오라버니께서 최근에 공작을 불렀다고 들었네."

아무리 조용히 살고 있는 공주라도 궁의 소문은 들리는 모양이다. 션은 자신이 크리스토퍼 왕자와 만난 지 일주일도 채 되지 않은 것을 떠올리고 고개를 끄덕였다.

만나자고 연락을 해 온 게 이틀 전이니 왕자가 그를 만났다는 것을 만나자마자 알았던 게 아닐까. 합리적인 추측을 하는 션에게 레베카는 말없이 한숨을 내쉬었다.

역시 속을 알 수가 없는 남자다. 그녀는 개인적으로 이 남자가 그리 좋지 않았다. 붉은 눈이나 무서운 소문이 뒤따른다는 이유 때문이 아니었다.

사실 그 두 가지는 레베카에게는 코웃음 칠만한 이야기였다. 붉은 눈이 무섭다고? 그녀는 붉은 심장이 더 무서웠다. 무서운 소문이 무섭다고? 소문조차 나지 않는 게 더 무섭다.

그냥 선은 레베카의 타입이 아니었다. 그녀는 이렇게 기골이 장대하고 딱딱한 남자는 그리 좋아하지 않았다. 유연하고 부드러운 남자가 더 취향이었다.

뭐, 말이 없는 건 괜찮을지도 모르겠네. 그녀가 그렇게 생각한 순간 선이 입을 열었다.

"네. 잠깐 이야기를 나눴습니다."

목소리 한번 듣기 어렵다. 레베카는 속으로 한숨을 내쉬었다. 남자란 자고로 부드럽고 상냥한 게 최고다. 이렇게 틱틱거리는 남자는 데리고 사는 데 피곤하다.

하지만 어쨌든 상대는 유서 깊은 공작가의 공작이고 그녀의 오빠인 왕자는 그녀와 웨스트 공작을 결혼시키고 싶어 한다.

"오라버니는 우리 집과 자네 집안의 연을 잇기를 바라지."

레베카는 그렇게 말하며 찻잔을 들어 올렸다. 크리스토퍼는 아직 왕자일 뿐이지만 병상에 누워 있는 왕을 대신해서 정무를 보고 있다.

아직은 의사와 마법사, 치료사를 동원해서 아버지의 수명을 연장하고 있기는 하지만 그녀는 그게 그리 오래가지 않을 것이라는 사실을 잘 알았다. 그러니 어차피 몇 년 안에 크리스토퍼 왕자는 왕이 될 것이고 레베카는 그의 명령을 따라야 한다.

그 전에 그녀는 자신의 결혼 문제를 해결하고 싶었다. 원칙대로라면 그녀는 웨스트 공작이 아닌 다른 나라의 왕족과 결혼을 해야한다. 하지만 안타깝게도 그녀와 결혼하기로 했던 세느랄의 왕자가 왕좌를 걸고 한 싸움에서 사망했고 현재 세느랄의 왕은 이미 부인과 자식까지 있는 남자가 되었다.

그 싸움으로 세느랄은 많은 왕족과 귀족이 사망했고 공주와 결혼할 만한 지위를 가진 미혼 남자가 없었다.

남은 건 세느랄 옆 나라인 크럼인데 거기도 사정은 비슷했다. 결국 크리스토퍼는 레베카의 배우자를 국내에서 찾을 수밖에 없었다.

그게 바로 선 웨스트 공작이다.

"아네트는 그분께 시집가기엔 너무 어리니까요."

선은 레베카가 무슨 말을 하는지 알아듣고 재빨리 대답했다. 크리스토퍼가 꼭 선과 레베카를 결혼시키고 싶어 하는 건 아니었다.

그는 웨스트 공작가에서 실질적으로 소유한 용병대를 탐냈고 웨스트햄튼에 있는 광산을 탐냈다. 그리고 선대 웨스트 공작이 넓힌 영지 또한 탐을 냈다.

그러기 위해선 웨스트 공작가와 사돈 관계를 맺어야 한다. 크리스토퍼가 선을 불러 요구한 것은 바로 그것이었다. 아네트를 크리스토퍼의 배우자로 보내거나 레베카를 선의 배우자로 데려가라는 것.

하지만 크리스토퍼의 배우자로 아네트는 너무 어리다. 그녀는 이제 고작 열여섯 살이고 크리스토퍼는 올해 스물여덟이다. 열두 살은 차이가 너무 많이 난다.

"그래서 공작이 나와 결혼하겠다고?"

레베카는 선의 대꾸에 턱을 괴며 물었다. 진짜로?

두 사람이 결혼하면 어떻냐는 말은 몇 년 전부터 나오던 이야기다. 하지만 그때마다 둘 다 심드렁했던 건 서로가 서로에게 별 관심이 없었기 때문이기도 했지만, 상대방이 자신의 결혼 상대로 그리 좋지 않다고 생각했기 때문이기도 했다.

분명 웨스트 공작과 레베카 공주의 결혼은 겉보기엔 높은 자리의 결합으로 보기 좋을지는 모르지만, 개인에게는 그리 맞는 결혼 상대가 아니었다.

웨스트 공작은 그렇지 않아도 그의 광산이나 용병대를 탐내는 왕자의 간섭이 레베카 공주와의 결혼으로 더 잦아질 것이 싫었다. 공주와 결혼했다는 이유로 사교계의 관심이 집중되는 것도 싫었다.

그건 레베카 공주도 마찬가지였다. 그녀는 공주로 태어나서 공주로 자랐다. 언젠가 왕비가 될 거라 생각했다. 그런데 공작 부인이라니.

게다가 다른 나라의 왕비라면 크리스토퍼와 대등한 관계지만 자국의 공작 부인이 된다면 크리스토퍼의 아랫사람이 된다. 공주인 지금보다 더.

그녀는 그게 싫었다. 아네트를 왕비로 만들면 크리스토퍼의 염원은 이뤄지면서 선과 결혼하라는 말이 더 이상 나오지 않을 것이다. 국내외에 레베카와 결혼할 남자는 없으니 운이 좋다면 그녀는 평생 공주로 살다 공주로 죽을 수 있었다.

"둘 중 하나가 해야 한다면 제가 하는 게 낫지 않겠습니까."

선의 대꾸에 레베카의 표정이 뒤틀렸다. 웃기고 있네. 그녀는 준비해 둔 카드를 꺼내기로 결심했다.

"그래? 공작이 최근 어서 경에게 관심을 두고 있다고 들었는데. 내 착각이었나 보군."

에버딘의 이름이 레베카의 입에서 나오자 선의 표정이 아주 잠깐 굳었다가 원래대로 돌아왔다. 어찌나 빨랐던지 레베카는 알아차리지 못할 정도였다.

"동생과 결혼할 사람이었으니 당연한 관심일 뿐입니다."

동생과 결혼할 사람이었다는 선의 말에 레베카의 입술이 비틀렸다. 그녀는 여전히 표정 변화 하나 없이 앉아 있는 선을 향해 단도직입적으로 물었다.

"그래서, 오라버니의 말대로 나와 결혼이라고 하겠다는 말인가?"

"그건……."

선은 당연하지 않느냐고 말하려다 입을 다물었다. 분명 몇 달 전까지만 해도 나쁘지 않다고 생각했었다. 공주와의 결혼으로 왕자의 참견이 잦아질지 몰라도 어쨌든 왕족과 결혼하는 거다. 그것만큼의 이점도 있을 것이다.

하지만 그 순간 그의 머릿속에 이상하게도 새하얀 얼굴과 붉은색 머리카락을 가진 여자의 얼굴이 떠올랐다.

"공작, 역사적으로 집안 문제로 결혼 상대가 형제나 자매로 바뀌는 일은 그리 드물지 않아."

레베카 공주는 잠시 멈칫한 선에게 재빨리 말했다. 그가 에버딘과 결혼하겠다 해도 사교계에서는 그리 이상하게 여기지 않을 거라는 말이다.

물론 선도 여차하면 마틴이 아니라 자신이 그녀와 결혼하겠다는 생각을 하고 있었다. 하지만 레베카 공주의 정곡을 찌르는 공격에 그의 표정이 굳어 버렸다.

안타깝게도 레베카는 그 표정을 전혀 다르게 해석했다. 동생과 약혼할 뻔한 여자와 결혼하는 게 싫은 모양이라고 생각한 것이다.

할 수 없지. 그녀 한숨을 내쉬며 손도 대지 않은 찻잔을 놓고 일어났다. 그리고 대기하던 시종을 부른 뒤 말했다.

"공작의 생각이 정 그렇다면 알겠네. 나로서는 우리가 결혼해 봤자 더 고독해지기만 할 거로 생각하네만."

자신을 지칭하는 것이 분명한 고독이라는 단어에 선의 귓가에 박혔다. 그런가? 그는 떠나는 레베카를 배웅하기 위해 자리에서 일어나며 생각했다.

살면서 그는 자신이 고독하다고는 한 번도 생각해 본 적이 없다. 딱히 사람을 원하지 않아도 그의 곁에는 늘 사람들이 있었다.

하지만 레베카의 말이 무슨 의민지도 알았다. 그의 곁에 몰려든 사람들은 전부 그에게 뭔가를 받고 있거나 받고 싶은 사람들뿐이다.

아무것도 바라지 않는 사람은 아마 없을 것이다.

거기까지 생각하자 다시 선의 머릿속에 붉은 머리카락과 초록색의 눈동자를 가진 여자가 떠올랐다. 에버딘 어서.

그렇지 않아도 얼마 전에 우스운 기사를 읽었다. 마늘 냄새와 예절이라는 누가 봐도 마늘 빵을 공격하는 기사였다.

"젠장."

궁금해서 못 견디겠다. 결국 선은 스스로에게 그 기사 때문에 빵집의 매출이 떨어진 건 아닌지 확인해야겠다는 말도 안 되는 핑계를 대고 마차에 올라탔다.

"어, 어서 사장님 찾아오셨죠?"

다행히 에버딘의 가게에는 오늘도 손님이 많았다. 그가 들어서자 그의 얼굴을 아는 직원이 화들짝 놀라더니 허둥지둥 안으로 뛰어 들어가 버렸다.

기다리라거나 알리고 오겠다는 말도 없다. 선은 한숨을 내쉬고 도리스의 뒤를 따라서 가게 안쪽 문으로 들어섰다.

에버딘은 거기 있었다. 복도 오른쪽에 있는 주방에.

주방에서 그녀는 처음 보는 여자와 이야기를 하고 있었다. 손님이 왔다는 도리스의 알림에 에버딘의 시선이 자연스럽게 주방 입구로 향했다.

시선이 부딪쳤다. 선은 에버딘이 직원에게 손님을 부탁하고 자신에게 다가오는 것을 가만히 지켜보고 있었다. 그리고 직원이 걱정스러운 표정으로 자신과 에버딘을 쳐다보는 것도.

"무슨 일로……."

그녀가 입을 연 순간 선은 주방 안의 두 명의 여자가 자신과 에버딘의 대화에 귀를 기울이고 있다는 것을 깨달았다. 무슨 일로 왔냐고? 그녀가 궁금해서 왔다.

아니, 아니다. 선은 재빨리 입을 열었다. 그는 그녀가 궁금해서 온 게 아니다.

"식당은 어때?"

얼마 전에 그녀의 부탁을 들어주는 대신 요구한 개인 식당이 떠올랐다. 누군가 그의 머릿속에 좋은 핑계라고 속삭였지만 선은 무시해 버렸다.

오늘 온 건 오로지 식당 때문이다. 그런 태도에 에버딘은 알겠다는 듯 고개를 끄덕이고 그에게 다가왔다. 식당은 주방을 나가서 복도 반대편에 있다.

그것을 선은 멍하니 쳐다보고 있었다. 또 저 표정이다. 그는 금세 에버딘의 표정을 알아챘다. 잘 만든 조각을 감상하는 듯한 표정이었다.

"식당 보러 온 거 아냐?"

어느새 그의 앞에 바짝 붙은 에버딘이 그렇게 물었다. 선은 그녀가 자신을 무서워하거나 피하지 않는다는 것을 새삼 깨달았다.

이상한 기분이 들었다. 에버딘이 그에게 바라는 게 없다는 게. 뭔가를 요구하면 대등한 대가를 지불하려 한다는 게. 마틴조차도 당연하다는 듯 그에게 뭔가를 바라곤 했다.

"맞아."

그는 그렇게 말하고 몸을 휙 돌려 주방 반대편으로 향했다. 주방 안쪽에서는 두 사람이 걱정스럽다는 표정으로 에버딘과 자신을 쳐다보고 있었다.

그 두 명뿐만이 아니었다. 복도로 통하는 가게 문틈 사이로도 낯익은 여자 둘이 이쪽을 지켜보고 있었다. 다들 에버딘을 걱정하는 게 느껴졌다.

그러고 보면 에버딘은 그가 볼 때마다 거의 항상 곁에 사람들이 있었다. 보고에 의하면 사냥꾼들에게도 도움을 줬다고 한다.

"너는 항상 주변에 사람이 가득하군."

도움을 받은 타인은 항상 더 많은 도움을 바라기 마련이다. 지금 당장 에버딘에게 도움을 받은 사람들이 과연 그 도움을 돌려주려고 할까? 아니면 더 큰 도움을 받고 싶어 할까.

삐딱한 생각이 선의 머릿속에 떠올랐다.

*　　*　　*

"웨스트 공작이 또 온 거야?"

한편, 사미나를 배웅하기 위해 주방에서 나온 도리스는 가게로 통하는 문 앞에 서 있던 아이린과 엘리스를 발견했다.

각각 목적이 있어서 찾아왔다. 엘리스는 에버딘이 부탁한 옥수수를 다듬어서 가져왔고 아이린은 가게에서 팔 빵을 가지러 왔다.

아이린의 질문에 도리스는 엘리스에게서 골라낸 옥수수 알이 담긴 그릇을 받으며 고개를 끄덕였다.

"얼마 전에 왼쪽 방을 개인 식당으로 꾸몄잖아요. 그걸 보러 왔나 보더라고요."

그 이야기는 아이린과 엘리스도 들었다. 특히 엘리스는 빵집의 일을 돕고 있기 때문에 앞으로 휴식은 이 층에 있는 방에서 하라는 말과 함께 주의를 받았다.

그리고 크리스틴과 수잔도.

그렇지 않아도 아이린은 수잔과 그것에 대해 이야기를 한 적이 있다. 그녀는 아이린을 위해 만들어 둔 빵을 가지러 가는 도리스를 따라 주방으로 들어가며 물었다.

"혹시, 혹시 말이야. 웨스트 공작이 에버딘한테 마음이 있는 거 아닐까?"

"네?"

생각도 못 한 말에 도리스의 눈이 동그래졌다. 웨스트 공작이 에버딘에게 관심이 있냐고? 물론 에버딘은 매력적이고 부족함이 없는 여자지만 웨스트 공작과는 그런 쪽으로는 생각도 안 해 봤다.

그녀는 멍하니 아이린을 쳐다보다가 반문했다.

"하지만 사장님은 웨스트 공작에게 빚을 졌는걸요?"

채무자와 채권자 사이에 연애 감정 같은 게 생길 리가 없다. 그게 도리스의 생각이었다. 일단 그녀는 마이크가 끔찍하게 싫었으니까.

하지만 아이린의 생각은 달랐다. 그녀는 도리스를 도와 식은 식빵을 바구니에 담으며 말했다.

"그렇긴 한데 둘이 자주 만나는 것도 그렇고 저 무섭다는 소문이 엄청난 공작이 에버딘한테는 무섭게 굴지 않는 것도 그렇고."

둘이 만나는 건 서로 주고받을 게 있기 때문이고 션이 에버딘에게 무섭게 굴지 않는 건 그녀가 최소한의 예의는 지키기 때문이다. 하지만 아이린에게 그런 건 중요하지 않았다.

그녀는 바구니에 담은 빵 위로 천을 덮으며 말을 이었다.

"아무리 생각해도 에버딘에게 마음에 있는 게 아닌가 싶단 말이야."

게다가 그녀는 종종 봤다. 선이 에버딘을 쳐다보는 것을. 움직이는 에버딘을 따라다니는 웨스트 공작의 시선은 누구나 '혹시?' 하는 생각을 하게 만들었다.

"으음. 그럴지도 모르겠네요."

그다지 생각은 안 해 봤지만 어쩌면 그럴지 모른다는 생각이 도리스의 머릿속에도 떠올랐다. 마이크를 끔찍해 하는 그녀와 달리 에버딘은 그다지 선을 끔찍하게 여기지 않는 것도 그렇고.

"뭐, 그래도 에버딘이 관심 없으면 다 소용없지만 말이야."

가장 중요한 건 당사자인 에버딘의 의사다. 아이린의 말에 도리스는 고개를 끄덕이다가 문득 에버딘이 엘리스와 함께 경기를 구경하러 갔다가 선의 관람석에 초대받았다는 이야기를 떠올렸다.

먼저 돌아온 엘리스가 이야기해 줬었다. 그녀는 제랄딘이 자신의 마차를 내준 덕에 그녀의 마차를 타고 돌아왔었다. 그리고 제랄딘의 마차가 얼마나 멋진지, 선의 관람실이 얼마나 훌륭했는지를 이야기했었다.

"그러고 보니 엘리스, 전에 웨스트 공작이 에버딘과 너를 관람실에 초대했잖아?"

아이린 옆에 서 있던 엘리스의 시선이 도리스를 향했다. 그녀는 오늘 아침 에버딘이 만들었던 앙금을 수저로 약간 떠서 엘리스에게 내밀며 말했다.

"그때 어땠어? 에버딘 사장님과 웨스트 공작의 사이 말이야."

두 사람의 사이? 엘리스는 녹색의 질척한 앙금을 보고 인상을 썼다. 이건 꼭 우드 부부가 주는 완두콩 수프 같다. 너무 끓여서 졸아

붙은 끝에 질척해진 수프.

하지만 맛있다는 도리스의 말에 그녀는 조심스럽게 혀끝에 갖다 대며 시합을 구경하러 갔을 때를 떠올렸다. 중간에 에버딘과 션은 떠나 버렸지만 그녀는 남아서 아네트와 경기를 구경했었다.

그리고 이겼는데도 화가 난 귀족이 뛰어들었었지.

"어? 다네요?"

녹색에 질척해 보이는 것은 엘리스의 생각보다 달았다. 맛있는데? 그녀가 이번에는 좀 더 대담하게 이로 앙금을 긁자 도리스가 웃으며 말했다.

"빵에 넣을 거야."

그리고 주먹만 한 크기로 팔 거다. 아이린이 관심을 보이자 도리스는 수저로 앙금을 떠서 그녀에게도 내밀었다. 그 사이 앙금을 먹고 수저를 핥은 엘리스가 수저를 개수대로 가서 씻으며 말했다.

"잘 모르겠어요."

진짜로 잘 모르겠다. 웨스트 공작과 에버딘 사장은 공작의 시합이 끝나자마자 나가 버렸기 때문이다. 거기서 둘이 이야기를 나눈 것도 그리 많지 않았다.

"그런데 엘리스와 에버딘을 관람실에 초대한 거면 웨스트 공작이 관심이 있는 거 아냐?"

꽤 합리적인 추론이다. 아이린의 지적에 도리스와 엘리스는 다시 '그런가?' 하고 생각했다. 하지만 다음 순간 엘리스가 입을 열었다.

"그런데 거기 있던 공작님 동생 말로는 관심이 없을 거라던데요."

"공작님 동생?"

"웨스트 양 말이야?"

그 예쁘게 생긴 아가씨 말이야? 나이 차는 고작 한두 살 정도지만 엘리스에 비하면 아네트는 훨씬 어른스럽다. 엘리스는 제대로 먹지 못했기 때문에 그렇다.

"응, 아니, 네. 어, 그러니까……."

엘리스는 아네트와 제랄딘이 무슨 대화를 했는지 떠올리려 애썼다. 분명 에버딘 사장님이 웨스트 공작의 취향이 아니라는 대화였던 것 같다.

하지만 그렇게 말하면 안 될 것 같다. 대화 자체는 그리 기분 나쁜 느낌은 아니었지만, 자신이 말을 옮기면 사람들이 오해할 것 같았다. 엘리스는 최대한 완곡하게 말했다.

"웨스트 공작님은 좀 크고 강한 타입을 좋아한대요."

그 순간, 주방에 에버딘이 불쑥 들어왔다. 덕분에 세 사람의 움직임이 그대로 굳어 버렸다.

"어, 빵 가지러 왔어요?"

에버딘은 빵을 챙기는 아이린과 엘리스를 보고 물었다. 오후쯤에 샌드위치용 빵을 가지러 온다고 했었다. 아이린이 고개를 끄덕이자 그녀는 성큼성큼 들어와서 찬장에서 찻잔과 찻잎을 꺼내며 말했다.

"앙금 먹어 봤어요? 도리스는 괜찮다고 하던데. 더 달게 해야 할지 고민 중이에요."

아무래도 방금 전의 대화를 듣지 못한 모양이다. 아이린은 도리스를 한 번 쳐다보고 허둥지둥 대답했다.

"어, 어. 먹어 봤어. 괜찮던데."

"그래요? 그럼 그대로 써도 되겠네요."

그렇게 말한 에버딘은 그대로 찻주전자에 차를 담고 끓인 물을 채우더니 빵 한 조각과 작은 그릇에 버터, 앙금, 잼을 덜었다. 그리고 그 모든 것을 얹은 쟁반을 들고 주방 밖으로 나가 버렸다.

"괜히 물어봤네."

에버딘이 나간 지 한참 되고 나서야 아이린은 한숨을 내쉬어 말했다. 이래서 남의 연애는 신경 쓰지 말라고 하는 거다.

도리스 역시 같은 생각이었다. 그녀는 엘리스에게 고맙다고 한 뒤 주방을 정리하고 가게로 나왔다.

당연히 에버딘은 세 사람의 대화를 들었다. 엘리스의 말뿐이었지만.

"좀 크고 강한 여자가 좋다고?"

식당으로 들어가던 에버딘은 자리에 꼿꼿하게 앉아 있는 선을 보고 저도 모르게 중얼거렸다. 확실히 선이 워낙 크니까 좀 큰 여자가 좋을 수도 있겠지.

"뭐가?"

귀도 좋다. 에버딘은 쟁반을 테이블 위에 탁 소리가 나도록 내려놓으며 말했다.

"얼른 먹고 가."

"너는 손님한테 얼른 먹고 가라고 하나 보지?"

"다른 손님은 그런 말 할 필요 없이 사서 바로 가거든."

여긴 식당이 아니다. 먹고 가는 건 션뿐이니 얼른 먹고 가라고 말할 손님은 없었다. 지극히 타당한 에버딘의 지적에 션은 재빨리 찻잔을 들어 올렸다.

그리고 주제를 돌렸다.

"아버지와 만난 건 어때?"

그냥 그랬다. 에버딘은 그렇게 말하려다 멈췄다.

이상한 일이다. 분명 도리스에게 이야기할 때는 아버지를 만나서 얼마나 좋은지, 아버지가 얼마나 좋은 사람인지 신이 나서 이야기했었는데 션 앞에서는 그럴 수가 없었다.

그녀는 가만히 서 있다가 주르륵 무너지듯 맞은편 의자에 걸터앉았다. 그리고 작은 목소리로 말했다.

"잘 모르겠어."

딱 그거였다. 잘 모르겠다. 아버지를 만나서 좋냐고? 좋아야 하는데 잘 모르겠다. 별로 좋지 않은 자신이 이상하게 여겨졌다. 분명 그녀의 아버지는 좋은 사람이었고 아버지를 만나서 좋아야 하는데 되돌아보면 진짜 그런가 하는 의문만 남았다.

"아버지를 만난 게? 아니면 아버지가?"

션은 무덤덤하게 물었다. 그러면서 그의 시선은 에버딘을 살피고 있었다.

그가 아는 한, 에버딘의 아버지는 그리 좋은 사람이 아니었다. 겉보기엔 괜찮은 남편이고 괜찮은 아버지일지 몰라도 그는 그런 사람이 그리 좋은 사람이 아니라는 것을 알았다.

헥터 어서는 말로만 가족을 걱정하는 사람이었다. 늘 사교계에서 딸이 걱정이라고 했고 딸을 위해 웨스트 공작가와 힘들게 혼담을 걸었다고 했지만 정말 그렇다면 혼담을 앞둔 딸을 이런 거리에 혼자 살게 할 리가 없다.

지참금도 꽤 많이 받았지만 에버딘에게 가지 않은 것은 굳이 조사하지 않아도 알 수 있다. 선은 자기 동생이지만 여자 소문이 안 좋은 마틴과 사랑하는 딸을 결혼시키려 한다는 것도 이해가 되지 않았다.

에버딘의 자살 소동도 마찬가지였다. 정말 딸을 사랑한다면 몇 달 동안이나 딸 소식도 모르고 지낼 리가 없다. 딸이 결혼을 거부하고 자살했다는 말에 선이 화를 낼까 봐 겁이 나서 숨었다는 말도 그렇다.

진짜 딸을 사랑하고 가정을 걱정하는 사람이 딸이 죽었다는 소문에 딸을 찾아보지도 않고 숨어 있다고? 말도 안 된다.

하지만 그는 사람이 가까운 사람의 일에 얼마나 시야가 좁아지는지 잘 알고 있었다. 이렇게 자신은 상관없는 척하고 앉아 있어도 그 역시 마틴이라는 역린이 있지 않은가.

"그런 거 있잖아. 너무너무 먹고 싶은데 먹을 수가 없어서 한참을 기다리다가 크게 마음먹고 음식점을 찾아서 먹었는데 생각보다 맛이 별로인 거야."

에버딘은 테이블에 팔꿈치를 대고 턱을 괸 채 말했다. 딱 그런 느낌이다. 인터넷에서 어떤 음식이 아주 맛있다는 걸 보고 며칠 찾아서 먹었는데 생각보다 별로였을 때.

선은 아무 말 없이 앉아 있었다. 음식으로 그래 본 적은 없었다. 하지만 그래. 그는 그녀가 무슨 말을 하는지 이해했다.

"아, 물론 아버지를 만난 건 좋아. 좋은 사람 같아."

그녀를 걱정해 줬고 미안하다고도 말해 줬다. 좀 더 에버딘이 바란 피는 물보다 진하다는 감각이 없어서 그렇지.

"그래?"

좋은 사람이라는 말에 선이 반응했다. 그는 테이블에 몸을 기울인 채 에버딘의 말을 듣다가 그대로 의자 등받이에 몸을 기댔다.

좋은 사람이라고? 그게? 그는 저도 모르게 삐딱하게 말했다.

"널 혼자 내버려 둔 사람이?"

"그건······."

에버딘은 저도 모르게 헥터를 변명하려다가 입을 다물었다. 그녀도 안다. 그녀가 헥터에 대해 어떻게 말을 해도 선이 그를 안 좋게 보리라는 것을.

그녀는 바보가 아니다. 헥터가 좋은 사람이라고 생각하지만 그가 한 말이나 행동을 누군가에게 설명하면 그리 좋은 사람처럼 느껴지지 않는다. 그녀를 걱정하는 표정이나 다정하게 잡아 주던 손은 그녀가 그리던 좋은 아버지라는 느낌이었지만 그건 바로 손을 잡힌 당사자나 느낄 수 있는 거다.

"내가 여기 있겠다고 했어."

결국 에버딘은 거짓말을 할 수밖에 없었다. 어쨌든 헥터는 에버딘의 아버지다. 앞으로 그녀가 에버딘이니까 그는 그녀의 아버지이기도 했다.

"기억이 돌아왔어?"

선의 질문에 에버딘은 저도 모르게 고개를 들었다. 그리고 일부러 허리를 세운 채 말했다.

"그건 아냐."

"그럼 네가 여기 있겠다고 했다는 건 어떻게 알았지?"

"아버지가……."

헥터가 이야기했다. 에버딘의 말끝이 점점 작아지자 선의 눈이 가늘어졌다. 하지만 그는 곧 표정을 원래대로 되돌리며 말했다.

"처음 본 남자의 말을 믿는다는 거군."

처음 본 남자가 아니다. 에버딘은 선의 빈정거림에 화가 나서 자리에서 벌떡 일어났다.

에버딘의 아버지다. 어머니는 몇 년 전에 돌아가셨고 에버딘은 형제자매도 없으니 실질적으로 그가 그녀의 유일한 가족일 것이다.

가족을 믿는 게 뭐가 나쁘단 말인가. 선에게 아네트와 마틴이 유일한 가족인 것처럼 그녀에게도 헥터는 유일한 가족이어서 믿었다.

믿고 싶었다.

선의 빈정거림은 아직 헥터를 진짜 아버지처럼 여기지 못하는 에버딘을 쿡 찌르는 것처럼 느껴졌다. 그녀는 네가 뭐라고 그따위 소리를 하냐고 소리 지르려다가 꾹 눌러 참았다.

"넌 가족도 안 만나 보지?"

그렇게 말한 에버딘은 선의 속을 긁기 위해 재빨리 덧붙였다.

"아, 네 가족도 널 안 믿지?"

선의 눈이 가늘어졌다. 하나도 안 무섭다. 에버딘은 그대로 몸을 돌려 식당을 빠져나갔다. 보자 보자 했더니 아주 재수가 없다.

"갔어요?"

에버딘이 가게로 나오자 제일 먼저 도리스가 물었다. 선이 갔냐고 묻는 거다. 에버딘은 못마땅한 표정으로 말했다.

"안 갔어요. 신경 쓰지 마세요. 거기서 콱 죽든가."

더 못되게 말할 걸 그랬다는 생각이 그녀의 머릿속에 떠올랐다. 네 가족들도 널 안 믿는다니, 그게 무슨 타격이나 가겠어?

그제야 에버딘의 머릿속에 선이 상처받을 말들이 떠오르기 시작했다. 못돼 처먹었다거나, 넌 네 아버지도 안 믿었다거나.

당시에는 생각나지 않았던 뾰족한 말들이 에버딘의 머릿속에서 뭉게뭉게 솟아났다. 이렇게 말할 걸, 저렇게 말할 걸 하고 후회하던 그녀는 고개를 흔들어 머릿속에서 선을 지워 버렸다.

"엘리스가 인사한다고 남아 있어요."

그때 도리스가 그녀에게 다가와 속삭였다. 오늘이 엘리스가 이 거리에서 일하는 마지막 날이다. 그녀는 얼마 전 우드 부부에게 부 잣집의 하녀 자리를 소개받았다.

부잣집에서 하녀로 일한다고 해도 한 달에 한 번 정도는 휴가를 받을 수 있다. 에버딘은 휴가가 한 달에 한 번인 건 너무 적은 것 같다고 생각하며 엘리스에게 인사를 건넸다.

"시간 나면 놀러 와. 언제든지 환영이야."

엘리스는 눈을 반짝이며 고개를 끄덕였다. 하녀는 하녀 복을 입고 멋진 집에서 일을 할 수 있다. 하녀 복을 입을 수 있다는 것도, 멋진 집에서 숙식을 해결하며 일을 할 수 있다는 것도 그녀에게는 멋있게 느껴졌다.

*　　*　　*

"어때요?"

이튿날, 에버딘은 주방에서 사람들 사이에 둘러싸여 있었다. 테이블 위에 놓인 것은 앙금이 들어간 앙금 빵과 슈크림이 들어간 슈크림 빵.

다양한 나이의 사람들은 테이블 앞에 서서 에버딘이 내놓은 것을 맛보고 있었다.

"앙금 빵이라고요?"

"안에 든 게 앙금이에요."

에버딘의 대답에 남자가 흰색의 앙금만 수저로 떠서 입 안에 넣었다. 강낭콩 맛보다 단맛이 더 먼저 느껴진다. 하지만 괜찮았다. 그는 고개를 끄덕이며 말했다.

"빵에 발라 먹어도 괜찮겠는데요."

"원하시면 그렇게 파셔도 돼요."

에버딘은 앙금이라고 하지만 쉽게 말하면 강낭콩 잼이다. 어차피 설탕이 들어간 거라면 과일 잼보다는 단백질 섭취에 도움이 될 것이다.

하지만 누가 잼을 건강을 위해 먹는단 말인가. 에버딘은 아마 앙금만은 안 팔릴 거라고 생각하며 어깨를 으쓱했다.

원래는 완두콩으로 만들었었다. 그녀가 살던 곳에는 빵에 들어간 앙금은 팥 앙금과 완두 앙금이 대부분이었기 때문이다.

하지만 어제까지 여러 사람에게 먹여 본 결과 이곳의 사람들은 녹색 음식을 별로 안 좋아한다는 것을 알았다. 그리고 그건 놀랍게도 완두콩 수프 때문이었다.

완두콩 수프의 이미지가 너무 강해서 완두 앙금을 넣은 **빵**을 주면 다들 완두콩 수프를 빵에 넣었다고 생각해 버리는 것이다. 그래서 차선책으로 흰 강낭콩으로 앙금을 만들었다.

"이건 커스터드 크림인 거죠?"

반대편에 선 여자의 질문에 에버딘은 고개를 끄덕였다. 그녀가 살던 곳에서는 슈크림이라고 부르지만 정확히는 커스터드 크림이다. 계란과 우유만으로 만드는 것으로 부유한 집이나 고급 식당에서는 우유대신 크림을 쓰고 젤라틴을 넣어 푸딩을 만들기도 한다.

보통 이곳에서 잼과 같이 빵에 발라 먹거나 파이를 채우지만 에버딘은 아예 빵에 넣어서 구워 버렸다.

사람들은 대체 어떻게 빵 안에 커스터드 크림을 넣은 건지 궁금해하며 빵을 이리저리 뒤집었다. 앙금 빵처럼 빵 반죽에 크림을 넣어 구우면 크림이 다 녹아 버린다.

"어떻게 넣었어요? 설마 주사기?"

고급 요리에서 주사기를 사용하는 경우가 가끔 있긴 하다. 하지만 에버딘은 주사기를 쓰지 않았다. 그녀가 자신만만하게 자신이 사용한 짤주머니를 꺼내려는 순간 누군가 가게의 뒷문을 두드렸다.

"에버딘! 사장님!"

익숙한 목소리에 에버딘은 깜짝 놀라서 주방 입구를 쳐다봤다. 엘리스의 목소리다. 무슨 일이지? 에버딘은 어제 엘리스와 작별 인사를 한 것을 떠올리며 뒷문으로 향했다.

분명 엘리스가 이 거리에서 일하는 게 어제까지라 그녀는 물론 거리의 상인들이 모두 모여서 환송회를 가졌었다. 오늘은 쉬고 내일부터 일하러 간다고 했었는데?

"엘리스?"

에버딘이 문을 열자마자 무슨 일이냐고 묻기도 전에 엘리스가 집 안으로 뛰어들었다. 그녀는 그대로 에버딘을 꽉 끌어안았다.

"무슨 일이야?"

그제야 질문을 던진 에버딘은 엘리스가 맨발이라는 것을 깨달았다. 여기까지 맨발로 온 건가? 깜짝 놀라서 살펴보니 발은 더러울 뿐 아니라 여기저기에 이제 막 생긴 듯한 상처가 나 있었다.

"엘리스, 왜 그래?"

"나, 가기 싫어! 가기 싫어요!"

이제 와서? 에버딘은 느닷없는 엘리스의 태도에 놀라서 그녀의 얼굴을 살펴보려 했다. 하지만 엘리스가 그녀를 놓아주지 않았다.

마치 구명줄이라도 되는 것처럼 에버딘을 필사적으로 끌어안는 모습에 그녀는 어쩔 줄 몰라서 주변을 살폈다. 주방에 있던 사람들이 요란한 소동에 놀라 나와 있었다. 그녀는 사람들에게 양해를 구하고 엘리스를 데리고 이 층으로 올라갔다.

이 층의 방 중, 가장 바깥쪽에 있는 방을 휴게실로 쓰고 있다. 대단한 건 아니지만 도리스뿐만 아니라 엘리스처럼 잠깐씩 와서 도와

주는 사람들이 옷을 갈아입거나 쉴 수 있도록 긴 소파를 놓아둔 방이었다.

에버딘은 그 방에 들어가서 엘리스를 소파에 앉히고 물러났다. 하지만 엘리스가 떨어지지 않으려 했기 때문에 억지로 밀다시피 앉혀야만 했다.

"무슨 일인데?"

엘리스는 치맛자락을 움켜잡은 채 흐느껴 울고 있었다. 자세히 보니 옷도 좀 달라졌다. 최근에 입기 시작한 깔끔한 새 옷이 아니었다. 여기저기 낡은 옛날 옷이었다.

에버딘은 엘리스가 입은 옷의 소매 부분에 천으로 덧댄 흔적을 확인하고 이맛살을 찌푸렸다. 이건 그녀와 아이린이 함께 수선해 준 옷이다. 그 뒤로 딱 한 번 입었다.

"아, 안 갈래요. 거, 거기 안 갈, 래요……."

흐느껴 우느라 엘리스의 목소리가 뚝뚝 끊어졌다. 하지만 에버딘은 참을성 있게 들었고 그녀가 하녀로 일하기로 한 부잣집에 가고 싶지 않다는 것임을 깨달았다.

"갑자기 왜?"

어제까지만 해도 엘리스는 부잣집에 하녀로 들어간다는 사실에 들떠 있었다. 거기서 입는 하녀 복이 어떤 색깔이고 허리 뒤에 리본을 어떻게 묶는지 세세하게 설명했었다.

하지만 이제 와서 갑자기 흐느껴 울면서 가기 싫다니 이해할 수가 없다.

어리둥절해 하는 에버딘 앞에서 엘리스는 어떻게 말해야 할지 몰라 입을 다물었다. 그녀도 정확하게는 모른다. 하지만 너무 끔찍했다.

"엘리스, 왜 그런지 말을 해야 알지. 우드 부인이 너 여기 온 건 알아?"

자연스럽게 에버딘의 머릿속에 엘리스의 보호자가 떠올랐다. 엘리스는 아직 하녀가 아니니까 아직 그녀의 보호자는 우드 부부다. 엘리스가 하녀가 되면 그녀를 고용한 사람이 그녀의 보호자가 된다.

"안 돼요!"

우드 부인을 찾는 에버딘의 모습에 엘리스는 깜짝 놀라 소리를 질렀다. 우드 부부는 안 된다. 그녀가 소리를 지른 탓에 그녀의 발을 살피고 있던 에버딘이 깜짝 놀라서 고개를 들었다.

"안 돼요! 그, 그 사람들 부르지 마세요, 제발요."

그제야 에버딘의 얼굴에 심각한 표정이 떠올랐다. 이건 뭔가가 있다. 에버딘은 엘리스가 예전에 입던 낡은 옷을 입고 있다는 것과 맨발로 여기까지 달려왔다는 사실에서 안 좋은 생각을 떠올렸다.

그녀는 엘리스의 앞에 무릎을 꿇고 앉아서 조심스럽게 물었다.

"엘리스, 우드 부부가 널 때렸니?"

예전에 그랬다. 우드 부부는 누군가 말대답을 하거나 시킨 일을 제대로 하지 않으면 몸 이곳저곳을 때리곤 했다. 하지만 엘리스가 에버딘을 만난 뒤로는 그 수가 확연하게 줄었다.

그리고 부잣집에 하녀로 들어가기로 결정되자 좋은 옷을 주고 더 이상 손을 대지 않았다. 가끔은 친절하게 대해 주기도 했다.

"최, 최근엔 안 때렸어."

"이런 씨……."

반사적으로 욕을 내뱉으려던 에버딘은 엘리스와 눈이 마주치자 재빨리 입을 다물었다. 최근엔 안 때렸다는 말은 예전엔 때렸다는 말이다. 가만두지 않을 거야. 에버딘은 속으로 분노를 삭이며 물었다.

"그럼 무슨 일이야? 우드 부부가 너한테 무슨 짓이라도 했어?"

"하, 하녀로 일하기로 한 거, 하녀가 아니래. 부, 부, 부인이 되는 거래."

부, 부, 부인이 뭐야? 아주 잠깐 머릿속이 돌지 않은 탓에 에버딘은 한 박자 늦게 엘리스의 말을 이해했다. 부인? 남편, 부인할 때의 그 부인?

그래도 여전히 이해가 안 된다. 에버딘은 인상을 쓰며 엘리스를 쳐다봤다. 그리고 조심스럽게 물었다.

"엘리스, 너 몇 살이랬지?"

"지난달에 열다섯 살이 됐어, 요."

숨을 돌리고 나자 여유가 돌아왔는지 엘리스가 다시 존댓말을 하려 노력했다. 하지만 지금 그런 게 중요한 게 아니다. 에버딘은 치맛자락을 꽉 움켜쥔 엘리스의 손을 잡고 다시 물었다.

"말이 안 되는데. 결혼은 열여덟부터 가능한 거 아니었어?"

이 나라는 남녀 모두 열여덟 살부터 결혼이 가능하다. 에버딘이 여기 와서 배운 것 중 하나였다. 엘리스는 이제 열다섯 살이니 그녀를 부인으로 맞이하는 건 불법이라는 말이다.

하지만 엘리스는 에버딘이 자신의 말을 믿지 않는다고 생각하고 패닉을 일으켰다.

"아니야! 우드 씨가 그랬단 말이야! 그 남자한테 부인으로 가는 거라고!"

"잠깐, 잠깐, 엘리스."

에버딘은 엉엉 크게 울면서 자신을 때리는 엘리스를 붙잡았다. 믿어 주지 않아서 그녀가 속상하고 미운 거다. 에버딘은 엘리스의 손을 잡은 채 낮은 목소리로 말했다.

"널 안 믿는 게 아냐. 그 사람들이 어떻게 그런 짓을 하려는 건지 알아야 막을 수 있어서 묻는 거야."

단호한 태도에 엘리스의 행동이 멈췄다. 그녀는 눈물을 뚝뚝 흘리며 에버딘을 쳐다보다가 고개를 숙였다.

"모, 몰라. 그런데 진짜 그랬어. 하녀 복을 만들고 싶다고 하니까 하녀로 들어가도 하녀 복은 입을 일이 없을 거랬어."

설마 정부로 삼겠다는 건가? 에버딘의 머릿속에 말도 안 된다라는 말만 떠올랐다. 그건 진짜로 말도 안 된다. 엘리스는 이제 겨우 열다섯 살이고 어린 태도 벗지 못한 아이를 정부로 삼겠다는 건 머리를 쪼개 버릴 미친놈이나 할법한 생각이다.

"있어 봐. 우드 부부랑 이야기해 볼게."

에버딘은 대체 이게 무슨 소린지 우드 부부와 대화를 해 볼 생각으로 자리에서 일어났다. 그러자 엘리스가 화들짝 놀라서 그녀를 끌어안으며 소리쳤다.

"안 돼!"

"괜찮아. 우드 부부에게 네가 거기 가기 싫다고 했다고 이야기할 게."

"하지만……."

엘리스는 여전히 에버딘의 옷자락을 잡은 채 망설이고 있었다. 그녀가 가기 싫다고 한다고 되는 문제가 아니다. 우드 부부는 이미 그녀를 부잣집 첩으로 넘기기 위해 돈을 썼다.

최근 다른 아이들에게는 허락되지 않는 목욕이나 새 옷 같은 게 주어졌다. 심지어 다른 아이들과 달리 그녀는 제대로 된 경어도 배우고 있었다.

그런 특권에 이유가 있었던 거다. 다른 아이들보다 더 좋은 대우를 받아 놓고 이제 와서 싫다고 거절할 수는 없다. 그랬다간 우드 부부가 그녀를 배은망덕한 아이라고 매도할 게 분명했다.

엘리스의 보호자는 우드 부부고, 두 사람이 그녀를 내치면 그녀는 아무 곳도 갈 곳이 없었다.

"나, 나 갈게."

엘리스는 에버딘의 옷자락을 잡은 채 힘없이 말했다. 얼굴도 모르는 늙은이의 부인으로 들어가는 건 죽기보다 싫지만, 그녀는 그걸 거절할 수가 없었다. 그녀의 세계는 한없이 좁았고 그 대부분을 차지하는 건 우드 부부였다.

에버딘은 엘리스가 지금 무슨 생각을 하는지 알았다. 그녀도 비슷한 경험이 있었다. 어릴 때 할머니가 아프면 늘 가슴이 철렁하고 내려앉곤 했다.

아이에게 보호자는 땅이다. 땅이 불안정하면 아이도 불안정할 수밖에 없다.

"이렇게 하자."

에버딘은 엘리스의 얼굴에 체념이 떠오르는 것을 봤다. 그녀의 작은 어깨가 힘없이 처지는 것도, 열다섯 살밖에 되지 않은 소녀가 세상의 모든 기대와 기쁨을 포기하는 것을 알 수 있었다.

"우드 부부와 이야기해서 내가 널 고용하면 어때?"

아마 부잣집 하녀만큼은 돈을 못 줄 거다. 그리고 부잣집에서 일하는 거보다 더 힘들 수도 있다. 그래도 부잣집은 집 안에서 고용인만 상대하면 되지만 빵집은 불특정 다수의 손님을 상대해야 한다.

에버딘의 설명에 다시 엘리스의 눈에서 눈물이 흘러내렸다. 사실은 이 거리에 남고 싶었다. 아이린의 가게나 에버딘의 가게에서 일하는 게 그녀는 훨씬 더 좋았다.

크리스틴의 심부름을 하거나 수잔의 꽃을 배달하는 게, 아이린 가게를 청소하거나 에버딘의 재료 준비를 도와주는 게 더 재미있고 보람 있었다. 하녀 복 같은 유니폼이 없어도 새로운 곳에 가서 새로운 것을 배우는 것보다 익숙한 거리에서 그녀가 좋아하는 사람들 사이에서 일하는 게 더 좋았다.

하지만 그렇게 말할 수 없었던 건 그녀도 알고 있었기 때문이다.

이 거리의 사람들이 엘리스를 장기적으로 고용해 줄 수가 없다는 것을.

"그, 그래도 돼? 돼요?"

간절한 엘리스의 표정에 에버딘은 잠시 말을 잃었다. 지푸라기라도 잡는 심정을 형상화하면 지금 엘리스의 모습이지 않을까.

그녀는 다시 쪼그리고 앉아서 엘리스를 쳐다봤다. 생각해 보면 그녀도 그랬다. 어릴 때 할머니가 아프기라도 하면 세상이 무너지는 것 같았다가 할머니가 자리를 털고 일어나면 그게 그렇게 고마울 수가 없었다.

보호해 줄 어른이 없다는 건 그런 거다.

"급여는 많이 못 주지만 적어도 밥은 잘 줄 수 있어."

먹고 죽은 귀신이 때깔도 좋다. 에버딘의 모토였고 그녀의 할머니의 모토였다.

엘리스는 에버딘의 말에 빙그레 웃었다. 여전히 눈초리에는 눈물이 맺혀 있다. 에버딘은 울다가 웃으면 엉덩이에 털이 난다고 말하려다 그냥 엘리스를 끌어안았다.

그날 저녁, 일을 정리한 에버딘은 엘리스의 손을 잡고 우드 부부의 집으로 향했다. 그녀도 우드 부부의 집이 어딘지는 안다. 몇 번인가 우드 부부의 집 근처를 지나간 적이 있었기 때문이다.

하지만 우드 부부의 집을 찾아온 것은 이번이 처음이었다. 그녀는 자신의 가게 앞보다 훨씬 더 깔끔하게 정리된 집 앞 화단을 보고 감탄했다.

아이들을 돌보면서 집 앞을 관리할 수도 있단 말이야? 에버딘은 장사를 하느라 매일 가게 앞을 청소하는 게 고작이었다. 그래도 이번 주에는 엘리스에게 약간의 돈을 주고 잡초를 정리했다.

"계세요?"

문을 두드리자 안에서 누군가 문을 열고 나왔다. 하지만 우드 부부는 아니었다. 에버딘은 고개를 내민 소녀를 보고 그녀 역시 거리에서 본 아이라는 것을 깨달았다.

거리에서 꽃을 팔던 아이다. 엘리스보다 한두 살 정도 어리고 분명 루실이라는 이름을 가지고 있었다. 에버딘은 루실에게 고개를 숙이며 물었다.

"나 알지? 우드 부인이나 우드 씨와 이야기를 하고 싶은데."

루실은 손잡이를 잡은 채 에버딘을 물끄러미 쳐다봤다. 그녀 역시 에버딘을 알았다. 그녀도 이미 거리의 명물이 되어 버린 예쁜 옷을 입고서 전단지를 나눠 주는 일을 한 적이 있기 때문이다.

그때 에버딘은 엘리스 때와 똑같이 루실을 목욕시키고 밥을 먹인 뒤 일을 시켰다. 그리고 일이 끝나자 간식을 먹이고 보냈었다.

그때 먹었던 샌드위치 맛있었지. 루실은 그렇게 생각하며 에버딘의 옆에 우물쭈물 서 있는 엘리스에게로 시선을 돌렸다. 엘리스가 가끔 빵집이나 술집에서 일을 하고 오면 남은 샌드위치를 가져올 때가 있다.

그럴 때면 우드 부부네 아이들은 엘리스가 가져온 샌드위치를 나눠 먹을 수 있었다. 물론 우드 부부의 몫으로 세 개를 빼앗긴 뒤의 일이다.

"우드 씨가 화가 아주 많이 났어."

루실은 엘리스를 향해 속삭이듯 말했다. 반쯤은 경고였고 반쯤은 비웃음이었다. 최근 엘리스는 우드 부부가 가장 총애하는 아이였기 때문이다.

우드 부부는 아주 확고한 양육 기준을 가지고 있었는데 일하지 않는 자는 먹지 말라는 것과 아이들은 너무 많이 먹을 필요가 없다는 거였다. 하지만 그 모든 기준은 그들이 총애하는 아이에게는 해당되지 않았다.

우드 부부는 영리하게도 한 아이만을 고정적으로 총애하지 않았다. 그때그때 자기 필요에 따라 아이를 바꿔 가며 총애를 했다.

덕분에 아이들은 불합리하게 대우하는 우드 부부가 아니라 우드 부부가 총애하는 아이에게로 미움을 돌렸고 총애받는 아이는 총애를 잃지 않기 위해 필사적으로 굴었다. 만약 엘리스에게 에버딘이나 아이린이 없었다면 그녀 역시 누군가에게 도움을 요청할 생각도 못 했을 것이다.

"알아."

겁을 먹은 엘리스 대신 나선 것은 에버딘이었다. 그녀는 루실을 향해 짧게 대답하고 손잡이를 잡아당기며 말을 이었다.

"우드 씨와 이야기를 하고 싶은데. 있니?"

에버딘의 단호한 태도에 루실의 어깨가 움츠러들었다. 그녀의 머릿속에 빵집의 어서 사장이 귀족과 아는 사이라는 이야기가 떠올랐다. 귀족과 아는 사이. 그것만으로도 우드 부부의 집에 사는 고아들에게는 대단하게 느껴졌다.

"우드 씨는 없어."

그렇게 말한 루실은 잠시 망설이다가 덧붙였다.

"누굴 만난다고 나갔어."

이 애도 에버딘이 처음 봤을 때의 엘리스와 비슷했다. 존댓말을 할 줄 모르는 점이나 목소리가 작고 다른 사람의 눈치를 본다는 점에서. 그 모습에 에버딘의 태도가 조금 누그러졌다. 그녀는 물끄러미 루실을 쳐다보다가 다시 물었다.

"그럼 우드 부인과 이야기하고 싶은데. 우드 부인도 없니?"

다시 루실의 시선이 엘리스를 향했다. 우드 부인도 우드 씨와 같이 나갔다. 돌아오기 전까지 빨래와 청소를 다 끝내지 않으면 오늘 저녁은 없다는 말을 남기고 나갔기 때문에 루실은 빨리 목욕실 청소를 끝내야 한다.

루실은 눈치가 빨랐다. 그건 우드 부부의 집에 사는 모든 아이들이 그럴 것이다. 그녀는 우드 부부가 엘리스를 그냥 하녀로 보내는 게 아니라는 것을 알았고 그걸 엘리스가 싫어한다는 것도 알았다.

"나갔어."

에버딘에게 대답한 루실은 재빨리 엘리스에게 속삭였다.

"말 안 할게. 빨리 가."

그녀는 엘리스가 밉긴 했지만 그건 최근 우드 부부의 행동 때문이다. 많은 것을 누리는 엘리스에게 질투했었다. 그러나 그전까지 엘리스는 루실을 돌봐 주었고 평소 루실은 엘리스를 잘 따랐다. 그걸 그녀는 기억하고 있었다.

"뭐?"

에버딘은 루실의 말에 놀라 엘리스를 돌아보았다. 다음 순간 루실이 문을 "쾅!" 하고 큰소리를 내며 닫아 버렸다.

그녀는 루실이 무슨 말을 한 건지 이해하지 못했지만, 엘리스는 아니었다. 엘리스는 루실의 말을 어떻게 받아들여야 할지 몰라 멍하니 서 있었다.

"엘리스?"

에버딘의 부름에 엘리스는 정신을 차렸다. 루실의 말은 우드 부부가 그녀를 찾고 있으며 찾으면 가만두지 않을 거라는 뜻이었다. 그리고 루실이 못 본 척해 줄 테니 얼른 도망치라는 말이기도 했다.

"가, 가요."

루실은 재빨리 에버딘의 손을 잡았다. 그리고 우드 부부의 집에서 누군가 나와서 자신을 발견할세라 허둥지둥 도망치기 시작했다.

"엘리스, 괜찮아. 천천히 가도 돼."

에버딘이 그렇게 말했지만 엘리스의 귀에는 들리지 않았다. 그녀는 어쨌든 오늘은 엘리스를 자기 집에서 재워야겠다고 생각하며 가게로 돌아왔다.

이미 문을 닫은 가게는 건물 안쪽을 제외하면 불을 꺼 놓았다. 하지만 불이 꺼진 가게 앞에 마차가 서 있었다.

손님인가? 처음 보는 마차에 에버딘은 고개를 갸웃했다. 여기까지 마차를 타고 오는 손님은 아네트와 션, 제랄딘 정도다. 부잣집에서 주문을 하긴 하지만 보통 하인을 보내기 때문이다.

그때 마차에서 세 사람이 내렸다. 먼저 내리는 두 남녀를 본 순간 엘리스의 몸이 얼어붙었다.

"엘리스!"

마차에서 내린 여자의 고함에 에버딘은 반사적으로 엘리스를 자신의 몸 뒤로 숨겼다. 그제야 그녀는 마차에서 나온 남녀가 우드 부부라는 것을 깨달았다.

몇 번 엘리스에게 줄 급여를 대신 받으러 와서 만난 적이 있었다. 그때도 별다른 대화는 없었다. 그저 에버딘과 아이린이 주는 돈을 말없이 받아 떠나 버렸다.

그때부터 에버딘은 우드 부부가 그다지 마음에 들지 않았다. 아니, 사실은 엘리스를 처음 만났을 때부터 이미 그들이 싫었다.

돌봐 주는 아이를 제대로 먹이지도 입히지도 않는 보호자는 보호자가 아니다. 심지어 이들은 아이들을 돌보는 대가로 왕궁으로부터 약간의 돈을 받고 있다. 당연히 그들이 싫을 수밖에 없었다.

"이 못된 것! 너 때문에 우리가 얼마나 민망했는지 알아?"

에버딘의 등 뒤로 엘리스가 움찔하고 놀라는 게 느껴졌다. 그녀는 우드 부인이 휘두르는 주먹에 엘리스가 맞을까 싶어서 손을 내밀며 말했다.

"잠깐만요. 저랑 이야기 좀 해요."

"뭐? 네가 뭔데? 우리 애를 네가 꼬셨지!"

"미셸, 거, 말로 해."

뒤에서 우드 씨가 느긋하게 끼어들어 왔다. 에버딘은 그녀의 앞에서 펄펄 화를 내는 우드 부인보다 부인을 말리는 척하는 우드 씨에게로 분노가 더 치솟았다.

하지만 지금은 우드 부인을 상대해야 한다. 그녀는 후문으로 몸을 돌리며 말했다. 일단 들어가서 이야기를 하자. 여긴 거리고 너무 시끄러우면 힘들게 장사를 한 친구들이 휴식을 방해할 것이다.

"들어가서 이야기해요."

"됐고! 엘리스, 이리 와!"

앗 하는 순간 우드 부인이 엘리스의 손을 낚아챘다. 에버딘은 깜짝 놀라서 엘리스의 손을 잡은 우드 부인의 손목을 잡았다.

"이거 안 놔?"

우드 부인이 눈을 부라리며 소리쳤지만 그녀가 엘리스를 우악스레 잡는 순간부터 에버딘은 화가 나서 이미 눈에 뵈는 게 없었다. 그녀는 우드 부인의 손을 억지로 떼어 내며 소리쳤다.

"내가 할 소리야!"

"에구구!"

에버딘이 힘껏 뿌리친 탓에 우드 부인이 비틀거리며 물러났다. 그러자 드디어 우드 씨가 다가왔다. 어디 한 번 덤벼 보시지? 각오를 하는 에버딘에게 그가 친절하게 말했다.

"아가씨, 그 앤 우리 애야. 아가씨가 상관할 이유가 없어."

"왜 상관할 이유가 없는데?"

반말에는 반말이다. 에버딘이 원래 살던 곳이라면 절대 하지 않았을 행동이다. 하지만 여기는 그녀가 살던 곳이 아니고 에버딘은 우드 부부 같은 자들에게 존대를 해 줄 필요가 없다고 생각했다.

에버딘의 질문에 우드 씨는 잠시 멈칫하더니 비웃으며 물었다. 그녀보다 훨씬 크고 험상궂게 생겼지만 그녀는 화가 난 상태라 하나도 무섭지 않았다.

"아가씨가 이 애 가족도 아니잖아?"

"그건 아저씨도 마찬가지지."

우드 부부도 엘리스의 가족은 아니다. 보호자일 뿐이지. 하지만 보호자로서 아무것도 하지 않고 있었다. 그럼 실격이지.

우드 씨는 에버딘의 반론에 당황했다. 하지만 곧 여유 있게 말했다.

"우린 이 애의 보호자거든. 그러니까 적당히 하고 가는 게 어떨까?"

보호자는 개뿔. 에버딘은 우드 씨의 말에 픽 하고 비웃었다. 우드 부부가 엘리스의 보호자라면 그녀는 엘리스의 친언니다. 지금부터 그렇게 정했다.

에버딘은 왼손으로 엘리스를 단단히 잡았다. 그리고 마차 옆에 서 있는 남자를 손가락질하며 소리쳤다.

"그래서 애를 저런 변태 새끼한테 팔아넘겨?"

"뭐?"

에버딘의 고함에 우드 씨는 물론 마차 옆에 서 있던 남자까지 당황했다. 당황하며 이쪽으로 달려오는 꼴을 보니 그녀의 예상이 맞았던 모양이다.

"뭐라는 거야, 이 계집애가!"

"조용히 못 해?"

우드 부부는 남자의 눈치를 보며 허둥대기 시작했다. 어지간히 남자의 눈치를 보는 모양이라고 생각하는 에버딘 앞에 드디어 세 번째 상대가 도착했다.

그녀의 상상처럼 머리가 벗겨진 항아리 같은 남자는 아니었다. 오히려 약간 마르고 왜소한 체격이었다. 옷은 딱 붙는 셔츠와 재킷에 색도 밝은 게 젊어 보이려 노력을 한 느낌이었다.

남자를 바라보는 에버딘의 시선이 확 변했다. 뭐야, 이 멍청이는.

명백하게 업신여기는 눈길에 남자는 기가 죽어서 멈칫했다. 그녀는 남자가 굽이 높은 신발을 신고 있는 것을 보고 고함쳤다.

"부끄러운 줄도 모르고!"

"뭐, 뭐라고 하는 거야!"

에버딘의 삿대질에 우드 씨가 허둥대며 나섰다. 그는 에버딘 때문에 허튼 씨가 기분이 상할까 봐 그녀의 입을 막으려 했다. 하지만 허둥거리느라 그가 내민 손바닥에 에버딘의 턱이 부딪쳤다.

"아야!"

퍽 소리와 함께 에버딘의 턱이 가볍게 흔들렸다. 놀란 에버딘이 자기 턱을 움켜잡는 것과 동시에 모든 사람의 움직임이 멈췄다.

우드 부부는 물론 허튼 씨와 엘리스도 에버딘이 맞는 것을 봤다. 에버딘이 맞는 것에 깜짝 놀란 엘리스는 그녀의 옷자락을 잡고 멈춰 있다가 우드 씨에게 덤비며 소리쳤다.

"때리지 마!"

때리려던 건 아니었다. 애초에 우드 부부는 자기 집에서 지내는 아이들밖에 손대지 못하는 사람들이다. 자기 보호 아래 있으니 어떻게 대해도 되기 때문이다.

당연히 집 밖의 다른 사람들은커녕 아이들에게도 큰소리 한 번 내지 못한다. 하지만 어쩌다 에버딘을 쳐 보니 이 정도로 작은 여자라면 때릴 수 있다는 자신감이 솟았다.

그는 덤벼드는 엘리스를 거칠게 밀며 소리쳤다.

"맞을 만한 짓을 했으니 맞아야지!"

거기서 에버딘의 정신이 번쩍 들었다. 아, 그래? 그녀는 우드 씨가 밀어 넘어지는 엘리스 옆으로 달려 나갔다. 그리고 있는 힘껏 우드 씨를 걷어찼다.

"꽥!"

볼썽사나운 비명과 함께 우드 씨가 뒤로 벌렁 넘어졌다. 에버딘은 좀 더 제대로 차 주기 위해 그에게 다가가며 소리쳤다.

"너도 맞을 만해서 맞은 거야!"

하지만 이미 우드 씨는 입에 거품을 물고 기절한 뒤였다. 에버딘이 남성의 중심부를 가격했기 때문이다. 그녀는 좀 더 밟아 줄까 하다가 몸을 돌려서 우드 부인과 허튼 씨를 쳐다봤다.

"무슨 짓이야!"

그러자 멍하니 남편이 쓰러지는 것을 보고 있던 우드 부인이 소리쳤다. 남편도 때렸는데 부인이라고 못 때릴 것 같아? 에버딘은 허리에 손을 얹으며 말했다.

"맞을 만해서 때렸다! 왜! 너도 맞을래?"

에버딘이 우드 부인에 비하면 한 뼘 정도 작지만 분노한 그녀는 무서울 게 하나도 없었다. 남편이 한방에 거품을 물고 기절하는 것을 본 우드 부인은 에버딘의 눈에서 타오르는 분노를 보고 놀라서 물러났다.

그러자 이번에는 허튼 씨가 나섰다. 일이 이렇게 커지길 바란 건 아니다. 그도 자신의 행동이 손가락질받을 짓이라는 걸 알고 있었으니 당연하다.

"잠깐 진정하고……."

허튼 씨가 에버딘을 달래기 위해 다가오는 순간 에버딘이 엘리스를 끌어안고 물러나며 소리쳤다.

"다가오지 마! 더러워!"

같은 하늘 아래에 있는 것조차도 역겹다. 적대적인 에버딘의 태도에 허튼 씨의 얼굴이 벌게졌다. 이 여자가 뭐라는 거야? 그가 벌컥 화를 내려 했을 때였다.

맞은 편 술집에서 꽤 많은 이들이 우르르 나왔다. 그렇지 않아도 시끄러워서 다들 무슨 일인가 하고 관심을 두던 차였다. 그들은 쓰러진 우드 씨와 엘리스를 끌어안고 있는 에버딘을 발견하고 다가오며 물었다.

"어, 어서 경 아닙니까? 무슨 일입니까?"

그들은 가볍게 취한 모양인지 술 냄새는 나지만 발걸음이나 말은 또박또박했다. 에버딘은 그들이 서쪽 하늘 용병대 용병들이라는 것을 알아차렸다.

잘 만났다. 그녀는 허튼 씨를 손가락질하며 말했다.

"이 남자가! 엘리스를! 정부로 삼겠대!"

어두운 거리에 잠시 침묵이 흘렀다. 언행은 멀쩡해도 취하긴 취한 모양인지 용병들의 행동이 반 박자 늦었다. 그들은 에버딘의 말이 이해가 되자 그제야 인상을 쓰며 허튼 씨를 돌아보았다.

"뭐라고?"

"엘리스를? 이거 아주 미친놈 아냐?"

거리의 상인들이 엘리스에게 이런저런 심부름을 시킨 덕에 용병들은 엘리스와 친했다. 가끔은 열심히 일하는 엘리스가 가상하다고 사탕이나 과자 같은 것을 하나씩 주기도 했다.

용병들은 당장이라도 허튼 씨를 죽여 버릴 것처럼 허리춤의 검을 찾기 시작했다. 좀 큰 무기를 사용하는 용병은 등 쪽으로 손을 뻗었다.

그러자 당황한 허튼 씨가 저도 모르게 말했다.

"아, 아니. 정부라니! 부인으로 삼으려고……."

"뭐라고?"

그게 더 용병들의 분노에 불을 질렀다. 이거 완전 미친놈 아냐? 용병들이 허튼 씨에게 우르르 몰려들자 우드 부인이 비명처럼 소리쳤다.

"아, 아니야! 그냥 하녀라고!"

그 말에 용병들이 멈칫했다. 그러자 에버딘이 재빨리 끼어들었다.

"거짓말이야! 고작 하녀 하나 데려가겠다고 집주인이 직접 오는 거 봤어?"

사실 하녀를 고용하는데 집주인이 직접 오는지 아닌지는 에버딘도 모른다. 그냥 던져 본 말이었는데 용병들에게는 그럴듯하게 들린 모양이다.

제일 선두에 있던 용병이 허튼 씨의 멱살을 잡아 올렸다. 왜소한 그는 그대로 달랑 들어 올려져 용병의 손에 미역 줄기처럼 흐느적거렸다.

"하녀예요!"

그때 우드 부인이 소리쳤다. 우드 부부는 이미 허튼 씨에게 엘리스를 넘기는 대가로 돈을 받았다. 여기서 허튼 씨가 다치기라도 하면 곤란하다.

그녀의 거짓말에 용병들이 다시 멈칫했다. 우드 부인은 기절한 남편을 깨우려 애쓰며 설명했다.

"그냥 하녀로 보내는 거예요. 이런 거리에서 일하는 것보다 그게 낫잖아요! 저 여자가 오해해서 난리 피우는 거예요!"

그녀의 말을 믿는 용병은 아무도 없었다. 하지만 일단 저런 변명이 나온 이상 용병들은 허튼 씨를 때리는 것을 다시 한 번 생각해 봐야 한다.

용병들이 행동을 멈추자 에버딘이 나섰다. 그녀는 우드 부인을 향해 소리쳤다.

"이 거리가 어때서! 엘리스는 내 가게에서 일하기로 했어!"

우드 부인과 에버딘의 싸움에 용병들은 어떻게 해야 할지 고민하기 시작했다. 마음 같아서는 에버딘의 편을 들어주고 싶다. 그녀는 서쪽 하늘 용병단에 공짜 샌드위치를 제공하고 친분도 있다.

하지만 이런 일에 끼어들지 않는 게 좋다는 것을 그들도 알고 있었다.

"누구 마음대로!"

우드 부인이 소리쳤다. 엘리스 마음대로다! 에버딘이 그렇게 소리치려는데 그녀가 계속해서 소리쳤다.

"걔가 얼마나 비싼 앤 줄 알아?"

비싸다는 말에 에버딘의 말이 막혔다. 비싸다고? 그녀는 우드 부인이 한 말이 이해가 되지 않아서 그녀를 빤히 쳐다보기 시작했다.

그녀를 빤히 쳐다보기 시작한 건 용병들도 마찬가지였다. 물론 그들은 그녀가 무슨 말을 한 건지 바로 알아들었다.

"비싼 애라니, 그게 무슨……."

에버딘이 그게 무슨 소리냐고 물어보려는 순간 용병의 손에 잡혀 있던 허튼 씨가 몸부림을 쳐서 빠져나왔다. 그러더니 허둥지둥 달려가 자신의 마차에 올라탔다.

"뭐, 뭐야?"

혼란스러워하는 에버딘과 경멸하는 시선을 보내는 용병들의 눈앞에서 허튼 씨가 우드 부부를 버리고 도망치고 있었다. 그 모습을 멍하니 바라던 용병들은 어이가 없어서 웃기 시작했다.

그래도 우드 부인은 기절한 남편을 챙기려고 하기라도 했다. 에버딘은 역시 도망친 허튼 씨를 향해 혀를 차고 우드 부인을 향해 고개를 돌렸다.

하지만 그녀 역시 어느새 기절한 남편을 질질 끌고 도망치고 있었다.

＊　　＊　　＊

"주인님, 손님이 왔습니다."

이튿날, 웨스트 공작의 저택에 손님이 찾아왔다. 선을 찾아오는 손님은 하루에도 열 손가락으로 다 꼽지 못할 정도다. 당연히 집사가 알리는 손님은 나름대로 중요도가 높은 사람들이었다.

그래도 집사에게는 원칙이 있었는데, 미리 약속을 한 사람이 첫 번째고 선이 관심을 가지고 있는 사람이 그 두 번째였다. 하지만 지금 방문한 손님은 둘 중 어느 쪽도 아니었다.

"허튼?"

처음 듣는 이름에 선의 미간에 가볍게 주름이 졌다. 제임스 허튼. 귀족도 아니다. 그냥 부자라고 했다.

그제야 선은 어디서 들어 본 이름이라고 생각하며 집사를 쳐다봤다.

"용병대에게 불쾌한 일을 당한 모양입니다."

설마 그 녀석들이 무슨 사고라도 친 건가. 선은 이마를 짚으며 한숨을 내쉬었다. 용병대는 어느 도시에서나 그리 환영할 손님은 아니다. 거친 자들이기 때문이다.

술집 입장으로는 언제든지 반길 손님이지만 반대로 취하면 취할수록 위험 부담이 커진다. 그렇기 때문에 예의 바르고 자중할 줄 아는 용병대는 실력 있는 용병대 다음으로 사람들이 선호하는 용병대였다.

물론 서쪽 하늘 용병대는 선과 카렌의 철저한 관리 아래 있고 그럭저럭 예의를 차릴 줄 아는 용병대였지만 한 달에 두어 번쯤은 카렌이 나서야 했다.

"고든에게 넘겨."

선은 그렇게 말하고 다시 서류로 시선을 돌렸다. 서쪽 하늘 용병대는 엄밀히 말하면 선의 용병대가 아니다. 그들은 웨스트햄튼이 본 거지일 뿐이지 대외적으로는 선과 관계가 없다.

에버딘이 존을 납치 감금했을 때 선이 나선 것은 특수한 상황이었기 때문이다. 에버딘이 선이 아니면 베르트와 이야기를 해야 한다고 우겼고 베르트는 수도에 없었으며 존의 생사가 불확실하기 때문이었다.

하지만 이번 일은 누군가의 생사가 걸린 일도 아니고 고작해야 술에 취한 용병들이 지나가던 사람에게 시비를 건 문제일 것이다. 그건 카렌이나 베르트가 처리해야 한다.

그는 자신과 상관없다는 판단에 서류를 읽기 시작했다. 하지만 곧 그런 일이라면 집사가 자신에게 알릴 리가 없다는 것을 깨달았다.

톰슨은 웨스트 공작가에서 션의 어머니 때부터 일해 온 사람이다. 고작 그런 일로 션에게 허튼과 만날지를 물어볼 사람이 아니었다.

"뭔가."

결국 션은 한숨을 내쉬며 물었다. 그러자 톰슨이 기다렸다는 듯 대답했다.

"그게, 사건이 벌어진 곳이 그 거리입니다."

그 거리라는 말만으로 션의 시선이 집사를 향했다. 그는 수도에 많은 건물을 가지고 있지만 집사가 '그 거리'라 할 만한 곳은 딱 한 군데밖에 없었다.

순식간에 그의 머릿속에 에버딘의 얼굴이 떠올랐다. 아버지를 믿지 말라는 그의 경고에 화를 내던 게 마지막 만남이었다.

그 뒤로는 션도 일부러 에버딘의 빵집에 가지 않았다. 고작해야 며칠이지만.

"그리고 어서 경이 연관된 모양입니다."

이어진 집사의 말에 선의 한쪽 눈썹이 올라갔다. 여기서 에버딘의 이름을 들을 줄은 몰랐다. 그가 관심을 보이자 톰슨은 속으로 안도의 한숨을 내쉬고 이야기를 시작했다.

"허튼 씨가 어서 경과 다퉜던 모양입니다. 마침 술집에서 나오던 용병들이 허튼 씨에게 손을 댔고요."

그 거리는 선의 소관이다. 그리고 용병대 역시 웨스트햄튼 출신인 서쪽 하늘 용병대다. 그러니 웨스트 공작에게 항의를 하겠다는 깜찍한 야망을 드러낸 것이다.

어이가 없어서 선은 저도 모르게 픽 웃었다. 웃기는 작자로군. 그는 다시 서류로 시선을 돌리며 말했다.

"쫓아내."

"항의하러 온 게 아니랍니다."

선의 생각과 달리 제임스 허튼은 항의하러 온 게 아니었다. 그럼 뭐야? 선은 다시 집사를 쳐다봤다. 그러자 톰슨이 헛기침을 하더니 말했다.

"허튼 씨가 데려가려 한 하녀를 어서 경이 납치 감금하고 있답니다. 그걸 용병들이 도와주고 있고요."

그러니 용병이나 에버딘을 설득해서 하녀를 돌려받을 수 있도록 도와 달라는 말이다. 선은 어이가 없어서 집사를 멍하니 쳐다봤다. 그러다가 낮게 웃음을 터트렸다.

"어서 경이 또 납치 감금을 했다고?"

그 여자는 무슨 특기가 인간 납치 감금이라도 된단 말인가. 어이 없는 상황에 선은 결국 한 손에 얼굴을 묻고 웃기 시작했다. 전에는 용병이더니 이번엔 하녀란다.

그 옆에서 톰슨도 입술을 깨물고 있었다. 그는 제임스 허튼에게 이야기를 들었을 때 어셔 경이 좀 위험한 사람이라고 생각했었다. 사람을 납치 감금한 게 이번이 두 번째다. 공작님이 흥미를 가지고 있긴 하지만 그런 미친 사람이라면 가까이 두지 않는 게 좋을 거라고 말할 생각이었다.

하지만 선이 웃기 시작하자 그도 이 상황이 얼마나 웃긴지 깨달은 것이다. 작은 어셔 경이 자기 두 배쯤 되는 용병을 납치 감금하는 모습이 상상됐다.

"알겠네."

선은 한참을 웃고 난 뒤에야 톰슨에게 지시를 내렸다. 대체 무슨 상황인지 궁금하다. 그리고 에버딘이 무슨 생각으로 그런 짓을 했는지 보고 싶었다.

그는 오늘 저녁, 에버딘의 가게에서 허튼과 만나겠다고 한 뒤 다시 들고 있던 서류를 보기 시작했다.

"왔어요."

그날 저녁, 에버딘이 가게를 정리할 때쯤 가게 앞에 마차가 두 대 도착했다. 이미 가게 문을 닫아 걸은 도리스는 도착한 마차를 보고 재빨리 주방으로 들어가 에버딘에게 알렸다.

"엘리스는요?"

"이 층에요. 내려오라고 할까요?"

"아뇨. 무슨 일이 있어도 내려오지 말라고 하세요."

여기에 엘리스가 있어서 좋을 게 없다. 아니, 오히려 엘리스는 없어야 한다. 그녀를 두고 어른들이 싸우는 것을 보면 엘리스는 분명 겁을 먹어서 다시 돌아가겠다고 할지도 모른다.

에버딘은 손을 닦고 앞치마를 벗은 뒤 머리카락과 차림새를 정리했다. 분명 또 올 거라고 생각은 했다.

오늘 아침에도 우드 부부는 엘리스를 억지로 데려가려고 했던 것이다. 어제의 난리를 직접 목격하여 분기탱천한 용병들이 에버딘이 부탁하지 않았음에도 엘리스를 지켜봐 줘서 다행이었다.

에버딘은 도리스가 이 층으로 올라가는 것을 보고 뒷문을 열었다. 그러자 문 앞에 검은 그림자가 그녀가 나오는 것을 보고 멈칫했다.

"어."

선이었다. 그는 노크를 하려던 순간 문을 벌컥 열어젖힌 에버딘을 보고 무뚝뚝하게 말했다.

"누군지 묻지도 않고 여는 건가."

"댁한테 열어 준 거 아니거든?"

에버딘은 아버지를 믿냐고 선이 빈정거린 일로 아직도 그에게 화가 좀 나 있었다. 그녀는 착하게 살려고 노력하는 거지 멍청이가 아니다. 그런 소리를 듣고도 화가 안 날 수는 없다.

선은 여전히 그녀가 화가 나 있는 것을 보고 어깨를 으쓱했다. 그리고 어렵지 않게 그녀의 머리 위로 안쪽을 들여다보고 말했다.

"혼자 있으면 안 될 것 같은데."

여기로 우드 부부는 물론 제임스 허튼도 올 것이다. 그 세 사람을 에버딘 혼자 상대할 수는 없다. 션의 말에 에버딘이 허리에 손을 얹으며 말했다.

"당신이 신경 쓸 일이 아니지."

그녀가 혼자 있건 말건 그건 그녀의 선택이다. 션이 이러쿵저러쿵할 일이 아니다.

자신을 밀어내는 에버딘의 태도가 션은 이상하게 마음에 들지 않았다. 예전 같았으면 그를 보자마자 영업용 미소를 지으며 끌어들이려 했을 것이다.

아버지를 믿냐고 빈정거린 것 때문에 미움을 받은 모양이다. 그렇게 생각하니 션의 기분이 순식간에 땅 밑까지 떨어졌다.

"제임스 허튼이 날 찾아왔더군."

션은 바닥에 떨어진 자신의 기분을 억지로 갈무리하며 입을 열었다. 남에게 미움받는 건 익숙하다. 그리고 이젠 더 이상 신경 쓰지도 않는다.

"그 자식이?"

허튼 이라는 이름에 에버딘의 눈초리가 올라갔다. 명백한 경멸 어린 표정에 션의 기분이 다시 나빠졌다. 처음 만났을 때 그녀는 그에게도 비슷한 표정을 지었다.

그런 멍청한 놈과 비슷한 취급을 받았었다니. 게다가 에버딘이 멍청한 허튼과 자신을 비슷하게 생각했다는 게 불쾌했다.

"네가 자신의 하녀를 납치 감금하고 있다고 해서 말이야."

처음엔 대체 무슨 생각으로 그런 짓을 했냐고 비웃으려 했다. 하지만 허튼이라는 이름만으로 경멸하는 에버딘을 보자 션은 저도 모르게 그녀의 편을 드는 듯한 뉘앙스로 말했다.

"그자가 왜 그런 멍청한 생각을 했는지 물어보러 왔어."

선의 태도가 자신에게 우호적이라는 것을 알자 에버딘의 표정이 부드러워졌다. 허리에 얹었던 그녀의 손이 내려가자 이상하게도 선은 불편했던 기분이 조금 나아졌다.

에버딘이 그가 들어올 수 있도록 한 걸음 물러나자 이제 선의 기분은 원상태까지 돌아왔다.

"그 멍청한 놈이 엘리스를 하녀가 아니라 부인으로 삼으려 했대."

엘리스가 누구지? 선의 눈이 가늘어졌다. 처음 듣는 이름이다. 자신의 집에서 일하는 사용인도 아닌데 이름을 기억할 리가 없다.

그런 그를 위해 에버딘이 한숨을 내쉬며 설명했다.

"금발에, 요정도 키에, 바짝 마른 애 말이야. 한 열두세 살쯤 되어 보이고."

에버딘이 손으로 자기 가슴쯤에서 쫙 폈다가 기억나냐는 듯 선을 쳐다봤다. 그 모습을 그는 말없이 지켜보고 있었다. 그보다 훨씬 작은 에버딘이 그보다 작은 소녀를 보호하려 한다는 게 어쩐지 그의 기분을 이상하게 만들었다.

하지만 어쨌든 누군지 알 것 같다. 선은 가끔 에버딘의 가게나 맞은편 술집에서 심부름을 하던 어린 소녀를 떠올렸다. 그리고 다음 순간 엄청난 불쾌감에 그의 이마에 깊은 주름이 생겼다.

"그 애가 엘리스라고?"

"걔를 부인으로 삼으려 했대."

"미……."

저도 모르게 션의 입에서 미친놈이라는 욕설이 튀어나올 뻔했다. 하지만 그는 눈앞에 에버딘이 있는 것을 깨닫고 재빨리 입을 다물었다.

"거봐. 당신도 그놈이 제정신이 아니라고 생각하잖아. 거기서 어떻게 그냥 데려가라고 하겠냐고."

에버딘이 션의 불쾌감을 읽고 당당하게 말했다.

이제 무슨 일인지 확실히 알겠다. 션은 가슴 앞으로 팔짱을 낀 채 에버딘을 물끄러미 쳐다봤다. 그가 도와줄 수 있을 것이다. 적당히 허튼과 엘리스를 돌보는 고아원에 압력을 주면 그들이 엘리스를 포기하는 것은 일도 아니다.

그리고 다음 순간, 도착한 우드 부부와 제임스 허튼이 가게 문을 두드렸다.

같은 시간, 엘리스는 이 층 창문으로 언제 우드 부부가 오는지 지켜보고 있었다. 불안해서 아무것도 손에 잡히지 않았다. 당장이라도 우드 부부가 나타나서 그녀를 끌고 갈 것 같았다.

"엘리스."

그래서 엘리스는 도리스가 나타나서 자신을 불렀을 때 그 자리에서 말 그대로 펄쩍 뛰어올랐다. 도리스는 걱정스러운 표정으로 엘리스를 쳐다보고 있었다.

그 표정에 다시 엘리스의 심장이 툭 떨어졌다. 혹시라도 에버딘이 그녀에게 도저히 안 되겠으니 돌아가라고 하는 거 아닐까.

우드 부부는 잊을 만하면 쓸모없는 너희들을 거둬 준 자신들에게 감사하라고 말하곤 했다. 아무도 원하지 않은 아이들인데 데리고 와서 먹여 주고, 재워 주고, 입혀 주고 있으니 자신들만큼 착한 사람은 없다고도 말했다.

그리고 실제로 주변에 사는 사람들 중에서는 우드 부부를 착하다고 말하는 사람도 있었다. 어떤 사람은 엘리스에게 너희 같은 보잘것없는 고아를 돌봐 주고 있으니 고마워하라고 충고를 하고 간 적도 있다.

그래서 오늘 아침 에버딘의 가게 이 층에서 눈을 떴을 때 어제의 일이 꿈이 아닌가 하고 손등을 꼬집었었다. 그녀를 고용해 준다던 에버딘의 말이 그녀의 상상이 아니었을까.

아침을 먹고 나면 에버딘이 이제 그만 너희 집으로 돌아가라고 하는 게 아닐까. 점심을 먹고 나면 아이린이 왜 퇴근하지 않냐고 말하는 게 아닐까.

하루 종일 엘리스의 심장은 빠르게 뛰었다가 몇 번이나 멈추기를 반복했다. 그리고 지금, 마차가 이 건물 앞에 멈추는 소리가 들렸다.

"사장님이 무슨 소리가 나도 내려오지 말래. 그러니까 걱정 마."

그게 더 무서웠다. 엘리스는 말없이 고개를 숙였다. 차라리 무슨 이야기를 하는지 듣고 싶었다. 그러면 에버딘이 포기하고 자신을 보내겠다는 결정을 했을 때 바로 떠날 수 있도록 마음의 준비를 할 수 있을 테니까.

"아이고, 웨스트 공작님."

허튼 씨는 에버딘이 뒷문을 열어 주자마자 그녀의 뒤로 보이는 선의 모습에 싱글벙글하며 인사를 건넸다. 오늘 아침부터 웨스트 공작가를 찾아간 보람이 있었다. 다른 사람도 아닌 웨스트 공작이 이미 와 있었으니 말이다.

다행히 집 안에는 가게의 사장과 웨스트 공작 단둘뿐인 것처럼 보였다. 그는 조용한 일 층을 둘러보고 엘리스가 어디에 있을지 생각했다. 여차하면 눈앞의 재수 없는 계집을 때려눕히고 데려가면 될 것 같다.

제임스의 옹이구멍 같은 눈이 번들거리며 엘리스가 어디 있는지 찾았다. 그것을 본 에버딘이 한마디 하려는데 우드 부부가 약삭빠르게 선에게 달라붙었다.

"공작님, 제 말 좀 들어 보세요. 이 여자가 우리가 금쪽같이 키운 아이를 납치해서 감금하고 있습니다."

뭐라고? 남편 우드의 말에 허튼 씨를 쳐다보던 에버딘의 시선이 휙 하고 우드 씨를 향해 돌아갔다. 그사이 이번에는 우드 부인이 선에게 애원하기 시작했다.

"제발 저희를 도와주세요, 공작님. 엘리스가 겁에 질려 있을 걸 생각하면……."

심지어 눈에 손수건까지 갖다 댄다. 에버딘은 우드 부부의 천연덕스러운 연기에 기가 막혀서 아무 말도 못 하고 서 있었다.

엘리스를 금쪽같이 아낀다니, 아주 연기 대상감이다.

선은 무표정한 얼굴로 우드 부부를 내려다보고 있었다. 마음 같아서는 걷어차고 싶지만 그는 이 자리에 에버딘이 있다는 이유로 참고 있었다. 지난번 주점에서 에버딘에게 손대려던 남자의 손목을 부러트린 일로 그녀가 겁을 먹었다고 생각했기 때문이다.

그는 에버딘을 한 번 쳐다보고 허튼 씨에게 말했다.

"나는 그 하녀가 자네의 하녀라고 들었는데."

"거짓말……."

"맞습니다! 맞지요!"

에버딘이 거짓말이라고 소리치는 순간 제임스 허튼이 끼어들었다. 션은 우드 부부를 힐끔 쳐다보고 말했다.

"그럼 이자들은 대체 뭐지. 그 하녀의 부모인가?"

"아냐."

에버딘은 재빨리 끼어들었다. 그는 션이 우드 부부가 어떤 자들인지 이미 다 알고 있다는 것을 모르고 설명했다.

"고아를 데려다가 학대하고 착취하는 사람들이야."

"거짓말!"

"공작님! 이 여자가 거짓말을 하고 있는 겁니다!"

아이고, 시끄럽다. 션은 손을 들어 이마를 감쌌다. 이런 일은 원래 치안관이 해야 한다. 여기가 에버딘의 가게고 아이를 데리고 있는 사람이 그녀가 아니었다면 그는 신경도 쓰지 않았을 것이다.

아니, 집사가 처음부터 그에게 말하지도 않았겠지.

"조용히 해."

션은 이마를 짚은 손으로 우드 부부를 향해 저으며 말했다. 문득 괜히 왔다는 생각이 들었다. 여기까지 온 건 오로지 에버딘 때문이었다.

그의 평소 성격대로라면 에버딘 모르게 뒤에서 손을 쓰는 편이 더 쉬웠을 것이다. 하지만 그렇게 하면 그녀가 자신이 도왔다는 걸 모르게 된다.

션은 이왕 도움을 줄 거라면 상대방이 알게 도움을 주는 사람이 었고 상대가 에버딘이면 더더욱 그러고 싶었다.

"여기서 이러지 말고 어디 앉아서 이야기하죠. 누추하지만 이쪽으로……."

그때 허튼이 끼어들었다.

그사이에 션의 개인 식당을 발견했는지 제임스는 션을 그쪽으로 안내했다. 그 모습을 에버딘을 웃음을 참으며 지켜보고 있었다.

누추하다니, 저거 다 션의 하인들이 와서 꾸미고 간 거다. 벽지와 커튼은 물론 식탁과 의자까지 전부.

하지만 그것을 모르는 허튼은 웨스트 공작에게 잘 보이겠다는 일념 하나로 션을 위해 묵직한 식탁 의자를 힘겹게 잡아당기며 말했다.

"불편하시겠지만 앉으세요. 이런 작고 조잡한 식당에 모시게 되어 정말 죄송합니다만."

아, 이건 더 이상 못 참겠다. 에버딘은 웃음을 참느라 입술을 한 번 깨물고 끼어들었다.

"여긴 이 사람의 개인 식당인데."

순간 식당 안에 침묵이 가라앉았다. 션은 아무 말 없이 의자에 앉았다. 처음부터 그의 개인 식당이었기 때문에 의자와 식탁이 션의 몸에 맞춰서 약간 크게 만들어졌다. 그 사실을 허튼 씨와 우드 부부는 뒤늦게 깨달았다.

"아, 아니. 내 말은 차도 안 내오고 그래서 죄송하다는 거였습니다."

남자답게 제임스는 재빨리 변명을 내뱉었다. 변명 하나는 잘하네. 에버딘은 속으로 피식 웃었고 션은 아무 말도 하지 않았다.

그가 아무 말도 하지 않자 안도한 허튼 씨는 화살을 에버딘에게 돌렸다.

"뭐 하는 건가! 어서 가서 차를 내오지 않고!"

"내가 왜?"

에버딘은 당당했다. 그녀는 의자를 잡아당겨 션의 맞은편에 앉았다. 식탁에는 의자가 두 개뿐이었기 때문에 자연스럽게 남은 세 사람은 식탁 주위에 서 있게 되었다.

그걸 본 허튼 씨가 펄펄 뛰며 소리쳤다.

"건방지군! 감히 공작님과 마주 앉는 건가! 고작해야 작은 빵 가게 주인인 주제에!"

아무래도 그가 션의 맞은편에 앉고 싶었던 모양이다. 이런 남자들이 있다. 자기보다 더 크고 잘난 남자 곁에 딱 달라붙고 싶어 하는 남자들.

에버딘은 어이가 없어서 허튼 씨를 쳐다봤다. 그녀가 아니면 대체 누가 앉는단 말인가. 이 가게의 주인이고 이번 일의 당사자이기도 하다.

굳이 앉아야 한다면 그녀와 우드 부부가 앉거나 그녀와 허튼 씨가 앉아야 하지만 자기 자리를 션에게 양보한 건 그들이다.

"주방에서 의자 가져와."

천연덕스러운 에버딘의 말에 허튼 씨의 얼굴이 새빨갛게 달아올랐다. 감히 자신에게 그런 일을 시키는 거냐고 입에 거품을 물 것같은 모습에 선이 적당히 하라고 하려 했을 때였다. 누군가 뒷문을 두드리는 소리가 들렸다.

"어서 경! 괜찮습니까?"

카렌의 목소리였다. 에버딘이 자리에서 일어나는 것과 동시에 허튼 씨의 얼굴이 일그러졌다. 경이라고?

"어제 온 멍청이들이 들어갔다고 해서 와 봤습니다."

에버딘이 문을 열자 카렌이 그렇게 말하며 가게 안을 들여다보았다. 그녀 역시 선처럼 에버딘의 머리 위로 안을 들여다보는 게 그리 어렵지 않았다.

"응. 걱정돼서 와 준 거야?"

에버딘의 질문에 카렌의 눈이 가늘어졌다. 그녀가 고개를 돌리자 그 뒤에서 베르트가 고개를 불쑥 내밀며 말했다.

"카렌이 여기에 어서 경만 있을 거라고 해서 말입니다. 들어가도 괜찮을까요?"

에버딘이 걱정돼서 카렌이 베르트까지 불러 데리고 왔다는 말이다. 정말? 놀라는 에버딘의 시야에 얼굴을 가볍게 붉힌 카렌이 보였다. 그녀는 곧 별거 아니라는 듯 베르트를 밀어 버리며 말했다.

"쓸데없는 소리 좀 하지 마."

카렌이 먼저 도와주자고 할 줄은 몰랐다. 에버딘은 웃음을 터트리며 문을 활짝 열었다. 그러자 베르트가 카렌을 안으로 밀며 뒤를 향해 소리쳤다.

"너희들은 우리가 부를 때까지 대기해라."

아예 아이린의 가게에서 술을 마시던 용병들을 전부 끌고 온 모양이다. 여차하면 우드 부부와 허튼 씨를 때려눕히기 위해서. 에버딘이 베르트와 카렌을 데리고 다시 식당으로 돌아가자 우드 부부와 허튼 씨가 바짝 긴장했다.

"어, 공작님은 여기 어쩐 일이십니까?"

베르트가 불쑥 물었다. 그렇지 않아도 시끌시끌해서 용병대 녀석들이 왔다는 것은 알고 있었다. 선은 떨떠름하게 말했다.

"너희들 때문에 왔다."

용병대가 허튼 씨에게 손을 대는 바람에 왔다는 말이다. 베르트는 뒷머리를 쓸며 부끄럽다는 듯 웃었다. 그리고 그사이에 자연스럽게 선의 맞은편에 앉아 있던 허튼 씨를 밀어내고 의자에 앉는 에버딘을 바라보며 말했다.

"여기 있는 어서 경을 도우려고 왔습니다. 용병대가 신세를 많이 졌으니까요."

그게 이상하게 선의 신경을 긁었다. 네가 뭐라고 에버딘을 도와? 그렇게 한마디 하고 싶었지만 그는 억지로 눌러 참았다. 그리고 에버딘의 힘에 밀려 넘어진 허튼 씨를 노려봤다.

허튼 씨는 민망함과 분노를 용감하게도 베르트와 카렌에게 풀었다.

"거기 너희! 주방 가서 의자 가져와!"

뭐래. 카렌과 베르트는 서로를 쳐다봤다. 그들은 돈을 주는 고용

주에게도 고개를 숙이지 않는 자존심 강한 서쪽 하늘 용병대다. 그런 용병대 대장이 돈도 안 주는 쭉정이의 명령을 따를 리가 없다.

두 사람은 배를 잡고 웃으며 식당 안쪽에 있는 소파로 다가갔다. 그리고 계속해서 웃으며 소파에 털썩 주저앉더니 웃음을 뚝 멈추고 허튼 씨를 노려보기 시작했다.

기묘한 장면이 연출됐다. 가장 화가 난 우드 부부와 허튼 씨는 테이블 주변에 서 있고 에버딘과 션은 마주 앉아 아무 말도 안 하고 있는 것이다.

결국 견디다 못한 우드 부인이 먼저 나섰다.

"우리 애는 어딨어? 엘리스 내놔!"

애 이름은 기억하네. 에버딘은 잠시 생각하다가 우드 부인에게 불쑥 물었다.

"엘리스가 당신들 집에서 도망쳐 나왔을 때 뭐 신고 있었어?"

"뭐?"

우드 부부는 이게 무슨 소린가 하고 당황했다. 뭘 신고 있었냐고? 당연히 신발이지. 그런데……. 두 사람은 서로를 쳐다봤다. 둘 다 모른다. 두 사람은 아이들에게 제대로 된 신발을 사 준 적도 없었다.

"무슨 색 신발이었어?"

에버딘의 질문에 우드 부부의 눈이 반짝였다. 그렇군. 두 사람은 서로에게 속삭이며 엘리스가 어떤 신발을 신고 도망쳤는지를 의논하기 시작했다.

션은 그걸 한심하다는 듯 쳐다보고 있었다. 애가 무슨 신발을 신고 있는지도 모른다는 건 둘 중 하나다. 아네트와 마틴처럼 너무 많은 옷과 신발을 사들여서 대체 뭐가 사라졌는지 알 수가 없거나 애한테 관심이 없거나.

"빨간색!"

"빨간색이지. 엘리스는 그 색을 좋아하거든."

한참 뒤에야 나온 대답에 에버딘은 어이가 없어서 피식 웃었다. 빨간색? 그녀가 엘리스를 만난 이후로 엘리스는 단 한 번도 그런 예쁜 신발을 신은 적이 없다. 그녀가 신고 온 건 다 낡은 검정색이나 갈색의 신발이었다.

대부분 구멍이 나 있거나 밑창이 완전히 닳아 있었고 어떨 때는 남자 신발일 때도 있었다.

"땡."

갑자기 이상한 소리가 에버딘의 입에서 튀어나왔다. 그게 뭐야? 어리둥절해 하는 여섯 명이 사람에게 에버딘이 손가락을 들어 보이며 다시 말했다.

"틀렸어. 걘 아무것도 안 신고 왔거든."

"그게 아니라!"

우드 부인이 테이블에 손을 탕! 하고 치며 변명을 하려 했다. 하지만 선이 그녀를 쳐다보자 움찔하고 멈추더니 다시 슬그머니 한 걸음 뒤로 물러났다.

선은 허튼 씨를 쳐다보고 있었다. 우드 부부와 나란히 서 있으니 우드 부인보다도 왜소하다. 그는 의자 등받이에 몸을 기대며 물었다.

"난 분명 자네의 하녀라고 들었는데."

지금 이야기를 들어 보니 아직 고용된 것도 아닌 모양이다. 선의 지적에 허튼 씨의 얼굴이 붉게 달아올랐다.

"그, 그게 아니라. 고용하기로 이미 말이 다 된 상탭니다."

"어떻게? 고용 계약서라도 썼나?"

요즘은 하인들도 고용 계약서를 쓴다. 물론 엘리스와 허튼 씨는 그런 걸 쓴 적이 없다. 허튼 씨의 시선이 우드 부부를 향했다.

잠시 침묵이 흘렀다. 선은 턱을 괴고 우드 부부와 허튼 씨를 쳐다보다가 이쯤에서 정리하자는 생각으로 말했다.

"그럼 아직 고용한 것도 아니고 고용 계약서를 쓴 것도 아니면 자네와 아무 상관없는 사람이잖나. 이쯤에서 끝내지."

"아, 아닙니다!"

선이 자리에서 일어나려 하자 제임스가 급해졌다. 그는 테이블로 달려와 선의 바짓가랑이를 붙잡을 것 같은 표정으로 말했다.

"소개비를 줬단 말입니다."

"소개비?"

에버딘은 무슨 소린지 모르겠다는 표정을 지었지만 알아들은 선과 용병들의 얼굴은 한순간 굳었다.

이 나라에서는 뭔가를 배우거나 일을 하려면 반드시 소개를 받아야 한다. 그 사람이 아무 문제가 없다는 보증이 없기 때문이다. 에버딘 역시 도리스를 고용할 때 소개소에서 소개를 받지 않았던가.

하지만 여기서 허튼 씨가 말하는 소개는 그런 소개가 아니었다.

에버딘이 받은 소개는 도리스가 거절할 수 있는 소개였지만 허튼 씨가 받은 소개는 엘리스가 거절할 수 없는 소개였다. 그녀를 데려가는 조건으로 제임스가 우드 부부에게 돈을 줬기 때문이다.

"이 사람들 말은, 그 애를 하녀로 보내는 대신 돈을 받았다는 말이야."

그게 말이 되나? 에버딘은 여전히 이해하지 못한 채 허튼 씨와 우드 부부를 쳐다보다가 불쑥 물었다.

"그러니까, 애를 하녀로 취직시킨 돈을 당신들이 갖는다고?"

"오갈 데 없는 애들 거둬서 먹여 주고 재워 준 데다 좋은 일자리까지 알아봐 줬는데 소개비 정도 받는 게 어때서!"

"저 자식이."

에버딘보다 카렌이 먼저 반응했다. 베르트가 그녀의 손을 잡지 않았다면 지금쯤 우드 씨는 카렌에게 걷어차여 쓰러졌을 것이다.

에버딘은 우드 부부에게 아이들을 돌봐주는 대신 나라에서 약간의 돈이 나오지 않느냐고 따지려다가 말았다. 대신 허튼 씨에게 물었다.

"소개비가 얼만데?"

얼마 안 되면 그냥 그녀가 내고 먹고 떨어지라고 할 생각이었다. 하지만 제임스 허튼의 입에서 나온 금액은 에버딘은 물론 베르트까지 놀라 벌떡 일어날 만큼 큰 금액이었다.

"뭐라고?"

에버딘은 허튼 씨가 말한 금액에 인상을 쓰며 그를 쳐다봤다. 말도 안 된다. 그 가격이면 아주 작은 집을 한 채 살 수 있을 정도였다.

"고작 하녀를 소개받는데 그 돈을 줬다고?"

베르트 역시 어이없다는 듯 말했다. 그러느라 그는 자신의 옆자리에 있던 카렌이 벌떡 일어났다는 것을 깨닫지 못하고 있었다.

다음 순간 "픽!" 하는 소리와 함께 제임스 허튼의 몸이 벽을 향해 내동댕이쳐졌다. 깜짝 놀란 사람들의 시야에 주먹을 쥐고 씩씩대는 카렌의 모습이 들어왔다.

"별 미친놈이……."

그건 절대 하녀를 소개받는 돈이 아니다. 난데없이 얻어맞아 날아간 제임스는 감각이 느껴지지 않는 턱을 잡은 채 선을 쳐다봤다.

하지만 선은 차가운 표정으로 허튼을 내려다보고 있었다. 카렌이나 베르트가 움직이지 않았다면 그가 걷어찼을지도 모른다.

"그러니까, 댁들은 지금 인신매매를 했다는 말이지?"

그때 에버딘이 입을 열었다. 화가 나서 얼굴이 새빨갛게 달아오른 카렌과 베르트와 달리 에버딘은 오히려 냉정해 보였다. 지금까지 그녀를 봐 왔던 선은 당연히 에버딘도 카렌처럼 펄펄 뛸 거라 생각했기 때문에 냉정한 그녀의 모습에 가볍게 놀랐다.

"이, 인신매매라니……."

그건 범죄다. 이 나라가 처음 세워졌을 때부터 존재한 불법이다. 그런 불법을 지적하는 에버딘의 말에 우드 부부는 물론 제임스까지도 당황해서 고개를 저었다.

하지만 에버딘은 테이블에 손을 얹으며 침착하게 말했다.

"인신매매잖아. 애를 넘기는 조건으로 돈을 받은 당신들. 그리고 애를 받는 조건으로 돈을 준 당신."

에버딘의 손이 차례차례 우드 부부와 제임스를 향했다. 그때마다 지목된 사람들이 움찔하고 놀란 것은 말할 것도 없다. 그녀는 손을 내리며 말을 이었다.

"정말 그 돈이 오직 소개만을 위한 돈이었다면 엘리스는 당신 집에 안 가겠다고 거절할 수 있어야 하잖아. 안 그래?"

소개비가 단어 그대로의 뜻이라면 엘리스는 허튼의 집에 가지 않겠다고 거부할 수 있어야 한다. 그리고 우드 부부 역시 그 돈을 돌려주지 않아도 된다.

에버딘의 지적에 우드 부부의 얼굴은 환해졌고 반대로 제임스 허튼의 얼굴은 흙빛으로 변했다.

"어느 쪽이야? 그거 소개비야, 아니면 인신매매 증거야?"

만약 여기서 허튼이 소개비가 아니라고 하면 그는 인신매매를 저질렀으니 벌을 받게 된다. 그리고 그건 우드 부부도 마찬가지다.

엄청난 돈을 한순간에 잃게 생긴 허튼은 망연한 표정을 지었다. 그에 비해 우드 부부는 손바닥 뒤집듯 태도를 바꿔 선에게 말했다.

"그, 그냥 소개비죠. 그렇습니다."

"자네도 그렇게 생각하나."

선의 질문에 허튼은 잠시 망설이다가 고개를 끄덕였다.

"그렇습니다. 소개비입니다."

자칫 잘못하면 공작 앞에서 인신매매를 했다고 자백하게 생겼다. 아이를 데려가기는 틀렸다는 것을 깨달은 허튼은 일단 이 집을 무사히 나가야겠다고 생각했다. 나가서 우드 부부와 다시 이야기를 해야겠다. 돈을 돌려주거나 다른 아이를 달라고.

"그럼 고작 소개비 때문에 나까지 귀찮게 만든 건가."

선은 불쾌하다는 듯 말했다. 이 정도 일에 자신을 불렀다는 책망에 가까운 말에 허튼뿐만 아니라 우드 부부도 움찔했다. 그러자 우드 남편이 아양을 부리듯 말했다.

"아직 저희 아이가 이 집에 감금돼 있지 않습니까."

수고비가 인신매매가 아니라는 결론을 끌어내긴 했지만 엘리스는 여전히 에버딘의 집에 있다. 그걸 돌려 달라는 말에 에버딘이 고개를 저으며 말했다.

"엘리스는 여기서 일할 거야."

그렇게 하기로 이야기를 해 놨다. 아이린뿐만 아니라 크리스틴과 수잔과도 이야기가 끝났다. 다들 돈을 조금씩 걷어서 엘리스에게 급여를 주기로 했다.

에버딘의 설명에 우드 부부의 얼굴이 환해졌다. 그들에게는 이득이다. 허튼 씨에게는 다른 아이를 주면 된다. 엘리스보다 몇 살 어리긴 하지만 루실을 보내면 될 것이다.

게다가 엘리스가 이 거리에서 좀 더 많은 돈을 받는다면 그 돈도 우드 부부의 수익이 된다.

"그리고 여기서 살 거야."

당연하게도 에버딘은 우드 부부의 생각을 읽고 있었다. 그렇지 않아도 어젯밤에 엘리스와 이야기를 했다. 그동안 이 가게와 아이린의 가게에서 일하고 받은 약간의 돈은 전부 우드 부부가 빼앗아 갔다고 했다.

이상하게도 우드 부부의 얼굴이 더더욱 환해졌다. 두 사람은 서로를 쳐다보더니 고개를 끄덕이고는 에버딘에게 말했다.

"그럼 급여만 보내."

뭐라는 거야? 에버딘은 어이가 없어서 입을 딱 벌렸다. 멍한 표정을 지은 건 그녀뿐만이 아니었다. 베르트와 카렌은 물론 선조차도 눈살을 찌푸리고 있었다.

"급여를 왜 그쪽에 보내?"

에버딘의 질문에 우드 부부는 오히려 이상하다는 표정을 지었다. 그러더니 남편 우드가 말했다.

"왜라니? 걔는 우리 애잖아? 걔가 버는 돈이니 당연히 우리한테 보내야지."

"이 자식이……."

이번에도 카렌이 주먹을 쥐고 우드에게 다가갔다. 그러자 베르트가 그녀를 붙잡고 말했다.

"참아."

"뭘 참아, 이……."

카렌의 말이 끝나기도 전에 베르트의 주먹이 나갔다. "퍽!" 하는 소리와 함께 우드가 나뒹굴고 곧이어 우드 부인이 깜짝 놀라서 외쳤다.

"뭐, 뭐 하는 거야!"

우드 부인을 무시한 베르트가 카렌을 향해 덧붙였다.

"이번은 내 차례야."

그 사이에서 션은 이마를 짚고 있었다. 용병대 대장과 부대장이

한 대씩 사이좋게 때렸다. 카렌이 때릴 때까지는 베르트의 소관이었지만 이젠 선의 소관이 되어 버렸다.

할 수 없지. 션은 우드 부부를 어떻게 처리해야 할지 고민하기 시작했다. 그때 에버딘이 말했다.

"엘리스는 내가 맡을 거야. 그러니까 당신들도 엘리스는 포기해."

"우리한테서 걔를 빼앗아 가기라도 하겠다는 거야?"

"어차피 당신들은 애를 돌보지도 않잖아."

에버딘의 지적에 우드 부인이 피식 웃었다. 어디 해 보시지. 우드 부부는 엘리스의 보호자로 등록돼 있다. 당연히 엘리스 앞으로 나오는 보조금이나 엘리스가 벌어들이는 수익은 전부 보호자인 그들의 것이다.

어디 해 보라는 우드 부인의 태도에 에버딘은 저들이 대체 뭘 믿고 저러고 있는지 이맛살을 찌푸렸다. 그러자 션이 자리에서 일어나며 말했다.

"잠깐 이야기 좀 하지."

주방에서 에버딘과 단둘이 이야기를 하자는 거다. 에버딘은 어리둥절해서 션을 쳐다보다가 여기는 자신들이 맡겠다는 카렌과 베르트의 말에 그를 따라 주방으로 향했다.

"저들이 그 고아의 보호자로 등록이 돼 있을 거야."

션은 주방으로 가자마자 테이블에 허리를 기대며 말했다. 방금 전까지 앉아 있다 일어난 탓에 쭉 빠진 그의 몸이 주방의 천장에 닿을 것처럼 길게 이어졌다. 에버딘은 션이 가슴 앞으로 팔짱을 낀 탓에 부풀어 오른 그의 팔 근육을 쳐다보다가 물었다.

"그래서?"

"그 말은 저들의 요구대로 너는 급여를 저들에게 줘야 한다는 거지."

"그런 게 어딨어?"

이건 불공평하다. 발칵 화를 내는 에버딘을 보고 선은 한숨을 내쉬었다. 역시 모르고 있었군. 그래서 그는 그녀를 설득하려 했다. 급여는 주지 말고 그냥 가르친다는 명목으로 데리고 있으라고.

그러면 급여가 없으니 우드 부부에게 돈을 줄 필요는 없다. 물론 나라에서 엘리스의 보호자에게 주는 보조금은 우드 부부에게 가겠지만 그건 얼마 되지 않는 돈이다.

그 정도는 포기하는 게 낫다.

"어쩔 수 없어. 저들에게서 그 고아를 데려오려면 보호자 자격을 박탈해야 해."

그러면 문제가 더 복잡해진다. 우선 우드 부부가 아이들을 돌보지 않고 오히려 학대했다는 증거를 제출해야 한다. 아마 그건 쉬울 것이다. 주변인들의 증거도 쉽게 모을 수 있다.

하지만 그러면 남은 아이들은?

우드 부부가 자격을 박탈당하면 엘리스뿐 아니라 거기서 살던 다른 아이들도 돌봐줄 사람이 없게 된다. 누가 그 애들을 돌보겠다고 나서겠는가.

선의 지적에 에버딘의 얼굴이 일그러졌다. 그녀도 안다. 얼마 안되는 돈으로 아이들을 돌보는 게 쉬운 일이 아니라는 것을.

아니, 어렵다. 부담스러운 일이다.

하지만 그 순간 에버딘의 머릿속에 어린 시절의 할머니가 떠올랐다. 잠든 소녀를 쓰다듬으며 자신이 죽으면 얘는 어떡하냐고 안타까워하던 기억이.

그때 그녀는 깨어 있었지만 무섭고 슬퍼서 자는 척했었다.

"내가 하면 되지."

에버딘은 선을 노려보며 말했다. 그녀가 하면 된다. 누가 해도 우드 부부보다는 잘할 수 있다.

하지만 에버딘의 말에 선의 표정이 험악해졌다. 말도 안 된다.

"말도 안 되는 소리 하지 마. 뭐 하러 그런 애들을 위해 네가 그런 고생을 해야 하는 건데?"

에버딘은 가만히 선을 쳐다봤다. 그녀의 초록색 눈동자가 그를 뚫어져라 쳐다보자 그는 처음으로 타인의 눈동자를 직시하는 게 불편하게 느껴졌다.

생각해 보면 그의 눈을 똑바로 바라본 사람은 어머니뿐이었다.

에버딘은 선이 불편해할 때까지 그를 물끄러미 쳐다보다가 불쑥 물었다.

"그럼 누가 해?"

13

이튿날부터 나는 우드 부부의 자격을 박탈하기 위해 이리저리 뛰어다니기 시작했다. 우드 부부가 아이들을 제대로 돌보지 않는다는 증거가 필요했기 때문이다.

그리고 놀랍게도 그 증거는 아주 쉽게 찾을 수 있었다. 우드 부부네 아이들과 어울리던 아이들은 물론 우드 부부네 집 근처에 하는 사람들도 증언을 할 수 있다고 나선 것이다.

"거참."

나는 몸을 돌려 가게로 돌아가며 혀를 찼다. 사람들은 알고 있었다. 우드 부부가 아이들을 제대로 돌보지 않는다는 것을.

그럼에도 아무도 나서지 않았던 건 선과 생각이 같았기 때문이었다.

우드 부부의 자격을 박탈하면 그 아이들을 누가 돌봐?

놀랍게도 아무도 우드 부부네 아이들을 맡으려 하지 않았다. 전부가 아니라 한 명이라도 데려갈 생각 없냐는 질문에 다들 고개를 절레절레 흔들었다.

뭐, 내가 아이들을 전부 데려올 각오로 시작한 일이긴 하다. 여차하면 내가 다 책임질 거다. 하지만 나는 혼자 살고 가게가 있다.

나보다 더 아이들을 잘 돌볼 수 있는 사람이 있지 않을까 해서 알아본 거였는데 결과는 똑같았다. 나밖에 없었다.

"어땠어요?"

가게로 들어가자마자 빵을 정리하고 있던 도리스가 물었다. 그녀도 내가 엘리스뿐만 아니라 우드 부부네 아이들을 모두 데려올 각오를 하고 있다는 것을 안다.

그리고 놀랍게도 선과 비슷한 반응을 보였다. 굳이 그걸 내가 해야 하냐는 거였지.

나는 한숨을 내쉬며 그녀에게 다가갔다. 오전 손님이 한차례 빠져나갔는지 가게 안은 한산했다.

"우드 부부는 쉬워요. 다른 집은 어려워요."

"증거를 찾기는 쉬운데 아이들을 맡아 줄 다른 집은 못 찾았군요?"

눈치 빠르게도 그녀는 내 암호 같은 말을 바로 알아들었다. 나는 그녀를 도와 포장 종이와 끈을 정리하며 말했다.

"역시 그냥 내가 다 데려와야죠, 뭐."

"괜찮겠어요? 이 건물에 방도 없는데."

우드 부부네 아이들은 모두 일곱 명. 그중 두 명은 이미 다른 곳에서 일을 하고 있다고 한다. 우드 부부는 그 두 명의 소개비도 받아 챙겼던 것 같다.

그나마 다행인 건 그 두 명은 남자애들이라는 거고.

남은 아이들은 엘리스까지 모두 다섯 명이다. 그리고 이 집에 남은 방은 도리스의 휴게실을 포함해 두 개뿐이다. 심지어 그중 하나는 엘리스가 쓰고 있지.

"여차하면 아이들을 남녀로 갈라서 방 두 개를 써야 할지도 몰라요. 그러면……."

직원 휴게실을 없애야 한다. 그렇게 말하려는데 도리스가 고맙게도 어깨를 으쓱하며 말했다.

"당연히 그래야죠. 직원 휴게실은 신경 쓰지 마세요. 다른 가게는 직원 휴게실이라는 것도 없어요."

보통은 그냥 주방에서 쉰다고 한다. 아니면 가게 뒷문에 나가서 쪼그리고 앉아 있는다고.

물론 나도 아르바이트를 했을 때 아르바이트생에게 따로 휴게실을 만들어 주는 사장은 본 적이 없다. 하지만 그래서 나는 꼭 만들어 주고 싶었다.

이 집이 아주 컸으면 좋았을 텐데. 에버딘, 이 바보야. 굳이 집을 나갈 거였다면 좀 큰 집을 달라고 하지 그랬어. 네 집처럼.

문득 에버딘의 아버지가 떠올랐다. 아니, 내 아버지지.

그는 부인과 단둘이 그 큰 집에서 산다. 심지어 그 집은 내 집이지. 전에 들어가서 살겠다고 말하려 했는데 이야기가 갑자기 끊겨 버렸다. 아이들을 전부 데리고 들어가면 어떨까.

별장으로 쓰겠다던 농장도 생각이 났지만 거긴 수도 외곽이라 가게로 출퇴근하기 어려울 것 같다. 애들만 거기서 살게 할 수도 없고.

괜찮을 것 같다. 나는 헥터를 농장으로 보내고 아이들과 내 저택으로 들어갈 생각에 고개를 끄덕였다. 엘리스는 저택의 사용인으로 고용되고 싶어 했으니까 거기서 살면서 일을 배우다가 하녀로 고용하면 되지 않을까.

거기까지 생각했을 때 나는 내가 잊고 있던 엄청난 사실을 깨달았다. 맞다. 나 영지가 있었지.

정확히 말하면 에버딘의 어머니의 영지다. 하지만 에버딘의 어머니는 돌아가셨다.

완전히 잊고 있었다. 갑자기 아버지가 일이 있다며 나가는 바람에 묻다 말았지만.

오늘 저녁때 가서 영지는 어떻게 된 거냐고 물어볼까. 그렇게 생각하는데 도리스가 내 앞에서 손을 휘휘 저으며 말했다.

"사장님? 무슨 생각을 그렇게 해요?"

"응?"

나는 깜짝 놀라서 그녀를 쳐다봤다. 그러고 보니 도리스와 이야기하고 있었다. 갑자기 집과 영지로 생각이 진행되는 바람에 잊어버렸다.

그녀는 내가 자신을 쳐다보자 품에서 신문을 꺼내며 말했다.

"이거 알려 드리려고요."

이 상황을 전에도 겪은 거 같은데. 나는 어느새 가게 안에 진열이 끝난 빵을 확인하고 카운터 위에 도리스가 펼치는 신문으로 시선을 던졌다.

이번에도 도리스가 짚은 건 미나의 기사였다. 아, 과연. 나는 그녀가 나에 대해 뭐라고 써 놨는지 읽고 미소를 지었다.

엄밀히 말하건 그건 나에 대한 게 아니었다. 나와 수도의 작은 빵집을 하는 사람들의 이야기였지. 작은 빵집 주인들이 모여 맛있는 빵 레시피를 연구한다는 내용이었다. 그 첫 번째 제품이 바로 앙금 빵과 크림 빵이었다.

"재개발을 앞둔 거리에서 어서 빵집을 운영하는 어서 씨는 앙금과 크림을 넣은 빵을 개발해 수도에 있는 자신과 같은 작은 빵집의 주인들과 공유했다. 해당 빵을 맛볼 수 있는 빵집은 다음과 같다."

그 아래로 앙금 빵과 크림 빵을 파는 빵집의 이름이 나열되어 있었다. 전부 지난번에 내가 불러 모았던 사람들이다. 그리고 당연하게도 그 명단에 '세상의 모든 빵들'의 마이크는 없었다.

"어떨 것 같아요?"

나는 카운터에 몸을 기대며 물었다. 요 며칠 바빠서 나는 빵만 만들어 두고 나갔다 오기를 반복했다. 나갔다 오면 만든 빵은 다 팔려 있으니까 얼마나 잘 팔렸는지는 굳이 묻지 않아도 알 수 있었다.

하지만 현장에서 판매한 건 도리스였다. 그녀의 의견을 듣고 싶었다.

"크림 빵은 없어서 못 팔아요. 앙금 빵도 괜찮고요."

내 생각대로 여기 사람들은 앙금 빵보다 크림 빵을 더 좋아했다. 크림이 더 익숙하기 때문이겠지. 그래도 괜찮다. 앙금으로는 앙금 과자를 만들면 된다. 나는 그렇게 생각하며 다시 물었다.

"세모빵은 어때요?"

"세모빵이요?"

"세상의 모든 빵들이요. 줄여서 세모빵이죠."

내 대구에 도리스가 킥킥대고 웃기 시작했다. 세상의 모든 빵들은 너무 길단 말이지. 세모빵 정도가 딱 맞다. 도리스는 세모빵이라고 몇 번을 중얼거리더니 다시 입을 열었다.

"그렇지 않아도 우리가 빵을 팔기 시작하고 이튿날부터 바로 베낀 모양이에요."

"아하."

그거참, 꼴이 우습게 됐겠다. 이야기로만 들었지만 마이크라면 크림 빵과 앙금 빵을 예전에 자기가 개발했다고 허영을 부렸을 게 뻔했다.

아니나 다를까 도리스가 재미있어 죽겠다는 표정으로 말을 이었다.

"그렇지 않아도 어제부터 세모빵에서 앙금 빵이랑 크림 빵을 파는데, 혹시 알고 있냐고 손님들이 물어보더라고요."

모양은 좀 다르지만 속에 들어간 게 앙금과 크림이 맞다고 했다. 크림을 빵 안에 어떻게 넣는지 몰랐는지 '세상의 모든 빵들'에서 파는 크림빵은 빵을 반을 잘라서 크림을 바른 거라고.

내가 살던 곳에는 그런 빵도 있었다. 나는 도리스의 설명을 듣다가 문득 물었다.

"우리도 해 볼까요?"

"뭘요?"

"세모빵 버전의 크림빵이요. 빵을 반으로 갈라서 크림을 바르는 거죠."

"마이크를 따라 하겠다고요?"

도리스의 얼굴에 근심이 어렸다. 하지만 별로 걱정되지는 않는다. 나는 크림만 바를 게 아니거든.

"과일을 넣거나 잼을 발라 볼까 해요. 맛은 잼 쪽이 더 낫겠지만 보기 예쁜 건 과일이 낫겠죠."

아니면 과일의 형태가 너무 망가지지 않을 정도로만 콤포트를 만들어서 넣어도 될 것 같다. 도리스는 내 설명을 가만히 듣다가 갑자기 한숨을 내쉬었다.

"왜요? 별로예요?"

"그건 아니고요."

그럼 왜 한숨을 내쉰 거지? 어리둥절해 하는 내게 그녀가 쑥스럽다는 표정으로 말했다.

"가게는 사장님 같은 사람이 여는 거라는 생각이 들어서요. 신제품 개발도 빠르고 변형도 바로바로 가능하잖아요. 역시 저 같은 사람이 내 가게를 차리는 건 주제넘는 일이었어요."

이게 무슨 소리야? 나는 뭐라고 말해야 할지 몰라 그대로 얼어붙었다. 나는 재능이 있는 게 아니다. 그냥 여기보다 좀 더 기술이 발전한 곳에서 온 것뿐이다.

하지만 도리스의 입장에서는 그렇게 보일 수도 있다. 그렇다고 사실대로 말할 수도 없는 노릇이고.

나는 잠시 가만히 있다가 천천히 입을 열었다.

"그건 아마 내가 빵을 주식이 아니라 간식으로 생각하고 있기 때문일 거예요."

내가 살던 곳은, 적어도 내가 살던 나라는 빵이 주식이 아니었다. 나는 빵을 좋아했지만 빵만큼이나 떡과 밥도 좋아했다. 점심때 빵을 먹으면 저녁때는 반드시 밥을 먹어야 하는 사람이었다.

솔직히 지금도 밥이 먹고 싶다. 윤기가 흐르는 갓 지은 밥에 김치찌개의 돼지고기를 얹어 먹으면 소원이 없겠다. 하지만 여긴 김치찌개가 없지.

잠깐, 김치를 담글 수 있다면 김치찌개도 가능하지 않나? 생각이 옆으로 빠져나가려는 순간 도리스가 이해가 안 된다는 듯 물었다.

"간식으로 생각한다고요?"

"그러니까 빵이 식사가 아니라 간식이라는 느낌이죠."

아무래도 도리스는 이해가 안 되는 모양이다. 하긴, 나도 외국인이 밥은 식사가 아니라 간식처럼 느껴진다고 하면 이해를 못 할 것 같다.

결국 나는 설명하기를 포기하고 주제를 바꿨다.

"그나저나, 조심해요. 세모빵 사장이 어떻게 나올지 모르니까요."

신문을 통해 자신의 허영심이 드러났으니 도리스에게 어떻게 나올지 모른다. 내가 다른 빵집 주인들과 레시피를 공유하기로 했다는 걸 도리스가 몰랐을 리 없다고 생각할 것이다. 그럼 도리스에게 무슨 짓을 시킬지 모른다.

뭐, 그래 봤자 도리스에게 내 레시피를 좀 더 훔쳐 오라고 하는 게 최대치일 테지만 그 정도는 상관없다. 나는 미리 반죽해 둔 빵이 얼마나 발효가 됐는지 확인하기 위해 주방으로 들어갔다.

"다녀오셨어요."

엘리스는 주방 테이블에 앉아 삶은 콩의 껍질을 벗기고 있었다. 입자가 고운 앙금을 만들기 위해 콩 껍질을 벗기는 건 필수다. 특히나 믹서기가 없는 여기는.

나는 반죽한 빵이 든 통을 꺼내 얼마나 발효가 됐는지 확인하며 엘리스에게 물었다.

"어때? 할 만해?"

그전에도 엘리스는 나와 아이린 아주머니의 심부름을 해 줬었다. 하지만 그건 보통 오전이나 오후뿐이었고 지금처럼 하루 종일 돕는 건 얼마 되지 않았다.

하루 종일 돕는다고 해도 도리스처럼 일을 하는 건 아니고 시킨 일을 마치면 놀아도 된다고 말했다. 하지만 엘리스는 점심 식사 이후로 주방에만 앉아 있는 것 같았다.

"네. 재미있어요."

콩 껍질 까는 게? 내가 의외라는 표정을 짓자 엘리스가 우물쭈물하더니 덧붙였다.

"빵이 부푸는 걸 보는 것도 재미있고 도리스가 샌드위치를 만드는 걸 보는 것도 재미있어요."

무슨 느낌인지 알 것 같다. 나도 영상으로 뭔가를 만드는 걸 멍하니 구경한 적이 있다. 그런 느낌이겠지.

하지만 그래도 하루 종일 주방에 앉아서 일을 하는 건 좀 안됐다. 나는 발효가 다 된 빵의 공기를 빼고 성형을 하며 물었다.

"가서 아이들과 놀아도 돼."

그러자 엘리스의 표정이 어두워졌다.

응? 무슨 일이지? 나는 손까지 멈춘 엘리스를 보고 무슨 일이냐고 물어보려 했다. 하지만 그보다 먼저 엘리스가 움직였다. 그녀는 고개를 젓더니 나를 쳐다보며 말했다.

"다 놀았어요."

아직 저녁 식사 시간도 안 됐는데? 내가 저 나이 때는 하루 종일 놀고도 또 놀고 싶어 했었다. 나는 대체 무슨 일이냐고 물어보려다가 문득 떠오른 생각에 멈췄다.

엘리스는 갑자기 환경이 바뀌었다. 적응할 시간이 필요할 것이다. 며칠간은 지켜보도록 하자.

나는 고개를 끄덕이고 성형한 빵 반죽의 이차 발효를 기다리는 동안 미리 구워 둬서 식힌 빵 안에 크림을 넣기 시작했다.

*   *   *

"영지라고?"

이튿날, 저녁. 영지에 대해 묻기 위해 찾아간 아버지는 놀란 표정을 지었다. 세습 귀족에게는 영지라는 게 있다.

나도 개념을 이해하기 힘들었는데 기본적으로 이 나라는 왕의 것이지만 공을 세운 사람들에게 왕이 약간의 땅을 떼어 준다고 한다. 그리고 그 땅에서 나오는 모든 수익은 다 왕에게 땅을 받은 영주의 것이 되는 거다.

그렇다고 완전히 영주의 것은 아니라서 영주에게 작위를 물려줄 자식이 없이 죽거나 하면 영지는 다시 왕에게로 돌아간다고 한다. 그러니까 영지는 작위에 붙어 있는 거라는 말이다.

아니면 작위가 영지에 붙어 있거나.

어쨌든 에버딘의 어머니에게는 영지가 있고 그 영지는 자식에게로 이어지니 내게는 영지가 있는 거다. 나는 그 영지가 어떻게 돌아가고 있는지 물었고 아버지는 놀란 표정으로 나를 쳐다보다가 조심스럽게 말했다.

"네가 영지에 관심이 있는지는 몰랐구나."

자기가 물려받을 영지인데 에버딘은 관심이 없었던 모양이다. 나는 뭐라고 대답해야 할지 고민하다가 솔직하게 말했다.

"지금은 있어요."

귀족의 수입은 영지에서 나오는 수익이 대부분이라고 들었다. 그렇다면 내 영지에서 나오는 수익은 대체 어디에 있는 거지? 그리고 내 영지는 누가 관리하는 거고?

머릿속이 가득 찰 정도로 여러 가지 의문이 떠올랐지만 나는 그중 가장 궁금한 것을 입 밖으로 내뱉었다.

"영지는 누가 관리하고 있어요?"

"나다."

아, 역시. 반쯤은 그렇지 않을까 생각했다. 지금까지 나는 영지의 존재조차 몰랐으니까. 누군가 관리를 하긴 했겠지.

게다가 아까 아버지가 에버딘이 영지에 관심이 있는지 몰랐다고 했으니 어머니가 돌아가신 뒤로 쭉 그가 관리해 온 모양이었다.

나는 대신 영지를 관리한 아버지를 향해 감사를 표하며 말했다.

"관리해 주셔서 감사해요, 아버지. 이젠 제가 할게요."

"네가?"

아버지의 표정이 이상해졌다. 그는 나를 멍하니 쳐다보더니 곧 얼굴을 일그러트리며 고개를 숙였다. 왜 그러지?

"내게서 네 어머니의 기억을 빼앗아 가려는 거구나."

"네?"

이건 또 무슨 소리야? 나는 어이가 없어서 아버지를 쳐다보고 있었다. 그는 고개를 숙인 채, 마치 눈물을 감추려는 것처럼 한 손을 얼굴에 갖다 댔다. 그리고 침통한 어조로 말했다.

"네 어머니가 살아 있을 때부터 내가 관리한 영지란다. 그런데 그 것을 달라니, 정말 너무하구나."

뭐라는 거야. 너무 이상한 이야기라 이해가 되지 않았다. 어쨌든 영지는 에버딘의 어머니 거잖아. 작위 역시 어머니의 것이고.

그러니 그 자식인 내가 이어받는 게 당연한 거 아냐? 근데 달라니, 왜 자기 걸 내가 뺏는 것처럼 말하는 거야?

"하지만 어서 남작은 저잖아요?"

나는 이해할 수가 없어서 물었다. 어머니가 영지를 가지고 있었으니 어머니가 어서 남작이었겠지. 그럼 자식인 내가 어서 남작이 되는 거 아닌가?

하지만 아버지의 반응은 달랐다. 그는 고개를 번쩍 들며 말했다.

"네가 싫다고 거부했잖느냐!"

"작위를요?"

"둘 다! 작위와 영지, 둘 다 네가 거부했잖느냐! 그래서 널 어떻게 든 편히 살게 해 주려고 힘들게 웨스트 공작가와 혼담도 붙여 놨는 데……."

다시 아버지의 목소리가 침통해졌다. 그랬어? 에버딘이 작위랑 영지를 거부했다고?

이해가 되지 않는다. 그걸 왜 거부해? 나는 여전히 어리둥절한 채 물었다.

"그럼 전 남작이 아닌가요?"

"그래! 넌 어서 경이지 어서 남작이 아니야!"

"그럼 영지는요? 그건 어서 남작에게 주어지는 영지 아닌가요?"

나도 남작이 아니고 아버지도 남작이 아니라면 그 영지는 어떻 게 아버지가 관리하고 있는 건데?

내 의문에 아버지가 한순간 멈췄다. 그는 당황하는 듯하더니 말 했다.

"내가 설득했다! 네가 거부하길래 조금만 더 생각해 보라고 유예 를 받아 놨지."

그런 것도 가능한 거였어? 나는 멍하니 아버지를 쳐다보다가 재 빨리 여기 온 목적을 떠올렸다. 내 목적은 내 영지를 찾는 거다.

"그럼 받을게요."

에버딘이 왜 작위와 영지를 받기 싫어했는지 모르겠지만 난 받고 싶다. 작위는 그다지 필요 없지만 일단 멋있어 보이는 데다가 영지를 받으려면 필요하니까.

선이 거리를 재개발하면 아이들과 함께 내 영지로 가는 것도 괜찮을 것 같았다. 아버지에게 아이들과 살아야겠으니 나가라고 할 수는 없잖아. 게다가 그건 내 거다.

내걸 내가 갖겠다는데 누가 뭐라고 할까.

하지만 이상하게도 아버지의 표정이 굳었다. 그는 내게 몸을 내밀며 걱정스러운 표정으로 물었다.

"괜찮겠느냐? 네가 감당하기 어려울 텐데."

뭐가 어려워? 나는 이해할 수가 없어서 어리둥절한 표정을 지었다. 귀족이? 영지를 다스리는 게?

물론 둘 다 어렵긴 하겠지. 하지만 그렇다고 나한테 주어진 당연한 권리를 포기해? 의무가 어려울 거 같다고?

나는 여전히 어리둥절한 표정으로 말했다.

"어머니도 남작이셨잖아요? 영지도 다스리셨고요. 어머니께서 감당할 수 있었다면 저도 할 수 있어요."

에버딘의 어머니가 어떤 사람인지 모르겠지만 그녀가 했다면 나도 할 수 있다. 설마 선의 어머니처럼 엄청난 사람이었으려나? 그렇게 생각하는데 아버지가 소파에 몸을 기대더니 손깍지를 끼며 말했다.

"네 어머니가 살아 있을 때도 내가 관리했단다."

이상한 생각이 들었다. 이 남자, 혹시 내가 영지를 다스리는 걸 원하지 않나? 하지만 남작은 나한테 이어지잖아. 그리고 영지도 내가 다스려야 하는 거고.

나는 잠시 아무 말 없이 헥터를 쳐다봤다. 그러고 보니 지난번에도 나와 작위에 대해서 이야기하다가 갑자기 일이 있다며 나가 버렸었다.

머릿속에 자꾸 안 좋은 생각이 떠올랐다. 하지만, 하지만.

몇 번의 불길한 상상 끝에 나는 머리를 저었다. 하지만 아버지잖아. 하나뿐인 딸이잖아. 아버지가 딸이 잘못되길 바랄 리가 없다.

나는 고개를 끄덕이며 말했다.

"그동안 고생하셨어요. 이제 제가 할게요. 아버지는 레슬리와 결혼하셨으니까……."

"건방진 것!"

레슬리와 가정을 꾸려 행복하게 살라고 말하려는데 헥터가 버럭 고함을 질렀다. 뭐, 뭐야? 내가 뭘 잘못했나? 나는 당황해서 그를 쳐다봤다.

혹시 레슬리를 이름으로 불러서 그런가? 머릿속에 빠르게 내가 뭘 잘못했는지 의문이 스쳐 지나갔다. 하지만 헥터가 화를 낸 이유는 그런 게 아니었다.

"그동안 돌봐주고 관리도 해 줬는데 고생했다고? 감히 이젠 네가 하겠다고? 너 따위가!"

이 남자, 뭐라고 하는 거지? 나는 헥터가 대체 왜 화를 내는지 이해할 수가 없어서 인상을 썼다. 그거 네 것도 아니잖아. 에버딘, 그러니까 내 거고 내가 해야 하는 일이다. 이제 내가 하겠다는데 왜 화를 내는 거지?

나는 얼굴을 시뻘겋게 물들인 채 씩씩거리는 헥터를 쳐다보다가 조심스럽게 물었다.

"영지를 다스리고 싶으신 거예요?"

그러자 헥터의 얼굴에 당황이 떠올랐다. 그는 입을 헤 벌리더니 곧 고개를 저으며 말했다.

"아, 아니. 난 네가 싫다고 해서 어쩔 수 없이! 할 수 없이 하고 있던 거야!"

"그럼 이제 제가 할게요."

뭐가 문제야, 정말. 이해할 수가 없다. 내 대꾸에 헥터는 우물쭈물하더니 뾰로통한 표정을 지었다. 설마 삐진 건가.

나는 대체 그가 왜 삐졌는지 이해할 수가 없어서 가만히 앉아 있었다. 주인이 본인 걸 찾아가겠다는데 왜 저러는 거지? 내가 싫다고 해서 할 수 없이 관리했다며.

그러다가 문득 그래서인지도 모른다는 생각이 들었다. 그동안 하기 싫다는 딸을 대신에서 열심히 관리해 놨는데 인제 와서 갑자기 가져간다니까 서운한 게 아닐까.

나는 속으로 한숨을 내쉬고 입을 열었다. 나한테는 생판 남인 아저씨지만 헥터에게 나는 딸이다.

"그동안 저 대신 관리해 주셔서 감사해요, 아버지."

가족이니까 당연하게 여기지 말아야 한다. 그게 설령 내가 받은 도움이 아니라 해도 어쨌든 지금 에버딘은 나다. 나는 최대한 얌전하고 예의 바르게 말했다.

"저는 그저 아버지도 레슬리와 결혼하셔서 또 다른 가정을 꾸리셨으니 레슬리와의 생활에 좀 더 집중하시는 게 좋지 않을까 해서 말씀드린 거였어요. 아버지께는 다른 일도 있을 테고요."

있나? 갑자기 그런 의문이 들었다. 귀족은 자기 영지에서 나오는 수익으로 산다지만 션은 영지가 아닌 다른 사업에서 나오는 수익도 상당하다고 한다.

그렇다면 헥터도 영지가 아닌 다른 수익도 있지 않을까. 어쨌든 남작은 나잖아. 그가 평생 영지에서 나오는 수익을 가질 수 있는 것도 아니고.

"그, 그렇지."

헥터는 내 말에 고개를 끄덕였다. 그렇겠지. 나는 그가 내 말에 동의하자 안도했다. 남작도 어머니고 영주도 어머니인데 뭘 믿고 새장가를 들었는지 의아하던 차였다. 자기 사업이 있으니 부인을 건사할 수 있어서 새 장가를 든 거겠지.

"그럼 이제부터 영지는 제가 관리할게요. 아버지는 이제 편히 쉬세요."

나는 그렇게 말하며 자리에서 일어났다. 작위를 물려받는 게 어떻게 유예가 되는지 모르겠지만 일단 작위부터 받아야겠다. 이런 건 어디 가서 알아봐야 하지?

이런저런 생각을 하며 어서가의 응접실을 나서는데 고개를 돌려 보니 아버지는 여전히 소파에 앉아 있었다.

어머니가 돌아가시기 전부터 하던 일인데 그걸 이제 내가 한다니까 상실감이라도 느끼는 걸까. 조금 안됐다는 생각이 들었다. 물론 안됐다는 생각이 영지를 주고 싶을 정도는 아니고.

내가 영지를 주고 싶다고 줄 수 있는 것도 아니다. 줄 수 있나? 잘 모르겠다.

"에버딘."

그때 아버지가 나를 불렀다. 나는 나가려다 말고 고개만 돌려 그를 쳐다보았다.

아버지는 알겠다는 표정이었다. 내 의견을 존중해 준다는 느낌이라 조금 안심이 됐다.

"네 뜻이 그렇다면 알겠다. 하지만 내게도 시간을 주렴."

"시간이요?"

무슨 시간? 나는 문손잡이를 놓고 아버지에게로 돌아섰다. 그는 자리에서 일어나 내게 다가오더니 내 어깨를 잡으며 말했다.

"내가 몇 년간이나 정성을 다해 돌봐 온 영지잖니. 내게 시간을 주렴. 오래 걸리지는 않을 거야. 한 몇 달 정도만. 그 뒤에 나와 함께 왕궁에 가서 네 어머니의 작위를 물려받자구나."

"몇 달이나요?"

영지를 내게 다시 돌려주는 데 몇 달이나 시간이 걸릴 필요가 있어? 어리둥절해 하는 내게 아버지가 엄한 표정으로 말했다.

"거기 내 사람들도 있고 내가 하던 사업도 있거든. 네게 그대로 넘겨주면 네가 많이 어려울 거야. 네가 관리하기 쉽도록 정리를 하고 싶구나."

그럴 수도 있겠다는 생각이 들었다. 가게도 그렇다. 나처럼 아예 빈 건물을 새로 가게로 바꾸는 거면 몰라도 남의 가게를 인수하는 거면 전 주인도 정리를 할 시간이 필요하다.

나는 고개를 끄덕이며 말했다.

"알겠어요, 아버지."

"그래. 착하구나, 내 딸."

착하다. 그리고 내 딸. 그 단어가 기분이 좋았다. 내게 진짜 아버지가 있다면 나를 이렇게 불러 주지 않았을까. 나는 미소를 지으며 아버지를 한 번 끌어안았다.

"작위 유예라는 걸 알아?"

어서 저택을 떠나 찾아간 션은 생각 외로 나를 바로 만나 주었다. 그는 이번에도 서재의 책상 앞에 앉아 서류에 둘러싸여 있었다.

나는 집사의 안내로 서재로 들어가자마자 인사도 생략하고 물었다. 그러자 션이 안경을 벗으며 나를 쳐다봤다.

역시 잘생겼다. 나는 그의 미간에 가볍게 잡힌 주름까지도 잘생긴 것을 깨닫고 감탄을 금치 못했다.

"네가 그 작위 유예 상태잖아."

뭐야, 알고 있었잖아? 나는 그가 안다는 사실에 안도해야 할지 실망해야 할지 망설이며 책상에 손을 얹었다. 그리고 그를 향해 몸을 기울이며 물었다.

"어떤 거야? 작위를 받으려면 어떻게 해야 해?"

그 유예라는 게 언제까지 이어지는 거지? 아니, 애초에 왜 그런 제도가 생긴 거야? 수많은 의문이 여기로 오는 동안 머릿속에 끊임없이 떠올랐다.

선은 자리에서 일어나더니 내게 소파에 앉으라고 손짓했다. 앉아 있을 때는 나와 눈높이가 비슷한데 일어나면 고개를 한참 올려야 한다. 나는 그가 가리키는 대로 소파에 앉으며 물었다.

"내가 그래서 아직 경인 거야? 어서 남작이 아니라?"

선은 나를 물끄러미 쳐다보고 있었다. 뭐야, 왜 대답을 안 해? 안 알려 줄 거라면 안 알려 준다고 말하던가. 다른 사람 알아보게.

약간 초조해하는데 집사가 차를 가지고 들어왔다. 선은 집사가 나와 자신에게 찻잔을 내려놓고 물러나자 그제야 입을 열었다. 대화가 끊기는 게 싫었던 모양이다.

"뒷 질문부터 답하자면 그래. 그래서 어서 경이야."

뒷 질문이 뭐더라. 나는 그가 우아하게 찻잔을 들어 올리는 것을 멍하니 쳐다보다가 내가 그래서 아직 경이냐고 물었던 것을 깨달았다.

저렇게 체격이 크고 키가 크면 뭘 해도 좀 겅중거리는 느낌이 들 것 같은데 선은 전혀 그렇지 않았다. 그의 모든 행동은 물 흐르는 것처럼 자연스러우면서 동시에 우아했다.

"유예라는 건 원래 작위를 노린 암살을 경계하기 위해 만들어진 거야. 작위는 작위를 가진 자의 피를 이은 첫째한테 가는 게 기본이니까."

무슨 소린지 약간 시간이 걸리긴 했지만 이해했다. 그러니까 작위를 노린 형제간의 다툼을 경계하기 위해 만들어졌다는 말이다.

내가 살던 곳도 역사적으로 왕위를 노린 왕자들의 싸움이 있었다. 형을 죽이고 왕이 된 동생도 있었지. 여기도 비슷한 모양이다.

첫째를 죽이면 둘째가 작위를 이어받을 수 있겠지.

첫째가 의문의 죽음을 맞이하면 유예 기간을 두고 그 죽음을 조사한다고 한다. 죽은 사람의 사인에 이상한 점이 없다면 계승권은 그다음 사람에게 간다고.

내가 고개를 끄덕이자 선이 찻잔을 다시 내려놓았다. 그리고 다리를 꼬며 다시 입을 열었다.

"하지만 지금은 그렇게 사용하지 않아."

보통은 귀족과 후계자가 동시에 의식을 잃었을 경우나 작위를 유지하기 어려운 가난한 귀족이 사용한다고 한다. 귀족과 후계자가 동시에 사고를 당해 의식을 잃으면 유예를 받아 그동안 치료를 하는 거다.

"치료가 안 된다면 다음 순서에게 넘기는 거지."

치료가 안 될 정도의 사고가 뭔지 생각하다 보니 기분이 안 좋아졌다. 나는 얼굴을 굳힌 채 물었다.

"그럼 가난한 귀족은 어떻게 해?"

"친척에게 넘기지."

기본적으로 첫째에게 이어지는 거지만 첫째가 문제가 생기면 둘째가 이어받을 수 있다. 그러니 역으로 부모님의 동생들에게 넘기는 거다.

그런 것도 가능한 건가? 내가 놀란 표정을 짓자 선이 꼰 다리를 까닥거리며 대꾸했다.

"후계자가 없을 때는 그렇게 하기도 해."

"하지만 후계자가 있으면 어떻게 해?"

내 질문에 선의 표정이 안 좋아졌다. 저건 기분 나쁜 거다. 나는 그가 뭔가를 마음에 안 들어 한다는 것을 눈치챘다. 물론 그게 뭔지는 모르겠다.

"작위를 포기하는 거지."

"포기할 수도 있어?"

선의 대답에 나는 순수한 호기심으로 물었다. 작위를 포기할 수도 있다는 건 생각도 못 했다.

그러자 내 질문을 오해했는지 선의 미간에 주름이 생겼다. 그는 거칠게 말했다.

"왜? 포기하려고?"

어쩐지 화가 난 것 같다. 내가 작위를 포기하는 게 왜 이 남자가 화가 날 거리인지 모르겠네. 나는 어깨를 으쓱하며 대꾸했다.

"아니, 그런 것도 가능한가 해서 물어보는 거야."

"생각도 하지 마."

뭐라는 거야. 명령에 가까운 그의 말에 짜증이 솟구쳤다. 설령 진짜 포기할 생각이라 해도 내 작위다. 그가 이래라저래라 할 권리는 없다.

나는 선을 노려보며 쏘아붙였다.

"내 마음이야. 신경 쓰지 마."

"어떻게 신경을……."

갑자기 선의 말에 멈췄다. 뭐야? 기세 좋게 찻잔을 들어 올리던 나는 그의 말이 멈춘 것을 깨닫고 선을 쳐다봤다. 그는 놀란 표정으로 나를 쳐다보고 있었다.

"어떻게 뭐?"

나는 찻잔을 든 채 무슨 말을 하려던 거냐고 물었다. 그러자 선이 정신을 차리더니 고개를 한번 젓고는 다시 말했다.

"작위 유예는 풀면 돼."

응? 주제를 바꾸는 거야? 이렇게 갑자기?

나는 그가 갑자기 주제를 바꾼 것을 지적하려다가 그의 표정이 안 좋은 것을 보고 멈췄다. 선은 얼떨떨한 표정이었다. 뭘 잘못 먹었나.

"어떻게 풀어?"

선의 표정이 안 좋았기 때문에 나는 그가 원한대로 이야기의 주제를 바꿔 주었다. 선은 턱을 쓸며 대답했다.

"유예를 풀려면 너와 다른 귀족이 함께 왕궁으로 가야 하지. 만약 일 년 안에 가지 않는다면 작위는 왕궁으로 돌아가."

왕궁으로 돌아간다는 게 무슨 소린지 모르겠다. 나는 마치 책을 읽는 것처럼 무덤덤하게 말하는 선의 얼굴을 쳐다보다가 물었다.

"왕궁으로 돌아간다는 건, 작위를 박탈당한다는 말이야?"

"영지도."

잠깐, 나 유예받은 지 얼마나 됐지? 나는 당황해서 벌떡 일어났다. 내가 에버딘이 된 지 거의 두 달이 되어 간다. 긍정적으로 생각하면 유예를 받은 지 두어 달쯤 됐겠지만, 예전에 헥터가 그랬었다.

에버딘이 아버지와 레슬리의 결혼을 반대하느라 영지로 가출한 적이 있다고.

"어?"

나는 문득 떠오른 또 다른 의문에 작게 신음을 내뱉었다. 작위 유예라는 게 귀족이 사망한 뒤에 신청하는 거라면 에버딘의 어머니는 사망한 지 일 년이 안 됐다는 말이 된다.

"내 어머니가 돌아가신 게 언제였어?"

선은 덤벼들 것처럼 다가가서 묻는 내게 눈살을 찌푸렸다. 어떻게 그런 것도 모르냐는 표정이었지만 그는 곧 내가 기억 상실이라는 것을 떠올렸는지 순순히 대답해 주었다.

"아직 네가 유예 기간이니까 일 년이 안 됐겠지."

"그런 거 말고. 정확하게 언제였는지 알아?"

그런 거 없어? 귀족 사보 같은 거. 귀족 사회가 회사도 아니고 사보라니 웃기긴 하지만 그래도 그런 비슷한 게 있지 않을까.

내 질문에 집사를 불러 물어볼 줄 알았던 선은 한숨을 내쉬더니 천천히 말했다.

"작년 이맘때쯤이었어. 병사라고 하더군."

머릿속이 텅 빈 느낌이 들었다. 진짜로 아무 생각도 들지 않았다.

나는 선의 앞에 선 채 멍하니 그를 쳐다보고 있었다. 헥터는, 에버딘의 아버지는 어머니가 돌아가신 지 몇 년 됐다고 말했다. 하지만 작년 이맘때라니, 고작 일 년쯤 된 거잖아.

그렇단 말은 내 유예 기간도 거의 끝나간다는 말이다. 헥터가 뭐라고 했더라? 몇 달만 시간을 달라고 했다. 영지를 정리할 시간을 달라고.

그런 다음에 자신과 함께 왕궁에 가서 작위를 계승하자고 했었다.

"어서."

내가 한참을 멍하니 서 있자 선이 조심스럽게 나를 불렀다. 평소 쌀쌀맞다 싶던 그의 표정이 나를 걱정하는 것처럼 보였다.

하지만 선에게 신경 쓸 겨를이 없었다. 나는 지금 내 머릿속에 떠오른 말도 안 되는 생각을 정리하고 있었다.

유예 기간은 딱 일 년뿐이라고 했다. 그리고 에버딘의 어머니는 작년 이맘때쯤 돌아가셨으니 내 유예 기간은 거의 끝나 간다.

그런데 헥터는 유예 기간이 끝나면 어떻게 되는지 설명도 하지 않고 몇 달만 기다려 달라고 말했다.

그가 몰랐을까? 일 년이 지나면 작위를 빼앗긴다는 걸?

"나, 방금 아버지를 만나고 온 거거든."

상황이 이해가 되지 않았다. 나는 마치 남의 일처럼 입을 열었다. 갑자기 모든 게, 내가 밟고 있던 땅이 흔들리는 것처럼 느껴졌다.

헥터가 일부러 그런 걸까? 하지만 어째서?

"영지를 아버지가 관리하고 계시다고 해서, 그래서 이제부턴 내가 관리하겠다고 했어."

선은 소파에 앉은 채 나를 향해 몸을 내밀고 있었다. 걱정하는 듯한 그의 표정에 기분이 이상해졌다. 그 표정이 불길했다. 명치끝을 뭔가로 쿡쿡 찌르는 느낌이 들었다.

"그런데, 그런데, 아버지가……."

내가 모르는 뭔가가 있는 게 아닐까. 나는 선을 쳐다봤다. 그가 내가 뭔가를 착각한 거라고, 오해한 거라고 말해 줬으면 좋겠다.

"영지를 정리해야 하니까 몇 달만 기다려 달라고 하셨어."

그 순간 선의 표정이 변했다. 걱정스럽던 표정이 순식간에 일그러졌다. 그러자 내 심장도 동시에 툭 하고 떨어졌다.

"젠장."

그의 입에서 작게 욕이 튀어나오자 내 손이 벌벌 떨리기 시작했다. 이런 반응을 원한 게 아니었다. 지금까지 그가 보여 준 것처럼 여유롭고 덤덤하게 아니라고 말해 주길 바랐다.

그 정돈 해 줘야 한다거나, 당연하다거나. 아니면 유예 기간을 늘려야겠다거나.

눈시울이 붉어졌다. 왜 그런지는 나도 잘 모르겠다. 헥터는 내 친아버지가 아니다. 그런데도 눈물이 나올 것만 같았다.

"어서."

선은 내 표정을 보더니 자리에서 벌떡 일어났다. 그리고 어찌할 바를 모르는 것처럼 팔을 내게 내밀었다가 거두기를 반복했다. 나를 어떻게 대해야 할지 모르겠다는 표정이었다.

그 모습을 보자 웃음이 나왔다. 그렇군.

이 남자는 알고 있었던 거다. 에버딘의 어머니가 언제 돌아가셨는지. 아내가 죽은 지 일 년도 되지 않아서 남편이 젊은 여자와 재혼했다는 것을.

그리고 내가, 에버딘이 작위 유예를 했다는 것도.

문득 귀족 자제가 혼자 나가 사는 게 그렇게 흔한 일이 아니라던 말이 떠올랐다.

"미안해."

갑자기 선이 내게 사과를 해 왔다. 그게 웃겼다. 네가 뭐가 미안
해? 그렇게 말하고 싶었는데 입이 떨어지지 않았다.

할머니가 보고 싶었다. 웃기게도 그 순간 나는 미친 듯이 할머니
가 보고 싶었다. 마치 태풍이 몰아치는 것처럼, 갑자기 소나기가 내
리는 것처럼 할머니가 보고 싶다는 감정이 내 안에 휘몰아쳤다.

견딜 수가 없었다. 내가 바닥에 털썩 주저앉자 선이 놀라서 나를
부르는 소리가 들려왔다.

"어서!"

나는 에버딘을 부러워하고 있었다. 사실은 그래. 철이 없다고 생
각했다. 이 애는 내가 갖지 못한 것을 가지고 있었으니까.

그녀가 포기한 것을 내가 가질 수 있는 기회라고 생각했다. 죄책
감도 없었다. 에버딘이 싫다고 버린 거잖아. 나는 가진 적이 없는데
얘는 싫다고 죽어 버린 거잖아.

그럼 내가 가져도 되는 거잖아.

그런데, 모르겠다. 나는 내가 가져 보지 못한 것을 가질 수 있을
줄 알았다. 나를 걱정해 주고 사랑해 주는 가족을.

헥터를 만났을 때는 진짜로 그가 날 사랑해 줄 줄 알았다. 왜냐
면, 아버지잖아. 부모란 그런 거잖아. 내게 걱정 말라고, 기억 상실
이어도 자신들이 알아서 해 줄 테니 너무 걱정 말라고 말해 줄 줄
알았다.

그래서 사실은 어머니가 돌아가셨다는 것을 들었을 때 실망했지
만 그래도 아버지가 있으니까 괜찮다고 생각했다. 한 번도 느껴 보
지 못한 아버지라는 존재를, 사랑을 받을 수 있을 거라고 생각했다.

"나 벌받나 봐."

나는 바닥에 주저앉은 채 누구에게랄 것도 없이 말했다. 아마도 그런 모양이다. 내 것이 아닌 것을 탐내서 벌을 받나 보다.

"어서."

선의 얼굴이 눈앞에 들어왔다. 그는 내 앞에 쪼그리고 앉아서 나를 들여다보고 있었다. 그 모습을 보자 좀 우스워졌다.

그처럼 커다란 남자가 내 시선과 맞추기 위해 한껏 몸을 웅크리고 있다는 게.

"미안해. 내가 말했어야 했어."

그가 말했다. 나는 그의 얼굴을 멍하니 쳐다보다가 그가 무슨 말을 하는지 이해했다. 그러니까 내게 유예 기간이 얼마 안 남았다는 것을 자신이 말했어야 한다는 소리인가 보다.

하지만 그는 내게 그런 걸 알려 줘야 할 의무가 없었다. 의무가 있다면 그건 선이 아니라 헥터일 것이다.

헥터는 나를, 에버딘을 신경 쓰지 않았다. 방치했고 방해했다.

그게 가슴이 아팠다. 여기서는 가족을 가질 수 있다고 생각했는데 아니었다. 할머니가 그랬다. 그냥 부모 복이 없다고 생각하라고.

"나는 참 복이 없어."

여기서나 거기서나 마찬가지로, 나는 복이 없었다.

*　　　*　　　*

"나는 참 복이 없어."

에버딘의 말에 선은 그게 무슨 소린지 몰라서 멈칫했다. 하지만 다음 순간 에버딘의 눈가에 맺혀 있던 눈물이 그녀의 뺨을 타고 또르륵 굴러떨어지자 그는 초조함에 인상을 찌푸렸다.

자기 잘못처럼 생각됐다. 그는 알고 있었다. 그녀가 작위 유예 기간 중이라는 것을. 그게 다음 달이면 끝난다는 것도. 끝나면 에버딘은 어서 남작이 아니라 어서 경으로 남게 된다는 것도.

알면서도 말하지 않았던 건 그녀와 너무 깊이 연관되지 않으려 했던 거다. 에버딘의 아버지도 찾아 줬으니 그가 할 일은 다 했다고 생각했다.

게다가 그는 분명 경고도 했다. 아버지를 믿느냐고. 그때 화를 낸 건 에버딘이었다.

하지만 작위 유예 기간에 대해 물으러 온 그녀가 자신의 아버지가 이상하다는 것을 깨닫는 순간, 그녀의 얼굴이 하얗게 질리고 천천히 무너지는 것을 보자 선은 모든 것이 자신의 잘못처럼 느껴졌다.

"미안해."

선은 에버딘의 앞에 쪼그리고 앉아 필사적으로 사과했다. 자신이 왜 사과하는지도 몰랐지만 잘못했다는 생각이 들었다. 그가 알려 줬더라면, 그녀의 아버지가 이상하다고 좀 더 확실히 설득했더라면.

후회 속에서 그녀의 한마디가 심장을 찔렀다.

나는 참 복이 없어.

그는 살면서 그 말만큼 가슴 아픈 말은 처음 들었다. 그의 앞에서 무릎을 꿇던 사업가들, 억지를 부리고 떼를 쓰던 귀족들의 비굴한 애원에도 흔들리지 않던 마음이 에버딘의 체념한 듯한 한마디에 무너져 내렸다.

"갖고 싶은 거 없어? 말만 해."

그는 아네트가 어릴 때 울면 그렇게 달래곤 했다. 뭘 사 주면 되냐고. 장난감, 옷, 보석, 마차. 하다못해 가게를 사 달라고 해서 사줬었다.

차라리 에버딘이 아네트나 마틴처럼 소리 내어 울었다면 나았을 것이다. 그녀의 그렇지 않아도 하얀 얼굴이 완전히 창백하게 질린 채 소리 없이 눈물만 뚝뚝 흘리고 있었다.

그게 선은 견딜 수가 없었다.

그도 비슷한 경험을 했다. 지금의 에버딘처럼 무너져 내리지는 않았지만 분노로 잠을 이루지 못했다.

나이는 좀 더 어렸지만 지금 에버딘과 똑같은 상황이었다. 어머니는 돌아가셨고 아버지라는 작자는 어머니의 시신에 남은 온기가 사라지기도 전에 여자를 데리고 들어왔다.

가족이라는, 아버지라는 존재에 대한 티끌만 한 애정조차 사라지던 순간. 그 순간을 선도 겪었다.

"나는……."

갖고 싶은 게 없냐는 선의 질문에 허망한 눈으로 입을 연 에버딘은 다시 다물었다.

나를 사랑하는 가족을 갖고 싶어. 그렇게 말하고 싶었다. 하지만 그건 선이 할 수 있는 일이 아니다. 그는 그저 그녀를 위로하려 하고 있을 뿐이다.

그게 에버딘의 기분을 조금이나마 나아지게 만들었다. 저 쌀쌀맞고 재수 없는 선 웨스트가 그녀를 위로하려고 바닥에 무릎을 꿇고 몸을 한껏 구기고 앉아 있다는 게.

"괜찮아."

에버딘은 진심으로 그렇게 말했다. 선이 해 줄 수 있는 건 없다. 그녀를 위로해 주려 한 것만으로도 충분했다.

하지만 놀랍게도 선에게는 충격으로 다가왔다. 그는 자신이 뭔가를 해 주겠다고 제안했을 때 거절당한 적이 한 번도 없었다.

오히려 그에게 뭔가를 얻어 내기 위해 더 불쌍한 척하거나 화를 내는 사람이 대부분이었다.

"내가 뭔가 도와줄 건 없어?"

한 번쯤은 예의상 거절한 거라고 생각하고 묻는 선에게 에버딘은 고개를 저으며 자리에서 일어났다. 그녀가 원하는 건 그가 해 줄 수 없는 일이다. 에버딘은 옷소매로 대충 눈물을 닦기 시작했다.

그때 선이 말없이 자신의 손수건을 내밀었다. 심플한 디자인에 당연하게도 모서리에 그의 이니셜이 수놓여 있는 고급스러운 손수건이었다.

"고, 고마워."

그녀는 가지고 다니지도 않는 손수건을 그는 집 안에서도 지니고 다니는 모양이다. 에버딘은 선의 준비성에 감탄하며 손수건으로 눈물을 찍어 냈다.

이렇게 울고 있을 때가 아니다. 속상해서 눈물이 나오긴 했지만 그녀에게는 시간이 없었다.

유예 기간이 얼마나 남았는지 모른다. 당장이라도 그녀와 함께 가 줄 사람을 구해서 왕궁으로 달려가야 한다.

누구에게 부탁해야 하지? 에버딘이 선과 제럴딘을 떠올리는 사이 선은 미간을 찡그린 채 그녀를 내려다보고 있었다.

전부터 느낀 거지만 그녀가 그에게 아무런 기대도 하지 않는다는 것을 새삼 재확인 당한 느낌이었다.

그를 무서워하거나 싫어하는 사람은 있었다. 하지만 이 정도로 그에게 아무 기대도 하지 않는 사람은 처음 봤다. 심지어 뭐든 해 주겠다는 그의 제안에도 에버딘은 괜찮다고 말했다.

필요 없다가 아니라.

그게 이상하게 선의 기분을 나쁘게 만들었다. 그녀에게 자신이 길에서 지나치는 행인 정도의 수준이라는 게, 그가 능력이 있다는 것을 알면서도 그걸 바라지 않는다는 게 이상하게 불쾌했다.

"저기, 오늘 미안했어. 그리고 어, 손수건은……."

에버딘은 제럴딘에게 부탁하기로 결심하고 허둥지둥 선에게 인사를 건넸다. 그는 그녀가 유예 기간이라는 것을 알면서도 알려 주지 않았다.

그건 그녀의 유예 기간을 정리하는 것 역시 도와주지 않겠다는 뜻이겠지. 조금 섭섭하지만 선은 원래도 그다지 친절한 사람이 아니다. 에버딘은 재빨리 섭섭한 마음을 날려 버렸다.

"다음에 돌려줘."

어차피 그는 또 그녀를 만날 것이다. 에버딘이 고개를 끄덕이고 손수건을 품에 집어넣는 사이 선은 집사를 불렀다.

"어서 경에게 마차를 내주게."

"뭐? 아니, 괜찮아."

선의 말에 에버딘이 깜짝 놀라서 거부했다. 그녀는 왕궁으로 갈 생각이었다. 웨스트 공작가의 마차를 타고 가면 안 되지 않을까. 그런 생각에 거절한 거였는데 선이 무서운 표정으로 말했다.

"타고 가."

마음 같아서는 그가 직접 데려다주고 싶지만 그건 에버딘이 원하지 않을 것 같다는 생각이 들었다. 그것도 선에게는 생소한 감각이었다.

누군가가 원하지 않을 것 같다는 이유만으로 하고 싶은 행동을 머뭇거린다는 게.

"고맙긴 한데, 그거 내가 왕궁에 타고 가도 되는 거야?"

에버딘의 질문에 선의 인상이 다시 구겨졌다. 기분이 나빠진 듯한 주인의 모습에 집사의 몸이 굳었다. 하지만 에버딘은 그가 변덕이 심하다고 생각하고 있었다.

"왕궁은 왜······."

왕궁에 왜 가냐고 물어보려던 선은 곧 그녀가 유예를 끝내기 위해 가려고 한다는 것을 깨달았다. 그렇군. 그녀의 유예 기간은 다음 달까지다. 하지만 에버딘은 그걸 모르고 있었다.

"네 유예 기간은 다음 달까지야. 내가 같이 가 줄 테니 오늘은 돌아가서······."

돌아가서 뭘 해? 선은 뭐라고 해야 할지 몰라 머뭇거렸다. 쉬라고? 자라고? 아니면 다시 울라고?

그는 누군가를 위로해 줘 본 적이 없었다. 누군가가 울면 몸을 돌려 그 자리를 떠나 버렸다. 아니면 사고 싶은 걸 사라고 돈을 쥐어 주거나.

그가 에버딘을 어떻게 위로해야 할지 고민하는 사이, 에버딘은 선이 같이 왕궁으로 가 준다는 말에 안심했다. 제랄딘이 더 나을 것 같지만 심정적으로는 선이 더 편했다.

아마도 더 먼저 만났고 더 자주 봤기 때문일 거다. 그녀의 사정도 잘 알고 있으니 이런저런 설명을 할 필요도 없다.

"언제 갈 건데?"

어떻게 에버딘을 위로할지 한참을 고민하던 선은 그녀의 질문에 정신을 차렸다. 이미 그녀는 자신의 위로 따위는 안중에도 없었다.

이렇게까지 그녀가 자신에게 바라는 게 없다는 점이 다시 그의 입맛을 쓰게 만들었다.

항상 자신에게 뭔가를 바라는 사람들에게만 둘러싸여 있다가 이렇게까지 아무것도 바라지 않는 에버딘과 있자 기분이 이상했다. 에버딘 같은 사람을 만나면 홀가분할 줄 알았는데 왠지 기분이 나빴다.

하지만 선은 자신이 왜 기분이 나쁜지 이해할 수가 없었다. 그는 고개를 끄덕이며 말했다.

"네가 편할 때."

"그럼 내일."

에버딘의 얼굴이 밝아졌다. 여전히 그녀의 눈시울은 붉었지만 초록색 눈동자가 반짝반짝 빛이 나기 시작했다. 마치 조명이 켜진 것처럼 에버딘의 얼굴이 환하게 보였다.

선은 순간 할 말을 잃고 그녀를 멍하니 쳐다봤다.

"내일."

그는 가까스로 그렇게 대답했다. 내일 보자는 말에 에버딘은 집사와 함께 서재를 나갔다. 멍하니 서 있던 그는 비틀거리며 가장 가까운 소파에 앉아 한숨을 내쉬었다.

무슨 일이 일어났던 거지? 살면서 그렇게 무력감에 어쩔 줄 몰라 했던 건 처음이었다. 자신이 잘못했다고 생각한 것도.

스스로가 왜 그런 감정을 가졌는지도 이해가 되지 않았다. 내가 잠깐 미쳤었나? 선은 자리에서 벌떡 일어나 책상으로 돌아갔다. 그리고 얼마 전에 집사가 가져온 에버딘의 서류를 꺼냈다.

에버딘의 출생과 그녀의 부모 쪽 사람들에 대해서도 간결하게 적혀 있는 서류였다. 이미 내용도 거의 외우고 있다. 받고 나서 몇 번이나 읽었기 때문이다.

결론적으로 에버딘은 아무 특이점이 없었다. 어서가는 웨스트가나 브룩가 같은 특이한 가문도 아니었고 그런 가문과의 접점도 없었다.

"허."

선은 버릇처럼 미간을 문지르며 의자 등받이에 몸을 기댔다. 내가 지금 뭘 하는 거지? 한심하다는 생각이 들었다.

에버딘 앞에서 어쩔 줄 몰라 하던 자신의 모습을 떠올리자 한심하다는 생각이 들었다. 모른척하거나 그냥 지켜봤으면 될 일을 왜 그렇게 바보같이 어쩔 줄 몰라 했던 걸까.

하지만 우습게도 그 순간 왕궁에 같이 가 주겠다는 그의 말에 밝아지던 에버딘의 얼굴이 떠올랐다.

"젠장."

기분이 좋아졌다. 선은 미간을 문지르던 손으로 자신의 눈을 덮으며 생각했다. 아무래도 자신이 미친 모양이다.

* * *

"어서 오, 엄마야!"

이튿날, 약속대로 에버딘의 가게를 방문한 선을 맞이한 것은 손님인 줄 알고 인사를 건넸다가 깜짝 놀란 도리스의 비명이었다. 이런 일은 그리 드물지 않다. 신경 쓰지 않는 선과 달리 도리스는 민망한 표정으로 고개를 들지 못하고 사과했다.

"죄, 죄송합니다. 사장님 만나러 오신 거죠?"

전에도 그렇게 말하더니 그의 대답은 기다리지도 않고 안으로 뛰어가 버렸다. 선은 아직은 그가 온 것을 에버딘에게 알리고 싶지 않았다. 그래서 재빨리 도리스를 불러 세워 말했다.

"우선 차 한 잔 마시고 싶은데."

선은 이 가게에 있는 그의 개인 식당을 유지하기 위한 돈을 내고 있다. 당연히 도리스는 에버딘에게 자신이 없을 때 시중을 들어 달라는 부탁을 받았다.

하지만 차라니. 도리스의 안색이 핼쑥해졌다. 저쪽은 고귀한 귀족 나리다. 심지어 공작. 그녀가 탄 차가 과연 입에 맞을까.

"콩으로 그런 걸 만들다니, 대단해."

"맞아. 우리도 이런저런 연구를 해 봤지만 콩은 생각도 안 했지 뭐야."

도리스가 주방으로 뛰어들었을 때 에버딘은 지난번에 불러 모았던 수도의 작은 빵집 사장들과 이야기를 나누고 있었다.

전부 a.k.a세모빵에게 피해를 입었던 가게의 사장이었다. 지난번에 그녀가 알려 준 크림 빵과 앙금 빵이 상당한 인기를 끌었다는 말을 하던 차였다.

더 잘 팔리는 건 크림 빵이지만 다들 앙금 빵을 신기해했다. 그동안 콩은 삶거나 수프로 만드는 게 전부다. 그걸 으깨서 설탕과 섞어 빵에 넣는다는 건 생각도 안 해 봤다.

물론 케이크가 아닌 빵에 크림을 넣거나 바르는 것도.

에버딘은 그들 사이에 서서 어색하게 웃고 있었다. 기분이 좋지 않았다. 크림 빵도, 앙금 빵도 그녀가 발명한 게 아니다.

그런데 대단하다는 칭찬을 받고 있자니 민망했다. 부담스러운 칭찬 탓에 머리가 어지러운 것처럼 느껴졌다. 그녀는 주제를 돌리기 위해 재빨리 입을 열었다.

"이것저것 해 본 거죠, 뭐. 빵도 옥수수나 밤으로도 만들잖아요?"

심지어 감자로도 만든다. 그래도 밀가루 빵이 가장 보편적인 건 그게 가장 맛있기 때문이겠지.

그때 에버딘의 맞은편에 있던 남자가 머뭇거리며 품에서 주머니를 하나 꺼냈다. 저게 뭐지? 그가 말하기를 기다리는 에버딘에게 남자가 주머니를 열어 보이며 말했다.

"혹시 이것도 뭔가를 만들 수 있을까?"

안에 든 건 밀가루보다 약간 거친 가루였다. 이게 뭐지? 에버딘은 주머니를 받아 들어 냄새를 맡았다. 감자로 만든 가루인가? 그것보다 좀 더 거친 것 같은데.

"쌀이라고 알아?"

"네?"

남자의 말에 에버딘의 고개가 번쩍 들렸다. 쌀이라고? 이게? 그제야 그녀는 주머니에 들어 있는 게 쌀가루라는 것을 깨달았다. 밀가루보다 약간 거칠고 색이 훨씬 하얬다.

"내가 작년까지만 해도 이것저것 만들어 봤거든. 그때 어디서 구했다고 제분소에서 좀 주더라고. 그런데 영……."

맛이 없었다는 말이다. 쌀가루는 밀가루와 달리 글루텐이 적어서 빵 맛이 떨어진다. 에버딘도 그 사실을 알고 있었다.

하지만 그녀는 그것보다 지금 여기에 쌀가루가 있는 게 믿기지가 않았다.

"여기, 쌀도 먹어요?"

약간 어색한 그녀의 질문에 사람들의 시선이 부딪쳤다. 여기라니, 수도를 말하는 건가? 쌀가루를 가져온 남자가 대표로 말했다.

"아니, 안 먹지. 다른 지방에서 실험적으로 농사를 짓기 시작했다는 거 같아."

"안 먹는다니, 얼마나 안 먹어요? 이 나라, 아니, 우리 나라는 아예 안 먹어요?"

"글쎄. 난 먹는 지역 사람을 만난 적이 없는데. 당신은 어때?"

"나도. 먹는다는 말은 못 들었어."

남자의 질문에 그의 옆에 있던 여자가 고개를 저으며 말했다. 이 나라는 아예 쌀을 안 먹는 나라다. 그런데 이 나라에서 실험적으로 쌀농사를 짓는 지역이 있다는 말에 에버딘은 저도 모르게 입을 딱 벌렸다.

"안 먹는데 왜 재배하는 거예요?"

"그야, 뭐. 영주가 시켰나 보지."

남자의 말에 모여 있던 빵집 주인들이 고개를 끄덕였다. 그거 말곤 이유가 없다. 땅은 영주의 것이고 거기서 농사를 짓는 농부들이 영주의 허락 없이 실험적으로 신품종을 재배할 수 있을 리가 없다.

"어떤 영주인지 몰라도 멍청하네요."

에버딘은 그렇게 말하고 주머니를 닫았다. 쌀로 만든 빵은 맛이 없어서 만드나 마나다. 그녀도 예전에 해 봤다가 큰 실패를 맛봤다.

이걸로는 떡을 만드는 게 가장 좋지 않을까. 그렇게 생각하면서도 에버딘은 이곳 사람들이 과연 떡을 좋아할지 의문을 품었다.

그녀의 세상에서 서양인들은 떡을 그리 좋아하지 않는다고 들었다. 식감이 그들에게 맞지 않았던 모양이다.

"이거 제가 가져도 돼요? 빵은 만들어도 아마 맛이 없을 거예요."

에버진의 질문에 남자는 고개를 끄덕였다. 그도 그걸로 빵을 만들어 봤기 때문에 잘 알았다. 그에게는 필요 없는 것이다. 쌀가루가 에버딘이 새로운 요리를 만드는 걸 연구하는 데 도움이 된다면 좋겠다.

에버딘은 쌀가루를 정리하고 이번에는 소시지 빵을 만드는 법을 시연했다. 이것도 빵 반죽은 똑같았다. 거기에 한 번 삶아서 짠기를 뺀 소시지를 넣어 감싼 뒤 바닥에 내려놓고 가위로 잘라 모양을 낸다.

"가위를 써?"

에버딘이 가위로 소시지와 소시지를 감싼 반죽을 자르기 시작하자 지켜보던 여자가 놀라서 물었다. 요리에 가위를 쓰는 건 처음 봤다.

그녀의 지적에 에버딘 역시 놀란 표정을 지었다. 어? 여긴 가위를 안 쓰나? 그녀는 요리용으로만 쓰는 가위를 한 번 쳐다보고 사람들에게 말했다.

"어, 불편하시다면 칼로 하셔도 돼요. 하지만 빵 반죽이랑 소시지의 질감이 달라서 어려울 거예요."

칼로 잘라 본 건 아니지만 가위로 해 봐도 감이 온다. 칼로 자르기가 아주 힘들 것이라는 것이. 그녀의 말에 사람들은 요리용 가위를 새로 사야겠다고 고개를 끄덕였다.

소시지 빵은 맛있었다. 에버딘이 위에 다진 양파와 옥수수를 마요네즈에 버무려 올린 뒤 한번 구워 내놓자 사람들은 고개를 끄덕였다. 여기에 케첩을 뿌리면 더 좋겠지만 없어서 에버딘은 토마토소스를 사용했다.

물론 찜찜하면 토마토소스를 빼고 팔아도 되지만 토마토소스가 있는 쪽이 훨씬 맛있다.

"그런데, 이렇게 전부 우리한테 알려 줘도 되겠어?"

마지막으로 토마토소스에 대한 설명까지 들은 사람들이 에버딘에게 걱정스러운 표정으로 물었다. 요리법이라는 건 그렇게 쉽게 남에게 알려 주는 게 아니다.

유서 깊은 저택의 요리사와 유명한 식당의 요리사들은 자기만의 레시피를 가지고 있고 그걸 비밀리에 후계자에게만 전해 준다.

하지만 에버딘은 벌써 세 가지 빵을 만드는 법뿐 아니라 토마토소스까지 알려 줬다. 과연 이래도 되는 걸까. 걱정하는 사람들 사이에서 에버딘은 눈을 깜빡였다.

그녀가 몇 번이나 생각한 거지만 이런 전부 그녀가 만들어 낸 게 아니다. 특히 토마토소스는 토마토가 안전하다는 것을 알게 되면 누군가 바로 만들어 낼 것이다.

"어차피 '세상의 모든 빵들'에서 훔쳐 가려 할 거잖아요?"

에버딘은 눈을 깜빡이며 말했다. 그래서 이 사람들을 모았던 게 아닌가. 어차피 큰 빵집에서 훔쳐 가서 자기 것인 양 팔겠다면 그녀가 먼저 다른 사람들에게 알려 주려고 하는 거다.

"그렇긴 한데, 그래도 누가 훔쳐 가기 전이라도 이걸 어서 사장 혼자 팔면 더 돈을 많이 벌 거 아냐."

"꼭 그렇진 않아요."

에버딘은 사람들의 걱정에 웃으며 대꾸했다. 그녀가 독점하면 그녀만 돈을 더 많이 벌 거라고 생각하지만 그건 그녀가 살던 곳에서나 해당되는 일이다.

여긴 교통이 그녀가 살던 곳보다 덜 발달돼 있고 사람들의 정보력도 그녀가 살던 곳보다 빠르지 않다.

아무리 맛있다고 해도 걸어서 한 시간, 말을 타고 삼십 분이나 걸리는 곳에서 파는 소시지 빵을 하나 사 먹으려고 매일 찾아오는 사람은 없다는 말이다.

"전 저희 가게에 매일 방문해 주는 단골이 더 좋아요. 이걸로 소문나 봤자 단골들이 오기 힘든 가게만 될 거예요. 그 사이에 '세상의 모든 빵들'이 훔쳐 가면 단골만 잃을 거고요."

그럴 거면 차라리 여기저기에 알려 주는 게 낫다는 말이다. 어차피 빵집은 거리마다 있고 그녀의 거리에는 이 빵집 외에는 없다.

"그래도……."

에버딘이 그렇게 말해도 미안하다는 사람들의 태도에 그녀는 다시 웃었다. 좋은 사람들이라 다행이다. 고맙다거나 미안하다는 말을 들으려 시작한 건 아니었지만 그런 당연한 것을 표현해 주는 사람들을 만났다.

"정 그러시면 나중에 제가 어려울 때 도와주세요. 어려운 다른 가게를 도와주셔도 좋고요."

그건 당연하지. 사람들은 고개를 끄덕였다. 그리고 차례차례 인사를 건네고 주방을 빠져나갔다.

선은 복도를 서성거리며 사람들에게 소시지 빵을 시연하는 에버딘의 모습을, 그녀가 사람들에게 이야기하는 것을 말없이 지켜보고 있었다.

그러다가 사람들이 떠날 때는 복도에 서성이는 모습을 보이기 싫어서 슬쩍 식당으로 돌아갔다가 돌아왔다. 하지만 주방에는 아직 한 명이 남아 있었다. 중년 여자가 머뭇거리는 것을 본 에버딘이 말을 걸었다.

"무슨 일이세요, 한나?"

사십 대 정도에 아직 결혼을 하지 않은 한나 홀트는 에버딘의 가게에서 많이 떨어진 거리에서 빵집을 하고 있었다. 그래도 마이크에게 받은 피해가 적은 가게 중 하나였다. 작긴 했지만 이미 단골이 탄탄했던 덕분이다.

"사실은 한동안 장사를 못 할 것 같아서 그걸 말하러 왔어."

"왜요? 무슨 일 있어요?"

어디 아프기라도 한 건가? 놀란 에버딘이 한나의 안색을 살폈지만 약간 어두운 것 빼고는 어딘가 아파 보이진 않는다. 한나는 에버딘의 질문에 한숨을 내쉬고 하소연을 하기 시작했다.

"이번에 오븐 하나를 가스 오븐으로 바꿨거든."

"그래요? 어때요? 좋아요?"

이곳의 오븐은 나무를 넣어 가열하는 나무 오븐이다. 가스 오븐과 석탄 오븐이 만들어진 건 최근이었다. 그래서 부유한 저택이나 큰 식당에서는 가스 오븐이나 석탄 오븐을 사용하기 시작했다는 이야기는 에버딘도 들었다.

하지만 바꾸기엔 비용 문제도 있고 어차피 재개발 예정인 거리라 고민 중인 터였다.

가스 오븐이 어떠냐는 에버딘의 질문에 한나는 다시 한숨을 내쉬었다. 그녀도 큰마음 먹고 바꾼 거다. 비용 문제도 있어서 오븐 두 개 중에서 가장 오래된 것 하나만 바꿨다.

"그게, 누가 신고를 했나 봐."

"신고요?"

무슨 신고? 어리둥절해 하는 에버딘에게 한나는 속상하다는 듯 말했다.

"가스 냄새가 난대. 그래서 한동안 영업 정지야."

가스 오븐이니 당연히 가스를 사용한다. 그 사실에 에버딘은 입을 딱 벌렸다. 그런 문제가 있을 수 있구나. 그녀가 살던 곳도 가스 오븐이나 전기 오븐을 썼다. 그리고 가스 검침도 꾸준하게 있었다.

"저런, 어떻게 해요?"

에버딘의 걱정 어린 위로에 한나는 다시 한숨을 내쉬었다. 영업 중단이면 이래저래 문제가 많다. 단골들이 남아 있을지도 문제지만 영업 중단된 동안 수익이 없다는 것도 문제다.

물론 저금이 있으니 그녀는 그걸 까먹으면 된다. 하지만 직원은? 한나도 에버딘처럼 직원을 한 명 두고 있었다.

"모르겠어. 어디 가서 단기라도 일을 해야 할 것 같아. 하지만 축제 기간도 지나서 일손이 필요한 곳이 있을까 싶고."

행사가 있으면 단기적으로 사람을 고용하기도 한다. 한나는 그걸 이야기하고 있었다. 에버딘은 가만히 그녀를 쳐다보다가 불쑥 물었다.

"가게만 영업 정지인 거죠? 한나는 다른 데서 일을 해도 되는 거죠?"

그렇긴 한데. 한나는 에버딘이 자신을 고용하려는 건가 싶어 기대감을 안고 그녀를 쳐다봤다. 하지만 그녀가 보기에도 이 가게에는 도리스 외에 한 명 더 고용할 이유가 없다.

그리 크지 않은 가게다. 굳이 세 명이나 되는 제빵사가 있을 필요가 없다.

"사실은 하고 싶은 게 있는데 사람이 필요하거든요."

에버딘이 살고 있는 거리는 아니지만 좀 더 번화한 곳에 가면 길거리에서 음식을 만들어 파는 사람들이 있다. 완두콩 수프나 미지근한 맥주는 물론 빵과 버터 같은 걸 팔기도 했다.

그중에서 에버딘이 집중한 건 넓은 판 위에 파는 밀가루 반죽 같은 음식이었다. 사람들은 그걸 접시 빵이라고 불렀는데 얇은 밀가루 반죽을 철판 위에 구워 기름을 바르고 소금을 뿌려서 팔았다.

조금 더 비싼 곳은 햄 조각이나 감자와 양파를 채 썰어서 얹어 팔기도 했다.

저게 피자의 원형이 아닐까. 에버딘은 남몰래 그렇게 생각하고 있었다. 접시 빵에 토마토소스를 바르고 치즈를 얹으면 훌륭한 피자가 된다.

하지만 여전히 토마토에 대한 거부감이 있는 만큼 그녀는 섣불리 피자를 팔 생각은 없었다. 에버딘이 노린 건 전혀 다른 음식이었다.

그녀는 소시지 빵을 만들기 위해 발효까지 끝낸 빵 반죽을 꺼냈다. 그리고 둥글게 굴려서 손바닥 위에 펼친 뒤 말했다.

"이렇게 반죽에다가 설탕을 넣는 거예요. 계피가 있으면 한 조각만 미리 설탕에 넣어서 계피 향이 배게 해 주세요."

계피나 민트 같은 향신료는 비싸다. 일개 빵집에서 펑펑 쓸 수 있는 재료가 아니다. 하지만 한 조각만 설탕 단지 안에 넣어 주면 그 설탕은 계피 설탕이 된다.

에버딘은 반죽 안에 계피 설탕 대신 일반 설탕을 넣고 다시 동글게 모양을 잡았다. 그리고 프라이팬에 기름을 두른 뒤 납작하게 굽기 시작했다.

납작하게 만드는 데는 콩을 삶아 으깨는 도구를 이용했다.

"땅콩 같은 게 있으면 부숴서 넣어도 괜찮아요."

지글지글 구운 빵을 가위로 잘라 반쪽을 내밀자 그 안에서 녹은 설탕이 시럽이 되어 흘러내렸다. 에버딘은 반쪽을 한나에게 건네며 물었다.

"어때요? 설탕은 흑설탕을 쓰는 게 더 맛있어 보일 거예요. 그리고 계피향이 첨가된다고 생각하면……."

"맛있어!"

한나는 뜨거운 빵을 호호 불면서 한입 베어 문 뒤 깜짝 놀라며 외쳤다. 겉은 바삭하고 속은 쫄깃한데 안에 녹은 설탕이 단맛을 내주었다.

"잼을 넣은 팬케이크 같아."

"어, 설탕 대신 잼을 넣어도 될 거예요, 아마."

물론 에버딘은 한 번도 거기에 잼을 넣어 보겠다는 생각을 안 해 봤다. 하지만 한나의 말에 그것도 괜찮겠다는 생각이 들었다.

물론 잼이 엄청나게 뜨거워질 테니 미리 만들어서 한 김 식힌 다음에 파는 게 좋겠지만.

"이걸 어떻게 하려고?"

한나가 눈을 빛내며 물었다. 에버딘은 그걸 팔아 보고 싶었다. 하지만 그녀의 빵집은 사람도, 그걸 구울 화구도 부족하다. 아이린도 어려울 것이다. 기본적으로 빵 반죽을 해야 하기 때문이다.

"이 거리에서 팔아 보면 어때요? 접시 빵을 굽는 이동 화덕은 내가 구해 줄게요."

거리에서 접시 빵을 만들어 파는 것처럼 한나도 만들어 파는 거다. 에버딘의 제안에 그녀는 고민하기 시작했다.

괜찮을 것 같다. 어차피 그녀는 영업 중지가 풀릴 때까지 다른 일을 해야 한다. 그럴 거라면 그녀가 잘하는 일을 하는 게 좋지 않을까.

재료도 간단했다. 빵 반죽과 흑설탕, 약간의 계피.

"이거 이름이 뭐라고?"

한나는 시험 삼아 반죽에 설탕을 넣어 동그랗게 만들며 물었다. 그러자 에버딘의 얼굴에 곤란한 표정이 떠올랐다. 이걸 그대로 말해도 되나? 잠깐 망설이던 그녀는 에라 모르겠다 하고 대답했다.

"호떡이요."

*　　*　　*

"미안, 오래 기다렸어?"

한나가 떠나고 나자 에버딘은 주방 문에 서서 자신을 지켜보는 선의 존재를 깨달았다. 사실은 더 전부터 알고 있었다. 이렇게 크고 잘생긴 남자를 못 알아채는 게 더 어렵다.

선은 주방을 정리하고 자신에게 다가오는 에버딘을 물끄러미 지켜보고 있었다.

세상엔 세 가지 종류의 사람이 있다. 주는 자, 주고받는 자, 받는 자.

그는 주고받는 자였다. 주는 게 있다면 그에 상응하는 것을 반드시 돌려받았다. 하지만 마틴 같은 받기만 하는 자도 있다는 것을 잘 알았다.

그런 그가 가장 이해할 수 없는 사람이 바로 주는 자였다. 에버딘 같은 사람. 받을 생각 없이 주기만 하는 사람.

방금 전 호떡만 해도 그렇다. 그라면 그 레시피를 알려 주는 대신 수익의 얼마를 달라거나 했을 것이다. 하지만 에버딘은 아무 조건도 달지 않았다. 심지어 호떡을 만드는데 필요한 이동식 화로도 자신이 구해다 주겠다고 했다.

"왜 그래?"

못마땅한 선의 표정을 발견한 에버딘이 어리둥절해서 물었다. 그는 그녀의 모든 게 마음에 들지 않았다. 사람들에게 아무 조건 없이 소시지 빵 만드는 법을 알려 준 것도, 토마토소스 만드는 법을 알려 준 것도.

누군가 어떻게 보답하냐 묻자 에버딘이 다른 어려운 사람을 보면 도와주라고 말했을 때는 어이가 없어서 화가 났을 정도였다. 그는 한마디 하려다가 몸을 돌렸다.

"아니야. 가지."

오늘 왕궁에 가서 유예 기간을 끝내야 한다. 에버딘은 선의 뒤를 따라 그의 마차에 올라탔다.

기분이 이상했다. 그녀가 살던 곳은 과거에는 신분제가 있었지만 지금은 눈에 보이는 신분은 사라진 세상이었다.

그런데 여기에 와서는 귀족이라니. 그것도 영지를 다스리는 영주가 된다니 뭐라 형언할 수 없는 기분이 들었다.

할 수 있을까. 불안감에 에버딘의 기분이 안 좋아졌다. 어쩐지 어지럽고 속도 안 좋은 건 불안감 때문일까, 마차를 탔기 때문일까.

"션."

에버딘은 영주가 무슨 일을 하는지, 얼마나 힘든지 물어보려 션을 불렀다. 하지만 그가 그녀를 쳐다본 순간 마차가 덜컹거린 탓에 에버딘의 얼굴이 창백해졌다.

"왜?"

흔들거리는 마차 안에서도 션은 그다지 불편함을 느끼지 못하는 것처럼 보였다. 에버딘은 속으로 망할 이 세계의 도로 상황과 바퀴에 욕을 퍼부으며 신음을 내뱉었다.

"얼굴이 안 좋은데."

션의 말대로 에버딘의 얼굴색은 그리 좋지 않았다. 그렇지 않아도 하얀 피부인데 창백하게 죽어서 기절이라도 할 것 같다.

어디 아픈 거 아니냐는 션의 질문에 에버딘은 손을 흔들며 말했다.

"아냐, 멀미하나 봐."

하지만 전에 그가 그녀를 데리고 수도 외곽까지 갔을 때는 괜찮았다. 션은 그 사실을 지적하려다 에버딘이 눈을 아예 감아 버리자 입을 다물었다.

마차 시트에 몸을 기댄 에버딘은 평소보다 훨씬 작고 파리해 보였다. 그 모습을 보자 선의 머릿속에 어제 충격을 받던 그녀의 모습이 떠올랐다.

사실 그는 오늘 그녀가 끙끙 앓는다고 해도 놀라지 않을 생각이었다. 자기 아버지가 어머니가 돌아가신 지 일 년도 되지 않았는데 새장가를 들고 자신을 쫓아냈으며 작위를 얻지 못하게 한다는 건 누가 겪어도 충격받을 일이다.

"좀 천천히 가지."

선은 마부와 이야기할 수 있는 창문을 열고 나직하게 말했다. 그리고 다시 고개를 돌려 에버딘을 쳐다봤다.

마차의 흔들림 때문에 괴로운 모양이었다. 그는 그녀에게 자신의 무릎에 앉겠냐고 물어보려다가 그건 말도 안 된다는 생각에 입을 다물었다.

그건 아주 친밀한 사이에서나 하는 거다. 아니면 상대가 어린아이거나. 마음 같아서는 에버딘을 무릎에 앉히고 이 흔들림에서 보호해 주고 싶지만 그녀가 펄쩍 뛸 게 분명했다.

선은 괴로워하는 에버딘에게서 눈을 돌리기 위해 눈을 감았다. 하지만 그녀의 숨소리조차도 힘들어하는 게 느껴져서 결국 안절부절못하게 돼 버렸다.

"잠시 쉬었다 갈까."

결국 견디다 못한 선이 물었다. 에버딘의 숨소리가 고르지 않은 게, 그녀의 속눈썹이 파르르 떨리는 게 못 견디겠다. 에버딘은 괴로운 것처럼 눈을 살짝 뜨더니 고개를 저었다.

"아니, 괜찮아."

그녀가 그렇게까지 말하면 션도 어쩔 수가 없다. 그는 눈을 감고 다른 생각을 하려 애썼다.

그의 머릿속에 자연스럽게 에버딘에서 그녀의 아버지로, 그리고 션의 아버지로 꼬리에 꼬리를 물고 떠올랐다.

션의 어머니인 루아나 웨스트 공작은 강한 사람이었다. 그는 남편에게 많은 것을 바라지 않았다. 단 하나. 자신이 작위를 물려주고 사랑해 줄 후계자를 안겨 주는 것뿐이었다.

하지만 그녀가 죽자 멍청하고 벌레 같은 그의 아버지는 주제도 모르고 정부를 웨스트가로 끌고 들어왔다. 그리고 감히 그 여자와 마틴에게 웨스트라는 성을 주었다.

만약 션이 열여덟 살이었다면. 그래서 그의 역겨운 아버지가 영주 대리가 되지 않았다면 그는 마틴과 그 여자에게 절대로 웨스트라는 성을 주지 않았을 것이다.

그렇다면 어쩌면 아네트가 태어나지 못했을 수도 있겠지.

마차 속도가 느려지자 흔들거림이 덜해졌다. 션은 눈을 뜨고 에버딘의 안색을 살폈다. 흔들림이 덜해진 덕에 그녀의 안색이 조금 나아지는 것 같았다.

마틴을 그대로 둔 건 어머니의 유언이기 때문이었다.

—돌봐줘. 어쩌면 네게 도움이 될지도 몰라.

그녀는 마틴이 아니라 선을 걱정해서 그런 유언을 남겼다. 어린 나이에 어머니를 잃고 감히 그와 얼마 나이 차가 나지 않는 사생아와 정부를 집 안에 들인 아버지와 살아야 하는 아들이 비뚤어지지 않도록 하기 위해.

어쩌면 지금 에버딘이 어떤 감정을 가지고 있는 가장 잘 아는 사람이 그일 것이다. 믿었던 아버지를 향한 배신감. 고독. 아무도 믿을 수 없다는 그 감각은 어린 선이 인간 불신으로 자라기에 충분했다.

그가 느끼는 인간의 감정과 더해지면 어쩌면 지금 선이 제정신인 게 놀라울 정도인지도 모른다.

"아직 멀었어?"

참기 어려운지 에버딘이 눈을 가늘게 뜨며 작게 소리 내어 물었다. 거의 다 와 간다. 선은 창문을 살짝 열어 밖을 확인하고 재빨리 다시 닫았다.

창문을 통해 들어오는 햇살이 에버딘을 괴롭힐 거라 생각했기 때문이다.

"곧 도착해."

"할머니도 그랬는데."

이해할 수 없는 말이 에버딘의 입에서 흘러나왔다. 그녀가 할머니와 먼 곳을 갈 때면 할머니는 늘 그녀에게 그렇게 말했다.

곧 도착해.

그 말은 한 시간 남았다는 말일 수도 있고 두 시간 남았다는 말일 수도 있다. 어릴 때는 그게 참 싫었는데 전혀 다른 곳에서 전혀 다른 사람에게 같은 말을 듣자 그녀는 할머니가 왜 그렇게 말했는지 알 것 같았다.

곧 도착한다는 말로 그녀가 버틸 수 있게 하기 위해서였겠지.

하지만 션이 곧 도착한다는 말은 진짜였다. 몇 분 지나지 않아 마차가 멈추고 에버딘은 믿을 수 없다는 표정으로 눈을 떴다.

조심스럽게 마차 문을 나간 션이 그녀를 향해 손을 내밀고 있었다.

"괜……."

반사적으로 괜찮다고 말하려던 에버딘은 어지럼증에 입을 다물었다. 멀미 때문에 그러나 보다. 그녀는 그렇게 생각하며 션의 손을 잡았다.

그의 손안에 그녀의 손이 쏙 들어갔다. 션은 저도 모르게 그것을 물끄러미 쳐다봤다.

어제 그런 엄청난 일을 겪고도 에버딘은 생각보다 훨씬, 아주 훨씬 강했다. 그녀는 아무 문제없다는 듯 사람들과 이야기를 했고 가지고 있던 정보를 나눠 주었다.

심지어 어려움에 처한 사람을 도와주기까지 했지.

어떻게 그럴 수 있을까.

"어서 오십시오, 웨스트 공작님."

션이 에버딘을 데리고 건물 안으로 들어가자 이미 연락을 받은 궁내부원이 자리에서 벌떡 일어나 두 사람을 반겼다. 평소엔 그녀의 아랫사람이 일을 처리한다.

하지만 연락을 한 게 웨스트 공작이었기 때문에 그녀가 나왔다.

"작위 유예를 중단하러 왔네."

선의 말에 궁내부원은 고개를 끄덕이고 에버딘을 쳐다봤다. 에버딘 어서. 이름은 알고 있지만 만난 적은 없었다.

그래도 상관없다. 궁내부원은 미리 준비해 둔 석판을 꺼내 에버딘을 향해 내밀며 말했다.

"석판에 왼 손바닥을 댄 뒤 자신의 이름을 말해 주시면 됩니다."

에버딘은 그게 무슨 의미가 있는지 몰라 가만히 석판을 쳐다보다가 손을 들어 올렸다. 그러고 나서 석판에 손바닥을 가져다 대자 반짝하고 그곳에서 빛이 떠올랐다.

"헉."

놀라긴 했지만 손바닥을 떼지는 않았다. 에버딘의 눈에 석판이 그녀의 손 모양대로 빛이 나는 게 들어왔다. 그녀의 옆에서 선이 헛기침하듯 말했다.

"이름."

맞다. 이름을 말하라고 했다. 에버딘은 허둥지둥 자신의 이름을 말했다.

"어, 에버딘 어셔."

그 순간 석판 안으로 빛이 빨려 들어가듯 사라져 버렸다. 또 뭐가 있나 하고 에버딘이 잠시 기다렸지만 궁내부원은 석판을 가져가며 말했다.

"다 됐습니다. 연락은 자택으로 드리면 될까요."

"어, 끝났어요?"

에버딘의 질문에 궁내부원이 이상하다는 표정을 지었다. 어떻게 이걸 모를 수 있냐는 표정에 에버딘이 움찔한 순간 선이 재빨리 말했다.

"아니, 내 집으로 보내 주게."

에버딘의 시선이 선을 향했다. 하지만 그녀는 궁내부원이 자신을 쳐다보고 있는 것을 깨닫고 고개를 끄덕였다.

"네. 웨스트 공작님께 보내 주세요."

뭐가 어떻게 된 건지 모르겠다. 에버딘은 설명을 해 달라는 표정으로 선을 쳐다봤다. 하지만 선은 말없이 에버딘에게 왼쪽 팔꿈치를 내밀었다.

여기서 이야기하기엔 보는 눈이 많았다. 그가 작위에 대해 에버딘에게 설명하는 장면은 내일 아침이면 사교계의 사람 반 정도가 알게 될 것이다.

그리고 남은 반은 일주일 안에 알게 되겠지.

"끝났어? 나 이제 남작이야?"

에버딘은 마차에 올라타자마자 그에게 덤벼들 것처럼 물었다. 아직 마차 문도 안 닫았다. 선은 마부가 마차 문을 단단히 닫는 것을 확인하고 그녀를 쳐다봤다. 그리고 천천히 말했다.

"그래."

"이렇게 간단해? 뭐 수여식 같은 거 있어야 하지 않아?"

"그건 연초에. 매년 초에 왕궁에서 수여식을 열어."

그러니 내년 초에 왕궁에서 오라고 하면 참가하면 된다는 말이다. 아까 궁내부원이 물어본 게 그거였다. 수여식 참가 연락을 어디로 보내면 되냐는.

에버딘은 여전히 믿을 수가 없어서 멍하니 선을 쳐다보고 있었다. 뭔가가 더 있을 줄 알았다. 화려하고 시끄럽거나 묵직하고 고상한 걸로.

하지만 고작 석판에 손바닥을 대고 이름을 말한 것으로 끝이라니, 기분이 얼떨떨했다.

"그럼 내가 아니었어도 상관없었던 거 아냐?"

에버딘이 한 건 고작해야 석판에 손바닥을 가져다 대고 이름을 말한 것뿐이다. 아무나 들어가서 그녀인 척했어도 되는 거 아닌가?

에버딘의 질문에 선이 피식 웃었다. 새삼 그녀가 기억이 없다는 게 실감됐다. 방금 그 질문은 정말 아무것도 모르는 사람이나 할 수 있는 질문이었다.

"아까 손을 댄 석판은 그냥 석판이 아냐."

선의 말에 에버딘의 머릿속에 석판에서 빛이 났다는 게 떠올랐다. 대체 어떻게 그런 걸까. 그녀가 사는 곳은 과학 기술의 발달로 손을 대면 빛나는 태블릿 같은 게 있을 수도 있다.

하지만 여기는 그 정도로 과학이 발달된 곳이 아닌데?

"마법이야. 손을 댄 사람의 조건에 반응하지."

선의 뒤이은 설명에 에버딘은 그제야 이 세계에 마법이라는 게 존재한다는 것을 깨달았다. 그녀는 마법과 크게 상관없는 생활을 하고 있어서 잊고 있었다.

기분이 이상했다. 마법이라니, 상상도 못 했다. 에버딘은 멍하니 선을 쳐다보고 있었다.

"그럼 끝이야? 난 이제 진짜 남작이야?"

재차 확인하는 에버딘에게 선이 빙그레 웃었다. 그녀가 남작이 됐다는 것이 이제 곧 사교계에 알려질 것이다. 운이 좋다면 공주나 왕자가 차 한 잔 마시자고 부를 수도 있겠지.

그런 운은 그리 흔치 않지만.

"그래, 어서 남작."

선의 말에 에버딘의 긴장이 탁 풀렸다. 그렇구나. 이제 남작인 거구나. 혹시라도 빼앗길까 봐 전전긍긍했는데 이제 걱정할 필요가 사라졌다.

그 순간 에버딘의 몸이 축 늘어졌다.

그녀를 쳐다보고 있던 선은 그대로 축 늘어진 에버딘의 모습에 놀라서 얼어붙었다.

"어서, 어서 남작."

놀란 선이 그녀의 이름을 불렀지만 여전히 에버딘은 대답이 없었다. 그는 재빨리 자리를 옮겨 에버딘을 안아 들었다. 다행히 숨은 쉬고 있다.

"어서, 에버딘."

그냥 기절한 건가? 갑자기? 선의 손이 에버딘의 뺨과 이마를 감쌌다. 그러자 불덩이처럼 뜨거운 체온이 느껴졌다.

14

"아, 조금만 더 자고."

눈을 번쩍 뜬 나는 곧바로 할머니를 찾았다. 방금 전까지 할머니가 여기 있었다. 할머니 어디 갔지?

왜 아직도 자냐고 혼냈던 것 같다. 나는 주변을 살피고 처음 보는 광경에 눈살을 찌푸렸다.

여긴 어디야?

방이 넓었다. 그리고 아주 고급스러웠다. 내가 누워 있는 침대도 원래 내가 쓰던 침대보다 크고 더 푹신했다.

대체 여기가 어디지? 짚이는 곳이 하나도 없다. 설마 이번엔 다른 사람 몸으로 들어온 건 아니겠지. 그랬다면 짜증 나는 신이 나타나서 한마디 해 줬을 것 같은데.

어쩐지 기운이 하나도 없어서 나는 그대로 다시 드러누워 버렸다. 이상하게 힘이 하나도 없다. 나는 내 머리카락을 한 뭉치 집어 내 눈앞에 가져왔다.

붉은 머리. 에버딘이다.

맥이 탁하고 풀렸다. 그렇군. 또 신이 나타나서 다른 사람으로 바꿔 준다거나, 에버딘으로 산 게 꿈이었다거나 하는 일은 일어나지 않았다.

나는 에버딘이다. 에버딘으로 살아야 한다.

그동안 어딘지 모르게 혼자 붕 떠 있는 느낌을 들었는데 지금은 내가 확실하게 에버딘이라는 게, 그녀로 살아야 한다는 게 실감이 됐다.

할머니 꿈을 꾼 건 어쩌면 그래서였나 보다. 이젠 에버딘이니까, 내가 에버딘이라는 걸 받아들이라는 뜻이었던 모양이다.

나는 멍하니 누워서 마지막으로 기억나는 것을 더듬었다. 아버지를 만나서 영지와 작위를 돌려 달라고 했던 건 기억난다. 그가 당황하면서 몇 달만 유예를 달라고 했던 것도.

그리고 선을 만나서 아버지와 만난 이야기를 했지. 그때 아버지가 거짓말을 하고 있다는 것을 알았다.

거기까지 생각하자 가슴이 따끔하고 아팠다. 방금 전 일처럼 느껴졌다. 동시에 아주 오래된 일처럼 느껴졌다.

"일어났네?"

그때 내 눈에 화려한 금발이 들어왔다. 어, 뭐야? 내가 깜짝 놀라서 일어나자 아네트가 찻잔을 들고 내 옆에 서 있었다.

들어오는 소리를 못 들었다. 내가 당황하는 것을 본 아네트가 손가락으로 침대에서 떨어진 소파를 가리키며 말했다.

"저기 앉아 있었어."

거기까진 못 봤다. 나는 다시 방 안을 둘러봤다. 엄청나게 큰 방에는 난로와 침대는 물론 옷장과 화장대까지 준비돼 있었다. 여기, 설마 웨스트 공작 저인가?

"네 집이야?"

"응."

아네트는 내 질문에 고개를 끄덕이더니 차를 한 모금 홀짝 마셨다. 그리고 침대 옆에 있던 줄을 잡아당기며 말했다.

"배 안 고파? 꼬박 이틀을 잤는데."

"내가? 여기서?"

아니, 어쩌다가? 이틀이나 잤다는 사실이 믿을 수가 없었다. 마지막으로 생각나는 건 사람들에게 소시지 빵과 호떡을 만드는 법을 알려 주던 거였다. 그리고 선이 와서…….

천천히 그 뒤의 일이 생각났다. 그와 함께 작위 유예를 끝내러 갔던 거랑 마법이 걸린 석판에 손을 댔던 것도. 그 뒤로는 기억이 나지 않았다.

"과로래."

아네트 자신이 앉아 있던 소파로 돌아가며 툭 내뱉듯 말했다. 뭐가? 나는 침대에서 벗어나려 애쓰며 그녀를 쳐다봤다. 팔다리에 힘이 하나도 없어서 침대를 벗어나는 것도 힘들었다.

가까스로 바닥에 발을 대고 나서야 나는 내가 잠옷 차림이라는 것을 깨달았다. 이거 누구 잠옷이야?

"이거……."

내가 입은 게 혹시 아네트 잠옷이냐고 물어보려는 데 그녀가 소파에 앉으며 불쑥 말했다.

"너 말이야. 과로래. 의사가 푹 쉬게 하고 영양가 있는 걸 먹이래."

내가? 살다 살다 그런 말도 안 되는 소리는 처음 들었다. 나는 어이가 없어서 그녀에게 다가가려다가 포기하고 침대에 걸터앉았다. 저기까지 도저히 못 걸어가겠다.

작위 유예를 끝내러 가면서 몸 상태가 별로 안 좋았던 기억이 난다. 하지만 너무 긴장해서 몸 상태를 걱정할 여력이 없었다. 혹시라도 유예 기간이 끝나서 작위를 빼앗기면 어쩌나 하는 걱정이 가득했었다.

그리고 유예를 끝냈을 때 작위와 영지가 내 손에 들어온다는 말을 듣고 긴장을 풀었던 것 같다. 마지막에 션이 나를 어서 남작이라고 불렀던 것도 같다.

나는 침대에 걸터앉은 채 아네트를 쳐다보며 물었다.

"넌 여기서 뭐 해? 난 왜 여기 있어?"

설마 여기가 아네트의 방은 아니겠지. 꽤 그럴듯한 걱정을 하는데 아네트가 콧방귀를 뀌며 말했다.

"오라버니가 지켜보래서. 너 일어나면 바로 사람 불러서 뭐든 먹이래."

응? 션 말하는 거지? 내가 물어보려는 순간 누군가 문을 두드렸다. 그러자 아네트가 익숙하다는 듯 소리쳤다.

"어서 경이 먹을 거 가져와."

내가 입은 잠옷은 역시 아네트의 것이었다. 나는 아네트의 지시로 하녀가 식사를 가져오길 기다리며 이야기를 들었다.

이틀 전 선이 기절한 나를 데리고 돌아왔다고 한다. 선의 얼굴만 보고 내가 죽은 줄 알았다고 한 아네트는 심드렁하게 말했다.

"과로에 스트레스가 겹쳤대."

내가 과로하고 스트레스받을 일이 있었나? 나는 침대 헤드에 기대 멍하니 생각했다. 요 며칠 여기저기 바쁘게 뛰어다니긴 했다. 우드 부부의 자격을 박탈하느라.

그리고 세모빵의 마이크가 어떻게 반응하는지 촉을 세우고 있기도 했지. 마이크에게 피해를 입은 작은 빵집 사장님들에게 새로운 빵 레시피를 알려 줬고.

또 영지를 다스리는 게 어떤 건지, 작위를 가지면 어떤 행동을 해야 하는지를 알아보고 다니기도 했다. 허바드 백작님이 내 편지를 받았는지 모르겠네.

머릿속에 내가 해야 할 일들이 와르르 밀려들어 왔다. 아, 그리고 엘리스에게 일하는 동안 입을 만한 옷을 한 벌 만들어 주기로 했었다. 그리고 소시지 빵에 올릴 양파도 다져 놔야 하고…….

"헉!"

그 순간 내 머릿속에 아주 중요한 약속이 하나 떠올랐다. 한나! 한나가 호떡을 만들어 파는 걸 도와주기로 했었다. 그녀가 사용할 이동식 화로를 구해 놨는데. 전에 계란 틀을 주문한 대장간에 사람들이 고철로 넘기고 간 걸 하나 보내 달라고 연락해 놨다.

그게 왔을까? 도리스에게 말 안 해 놨는데. 대장간에 돈도 줘야 하는데!

"음식 가져왔습니다."

하녀가 나를 위해 음식을 가져왔지만 지금 그럴 때가 아니다. 나는 허둥지둥 내 옷을 찾으며 아네트에게 물었다.

"내, 내 가게는? 사람들은 어떻게 됐어? 나 여기에 얼마나 있었다고?"

"이틀."

"미치겠네."

한나는 내가 바람을 맞혔다고 생각할 거다. 아니, 한나가 문제가 아니지. 도리스는 얼마나 당황했을까. 그리고 엘리스는······.

엘리스를 생각하자 그 애를 걱정시켰다는 죄책감에 가슴이 아팠다. 걔는 나만 믿고 평생 살던 집에서 도망쳐 나왔다. 내가 사라졌으니 얼마나 당황했을까.

"뭘 찾는 거야?"

내가 방을 돌아다니며 옷을 찾는 것을 보던 아네트가 내게 다가오며 물었다. 아무리 찾아도 없다. 나는 후들거리는 다리를 지탱하기 위해 몸을 숙여 손으로 무릎을 짚으며 말했다.

"내, 내 옷."

기운이 하나도 없다. 여기 온 지 이틀 됐다고 하던가? 그 말은 즉, 이틀 동안 아무것도 안 먹었다는 말이겠지.

결국 나는 그대로 바닥에 주저앉았다. 아이고, 힘들어.

"의사 불러!"

내게 다가오던 아네트가 내가 바닥에 주저앉자 하녀에게 외치는 소리가 들렸다. 괜찮다. 그냥 기운이 빠진 것뿐이라고 말하려 했는데 문이 벌컥 열리는 소리가 들렸다.

"아네트, 나 괜찮……."

말이 끝나기도 전에 누군가 내게 다가와 무릎을 꿇고 앉는 게 보였다. 어, 익숙한 냄샌데.

묵직하면서도 시원한 남성적인 냄새가 훅 풍겨 왔다. 나는 고개를 들어 그게 선이라는 것을 확인했다. 어디 나갔다 온 모양이다. 그는 외출복 차림새였다.

"실례."

딱 그렇게만 말한 그는 내가 뭐가 실례냐고 묻기도 전에 나를 안아 들었다. 어어어? 무게를 느끼지 못하는 것처럼 가볍게 안아 드는 행동에 나는 깜짝 놀라서 그의 어깨를 잡았다.

눈 깜짝할 사이에 나와 선의 시야가 똑같아졌다. 와, 힘세네. 나는 그렇게 말하려고 입을 열었다가 문 앞에 서 있는 엘리스를 발견했다.

"엘리스?"

엘리스는 얼굴 가득 걱정스러운 표정을 담고 있었다. 얼굴만 보면 누가 죽은 것 같이 보여 조금 웃겼다. 나는 선의 어깨너머로 엘리스에게 말을 건넸다.

"여긴 어떻게 왔어? 도리스는? 아이린 아주머니는?"

"아무 문제 없어. 가게도."

무뚝뚝한 선의 목소리가 엘리스 대신 대답했다. 너한테 물어본 거 아니거든? 나는 그가 내려주는 대로 침대에 앉았다. 그리고 엘리스를 향해 다시 일어나려 했지만 선이 허락하지 않았다.

"누워 있어."

어쩐지 화가 난 듯한 목소리였다. 네가 왜 화를 내? 하지만 내 어깨를 누르는 손에는 힘이 하나도 느껴지지 않았다. 그는 내가 엘리스를 쳐다보자 남은 손으로 그녀를 부르며 말했다.

"가까이 와. 어서 경은 누워 있어야 하니까."

어서 경이 아니다. 남작이다. 그렇게 항의하고 싶었지만 문득 작위 유예를 끝내고 남작이 된 게 꿈이었나 하는 생각이 들었다. 폭죽이 터지지도, 사람들의 박수가 있지도 않았다.

원래 작위 수여라는 게 그렇게 아무것도 아닌 건가?

내가 남작이 되는 꿈을 꾼 건지 곰곰이 생각하는 사이 엘리스는 우물쭈물 내게 다가오고 있었다. 여전히 표정이 안 좋았기 때문에 나는 걱정스럽게 물었다.

"여긴 어떻게 왔어?"

내가 여기 있는 걸 어떻게 알았어? 그리고 왜 온 거야? 가게에 무슨 일이라도 있니? 아니면 우드 부부가 무슨 짓이라도 했어?

여러 가지 뜻이 함축된 질문이었지만 엘리스에게는 전혀 다르게 들렸나 보다. 그녀는 선을 힐끔 보더니 작은 목소리로 말했다.

"에버딘을 보고 싶어서 찾아왔는데, 공작님이 들어오라고 하셨어요."

아, 그래? 어떻게 엘리스가 밖에 있는 걸 알았네. 감탄하는 표정으로 선을 쳐다보자 그가 인상을 쓰며 말했다.

"들어오는 길에 보이길래 데려온 거야."

이게 무슨 떨어져 있길래 주워 왔다고 하는 것도 아니고. 나는 어이가 없어서 킥킥 웃었다. 그리고 엘리스에게 물었다.

"어떻게 지냈어? 가게는 어때? 도리스 엄청 놀랐지?"

내가 이틀이나 행방불명이 됐는데 당연히 놀랐을 거다. 하지만 엘리스는 고개를 젓더니 다시 선을 한번 힐끔 보고 말했다.

"그제 어떤 사람이 와서 알려 줬어요. 사장님이 아프다고."

어, 그랬어? 나는 놀라서 선을 쳐다봤다. 어떤 사람이라니, 선이 보낸 사람일 것이다. 그는 어느새 음식이 든 쟁반을 들고 내게 다가와 있었다. 그러더니 쟁반을 내밀며 말했다.

"한동안 쉬어야 한다고 말해 뒀어. 일단 먹어."

침대에서도 먹을 수 있도록 쟁반은 다리가 달려 있었다. 가만……다시 보니 이거 소반처럼 생겼네. 선이 이불을 덮은 내 다리 위로 a.k.a소반을 내려놓자 거기 담긴 음식이 보였다.

부드럽게 잘 부푼 흰 빵과 고기를 넣은 수프. 그리고 오렌지 주스까지. 맛있겠다.

그제야 배에서 요란한 소리가 울리기 시작했다. 일어나자마자 받아들일 정보가 너무 많아서 몰랐는데 배가 꽤 고팠던 모양이다.

나는 물수건으로 손을 닦고 수프를 먹기 시작했다. 왜 힘이 없었는지 알겠다. 이틀 동안 아무것도 안 먹고 잠만 잤으니 그렇지.

"엘리스, 좀 먹을래?"

빵을 집어서 한입 크기로 뜯는 데 엘리스가 여전히 나를 물끄러미 쳐다보고 있는 게 보였다. 아이고, 혼자 먹으면 좀 그렇지. 내가 빵을 좀 뜯어 내밀며 묻자 엘리스가 대답하기도 전에 선이 끼어들었다.

"다 먹어. 이 애는 따로 줄 테니."

그러자 엘리스가 고개를 절레절레 흔들었다. 괜찮다는 표현인 모양이지만 선은 못 봤는지 아네트에게 말했다.

"아네트, 이 애를 데려가서 뭘 좀 먹여 줘. 너도 먹고."

"난 차 마셔서……."

아네트도 괜찮다고 말하려 했지만 선이 고개를 까닥했다. 그러자 그녀는 엘리스에게 고갯짓을 하며 말했다.

"이리 와. 하녀들에게 케이크를 내오라고 할게."

케이크라는 말에 엘리스의 표정이 환해졌다. 케이크를 한 번도 못 먹어 봤나? 그렇게 생각하고 보니 확실히 나는 여기서 케이크를 먹어 본 적이 없다. 지나가면서 몇 번 케이크 가게를 본 적은 있지만.

나는 허락을 구하는 듯한 엘리스의 표정을 보고 고개를 끄덕였다. 웨스트 공작가에서 내놓는 케이크다. 분명 맛있겠지. 내 허락에 엘리스가 아네트를 따라 나갔다.

덕분에 이 방 안엔 나와 선, 둘만 남아 버렸다. 나는 음식에 손을 놓고 그에게 감사를 표했다.

"고마워, 엘리스를 챙겨 줘서."

선이라면 무시하고도 남았을 것 같은데 내게 데려오는 것도 모자라서 아네트를 시켜 간식도 챙겨 주라고 했다. 이 정도면 심경의 변화가 있는 수준인데.

하지만 그는 내 감사 인사에 아무 반응도 하지 않았다. 대신 침대 옆에 있던 의자에 걸터앉으며 툭 내뱉듯 말했다.

"먹어. 계속."

내가 음식을 먹다 만 게 신경이 쓰였던 모양이다. 나는 빵을 작게 뜯어서 입에 넣었다. 슬슬 부담스러운데……. 수프도 양이 너무 많고 빵은 더더욱 많다.

"저기, 도와줘서 고마워."

나는 내가 먹는 것을 물끄러미 지켜보는 선의 시선이 부담스러워서 입을 열었다. 마차에서 쓰러졌던 것 같다. 그런 날 자기 집으로 데려와서 의사를 불러 줬으니 고맙다고 몇 번이나 감사 인사를 해도 부족하다.

하지만 치료비가 좀 걱정이 됐다. 선은 엄청나게, 아주 어마무시하게 부유하고 그가 부른 의사 역시 엄청난 치료비를 요구했을 테니까.

난 그냥 내 집 침대에 뒀어도 됐을 거 같은데. 좀 자면 일어났을 테고. 엄청날 치료비를 생각하니 살짝 억울했지만 날 도와준 사람에게 그렇게 말할 수는 없다. 나는 아무 말 없는 선에게 다시 말했다.

"치료비는 얼마였어? 빚에 추가할래? 아니면 집에 돌아가서 갚을까?"

그러자 선의 인상이 구겨졌다. 와, 사람들이 왜 이 남자를 무서워하는지 알 것도 같다. 이렇게 큰 남자가 인상을 구기니까 장난 아니게 위협적이었다.

나는 그가 왜 화를 내는지 몰라서 멈칫했다. 그러자 다시 선의 얼굴이 원래대로 돌아오더니 그가 한숨을 내쉬며 말했다.

"됐어. 그런 것까지 돌려받을 정도로 치사하지 않아."

"당신이 치사한 거랑 상관없이 내 마음이 불편해서."

그렇지 않아도 나는 그에게 빚을 지고 있다. 아니, 내가 아니라 헥터지. 그리고 헥터의 행동으로 보건대 그 빚을 갚을 생각은 없어 보인다.

그나마 다행인 점은 모아 둔 돈이 꽤 된다는 점이겠지. 처음부터 빚을 갚으려고 벌기 시작한 거니까 갚는다고 해도 별로 아깝진 않다.

아니, 거짓말이다. 그 큰돈을 내가 지지도 않은 빚으로 갚을 생각을 하니 아주 아까워서 미치고 팔딱 뛸 것 같다. 하지만 어쩌겠는가. 선이 내가 돈을 안 갚는 걸 가만히 두고 볼 리가 없다.

나는 속으로 세뇌하듯 중얼거렸다. 그건 내 돈이 아니다. 그건 내 돈이 아니다.

"필요 없어. 손님을 치료해 놓고 치료비를 청구하면 내 입장도 곤란해."

그것도 그렇겠네. 나는 선의 말에 고개를 끄덕였다. 이런 부유한 귀족이 손님을 치료해 주고 치료비를 따로 청구했다는 게 알려지면 다들 좀 치사하다고 할 거다.

나는 잠시 고민하다가 말했다.

"그럼 내가 뭘 하면 될까?"

"뭐?"

내 질문에 선의 표정이 다시 일그러졌다. 이번에는 무서운 쪽이 아니라 이해를 못 하겠다는 쪽으로. 나는 소반이 쓰러지지 않도록 잡고 자세를 고쳤다. 그러자 곧바로 선이 손을 뻗어 소반을 고정해 주었다.

"도움을 받았잖아. 내가 대신 뭘 하면 돼?"

이건 내 인생 모토다. 받았다면 반드시 돌려줘라. 대가 없는 선의는 없다. 갚을 수 있을 때 빨리 갚아라.

그러자 선의 얼굴이 다시 험악해졌다. 아, 또 왜?

나는 이해할 수가 없어서 그를 멍하니 쳐다보고 있었다. 너도 매번 그랬잖아. 뭘 해 주면 반드시 대가를 받아 냈다. 당연히 이번에도 날 치료해 줬으니 뭐라도 받아 내겠지.

선은 나를 향해 뭔가 말을 하고 싶은 것처럼 입을 열었다가 닫기를 반복하더니 한숨을 내쉬었다. 그러더니 자리에서 벌떡 일어나며 말했다.

"생각해 보지."

너무 어려운 건 말고. 나는 그렇게 덧붙이려다 긁어 부스럼이 될까 봐 입을 다물었다. 빵 같은 거면 얼마든지 만들어 줄 수 있는데.

"그거 다 먹어."

방을 나가려고 문을 연 선이 생각났다는 듯 말했다. 수프와 빵을 말하는 거다. 나는 반도 채 먹지 않은 음식을 내려다보고 인상을 썼다. 이틀이나 굶어서 다 먹을 수 있을 것 같았는데 오히려 평소보다 들어가지 않는다.

"에버딘!"

멋진 티타임을 즐겼는지 엘리스는 입가에 초콜릿을 묻히고 돌아왔다. 아네트가 안 알려 준 모양이네. 내가 물수건을 건네며 닦으라고 하자 그녀는 부끄러워하며 입가를 닦았다.

그리고 나를 들여다보며 물었다.

"이제 몸은 괜찮아요?"

"응."

괜찮아. 약간 기운이 없는 것뿐이지 별문제는 없어 보인다. 그래도 좀 먹었다고 팔과 다리에 힘이 들어간다.

내일부터 일할 수 있을 것 같은데. 나는 그렇게 생각하며 엘리스에게 물었다.

"지금 가게는 누가 보고 있어? 내가 여기 있는 거 도리스가 아는 거 맞지?"

"알아요. 어떤 사람이⋯⋯."

"공작가에서 보낸 하인 말이지?"

내 질문에 엘리스의 눈동자가 데굴 굴렀다. 그 사람이 하인이었는지 떠올리는 모양이다.

"네, 맞아요. 공작님이 보낸 하인이 와서, 사장님이 아프다고, 여기서 며칠 지내다 간다고요."

그렇게 설명해 줬군. 좀 안심이 됐다. 내가 안도하는 사이 엘리스는 계속해서 말을 이었다.

"그리고 가게는 지금 도리스랑 한나라는 아주머니가 와서 하고 있어요. 도리스가 사장님이 알 거라고 하던데 맞아요?"

한나. 한나를 다시 떠올리고 나는 깜짝 놀라서 엘리스에게 물었다.

"대장간에서 이동식 화로 안 보냈어? 깨끗한 걸로 하나 보내 달라고 했는데."

어쩌면 도리스에게 말을 해 두지 않아서 그냥 가져갔을지도 모른다. 아이고, 미안하게 됐네. 이런저런 상황을 상상하고 당황하는데 엘리스가 다시 생각하는 듯하더니 입을 열었다.

"맞아요. 그런 말도 했어요. 도리스가 대장간에서 보낸 화로를 받아 놨는데 사장님이 주문한 거 맞는지 확인해 달래요. 아직 돈은 안 줬대요."

"줘, 주라고 전해 줘."

아니, 이럴 때가 아니다. 나는 가게로 돌아가기 위해 침대에서 일어났다. 가게를 도리스와 한나에게만 맡겨 둘 수는 없다. 하지만 엘리스와 방 밖으로 나가자마자 하녀에게 붙잡혔다.

"주인님께서 하루 더 머물다 가시라고 하십니다."

하루 더? 그럴 필요는 없다. 쉬어도 집에서 쉬는 게 더 마음이 편할 것 같다.

하지만 내가 계속 떠나겠다고 하자 이번에는 집사까지 나서서 나를 말리기 시작했다. 나보다 나이가 한참 많은 분이 내게 존대를 해가며 말리는 통에 도저히 집에 가겠다고 우길 수가 없었다.

"주인님도 많이 걱정하시는데, 오늘 밤까지만 주무시고 내일 아침에 마차를 타고 가시지요."

집사의 애원과 같은 말에 결국 나는 고개를 끄덕였다. 선이 날 걱정할 리가 없다. 하지만 집사와 하녀까지 나서서 말리는 건 내가 이대로 나가서 또 쓰러지면 곤란해서 그러는 거겠지.

결국 나는 다시 엘리스와 방 안으로 돌아와서 이야기를 나누었다. 내가 자는 동안 무슨 일이 있었는지, 가게는 어땠는지.

공작 저택에서의 생활은 부유한 집이라 그런지 아주 좋았다. 침대는 물론 소파도 푹신했고 저녁 식사도 아주 잘 나왔다. 나를 배려해서인지 식사는 엘리스의 몫까지 방으로 배달됐다. 아니면 선이 내가 그와 같은 식탁에 앉아서 먹는 게 싫어서 올려 준 건지도 모르지.

왜 그런 생각을 했냐면 그 후로 선은 한 번도 날 보러 오지 않았기 때문이다.

아니, 아니지. 그에게 나는 같이 있는데 기절해 버린 짜증 나는 여자인지도 모른다. 그렇게 생각하니 다시 미안해졌다. 나는 얌전히 선의 하인과 하녀들이 주는 것을 받았고 시키는 대로 침대에 누운 채 엘리스와 대화를 나눴다.

그리고 곤란한 일은 엘리스가 떠나고 하녀들의 도움을 받아 목욕까지 마친 뒤 일어났다.

"잠이 안 와."

나는 침대에 누워 말똥말똥한 정신으로 천장을 쳐다보고 있었다. 내가 지내던 방보다 훨씬 큰 방도 이상했고 사람 둘이 굴러도 충분할 정도로 큰 침대도 어색했다.

그리고 방 저편의 복도로 돌아다니는 하인들의 발소리도 신경이 쓰였다. 물론 이틀 동안 잤으니 잠이 안 와서 그런 이유가 크겠지만.

저녁까지 잘 먹었더니 기운이 넘친다. 운동이라도 해야 하나. 가게에 있을 때는 새벽부터 일어나서 일을 해야 했기 때문에 저녁을 먹자마자 곯아떨어지곤 했다. 하지만 하는 일이 없으니 이렇게 힘이 남아돌 수가 없다.

"어디 술 없나?"

한참을 이리 뒤척, 저리 뒤척 하던 나는 결국 침대에서 일어나 방안을 어슬렁거리기 시작했다. 술이라도 한잔 마시면 잠이 올지도 모른다.

하지만 이 방에 있는 거라곤 침대 옆 테이블에 놓인 쿠키와 우유뿐이었다. 이건 왜 준 거야? 새벽에 배고파서 깨면 먹으라고?

나는 괜히 쿠키를 한 번 들었다 놓은 뒤 어슬렁거리며 베란다로 향했다. 방이 답답해서 잠이 안 오는 건지도 모른다. 그렇게 생각하며 베란다로 나갔지만 그래서 잠이 안 오는 게 아니라는 것쯤은 이미 알고 있다.

내가 지금 못 자는 건 이틀 내내 자서 그렇다.

"어."

나가자마자 그리 멀지 않은 베란다에 누군가 서 있는 게 보였다. 내가 상대를 알아차리는 것보다 상대가 나를 알아차리는 게 더 빨랐다.

"왜 안 자고 나왔어."

선이었다. 그는 손에 유리잔을 들고 있었다. 아, 뭐야. 쟨 술 있잖아.

"뭐 마시고 있어?"

내 질문에 션의 시선이 자신의 손으로 향했다. 그러더니 어깨를
으쓱하며 말했다.

"물."

웃기고 있네. 어느 누가 물을 저런 유리잔에 마셔? 하지만 내가
따지기 전에 그가 다시 물었다.

"왜 안 자고 나왔냐니까."

"잠이 안 와서."

내 대답에 션이 멈칫하는 게 보였다. 그러는 너는 왜 안 자고 있
는데? 그렇게 물어보려는 데 그가 다시 말했다.

"배고픈 거 아냐?"

"뭐?"

"사람 시켜서 먹을 걸 보내라고 할게."

말릴 틈도 없었다. 나는 그렇게 말하고 자신의 방으로 들어가는
그를 말리기 위해 허둥지둥 다가갔다. 하지만 내가 잊고 있었던 건
여기는 베란다라는 점이다.

"악!"

어두워서 난간을 못 봤다. 아무 생각 없이 션에게 다가가려고 한
탓에 난간에 가슴을 세게 부딪쳤다. 나는 그대로 주저앉았다.

아이고, 아파라.

얼마나 세게 박았는지 아주 잠깐 숨이 쉬어지질 않았다. 그러면
서 머리 한편으로는 션이 못 봤으면 하는 생각이 떠올랐다.

멍청하게 베란다 난간에 부딪히다니 얼마나 웃기는 꼴이란 말인가. 내가 선이었고 이 장면을 봤다면 비웃었을 거다.

"무슨 일이야?"

다음 순간, 내 뒤에 선이 서 있었다. 가슴을 문지르며 일어나던 나는 깜짝 놀라서 그대로 펄쩍 뛰어올랐다.

"뭐, 커헉."

설상가상으로 놀라서 입을 여는 바람에 사레까지 들려 버렸다. 나는 가슴을 부여잡은 채 허리를 숙이고 기침을 하기 시작했다.

이게 무슨 꼴이람. 창피해 죽겠네.

"왜 그래? 어디가 아픈 거야?"

선은 눈치도 없이 내게 다가와서 물었다. 다른 사람이라면 친절하거나 다정하다고 생각하겠지만 난 그의 성격을 알기 때문에 이건 눈치가 없는 거라고 단정할 수 있다.

"잠깐만 기다려. 의사를……."

의사는 안 된다. 나는 깜짝 놀라서 몸을 돌리는 그의 셔츠를 붙잡았다. 그리고 숨을 헐떡이며 말했다.

"그냥 사레가 들린 것뿐이야."

"아까 비명 질렀잖아."

아, 진짜. 창피하게.

"난간에 부딪혔어."

여기가 어두워서 다행이다. 아니라면 내 얼굴이 붉어진 게 그에게 보였을 테니까. 선은 눈을 가늘게 뜨고 내게 몸을 숙이며 물었다.

"어디 부러진 거 아냐? 바로 의사를 부를 테니까……."

"아니야, 그냥……."

가슴이 좀 세게 부딪친 것뿐이다. 하지만 그렇게 말하는 게 창피해서 나는 살짝 거짓말을 했다.

"팔을 부딪쳤어. 별거 아니야."

"이쪽으로 와."

그러자 선이 나를 데리고 안으로 향했다. 방 안은 여전히 어두웠지만, 그는 어떻게 했는지 램프에 불을 붙여서 가져왔다. 그러더니 나를 소파에 앉히고 내 앞에 무릎을 꿇으며 물었다.

"어느 쪽 팔이야?"

램프 안에서 일렁이는 불꽃 덕분에 그의 얼굴이 명화 속에 나오는 한 장면처럼 보였다. 긴 속눈썹과 날렵하게 뻗은 콧대 때문인가 보다.

이 얼굴을 조각해서 팔면 엄청 잘 팔릴 것 같단 말이지.

멍하니 선의 얼굴을 구경하느라 나는 그의 말에 조금 늦게 반응했다.

"팔은 왜?"

"부러진 건지, 멍이 든 건지 봐야지."

뭐? 왜 그렇게까지 해? 나는 당황해서 그를 쳐다보다가 말했다.

"그럴 필요 없어."

"부러진 거면 당장 의사를 불러야 해."

"안 부러졌어."

가슴뼈가 부러졌다면 지금 숨 쉬고 있지도 못하겠지. 하지만 선은 완고했다.

"일단 보고."

아, 진짜. 나는 어쩔 수 없어서 한숨을 내쉬며 말했다.

"실은 팔이 아니라 가슴이 부딪쳤어."

그 순간 선이 펄쩍 뛰듯 일어나더니 뒤로 물러났다. 너 뭐 하니? 나는 어이가 없어서 그를 멍하니 쳐다봤다.

생긴 건 세계 최고 바람둥이처럼 생겨서 가슴이라는 단어에 당황한 거야?

그는 무슨 말을 해야 하는지 모르겠다는 표정을 짓더니 금세 침착하게 말했다.

"의사를 부를 테니까⋯⋯."

거기까지 말한 그가 갑자기 인상을 썼다. 그다음에 뭐라고 말해야 할지 모르겠다는 표정에 내가 끼어들었다.

"의사까진 필요 없어. 아침에 나갈 거야."

아침에 나간다는 말에 선이 나를 힐끔 쳐다보더니 말도 안 된다는 듯 허리에 손을 얹었다. 방금 전까지 당황하던 태도는 온데간데 없이 사라졌다.

"내출혈이 있을 수도 있어. 의사가 올 때까지 기다려."

그럴 수도 있나? 나는 하인을 불러야겠다며 나가는 그를 돌아보고 슬쩍 잠옷 안으로 가슴을 들여다보았다. 내출혈이면 숨쉬기 힘들 것 같은데.

결론적으로 말하면 내출혈은커녕, 피도 안 났고 어디 한 군데가 부러진 것도 아니었다. 미안하게도 새벽에 끌려 나온 의사는 내 상태를 보더니 인상을 쓰며 물었다.

"아가씨, 여기 손님이에요?"

어, 손님이라고 할 수 있나? 웨스트 공작가 입장으로 난 부르지 않은 손님이고 민폐 손님에 가까울 것이다. 션이 같이 있을 때 쓰러지는 바람에 데려온 거니까.

게다가 멍청하게 난간에 부딪혀서 꼭두새벽부터 의사를 부르게 만들었지.

"그럼 하녀? 하녀는 아닌 거 같은데."

내가 아무 말도 하지 않자 의사는 그렇게 말하더니 주변에 서 있던 하녀에게 약을 발라야겠으니 잠시 나가라고 지시했다. 그리고 멍이 든 내 가슴에 약을 발라 주며 말했다.

"이틀 전엔 과로로 쓰러지더니 오늘은 새벽부터 멍이 들었잖아요."

기절한 날 진찰해 준 의사였나 보다. 웨스트 공작가에서 불렀으니 분명 능력 있는 의사겠지. 이런 데서 부르는 의사는 나이가 지긋한 할아버지일 것 같은 데 그녀는 삼십 대쯤 되어 보였다.

"혹시 여기서 혹사당하고 있어요? 탈출하려다가 다친 거예요?"

의사의 그럴듯한 추론에 나는 잠시 넋을 잃었다. 그녀의 입장에선 그렇게 볼 수도 있겠다. 과로로 쓰러진 환자가 오늘은 가슴에 멍이 들었으니까.

"아, 아니에요."

션이 나를 감금하고 혹사시키고 있다는 헛소문이 퍼지게 할 수는 없다. 나는 재빨리 의사에게 내가 빵집을 하고 있으며 웨스트 공작에게 도움을 받다가 쓰러지는 바람에 여기에 머물고 있다는 것을 설명했다.

그리고 난간에 부딪힌 건 탈출하려던 시도가 아니라 어두워서 난간이 그렇게 가까운 줄 몰랐다는 것까지.

"아, 어서 빵집! 거기 알아요!"

한동안 의심을 거두지 않던 의사는 어서 빵집이라는 말에 활짝 웃으며 말했다. 알아? 내가 놀라는 사이 그녀가 덧붙였다.

"거기 빵 맛있어요. 특히 마늘 빵이요. 진료 전에는 참지만요."

"도리스에게 전해 줄게요."

"도리스라는 직원이 만들었나 보죠?"

"만든 건 전데, 그 뒤에 레시피를 더 맛있게 손본 게 도리스거든 요."

모르는 사람이 마늘 빵이 맛있었더라고 하면 도리스는 분명 좋 아할 거다. 의사는 내 말에 잠깐 멈칫하더니 웃으며 말했다.

"당신은 마셜 사장과 다르네요."

"마셜 사장이 누군데요?"

"'세상의 모든 빵들'의 사장이요."

아, 마이크의 성이 마셜이었구나. 처음 알았다. 뭐가 다르냐고 물어보고 싶었지만 이미 의사는 자리에서 일어나 도구를 정리하고 있었다.

이 의사 연락처를 받아 놓고 싶은데. 나는 그녀가 가방을 닫는 것을 보며 망설였다. 좋은 의사를 찾기란 좋은 친구를 찾는 것보다 더 어렵다. 그녀는 좋은 의사 같다. 문제는 그녀에게 지불해야 하는 치료비도 좋냐는 거겠지.

"치료비는 얼마쯤 하나요?"

내 질문에 의사가 나를 한 번 쳐다보더니 빙그레 웃으며 말했다.

"치료비는 걱정 마세요. 웨스트가에서 지불할 테니까요."

"아니죠. 제가 웨스트가에 갚아야 할 돈이죠."

내 말에 의사는 깜짝 놀란 표정을 지었다. 선이랑 비슷한 표정을 짓네. 그렇게 생각하는 데 그녀가 나를 이상하다는 듯 바라보며 말했다.

"웨스트 공작가를 대상으로 그렇게 생각하는 사람은 처음 봤어요."

"왜요?"

"웨스트가는 부유하니까요. 여기가 얼마나 부자인지 몰라요?"

안다. 아니 모르나? 나는 선이 얼마나 부자인지까지는 모른다는 것을 새삼스럽게 떠올렸다. 그가 부유하다는 건 알지만 어느 정도로 부자인지는 모른다. 사실 그건 내가 알 필요도 없는 거기도 했다.

"부자인 건 알지만 얼마나 부자인지는 몰라요. 내가 알 필요도 없고요. 나는 상대가 부자건 가난하건 도움을 당연히 여기면 안 된다는 것만 알면 돼요."

나는 약간 냉정하게 대답했다. 내가 알아야 할 건 상대에게 도움을 받았다면 반드시 갚으라는 거다. 내 평생에 걸쳐 할머니가 가르쳐 줬다.

의사는 내 말에 멈칫하더니 고개를 끄덕이며 말했다.

"맞는 말이네요."

의사의 이름은 테사라고 했다. 테사 리고. 그녀가 내게 명함을 건넸을 때 션이 들어왔기 때문에 더 자세한 이야기는 나눌 수가 없었다.

"상처는?"

션의 질문에 테사가 가볍게 긴장하는 게 보였다. 그녀는 자세를 바로 하고 말했다.

"심한 건 아닙니다. 멍이 들었을 뿐이니 아침저녁으로 약만 발라 주면 됩니다. 약은 저기……."

테이블에 놨다. 나는 그녀가 가리키는 것과 동시에 약을 들어 올려 션에게 보여 주었다.

"알겠네."

그가 고개를 끄덕이자 테사가 인사를 하고 나갔다. 나는 그사이 재빨리 가운을 걸쳤다.

"너한테 알려 줘야 할 것 같아서."

션은 내게 다가와 맞은편 소파에 앉으며 말했다. 이미 가운을 다 입고 있는 내게 약점이란 없다. 나는 킬킬거리며 물었다.

"뭘? 네가 가슴이라는 단어를 부끄러워한다는 거?"

션의 얼굴이 일그러졌다. 그는 짜증 난다는 듯 말했다.

"내가 아홉 살인 줄 알아?"

하지만 부끄러워했잖아. 내가 피식피식 웃자 그는 뭐라고 말하려는 듯하더니 한숨을 내쉬었다. 그리고 주제를 바꾸려는 듯 말했다.

"내일 어서 씨와 만나기로 했어."

"어서 씨? 아버지?"

나는 깜짝 놀라서 자리에서 벌떡 일어났다. 헥터를 선이 만난다고? 왜?

선은 내가 놀랄 줄 알았다는 듯 담담하게 말했다.

"그가 먼저 만나자고 한 거야."

그렇겠지. 선은 헥터와 만날 일이 없다. 아니, 있나? 그가 내가 아니라 헥터에게 돈을 갚으라고 한다면…… 뭐, 있겠지.

혹시 그래 주지 않으려나. 나는 그런 기대를 품고 그를 쳐다봤지만 선의 입에서 나온 말은 전혀 다른 이야기였다.

"네가 작위 유예를 끝냈다는 걸 들었을지도 몰라."

내가 어서 남작이 됐다는 것을 헥터가 알았을 거라는 말이다. 나는 도저히 이해할 수가 없어서 물었다.

"내가 남작이 되는 거에 아버지에게 손해라도 있어?"

계속 고민했다. 대체 왜 헥터는 내가 남작이 되는 걸 막으려 한 걸까. 자식이 작위를 잇는 것을 부모가 싫어할 이유가 있는 걸까.

내가 남작이 되지 못한다 해도, 이 작위는 에버딘의 어머니의 것이다. 즉, 헥터는 남작이 절대 될 수 없다는 말이다.

그런데도 이렇게까지 방해하는 이유가 뭘까.

"상식적으로는 없지."

'그렇지?'라고 대꾸하려던 나는 상식적이라는 수식어에 입을 다물었다. 상식적으로는 없다고? 그럼 비상식적으로는 뭔데?

나는 선의 표정에서 비상식적인 이유를 아는 사람의 표정을 읽었다. 어쩐지 비상식적인 이유가 뭔지 묻기가 무서워졌다.

작위는 혈연으로 내려간다. 그 말은 혈연관계가 아닌 배우자가 작위를 물려받을 수는 없다는 말이다.

어서 남작은 에버딘 외에는 물려받을 사람이 없는 것처럼 웨스트 공작 역시 션 외에는 물려받을 사람이 없었다. 마틴과 아네트는 루아나의 자식이 아니었으니까.

션은 자기 가문의 부끄러운 부분을 이야기하는 것에 거부감이 들어서 망설였다. 그는 열여덟·살이 되어 웨스트 공작이 된 후로 단 한 번도 그 일을 입에 올린 적이 없었다.

"내 어머니가 돌아가신 건 내가 열세 살이 되기 직전이었지."

후계자가 성인이 되기 전에 귀족이 죽으면 후계자가 성인이 되기 전까지 귀족의 배우자가 영지와 작위를 대신 관리하게 된다.

꽤 타당한 방법이지만 제대로 된 부모가 아닐수록 아주 잠깐 맛본 권력에 빠진다. 션의 아버지도 마찬가지였다.

"내, 아버지는……."

션은 아버지라는 단어를 입에 올리기 싫어서 머뭇거리며 말했다. 에버딘은 생각하지 못한 그의 가정사를 듣게 되어 아무 말 없이 가만히 앉아 있었다.

"내가 공작이 되면 자신에게 아무것도 남지 않을 거라는 걸 알았을 거라고 생각해."

그랬으니 온갖 짓을 다 해 가며 재산을 모으려 했겠지. 지금의 션보다 훨씬 나이가 많았음에도 그의 행동은 멍청했다.

션은 도박에 빠진 척한 그의 아버지가 도박 빚이라는 이유로 가문의 돈을 빼돌린 것을 떠올리고 피식 웃었다. 그 웃음은 명백한 경멸을 포함하고 있어서 마주 앉아 있던 에버딘이 저도 모르게 움찔할 정도였다.

"내가 공작이 됐을 때, 웨스트가의 재산은 꽤 줄어 있었지."

그렇다 해도 상당한 재산이었다. 그의 어머니인 루아나 웨스트 공작은 장사 수완은 그저 그랬지만 무기를 보는 눈은 탁월했다. 그리고 웨스트햄튼은 광산이 있었고.

웨스트햄튼의 대장간은 루아나 웨스트 공작의 높은 눈에 따라 무기 제조 기술이 좋아질 수밖에 없었다. 무기를 개발하는 데 지원을 아끼지 않은 것도 있어서 지금도 웨스트햄튼의 광산이나 대장장이가 만든 무기는 최상품으로 알려져 있다.

덕분에 선은 그의 아버지가 상당한 재산을 빼돌렸음에도 여전히 부유할 수 있었다.

"어떻게 했어? 그거 찾았어?"

에버딘의 질문에 선은 아버지의 기억에서 벗어날 수 있었다. 그는 첫 번째 부인이 죽고 두 번째 부인이 죽을 때까지도 살아남았다.

끈질길 것 같던 그의 생명은 선이 스무 살이 되던 해에 끝이 났다. 좀 더 오래 살았다면 마틴도 쫓아냈을 텐데. 선은 아쉬워하며 말했다.

"삼분의 일은."

삼분의 일이라는 게 무슨 소리지? 에버딘은 이해할 수가 없어서 인상을 썼다. 삼분의 이는 다 썼다는 말인가?

물론 그런 건 아니었다. 선의 아버지는 빼돌리는 돈은 따로 두고 평소엔 웨스트 공작가에서 용돈을 받아 지냈으니까.

"부모가 죽으면 배우자와 자식이 나눠 가지잖아."

그런 이야기다. 부인은 둘이나 죽었고 남은 건 션, 마틴, 아네트 셋이니 삼분의 일만 션에게 남았다는 말이다. 그런 게 어딨어? 에버딘은 화가 나서 벌떡 일어났다.

하지만 그대로 멈춰 섰다.

아예 남에게 간 게 아니라 동생들에게 간 거다. 웨스트 공작가는 부유하고. 그걸로 화를 내는 게 맞는 건지 모르겠다.

에버딘의 그런 태도에 션은 피식 웃었다. 그리고 그녀에게 앉으라고 손짓하며 말했다.

"자식이 작위를 이어받는다고 해서 부모에게 해가 없냐고 하면 보통은 없어. 하지만 지금까지 자기 마음대로 쓰던 돈을 그 뒤부턴 자식의 허락을 받아 써야 하는 거야."

그걸 견디지 못하는 사람은 꽤 많다. 특히 아버지 쪽이. 션의 아버지도 그랬다. 에버딘은 주춤주춤 자리에 앉으며 물었다.

"하지만 작위를 못 받게 하면 그 돈이 전부 사라지잖아. 왕궁에서 가져가는 거 아니었어?"

내가 못 가지면 자식도 못 갖게 하겠다는 논리도 아니고 용돈 받으며 살기 싫다는 이유로 자식의 작위를 방해한다는 건 말도 안 된다. 하지만 션은 에버딘이 모르는 사실을 알고 있었다.

"물론 네가 작위를 받지 않으면 작위와 영지는 왕궁으로 돌아가겠지. 하지만 네 어머니의 개인 재산은 어때?"

왕궁에서 작위와 영지를 가져간다고 해서 그동안 영지에서 얻은 수익까지 가져간다는 말은 아니다. 그건 가문의 재산이면서 동시에 가주의 재산이기도 했다.

"어."

당연히 거기까지는 생각을 못 한 에버딘의 얼굴에 충격이 떠올랐다. 어쨌든 영지와 작위는 남작이 된 그녀의 것이다. 집 역시 마찬가지.

하지만 그녀의 어머니가 남긴 재산은? 에버딘이 어머니에게 재산이 있을 거라는 생각도 못 하고 있었다.

"어서 오십시오."

그날 오후. 결국 한숨도 자지 못한 에버딘은 식사도 마다하고 떠났다. 그리고 션은 약속대로 헥터와 만나기로 한 클럽으로 향했다.

서민들에게 시내 저잣거리가 있다면 귀족들에게는 클럽이 있다. 식당이자 찻집, 술집이기도 했고 만남의 장소이기도 했다.

션은 자신의 얼굴을 보자마자 자리에서 일어나 인사를 건네는 헥터의 모습에 인상을 찌푸렸다가 재빨리 원래대로 돌아왔다.

헥터는 션이 나와 줬다는 것만으로도 싱글벙글하고 있었다.

웨스트 공작과 이야기하는 건 그리 쉽지 않은 일이다. 특히나 그는 그의 멍청한 딸 때문에 웨스트 공작과 다시는 만나지 못할 거라 생각했다.

하지만 에버딘과 이야기를 해 본 결과 헥터는 웨스트 공작이 거래를 매우 좋아한다고 판단했다. 그렇지 않고서야 빚을 갚겠다는 말도 안 되는 딸의 거래를 받아들일 리가 없지 않은가.

게다가 헥터는 에버딘의 말도 안 되는 것 거래보다 더 웨스트 공작이 관심 있어 할 만한 거래를 제안할 예정이다.

"차라도……."

"됐네."

차라도 마시지 않겠냐는 헥터의 제안을 일언지하에 거절하며 선은 종업원이 당겨 주는 의자에 앉았다. 대체 웨스트 공작이 저 헥터 어서와 무슨 이야기를 하는지 궁금하다는 사람들의 시선이 쏟아졌다.

클럽은 조용히 대화할 방도 마련되어 있다. 만약 선이 먼저 만남을 제안했다면 방을 요구했을 것이다. 하지만 이 자리는 헥터의 요청으로 성사된 자리고 선은 그가 일부러 조용하되 홀 안에 있는 자리를 준비한 이유를 알았다.

사람들에게 자신이 웨스트 공작과 독대한다는 것을 보여 주려는 거다.

영악하고 그리 기분 좋은 방식은 아니었다. 보통 때라면 선은 만나자는 요청 자체를 받아들이지 않았을 것이다. 하지만 상대는 에버딘의 아버지고 선은 그가 대체 무슨 이야기를 하려고 자신을 불러낸 건지 궁금했다.

"그럼 술은 어떻습니까?"

"내게 할 이야기가 있다고 했던 것 같은데."

선과 오래 있고 싶어서 시간을 끄는 헥터의 작태에 결국 그는 짜증을 내며 말했다. 그는 이런 클럽을 그리 좋아하지 않았고 주변에서 수군거리며 수다를 떠는 사내들도 딱 질색이었다.

헥터는 서슬 퍼런 선의 말에 겁을 먹어서 멈칫했다. 그 모습에 선은 속으로 코웃음을 쳤다.

그의 딸도 그에게 겁먹지는 않았다. 하지만 헥터는 선의 얼굴을 쳐다보고 있어도 눈 만큼은 절대 쳐다보지 못하고 있었다.

"어떤 거리 하나를 전부 사들이고 있다고 들었습니다만."

헥터는 선에게 겁먹지 않았다는 듯이 허리를 세우며 말했다. 그는 어릴 때 웨스트 공작가는 저주를 받았으며 그 눈을 바라보면 저주를 받는다는 이야기를 들은 적이 있다.

그래서 헥터의 표정은 어색했다. 선에게 비굴하게 웃고 있었지만 그가 무서운 만큼 만들어 낸 미소는 경직되어 있었다.

물론 웨스트가에 얽힌 저주가 말도 안 된다는 것을 지금은 안다. 정말 그렇다면 웨스트 공작가에서 일하는 사용인들 모두 저주를 받겠지.

하지만 그래도 어릴 적의 두려움은 아직도 남아 있어서 웨스트 공작의 눈을 쳐다보는 게 부담스러웠다. 그건 노헤임 사람들이면 다들 조금씩은 가지고 있는 감정일 것이다.

그리고 수도에서 멀어질수록 그 두려움은 더 강해졌다.

"거기 있는 건물 중 하나를 제가 가지고 있거든요."

헥터의 말에 선의 눈이 가늘어졌다가 원래대로 돌아왔다. 지금 그가 말하는 건 에버딘의 빵집이다. 그에게 지참금을 받아서 산 건물.

그 건물에 딸을 쫓아냈다는 것을 알았을 때는 어이가 없을 정도였다. 그런데 이제 와서 그걸 다시 팔겠다고?

"그 건물은 지금 영업 중인 걸로 아는데."

"네, 뭐, 영업 중이어도 주인은 바뀔 수 있는 거니까요."

선의 지적에 헥터는 별거 아니라는 듯 말했다. 확실히 가게가 영업 중이어도 주인은 바뀔 수 있다. 하지만 그 영업을 하는 게 헥터의 딸이 아니던가.

선은 헥터의 뻔뻔함이 대체 어디까지 갈지 궁금해서 다시 물었다.

"그리고 거기서 가게를 하는 게 어서 남작이고."

"남작이 아니라……."

반사적으로 어서 남작이 아니라 어서 경이라고 고치려던 헥터는 말을 흐렸다. 그도 안다. 에버딘 어서가 어서 남작이 되었다는 것을. 그 소식을 듣자마자 펄펄 뛰고 난리도 아니었다.

당장 그 못된 딸년을 데려다가 혼을 내려고 가게에 찾아갔는데 정작 딸은 가게에 없었다. 그러다가 그는 그가 돈을 벌 수 있는 또 다른 기회를 발견했던 거다.

이 거리를 웨스트 공작이 사들이고 있다. 그렇다면 에버딘이 가게를 하는 건물을 공작에게 먼저 팔아치우면 된다.

감히 아버지를 배신한 건방진 딸에게 제대로 교육을 해 줄 수도 있고 돈도 벌 수 있는 기회다. 헥터는 거기까지 생각하고 다시 싱글벙글 웃으며 말했다.

"사신다면 특별히 싸게 드리려고 합니다. 우리가 무슨 사이입니까?"

헥터의 말에 선은 한쪽 눈썹을 들어 올렸다. '무슨 사이인데?'라는 듯한 그의 표정에 헥터의 얼굴이 굳었다.

당연히 장인과 사위가 될 뻔한 관계다. 하지만 그는 웨스트 공작 앞에서 감히 그런 말을 할 수 있을 정도로 용감하지는 않았다.

"자네가 그 건물을 파는 걸 어서 남작이 알고 있나?"

선은 아니라는 것을 알면서도 물었다. 에버딘이 알고 있었다면 오늘 그의 집을 떠나기 전에 말하지 않았을 리가 없다.

아니나 다를까 헥터의 표정이 일그러졌다.

"아버지가 건물을 사고파는 데 딸이 알아야 할 필요는 없지요."

맞는 말이다. 그 돈이 딸을 판 돈이 아니라면 말이지. 선은 그 부분을 지적하려다가 헥터와 말을 길게 섞고 싶지 않아서 주제를 바꿨다.

"얼마에 팔 생각이지?"

다음 순간, 헥터가 기다렸다는 듯 종이에 적힌 건물값을 내밀었다. 어마어마한 금액이었다. 아마도 그가 산 가격의 세 배쯤 될 것이다.

"보잘것없는 딸년이지만 의외로 능력이 있었던 모양입니다. 빵집이 유명해졌으니 말입니다. 그래서 이 정도 금액은 받아야 할 것 같아서 말입니다."

한마디로 재주는 에버딘이 넘고 돈은 헥터가 벌겠다는 말이다. 선은 주제넘는 헥터 욕심에는 눈동자만 움직여 그를 쳐다봤다. 보잘것없는 딸년이라. 아무리 아버지라 해도 헥터는 경으로조차 불리지 못하는 자다. 그가 남작을 지칭할 수 있는 호칭은 아니다.

"건방지군."

선은 조용히 말했다. 에버딘을 감히 딸년이라 호칭한 것에 대한 반응이었지만 헥터는 비싼 값을 부르는 것에 대한 반응이라 받아들였다.

그는 다시 종이를 가져가려 하며 말했다.

"그럼 다른 분께 팔죠, 뭐."

다른 사람에게 팔아도 된다는 배짱에 선의 얼굴에 미소가 떠올랐다.

에버딘의 배짱이 어디서 나왔는지 궁금했는데 그거 하난 아버지를 닮은 모양이다. 그는 그가 가져가는 종이에는 시선도 두지 않고 말했다.

"그러게."

"뭐? 네?"

당연히 선이 잡을 줄 알았던 헥터는 당황해서 입을 벌렸다. 그 사이 선은 자리에서 일어나며 말했다.

"다른 이에게 팔라고. 그 빵집이 없다면 나는 상관없네."

"아, 아니, 잠깐."

다급해진 건 헥터였다. 다른 사람에게 판다고 해도 이 정도 가격으로 팔 수 있을 리가 없다. 그는 자리를 뜨려는 선에게 허둥지둥 말했다.

"하, 하겠습니다. 그 빵집은 계속 거기서 영업할 겁니다."

"그래?"

선의 눈이 새빨갛게 빛이 났다. 그 순간 헥터는 자신이 뭔가를 잘못했다고 생각했지만 차마 말실수했다고 말할 수는 없었다.

"그, 그럼요. 가긴 어딜 가겠습니까? 거기서 계속 있겠지요."

잡았다. 선의 얼굴에 미소가 떠올랐다. 그는 자신의 미소에 간신히 긴장을 푼 헥터를 향해 말했다.

"내일 내 집으로 오게. 계약을 하지."

＊　　＊　　＊

"에버딘!"

"사장님!"

선이 내준 마차를 타고 가게에 도착하자 안에서 도리스는 물론 엘리스까지 뛰어나왔다. 심지어 수잔과 크리스틴까지 있었기 때문에 나는 어안이 벙벙해서 네 사람에게 물었다.

"왜 다들 여기 있어?"

"당연히 네가 걱정돼서 있었지."

"언제쯤 돌아오나 이야기하던 참이었어."

수잔과 크리스틴의 말에 나는 놀라서 도리스를 쳐다봤다. 그녀는 두 사람의 말이 맞다는 듯 고개를 끄덕이고 있었다. 그 옆에서 엘리스가 내 손을 잡았다.

"에버딘! 왔구나!"

이윽고 맞은편 가게에서 아이린 아주머니까지 달려오자 내 가게 앞은 완전히 북새통이 되어 버렸다. 나를 둘러싼 다섯 명의 사람들은 몸은 어떤지, 웨스트 공작가에서 어떻게 지냈는지에 대한 질문을 쏟아 냈다.

"별거 아니었어요. 그냥 좀 피곤해서 그렇대요."

"의사가 그래? 그, 그 공작님이 의사를 불러 줬어?"

아니, 이 사람들 왜 이렇게 선을 괴물이라고 생각하는 거야. 나는 어이가 없어서 피식 웃으며 말했다.

"그럼요. 어제 간다는 걸 의사 한 번 더 보고 가라고 하도 그래서 오늘 온 거예요."

사실은 내가 멍청한 짓을 해서 그렇지만 차마 내 멍청한 짓까지 이야기할 용기가 없어서 나는 그렇게만 말했다. 그러자 사람들의 얼굴 위로 안도하는 표정이 떠오르는 게 보였다.

그때 도리스의 뒤로 익숙한 얼굴이 머뭇거리며 다가오는 게 보였다. 나는 그녀를 알아보자마자 반가움과 미안한 마음에 손을 흔들며 말을 걸었다.

"한나! 잘 지냈어요? 나 때문에 놀랐죠?"

내가 호떡 만드는 걸 가르쳐 줬던 한나였다. 그녀는 내가 자신을 알아보자 그제야 안도하는 표정을 지었다. 그것을 본 도리스가 재빨리 내게 속삭였다.

"왔다가 그냥 가려고 하는 걸 내가 잡았어요."

내가 없으니 나와의 이야기가 무산됐다고 생각하고 돌아가려는 걸 도리스가 붙잡았다는 말이다. 그러다가 바쁜 도리스를 도왔고.

나는 사람들을 이끌고 가게 안으로 들어갔다. 정확히 말하면 가게로 들어가는 나를 사람들이 따라왔다는 게 더 맞겠지.

가게는 내가 며칠 전에 떠나기 전과 비슷했다. 달라진 거라면 내가 들어가자 반대로 손님들이 나를 반겨 줬다는 점이다.

"어서, 아팠다면서?"

"이젠 괜찮아?"

다들 이렇게까지 걱정해 줄 줄은 몰랐다. 나는 얼떨떨한 기분으로 사람들의 인사를 받았다. 그리고 크리스틴과 수잔의 손에 끌려 주방으로 들어갔다.

"그냥 과로라고? 병은 아니고?"

"어어, 아니야. 그냥 좀 피곤해서 그렇대."

"에버딘, 병 있는 거면 꼭 말해 줘야 돼. 알았지?"

급기야 수잔은 내 손을 꼭 잡으며 촉촉한 눈으로 그렇게 말하기까지 했다. 아니, 진짜로 안 아픈데.

한 삼 일 가게에 안 나왔다고 다들 내가 죽을병에라도 걸렸을까 봐 걱정한 모양이다. 감동이었다. 이 사람들이 이 정도로 나를 걱정해 줄 줄은 몰랐다.

"진짜로 괜찮아. 의사도 그냥 피곤해서 그런 거라고 했고. 그보다 도리스, 화로는 어디 있어요?"

이왕 한나가 여기 있으니 화로로 호떡 만드는 걸 먼저 해 보고 싶었다. 도리스가 머뭇거리며 말했다.

"밖에 있긴 한데…… 괜찮겠어요? 좀 쉬어야 하지 않아요?"

"삼 일 내내 누워 있었어요. 괜찮아요."

션의 손님방 침대는 엄청 푹신해서 내 침대는 비할 바가 안 된다. 덕분에 허리가 뻐근했다. 나는 손을 내저으며 뒷마당으로 나가 화로를 가져왔다.

화로라고 하지만 기본적으로는 그냥 오븐이다. 차이점이라면 오

븐은 아랫단에 장작을 넣고 윗단에 요리를 넣는다면 이 이동 화로
는 장작을 넣는 아랫단만 있다는 거다.

"깨끗하게 씻어 놨어요."

내가 윗면을 닦자 도리스가 재빨리 말했다. 하지만 매일 닦아야
한다. 먼지가 쌓이니까. 나는 도리스에게 고맙다고 말한 뒤 화로를
가지고 가게 밖으로 나갔다. 그리고 땔감을 넣어 불은 지핀 후 도리
스가 오후 장사를 위해 반죽해 둔 식빵 반죽을 꺼내 왔다.

"이거 써도 돼요?"

"그럼요."

어느새 내 곁에는 한나와 도리스뿐 아니라 크리스틴과 수잔, 아
이린 아주머니까지 붙어 있었다. 아니, 다들 왜 아직도 여기 있어?

나는 내 옆에 찰싹 달라붙은 엘리스까지 확인하고 피식 웃었다.
그리고 며칠 전에 미리 계피를 넣어 둔 설탕 통을 꺼내 들었다.

본의 아니게 선의 집에서 삼 일이나 머무는 바람에 설탕에는 계
피 향이 잘 배어 있었다. 나는 손에 버터를 바르고 식빵 반죽을 떼
어 내 안에 계피 설탕을 담았다. 그리고 화로 윗면에 버터를 바른
뒤 호떡을 굽기 시작했다.

"맛있는 냄새."

엘리스와 수잔이 코를 킁킁대며 말했다. 버터가 익는 냄새만큼
좋은 냄새는 없지. 거기에 밀가루 반죽이 익는 냄새까지 들어가니
아주 금상첨화다.

"내가 해 봐도 돼?"

한나가 손을 뻗으며 물었기 때문에 나는 그녀에게 빵 반죽과 설

탕 통을 건네주고 물러났다. 내가 한 것보다 훨씬 빠르고 예쁜 모양의 호떡이 그녀의 손안에서 완성되어 갔다.

"이건 뭐야?"

"접시 빵인가?"

거리를 메우는 고소한 냄새에 사람들이 몰려들었다. 보통 이동식 화로는 접시 빵을 구워 팔았기 때문에 사람들은 에버딘과 한나가 만드는 게 좀 작은 접시 빵이라고 생각했다.

하지만 눈썰미 좋은 누군가가 이상하다는 듯 물었다.

"접시 빵보다 두꺼운데?"

접시 빵은 얇게 늘려서 화로 윗면에 구운 뒤 기름과 소금을 발라서 판다. 부채꼴로 접어 주는 사람도 있고 돌돌 말아서 파는 사람도 있었다.

하지만 호떡은 종이로 집어서 파는 게 최고다. 종이컵이 있다면 종이컵에 담아 팔아도 좋겠지만.

나는 다 익은 호떡을 하나 집어 종이로 잡은 뒤 제일 앞에 있던 손님에게 내밀며 말했다.

"드셔 보세요."

접시 빵과 비슷한 모양새 덕분인지 사람들은 별 거부감 없이 호떡을 조심스럽게 베어 물었다. 버터로 바삭하게 구운 빵을 베어 물자 안에서 계피 향을 풍기는 설탕 시럽이 흘러나왔다.

"어머, 이게 뭐야?"

사람들은 바삭하고 얇은 빵 안에서 뜨거운 설탕 시럽이 흘러내리는 것을 보고 깜짝 놀라기 시작했다. 나는 사람들이 뜨거운 호떡을 호호 불며 먹는 것을 흐뭇하게 바라봤다.

맛있을 거다. 난 호떡을 참 좋아했다. 어릴 때 할머니와 시장에 갈 때면 제일 먼지 호떡부터 하나 사서 손에 들고 걸었다. 호떡 파는 가게 옆에 수정과를 파는 곳도 있었는데 그것도 같이 마시면 그렇게 맛있을 수가 없었지.

"저기, 그런데 이거 언제까지 그냥 공짜로 줘?"

그때 한나가 내게 속삭여 왔다. 그제야 나는 사람들에게 호떡을 무료로 주고 있었다는 것을 깨달았다. 아차.

이거 단가가 얼마나 되지? 반죽이야 식빵 반죽으로 했으니 계산이 쉽지만 계피 설탕은 설탕과 계피까지 포함해야 한다.

나는 재빨리 머릿속으로 얼마에 팔아야 적자가 아닌지 계산한 뒤 거기서 약간 더 금액을 더해 한나에게 일러 주었다. 그리고 호떡을 먹기 위해 둘러선 사람들에게 소리쳤다.

"지금까지는 시식이었어요! 이제부터는 파는 거예요!"

이제 판다는 말에 사람들이 웅성거리기 시작했다. 그대로 흩어지면 어쩌나 하고 지켜보는데 가장 앞에 서 있던 여자가 물었다.

"하나에 얼마야?"

한나는 나를 한 번 쳐다보더니 내가 말한 가격에서 약간 더 금액을 더해 불러 주었다. 호떡치고는 좀 비싸지 않나. 그렇게 걱정하는데 다시 웅성웅성하던 사람들이 흩어지지 않고 그대로 멈춰 서서 외치기 시작했다.

"나 하나 줘!"

"여기도!"

호떡을 이렇게 좋아할 줄은 몰랐는데. 나는 하나 앞에 모여드는 사람들을 보고 놀라서 눈을 크게 떴다. 그동안 팔았던 밤 식빵이나 마늘 빵보다 훨씬 더 인기가 좋았다.

"저렴하고, 익숙하니까요."

도리스와 함께 가게 안으로 돌아오자 도리스가 당연하다는 듯 말했다. 접시 빵 때문에 모양에는 거부감이 없는 건 알겠다.

하지만 저렴하다고? 나는 조심스럽게 말했다.

"하지만 좀 비싼 편이잖아요?"

"계피랑 설탕이 들어가잖아요?"

"어? 그 두 개가 비싸요?"

"사장님도 참. 설탕은 그렇다 쳐도 계피는 비싸잖아요. 설탕도 우린 대량으로 사니까 좀 저렴하지만 가정에선 약간 비싸죠."

그건 생각도 못 해 봤다. 그러고 보니 그러네. 빵집은 설탕과 밀가루를 대량으로, 그리고 정기적으로 사니까 아무래도 좀 더 싸게 살 수 있다. 하지만 일반 가정집에서는 약간 부담스럽긴 할 거다.

나는 호떡이 왜 그렇게 인기가 좋은지를 깨닫고 고개를 끄덕였다. 내가 살던 곳에서는 계란 토스트와 마찬가지로 길거리 군것질 거리였지만 여기서는 살짝 사치스러운 디저트가 된 거다.

"호떡 맛있네."

그때 수잔과 크리스틴이 손에 호떡을 하나씩 들고 안으로 들어왔다. 그 엄청난 인파를 뚫고 사 먹다니 대단하다고밖에 할 말이 없다.

나는 어이가 없어서 웃으며 말했다.

"그냥 나한테 만들어 달라고 하지."

"돈 주고 사 먹는 게 더 맛있어. 그리고 그냥 화로로 만드는 게 더 맛있어 보이기도 했고."

그건 그러네. 문득 오븐이 있으니 똑같은 방식으로 공갈빵을 만들어도 괜찮겠다는 생각이 들었다. 아니면 시나몬 롤을 만들거나.

아니, 이럴 때가 아니지. 나는 한나가 쓴 빵 반죽 대신 새 반죽을 만들기 위해 주방으로 들어가며 수잔과 크리스틴을 끌고 갔다.

그리고 반죽기 안에 밀가루를 넣으며 말했다.

"수잔, 나 뭐 하나만 부탁하고 싶은데."

"뭔데?"

중요한 거다. 나는 잠깐 내 영지의 이름이 뭔지 떠올렸다. 헬름. 헬름이라고 했다.

"헬름이 어디 있는지 알아?"

"헬름?"

수잔의 눈동자가 데굴 굴렀다. 설마 모르나? 수잔이 모를 정도면 엄청나게 멀리 떨어져 있는 거다. 하지만 그때 크리스틴이 손뼉을 치며 물었다.

"아, 거기 말하는 건가? 여기서 좀 떨어진 곳에 있는 마을."

"알아?"

"그, 왜. 여기서 반나절인가? 가면 있는 되게 작은 마을인데."

반나절? 반나절이면 엄청 멀잖아?

아니, 아니지. 나는 여기의 교통수단이 말과 마차뿐이라는 것을 떠올렸다. 말로 반나절이면 그래도 꽤 가까운 편이다.

"어, 맞아. 거기 이름이 헬름이었어."

수잔 역시 거기가 어딘지 알아차린 눈치였다. 나는 빵을 반죽하는 것도 잊고 두 사람에게 물었다.

"헬름에 가려면 어떻게 해야 돼? 마차가 있을까?"

마을과 마을을 잇는 마차가 있다. 일종의 버스 같은 건데 마을과 마을 간의 거래를 위한 물건을 나르는 게 기본이지만 오가는 사람들도 실어 날라 준다.

번화한 마을일수록, 그리고 이용하는 사람이 많을수록 오가는 마차의 수가 더 늘어난다.

있겠지. 반나절 정도니까. 내 간절한 기도에 응답하듯 수잔이 인상을 쓰며 말했다.

"마차가 있을 거야. 아마도. 알아봐 줄까?"

알아봤으면 좋겠다. 최대한 빨리 영지를 직접 가서 보고 싶으니까. 선과 약속한 날짜가 곧 다가온다. 그는 이 거리의 모든 건물을 무너트리고 다시 짓겠다고 했지.

그렇다면 건물을 다시 짓는 동안 내가 있을 곳이 필요했다. 지금 상황으로는 여기 있는 내 저택은 들어갈 수가 없을 테니까.

"으음."

아버지와 새어머니가 살고 있는 내 집을 떠올리자 나는 인상을 쓰며 머리를 감싸 쥐었다. 복잡하다. 마음 같아서는 에버딘의 아버지를 쫓아내고 싶다. 심적으로는 그는 내 아버지가 아니다. 그러니 쫓아내는 건 어렵지 않다.

하지만 어쨌든 에버딘의 아버지잖아. 나는 유교의 나라에서 왔단 말이지.

그때, 가게 쪽에서 소란스러운 소리가 들려왔다. 일단 이 생각은 킵해 두자. 나는 헥터가 살고 있는 내 집에 대한 생각은 접어 두고 자리에서 일어나 가게로 나갔다.

"아, 저쪽은 이거보다 훨씬 싸다니까?"

"그래도……."

"내가 거기처럼 싸게 팔라고 하는 거야? 조금만 깎아 달라고! 나 저기서 산다? 어?"

웬 중년의 남자가 도리스 앞에서 진상을 부리고 있었다. 무슨 상황인지는 몰라도 깎아 달라는 거 보면 진상일 가능성이 대략 팔십 퍼센트쯤 된다.

나는 서둘러 도리스에게 다가갔다. 그러자 그녀가 나를 보고 안도한 표정을 짓더니 속삭였다.

"이분이 깎아 달라고 해서요."

남자는 쟁반에 소시지 빵을 가득 담고 있었다. 이것도 내가 살던 곳보다 조금 더 비싸게 팔고 있다. 일단 안에 소시지가 들어가기 때문이다.

"손님, 그건 신제품이라 할인이 안 돼요."

나는 도리스 앞에서 나서며 말했다. 다른 거라면 많은 양을 사가면 깎아 주기도 한다. 특히 마감할 때쯤 되면 남은 빵을 다 사 가겠다는 손님에게 약간의 할인을 해 준다.

하지만 신제품은 아니다. 게다가 지금 마감도 아닌데 저렇게 다 사서 가 버리면 새로 만들 때까지 최소 두 시간 동안은 사러 온 손님이 빈손으로 가게 된다. 그건 가게 입장에서도 손해다.

"할인이라니! 누굴 거지로 알아? 저쪽 가게에서 더 싸게 파니까 하는 말이잖아!"

남자는 도리스 대신 내가 나선 것을 보고도 내가 사장이라고 생각하지 못한 모양이었다. 아니, 근데 거지 맞잖아. 이쪽이 안 된다는데 깎아 달라며.

나는 대체 이 남자의 논리 구조가 어떻게 되먹은 건지 이해가 안 돼서 물었다.

"깎아 달라는 게 아니에요?"

"내 말은! 저쪽 가게는 더 싸다고!"

어쩌란 거야? 도리스를 돌아보자 그녀 역시 곤란하다는 표정을 짓고 있었다. 나는 가게 안에서 남자를 힐끔힐끔 쳐다보는 다른 손님을 확인하고 한숨을 내쉬었다.

"그럼 거기 가서 사세요."

"뭐?"

남자는 내가 그렇게 말할 줄 몰랐다는 표정을 지었다. 다른 데가 더 싸다며? 나는 어깨를 으쓱하며 말했다.

"다른 데가 더 싸다면서요. 그럼 거기 가서 사야죠."

우린 우리의 단가가 있고 거기에 맞게 가격 측정을 하고 있는 것뿐이다. 그리고 이 소시지 빵은 다른 빵집들과도 같이 팔기로 해서 일단은 가격을 동일하게 맞췄다.

한두 달 정도 팔아 보고 주인 취향에 맞게 레시피를 조절하거나 재료를 더 저렴하게 받을 수 있는 가게는 조절해도 된다고 말했다.

그건 소시지 빵뿐만이 아니라 크림 빵이나 앙금 빵도 마찬가지였다.

"지, 진심이야?"

더 싼 데 가서 사라는 데도 남자는 여전히 쟁반을 든 채 믿을 수 없다는 듯 나를 쳐다보고 있었다. 어쩌라고. 나는 다시 어깨를 으쓱해 보였다.

더 싼 데가 있으면 거기서 사셔야지. 이건 단순한 시장 논리다. 같은 품질에 더 저렴한 물건을 파는 곳이 생기면 거기가 더 돈을 번다.

물론 내가 살던 곳보다 교통이 발전하지 않았으니 상권이라는 게 생각보다 훨씬 더 중요하긴 하다. 고작 좀 더 싼 소시지 빵을 먹겠다고 왕복 두 시간 거리를 가진 않을 거 아냐.

나는 남자가 말한 더 싼 곳이 그의 거짓말이라고 생각하고 있었다. 소시지 빵을 판지 이제 겨우 이틀째다. 그사이에 나와 동맹을 맺은 가게 외에 소시지 빵을 파는 곳이 생길 리가.

"더럽고 치사해서!"

남자는 그렇게 말하며 쟁반을 들어 올렸다. 그대로 쟁반째로 바닥에 던질 것 같은 모습에 나는 재빨리 외쳤다.

"남의 상품을 망치면 영업 방해로 고발할 거예요."

하지만 이미 늦었다. 남자가 쟁반을 멈췄지만 쟁반에 있던 소시지 빵의 반 정도가 바닥에 떨어졌다. 나는 그대로 도리스를 돌아보며 말했다.

"치안관 불러와요."

"네!"

"소, 손님을 고발하겠다고?"

도리스가 치안관을 불러오기 위해 달려 나가자 남자가 당황해서 소리쳤지만 나는 눈썹 하나 까딱하지 않았다. 어허, 손님이라니.

나는 바닥에 나뒹구는 소시지 빵을 가리키며 말했다.

"저거 살 거야?"

"뭐? 내가 왜?"

"그럼 손님 아니네?"

그렇다면 손님을 고발하는 것도 아니다. 평범한 진상을 고발하는 거지. 남자의 안색이 파랗게 질렸다. 그는 멍하니 나를 쳐다보다가 재빨리 밖으로 뛰쳐나갔다. 그 와중에 주변에 있던 다른 빵을 치고 동선 안에 서 있던 다른 손님을 밀어 넘어트린 것을 말할 것도 없다.

"아이쿠!"

"괜찮으세요?"

나는 남자에게 밀려 넘어진 손님을 부축하며 물었다. 그가 도망치는 건 별로 걱정되지 않았다. 워낙 소란을 피운 탓에 가게 앞에 무슨 일인가 얼쩡거리는 용병들이 보였기 때문이다.

"이거 놔! 이거 안 놔? 너희들! 내가 누군지 알아?"

아니나 다를까 남자는 용병과 치안관에게 잡혀 들어왔다. 남자를 잡아 온 치안관이 어이가 없다는 듯 내게 말했다.

"이 자식이 뭐 이상한 짓 하고 도망치던 거 아닙니까?"

"맞아요. 어떻게 알고 잡았어요?"

"절 치고 그냥 가려고 해서요."

그럴 줄 알았다. 나는 깔깔대고 웃으며 손님을 부축해 일어났다. 치안관에게 순찰 중이었냐고 묻자 그가 머리를 긁적이며 말했다.

"이 앞에서 특이한 접시 빵을 판다고 해서 와 봤습니다."

벌써 소문이 퍼졌나 보다. 나는 웃으며 문을 열고 한나에게 소리 쳤다.

"한나, 여기 계신 치안관과 용병한테 호떡 하나씩 주세요. 제가 살게요."

도망치던 남자가 잡혀 있는 것을 본 사람들이 박수를 치기 시작 했다. 이 사람들도 진상이 잡혀서 혼나는 게 좋은 모양이다.

"진짜 저쪽은 더 싸단 말입니다!"

호떡을 든 치안관과 함께 고발장을 쓰러 온 치안소에서 남자가 억울하다는 듯 외쳤다. 그게 뭐 어떻다는 건지 모르겠다.

나는 치안관과 눈을 마주치고 고개를 절레절레 흔들었다. 세상 엔 별 이상한 사람이 많다니까.

"어서 경은 여기에 피해 사실을 기록해 주시고 가시면 됩니다."

친절한 안내에 나는 내가 이제 어서 경이 아니라 어서 남작이라 는 사실은 굳이 지적하지 않았다. 거친 종이에 펜으로 남자가 떨어 트린 빵의 종류와 개수, 가격을 적어 내려가는 데 남자가 억울하다 는 듯 외쳤다.

"진짜예요! 아가씨! 알메인 빵집에 가 보라니까?"

알메인? 나는 익숙한 이름에 고개를 들어 남자를 쳐다봤다. 내가 빵을 알려 준 작은 빵집 사장 중 하나다. 이 남자가 알메인 씨를 어떻게 알지?

물어보려던 나는 그가 어쩐지 눈을 빛내고 있는 것을 발견했다. 이 남자가 그 난리를 피운 게 나한테 알메인 씨가 혼자만 소시지 빵을 싸게 팔고 있다고 말하려고 한 게 아니었을까.

나는 아무렇지 않은 척 다시 종이로 시선을 옮기며 말했다.

"잘됐네. 앞으로 거기서 사 먹어."

멍청아, 라고 덧붙이지 않은 건 내 맞은편에 치안관이 있기 때문이다.

나는 피해 상황을 기록한 종이를 치안관에게 내밀고 자리에서 일어났다. 그는 오는 길에 한나에게 받은 호떡을 호호 불어 가며 먹고 있었다. 그의 주변에 있는 다른 치안관들이 맛있겠다는 표정으로 쳐다보는 걸 보니 한나의 호떡 장사도 잘될 모양이다.

"잘 부탁드려요."

"걱정 마십쇼, 어서 경."

나는 치안관에게 인사를 한 뒤 다시 거리로 돌아가기 위해 걸음을 옮겼다. 지금쯤 가게는 도리스 혼자 있을 테니 어서 가서 도와줘야 한다.

"아, 맞다."

거리로 돌아가는 길에 나는 아주 잠깐 다른 거리를 들렀다. 그쪽은 대장간이 몰려 있는 거리인데 이 중 한 곳에서 신세를 진 게 있다.

탕! 탕! 탕! 여기저기에서 철을 두드리고 식히는 요란한 소리가 들려왔다. 치이익하는 소리들 사이에서 익숙한 대장장이가 땀을 흘리며 뭔가를 만들고 있었다.

"메간."

나는 갈색 머리카락을 질끈 묶은 대장장이를 향해 손을 흔들었다. 데이브가 계란 틀 의뢰만 받고 연락 두절일 때 급한 의뢰를 받아 준 고마운 사람이다. 그리고 빵 안에 크림을 넣는 깍지를 주문 제작했을 때도 비밀리에 만들어 줬다.

뿐만 아니라 중고 화로를 구해 준 사람이기도 했다.

"어서 경."

메간은 나를 보더니 약간 무뚝뚝하게 고개를 끄덕였다. 그러더니 손에 들고 있던 것을 내려놓고 수건으로 손과 목의 땀을 닦으며 다가왔다.

어휴, 보는 것만으로도 덥다. 이 거리는 열기 때문에 사시사철 덥다고 한다.

"의뢰할 거라도 있습니까?"

"아니에요. 화로를 구해다 줘서 고맙다고 인사하러 왔어요."

심지어 메간이 가져다줬다고 들었다. 그런데 나는 도리스에게 미리 말도 하지 않았다.

전혀 들은 게 없다는 도리스에게 메간은 그래도 나를 믿고 화로를 두고 갔다. 내가 솔직하게 고맙다고 인사하자 그녀의 얼굴에 미소가 떠올랐다.

"별거 아니었는데요, 뭐. 안 그래도 찾아갈까 했는데 만나서 다행이네요."

"도리스에게 화로값 주라고 했는데…… 못 만났어요?"

이런. 나는 당황해서 주머니를 뒤지기 시작했다. 하지만 진상을 따라 나오느라 가져온 돈은 거스름돈으로 넣어 둔 약간의 돈뿐이었다.

"미안해요. 여기 있으면 내가 돈 가지고……."

금전 관계는 확실하게 해야 한다. 나는 재빨리 가게로 돌아가서 돈을 가지고 오려고 몸을 돌렸다. 그러자 메간이 나를 잡으며 말했다.

"아니요, 돈은 받았습니다. 그게 아니라……."

돈 받았어? 그럼 다행이고. 나는 그녀가 나를 붙잡은 이유를 몰라서 아무 말도 하지 않았다.

내게 메간은 고마운 사람이지만 그렇다고 우리가 친하냐 하면 그건 아니다. 메간과 나는 처음 만났을 때부터 지금까지 어디까지나 비즈니스적인 관계였다. 도리스처럼 사생활을 이야기한 적도 없다.

아니, 그 정도 수준이 아니라 나는 필요한 물건을 설명했고 메간은 된다, 안 된다만 말했을 뿐이다.

그럼에도 그녀에게 맡겼던 건 그만큼 내가 절박했고 그 시간까지 대장간에 남아서 일하는 사람이 그녀뿐이었기 때문이다.

하지만 메간은 선택지가 없어서 선택했음에도 아주 훌륭하게 일을 해 주었다. 무엇보다 원하는 요구를 꼼꼼하게 들어줬고 마감 기한을 이르게 주면 이르게 줬지, 늦은 적이 단 한 번도 없었다.

할머니가 말했다. 사람이 기를 수 있는 능력 중 가장 좋은 게 성실함이라고.

"제가 고향에 돌아가게 됐거든요."

잠시 망설이던 메간의 입에서 나온 말에 나는 어 하고 입을 열었다가 곧 고개를 끄덕이며 말했다.

"아쉽네요. 기껏 믿을 수 있고 실력 있는 대장장이를 알게 됐는데."

내 칭찬에 메간의 얼굴에 다시 미소가 떠올랐다. 그녀는 칭찬에 긍정도 부정도 하지 않은 채 말했다.

"그래서 떠나기 전에 인사 한번 하려고 했습니다."

아쉽게 됐다. 앞으로도 나는 이 나라에 없는 걸 주문 제작해야 할 거다. 그때 또 메간처럼 입이 무겁고 실력 있는 대장장이를 만날 수 있다면 좋겠는데.

나는 아쉬운 마음에 메간의 손을 잡고 흔들며 말했다.

"잘 가요. 또 만날 수 있으면 좋겠네요."

"고향이 수도에서 멀지 않으니까 재료를 구하러 올라오면 가게를 찾아가겠습니다."

그랬으면 좋겠지만 내 가게는 곧 문을 닫는다. 그 뒤로는 헬름으로 갈 거고. 나는 그걸 메간에게 이야기하려다가 말했다.

우리는 내가 남작이라는 것을 알릴 정도의 사이는 아니었다.

15

헬름에서 수도로 오고 가는 마차는 일주일에 한 번 있었다. 수잔과 함께 찾은 수도의 운수회사는 모두 셋. 그중 헬름까지 이동하는 마차노선을 운행하는 회사는 하나뿐이었다.

나는 수잔과 함께 카운터 앞에 서서 한숨을 내쉬었다.

"시간은 얼마나 걸리나요?"

수잔의 질문에 직원이 장부를 내려다보며 말했다.

"반나절 정도 걸리겠네요. 이 정도면 꽤 가까운 곳이에요."

그렇게 말하는 직원도 헬름에 가 본 적은 없는 모양이다. 내가 어떤 곳이냐고 물었을 때 잘 모르겠다고 했으니까.

"다음 차는 언제 있어요?"

"어제 있었으니 일주일 뒤에요."

반나절밖에 걸리지 않기 때문에 마부도 거기서 오래 머무르지 않는다고 한다. 오전에 출발해서 오후에 도착하면 한 시간쯤 쉬고 다시 출발해서 저녁때 수도에 도착한다고 한다.

직원 말대로 수도에서 상당히 가까운 마을 중 하나인 거다. 그리고 그렇게 가까운 마을까지의 이동 수단이 일주일에 하나뿐이라는 건 헬름과 수도의 거래가 적다는 뜻이고.

"이용하는 사람은 많나요?"

이어진 내 질문에 직원이 인상을 쓰며 장부를 내려다봤다. 그리고 팔랑팔랑 소리 내어 앞으로 넘기기 시작했다.

아마도 장부에 각각 운행하는 노선 마차가 언제 몇 명을 실어 날랐는지, 차비는 얼마를 받았는지 기록되어 있는 모양이다.

"한두 명 정도네요. 보통 실어 나르는 건 짐이에요. 편지도 있고요."

"짐은 어떤 거예요?"

이런 걸 물어봐도 되나? 약간 걱정하면서 물어본 거였는데 그것도 기록돼 있었나 보다. 직원은 미간에 주름을 잡으며 장부를 읽더니 투덜거렸다.

"이거 누가 적은 거야? 하나도 안 보이잖아?"

그러더니 옆에 있는 직원에게 장부를 내밀며 뭐라고 적힌 건지 물었다. 다행히 옆에 있던 직원은 글자를 읽은 모양이었다.

"곡식이네요. 누가 곡식을 보냈나 봐요."

양은 그리 많지 않다고 했다. 아마도 헬름에 있는 사람이 수도에 있는 가족에게 약간 보내 준 모양이라는 말에 나는 고개를 끄덕였다.

"그게 정규 노선인 거죠? 더 빠른 마차를 타려면 마차 한 대를 빌려야 하나요?"

곧이어 수잔이 질문을 던졌다. 제일 빠른 마차가 다음 주라고 했으니 그보다 먼저 헬름에 가려면 어떻게 해야 하냐는 질문이다.

직원은 펜 끝으로 머리를 긁더니 수잔을 바라보며 말했다.

"내일 출발하는 마차가 헬름 근처를 지나가긴 해요. 원한다면 마부에게 이야기해 둘 테니 그걸 타세요."

그거면 됐다. 우리는 직원에게 생각해 보겠다고 말하고 가게를 나왔다. 헬름까지 가는 정규 노선은 일주일에 한 번뿐이지만 필요하다면 근처를 지나가는 다른 마차를 타도 된다.

"그래도 마차가 있어서 다행이다."

다시 우리의 가게가 있는 거리로 돌아가는 길에 수잔이 입을 열었다. 하긴, 어제 헬름이 어디 있는지 아냐고 물었을 때 그녀는 기억도 못 했다.

그 정도로 잘 모르는 마을이라 마차가 없을지도 모른다고 걱정하긴 했었다.

나는 마차가 일주일에 한 번이라는 사실을 어떻게 받아들여야 할지 몰라 말없이 고개만 끄덕였다. 직원 말대로 수도에서 헬름까지 반나절 정도라면 아주 가까운 거다.

그리고 이렇게 가까운 영지를 오가는 마차가 일주일에 한 번이라는 건 좀 이상한 일이다. 내가 살던 곳도 가까운 곳은 오가는 교통이 잦았다.

이게 뭘 의미하는 걸까. 누군가 영지를 다스리는 사람과 대화를 나누고 싶었다.

"에버딘, 난 이쪽으로 가야 하는데."

머릿속에 익숙한 얼굴이 떠오른 순간, 수잔이 말했다. 꽃 포장을 위한 부자재를 보러 가야 하는 모양이다. 나는 그녀가 가리킨 거리를 한번 쳐다보고 고개를 끄덕였다.

나도 가게로 가봐야 한다. 어제부터 팔기 시작한 호떡 덕분에 내 가게 앞이 또 사람으로 인산인해를 이뤘거든.

"그럼 먼저 갈게."

"그래, 이따 봐."

어차피 몇 시간 뒤에 또 볼 거다. 수잔은 예쁜 부자재를 구하면 꼭 자랑하러 오거든.

나는 수잔에게 손을 흔들고 다시 내 가게로 돌아가기 위해 걷기 시작했다. 영지를 다스리는 사람. 제일 먼저 생각나는 건 당연히 선이었다.

물어보면 대답해 주려나. 나는 선을 떠올리며 인상을 썼다. 그 남자는 어떨 땐 친절한데 어떨 땐 무뚝뚝해서 도통 종잡을 수가 없었다.

그래도 물어보면 잘 대답해 준다. 가끔 대가를 요구하기는 하지만 그게 나는 더 마음이 편하기도 하고.

역시 선에게 가서 물어볼까. 그렇게 생각하며 익숙한 골목을 지나칠 때였다. 엘리스의 목소리가 들려왔다.

"히지 미!"

엘리스 맞지? 나는 골목에서 들려온 그녀의 목소리에 우뚝 발걸음을 멈췄다. 제일 먼저 머릿속에 떠오른 건 그녀에게 우드 부부가 접근했을지도 모른다는 거였다.

하지만 이쪽은 우드 부부의 집보다 내 가게가 더 가깝다. 주변에 서쪽 하늘 용병대 용병들이 많이 있기도 하고.

그래도 걱정스러운 마음에 발걸음이 빨라졌다. 나는 골목 안으로 들어서며 엘리스를 불렀다.

"엘리스!"

엘리스는 거기 있었다. 아이들 사이에서. 다행히 우드 부부는 아니었다. 하지만 다수의 아이들 사이에 엘리스만 혼자 서 있는 게 누가 봐도 이상해 보였다.

"여기서 뭐 해?"

나는 아이들에게 다가가며 물었다. 내 등장에 아이들 사이에 머물던 어떤 분위기가 깨지는 게 느껴졌다. 그게 어떤 분위기였는지는 모르겠다.

하지만 엘리스의 표정이 나를 보자마자 밝아진 걸로 보아 그리 좋은 분위기는 아니었겠지. 나는 아무렇지 않은 척 엘리스에게 손을 내밀며 말했다.

"가자."

그러자 엘리스의 시선이 맞은편에 있던 남자아이에게로 향했다. 그녀보다 머리 하나는 커 보인다. 문제는 남자아이의 손에 리본이 들려 있다는 점이었다.

나는 남자아이가 가지고 있는 리본이 오늘 아침 크리스틴이 엘리스에게 묶어 준 리본이라는 것을 깨달았다. 그리고 보니 오늘 아침에 크리스틴이 잘 묶어 준 엘리스의 머리는 어느새 엉망이 되어 있었다.

"그거 엘리스 거니?"

나는 아무것도 모르는 척 물었다. 남자아이는 내 등장에 당황하는 듯하더니 곧 비열한 미소를 지으며 말했다.

"아닌데? 내 건데?"

아, 그래. 나는 엘리스의 엉망이 된 머리카락을 다시 봤지만 아무 말도 하지 않았다. 내 행동에 남자아이의 얼굴에 미소가 번졌다.

웃을 수 있을 때 웃어 두렴. 나는 엘리스의 손을 잡았다. 그리고 그녀를 데리고 아이들 사이에서 나가며 말했다.

"저 남자애, 리본을 참 좋아하나 봐."

아이들 사이의 공기가 멈추는 게 느껴졌다. 원래 저 나이 때 더 예민한 법이다. 나는 여전히 리본을 들고 있는 남자아이를 힐끔 돌아보았다.

그리고 피식 웃으며 말했다.

"어울리네."

그 순간 남자아이의 얼굴이 새빨갛게 달아올랐다. 주변에 서 있던 아이들이 웃음을 터트린 것은 말할 것도 없다. 심지어 굳은 표정으로 내 손을 잡고 있던 엘리스조차도 남자아이를 돌아보며 웃음을 터트렸다.

그게 소년의 자존심을 건드린 모양이다. 그는 들고 있던 리본을 바닥에 내팽개치더니 마구 밟으며 소리쳤다.

"아니거든! 이거 쟤 거거든!"

그럴 줄 알고 한 거다. 나는 엘리스를 쳐다보고 어깨를 으쓱해 보였다. 그리고 그녀의 머리카락을 쓰다듬어 주며 말했다.

"엘리스, 네 리본이 탐이 나서 뺏었나 봐. 그냥 가지라고 하자."

"아니야악!"

남자아이는 이번에는 숫제 고함을 질러대기 시작했다. 어휴, 전형적인 교육 안 된 남자애잖아. 심술부리다가 뜻대로 안 되니까 고함지르면서 몸부림치는 거.

나는 시끄럽다는 표정을 지으며 고개를 돌렸다. 저런 남자애들을 아주 잘 안다. 저런 애들은 보통 다음에 뭐라고 하냐면…….

"못생긴 게!"

외모 지적을 한다. 여기나 거기나 똑같은 게 하나쯤은 있는 모양이다. 나는 남자아이를 돌아보며 툭 내뱉었다.

"반사."

객관적으로 말하자면 엘리스보다 남자애가 더 못생겼다. 애들이라 굳이 외모 평가를 하고 싶지 않았던 것뿐이지.

나는 얼마 전에 봤던 허튼까지 떠올린 뒤 곧바로 선을 생각했다. 그래. 그렇게 극단적이어야 이 세상의 외모 평균이 맞겠지.

"가자."

우리 뒤에서 남자애가 발광하기 시작했다. 어휴, 시끄러워. 나는 엘리스의 손을 잡고 골목을 빠져나왔다. 아무래도 저 남자애가 우두머리였던 모양이다.

남자애를 건드리자 아무도 덤벼들지 않았다. 나는 어쩐지 나를 반짝이는 눈으로 쳐다보는 엘리스에게 물었다.

"언제부터 이랬니?"

그러자 엘리스가 고개를 푹 숙였다. 아니, 혼내려는 건 아닌데.

며칠 전에 나가서 놀아도 된다고 하자 엘리스의 표정이 좋지 않았던 게 생각났다. 그땐 익숙해지지 않아서 그런 줄 알았는데 아니었던 거다.

"어휴."

나는 걸음을 멈추고 한숨을 내쉬었다. 엘리스가 안됐다는 생각이 들었다. 다른 아이들에게 괴롭힘을 당하면서 아무에게도 의지할 수가 없었던 거다.

그 심정을 알 것 같았다. 나도 어릴 때 그런 기억이 있다. 동네 아이들이 엄마, 아빠가 없다고 놀렸을 때.

그녀와 다른 점은 나는 나를 놀린 아이들의 얼굴을 전부 손톱으로 긁어 놨다는 점이다. 그리고 그걸로 할머니에게 호되게 혼이 났었지.

하지만 회초리를 맞으면서도 나는 왜 아이들의 얼굴을 긁어 놨는지는 말하지 않았다.

"너 혼내는 거 아니야, 엘리스."

나는 엘리스 앞에 쪼그리고 앉아서 말했다. 내가 좀 더 다정한 사람이었다면 좋았을 거다. 아니면 수잔처럼 오지랖이 넓거나 크리스틴처럼 세심했다면.

그러면 엘리스가 이런 일을 당한다는 걸 더 빨리 알 수 있었을지도 모른다. 아니면 그녀가 내게 의지했을지도 모르지.

나는 엘리스가 안 좋은 일을 당한다는 걸 몰랐다는 사실을 후회하며 그녀를 위로했다.

"미리 알지 못해서 미안해."

엘리스는 내 사과에 놀란 표정으로 고개를 들었다. 왜 다른 아이들과 맞서 싸우지 않았냐 거나, 왜 도망치지 않았냐는 말은 하지 않을 거다.

그게 아무 의미가 없다는 걸 안다. 저 상황을 겪어 본 사람만이 맞서 싸우는 게 얼마나 어려운 일이고 도망치는 게 쉽지 않다는 것을 안다.

나는 엘리스의 손을 잡으며 말을 이었다.

"버티느라 고생했어."

엘리스의 눈에 눈물이 고이기 시작했다. 나는 한숨을 내쉬며 그녀를 끌어안았다.

내 어린 시절은 버티고 버티는 사건의 연속이었다. 부모가 없다는 놀림과 할머니와 단둘이 산다는 시선 속에서 의연하게 버텨야 했다.

할머니가 키운 아이는 버릇이 없다는 편견 속에서도 버텨야 했고 그리 여유롭지 못한 경제 사정 속에서도 버텨야 했다.

사실 그것 외에는 할 수 있는 게 없기도 했다.

하지만 그것만큼 힘든 게 없다는 것도 안다. 놀리는 아이들을 때리지 않고 사람들이 원하는 대로 버릇없이 굴지 않는 것.

그게 내게는 정말 많이 힘들었다.

나는 훌쩍이는 엘리스를 한동안 꽉 끌어안고 있다가 자리에서 일어났다. 아이구, 부었네. 엘리스의 눈은 붉게 부어 있었다. 참느라 힘들었던 시간만큼이나 그녀는 계속해서 눈물을 흘리고 있었다.

하지만 우는 소리는 하나도 나지 않았다.

그게 좀 가슴이 아팠다.

이 애는 소리 없이 우는 거에 익숙한 거다. 남들에게 들리지 않도록 우는 게, 속으로만 삭이는 게 익숙한 거다.

"어서?"

막 엘리스를 달래고 가게로 돌아가려는 데 우리 앞에 고급스러운 마차가 멈췄다. 익숙한 마차를 보고 주인이 누군지 떠올리려는 순간 내 뒤에서 누군가 악을 쓰는 소리가 들렸다.

"이것도 반사해 보시지!"

"에버딘!"

다음 순간, 엘리스가 나를 끌어안았다. 어어, 뭐야? 내 앞에서 마차 문이 벌컥 열리기까지 해서 나는 정신을 차릴 수가 없었다. 그리고 딱딱한 게 내 등을 퍽 하고 때리고는 튕겨 나갔다.

"아야!"

"에버딘, 괜찮아?"

고개를 돌려 보니 깜짝 놀라는 내 앞에 엘리스가 보호하려는 것처럼 팔을 펼치고 있었다. 그와 동시에 션의 목소리가 들렸다.

"저년, 잡아 오게."

그제야 나는 엘리스의 등 뒤 저편에 아까 그녀를 괴롭히던 남자아이가 돌을 들고 서 있는 것을 발견했다. 내 옆으로 한 남자가 달려 나갔다. 남자아이는 자신을 잡으려 한다는 것을 깨달았는지 손에 들고 있던 돌을 집어 던지고 도망치기 시작했다.

"괜찮아?"

선이었다. 선은 내 팔을 잡더니 내게 몸을 숙였다. 나는 방금 내 앞에 멈춘 게 웨스트 공작의 마차였다는 것을 깨달았다.

그렇다면 남자애를 잡으러 간 건 선의 마부라는 말이다. 왜 그 사람이?

"어, 괜찮은데……."

머리를 맞지 않아서 다행이다. 하지만 그것보다 선이 왜 여기 있는지가 더 어리둥절하다. 그는 인상을 쓴 채 내 상태를 살피더니 내 얼굴을 쳐다보며 말했다.

"타. 의사를 부르지."

어제도 의사를 만났다. 나는 어이가 없어서 말했다.

"무슨 의사를 매일 만나?"

그러자 선의 얼굴에 어리둥절한 표정이 떠올랐다. 그는 진심으로 이해가 안 된다는 표정을 짓더니 내게 반문했다.

"아프면 만나야지, 하루걸러 만나야 하나?"

그렇게 들으니 그건 또 그렇긴 하다. 나는 사람들의 시선을 피하기 위해 선을 따라 그의 마차 안에 들어가며 말했다.

"그게 아니라, 고작 돌 좀 맞은 거로 의사를 만날 필요는 없다는 거야."

다시 선의 인상이 구겨졌다. 그걸 본 엘리스가 어깨를 움츠린 것은 말할 것도 없다. 애써 그녀의 행동을 모른 척하는데 선이 못마땅하다는 듯 말했다.

"뼈가 부러졌을 수도 있어."

뼈가 부러졌으면 지금쯤 아파서 데굴데굴 구르고 있지 않을까. 나는 손으로 돌이 맞은 부위를 만지려 하며 말했다.

"안 부러졌어."

고작해야 멍이 든 정도겠지. 이번에도 선은 심각한 표정으로 단호하게 말했다.

"그건 의사가 봐야 알지."

어쩐지 기시감이 들었다. 우리, 이거랑 비슷한 대화를 했던 것 같은데. 나는 고개를 저으며 말했다.

"됐어. 치료비도 아깝고."

"너는."

선은 벌컥 화를 내는 것처럼 입을 열더니 재빨리 멈췄다. 그러더니 한숨을 내쉬고 나직하게 말했다.

"내가 낼 테니 걱정하지 마."

아니, 그게 더 싫은데. 나는 인상을 쓰며 말했다.

"싫어."

"내가 낸다니까."

내가 싫다는 데 왜 지가 낸다는 거야. 나는 마차 문을 벌컥 열었다. 그리고 마차에서 나가기 위해 자리에서 일어나며 말했다.

"싫다니까."

"에버딘."

어디서 내 이름을 함부로 불러? 나는 그대로 고개를 휙 돌려 션을 쳐다봤다. 그리고 날카롭게 말했다.

"어서 남작."

"어서 남작."

션은 한숨을 내쉬며 나를 다시 불렀다. 그리고 애원하는 것처럼
말했다.

"내가 내는 거야."

"싫어."

네가 아니라 네 할아버지가 와서 낸다고 해도 싫다. 그러다 나는
과연 션의 할아버지는 션처럼 잘생겼을지 잠시 고민했다.

물론 아무리 잘생긴 남자라 해도 싫은 건 싫은 거지만.

션은 내 대답이 마음에 안 든다는 표정을 지었다. 그러더니 가슴
앞으로 팔짱을 끼며 말했다.

"내가 하는 건 다 싫은 거야, 아니면 그냥 억지 부리는 거야?"

뭐라는 거야. 나는 그의 말 같지도 않은 소리에 어이가 없어서 콧
방귀를 뀌었다. 그는 뭔가 단단히 착각하는 모양이었다. 나는 대답
하지 않을까 하다가 한 번쯤은 이야기해야 할 것 같아서 입을 열었
다.

"네가 나보다 가진 게 많다고 해서 네가 주는 모든 걸 내가 기쁘
게 받아들여야 하는 거야?"

"뭐?"

션은 내 대꾸에 당황한 모양이었다. 대체 그게 무슨 소리냐는 반
응에 점점 더 부아가 치밀어 올랐다. 나는 그처럼 가슴 앞으로 팔짱
을 끼며 말했다.

"난 원하지 않는 도움이나 호의를 거절할 권리가 있어."

이를테면 이런 거다. 극단적으로 말하자면 나는 나를 파괴할 권리가 있다.

내가 살던 곳에서 나는 이런 일을 자주 겪었다. 부모가 없어서, 할머니와 단둘이 살아서, 가진 게 없어서.

내 사정이 좋지 않다는 것을 안 주변 사람들은 내게 무언가를 해주려 했다. 그거 자체는 좋다. 고마운 일이다.

하지만 그런 호의를 모든 사람이 다 기뻐하면서 받는 건 아니다. 취향이 아닌 옷, 피부에 맞지 않는 화장품, 유통 기한이 지난 음식 같은 것들.

내게도 자존심이라는 게 있다. 없으면 없는 대로 살고 말지 원하지도 않는 물건을 강제로 받고 고맙다고 말하고 싶지는 않다.

그래. 나도 안다. 배부른 소리라는 거. 나처럼 없으면 없는 대로 살겠다고 말할 수 없는 사람도 있다는 거.

하지만 나는 원하지도 않는 도움을 받고 싶지는 않았다. 그게 언젠가 갚아야 할 빚이라면 더더욱.

"난 이런 일에 일일이 의사를 만나고 싶지도 않고 네 도움을 받고 싶지도 않아."

나는 그렇게 말하고 잠시 입을 다물었다가 천천히 단어를 골라 말을 이었다.

"설령 네가 갚을 필요 없다고 해도 결국 그건 내 마음의 빚이 될 거잖아. 그게 싫어."

괜찮다도 필요 없다도 아니다. 싫다. 나중에 잘해 줬는데 어쩌고 하는 소리를 듣고 싶지도 않다.

　내 설명에 선은 전혀 생각하지 못했다는 표정으로 나를 쳐다보고 있었다.

　그 표정을 보자 좀 삐딱한 마음이 들었다. 그는 내가 어떤 입장인지 생각도 못 했을 거다. 그는 받는 사람이 아니라 주는 사람이니까.

　그리고 자신이 준 것을 언제든지 원한다면 다시 빼앗아 갈 수 있는 사람이기도 했다.

　"하지만 사람은 누구나 도움을 받고 도움을 주면서 살아."

　약간의 침묵 끝에 선이 다시 인상을 쓰며 그렇게 말했다. 그리고 나를 똑바로 쳐다보며 말을 이었다.

　"내가 궁금한 건 에버딘. 네가 내게 도움받고 싶지 않으냐는 거야."

　아니, 에버딘이 아니라 어서 남작이라니까. 내가 입을 여는 순간 선이 재빨리 덧붙였다.

　"아니, 어서 남작."

　에이, 씨. 저러니까 내가 지적할 타이밍이 사라져 버렸다. 나는 인상을 쓴 채 선을 노려봤다. 그 순간 그가 씩 웃었다.

　웃어?

　"딱히 당신의 도움이라 싫다는 건 아냐."

　나는 일단 그렇게 말했다. 아주 약간, 아주 야아아아악간 상대가 선이라 더 싫다는 느낌이 있기는 하다. 왜냐면 나는 그에게 진 빚이 너무 많거든.

여기서 더 늘어나면 내가 감당하기 힘들어진다. 물론 지금이라고 딱히 감당하기 쉽다는 건 아니다.

"좋아."

그러자 선이 이상하게도 만족한 표정으로 대답했다. 아까부터 왜 혼자 웃고 혼자 만족하는지 모르겠네. 나는 마차에서 내리기 위해 문손잡이를 잡으며 말했다.

"그래도 도와주려 한 건 고마워."

그가 여기에 우연히 지나가고 있지 않았다면 나는 그 못된 남자애와 싸워야 했을지도 모른다. 그 녀석, 남자답게도 자기보다 큰 선을 보고 도망쳤지.

"아냐. 그저……."

거기까지 말한 선이 엘리스를 힐끔 쳐다봤다. 그녀는 마치 내 옆에 딱 달라붙어 있으면 선이 자신을 보지 못할 거라고 생각하는 모양이었다.

나는 엘리스에게 선이 아무나 공격하지는 않는다고 말하려다가 말았다.

"네 아버지와 이야기를 했거든."

그때 선이 말을 이었다. 아버지라고? 그러고 보니 그가 헥터와 만나기로 했다고 이야기한 게 생각난다.

"왜 만나자고 한 거였어?"

다시 선의 시선이 엘리스를 향했다. 아무래도 엘리스가 없는 곳에서 이야기하고 싶은 모양인데.

하지만 안타깝게도 우리는 마차 안에 있고 마부는 나와 엘리스를 공격한 남자애를 잡으러 갔다. 내가 그 사실을 지적하려는 순간 마차 밖에서 선의 마부가 말을 걸었다.

"공작님."

돌아왔다. 나는 문을 열어 마부와 선이 이야기할 수 있도록 해 주었다. 그는 마차 안에 내가 있는 것을 보고 잠깐 놀라는 듯하더니 곧 표정을 관리하고 선을 향해 몸을 내밀었다.

선 역시 그를 향해 몸을 내밀었기 때문에 나는 그들이 무슨 이야 기를 하는지 들을 수가 없었다. 처음에 소년을 따라갔다는 것까지 는 들렸는데.

"알겠네."

이야기가 끝나고 선이 고개를 끄덕이자 마부는 자기 자리로 돌 아갔다. 그리고 선이 어디로 가자고 말하지 않았음에도 마차가 움 직이기 시작했다.

"어, 우린 가게로 갈 건데?"

나는 미처 내리지 못했다는 사실에 당황해서 말했다. 마차가 움 직이기 전에 내렸어야 했다. 하지만 선은 담담하게 대답했다.

"맞아. 네 가게로 가는 길이었어."

"내 가게? 왜?"

"네 아버지와 이야기한 걸 전해 주려고."

아.

아주 조금 선에게 죄책감이 들었다. 그는 헥터와 대화를 하고 그 걸 내게 알려 주려고 내 가게로 오는 길이었던 거다. 그러다가 날 만난 거고.

이게 싫다니까.

나는 예상하지 못한 호의에 콧잔등을 찡그렸다.

"뭘 팔아?"

그 자식이 미쳤나! 나는 선의 이야기를 듣자마자 벌떡 일어나며 소리쳤다. 덕분에 그와 내 앞에 놨던 잔과 그릇이 덜그럭거렸다.

오늘 선이 헥터를 만난 이유는 이 가게를 거래하기 위해서였다고 한다. 정확히 말하면 헥터가 그에게 가게를 팔았단다.

그러고 보니 이 가게도 선에게 받은 지참금으로 산 거라고 했지.

"아, 젠장."

나는 다시 의자에 털썩 앉으며 욕을 내뱉었다. 설마 이 가게를 팔 거라고는 생각도 못 했다. 멍청한 자식.

"얼마에?"

가게를 얼마 주고 샀냐는 질문에 선이 나직하게 가격을 불러 주었다.

내 예상보다 적다. 나름 크게 받으려 한 모양인데 나라면 그거의 두 배는 더 받았을 거다.

"멍청하긴. 좀 더 버티면 더 받을 수 있었을 텐데."

이미 팔렸으니 하는 말이다. 내 중얼거림에 선의 눈이 커지더니 곧 웃음을 품었다. 그는 찻잔을 들어 올리며 물었다.

"그렇게 생각해?"

"당연하지. 공사 시작하면 당신이 그거보다 더 많이 준다고 했을 거 아냐."

이른바 알박기라는 거다. 물론 내가 살던 곳은 불법이었지만.

선은 내 지적에 멈칫하더니 다시 웃었다. 얘 왜 아까부터 자꾸 웃지? 나는 찻잔을 들어 올리며 그를 힐끔 쳐다봤다.

그렇지 않아도 잘생긴 얼굴이 자꾸만 웃으니까 더 잘생겨 보인다. 내가 이 얼굴에 익숙하지 않았다면 웃는 얼굴을 멍하니 쳐다봤을 것 같다.

심지어 찻잔을 입에 대고서도 피식피식 웃는 바람에 숙인 고개에 휘어진 눈만 보이는 게 예쁘장하게 느껴질 정도다.

아, 큰일 났네. 저 남자를 예쁘다고 느끼다니. 나는 내 두 배쯤 되는 남자를 예쁘다고 생각하는 스스로를 좀 위험하다고 느끼기 시작했다.

잘생긴 것까지 괜찮다. 근데 예쁘다는 건 안 된다. 그건 상대방에게 인간적인 호감을 느끼기 시작했다는 거다.

"그래서 이제 날 내쫓을 거야?"

나는 내 생각을 털어 내기 위해 다시 질문을 던졌다. 헥터에게서 이 건물을 샀으니 이제 선은 내 건물주가 되었다. 조물주보다 더 위에 있는 건물주님이시다.

선은 잠시 아무 말도 하지 않았다. 그는 우아하게 찻잔을 내려놓더니 나를 쳐다보며 말했다.

"그 반대야."

"반대?"

나보고 여기 있으라고 부탁이라도 할 생각인가? 어리둥절해 하는 내게 그가 말을 이었다.

"건물을 살 때 조건을 하나 걸었거든."

"헥, 아니, 내 아버지한테?"

"그래. 네가 이 건물에서 계속 가게를 하는 조건으로 그 가격을 쳤지."

왜?

나는 이해할 수가 없어서 선을 쳐다봤다. 내가 계속 영업을 하는 게 그에게 무슨 메리트가 있다고?

선은 이해하지 못하는 나를 보고 오히려 당황한 표정이었다. 그의 눈썹이 믿을 수 없다는 듯 휘어지더니 내게 말했다.

"이 거리를 살린 건 에버딘, 너잖아."

"내가?"

"아니, 어서 남작."

"뭐?"

이 남자 뭐라고 하는 거야? 이해할 수 없는 선의 말에 멍하니 그를 쳐다보던 나는 곧 그가 무슨 소리를 한 건지 깨달았다.

나를 에버딘이라고 부른 걸 재빨리 어서 남작이라고 정정한 거다. 제일 처음 한 말이 너무 충격이라 그가 나를 에버딘이라고 불렀다는 건 깨닫지도 못했다.

아, 젠장. 또 지적을 못 했네. 나는 이번에도 에버딘이라고 부르지 말라고 지적할 타이밍이 지났다는 것을 깨닫고 신음을 내뱉었다. 그리고 한숨을 내쉬며 말했다.

"내가 거리를 살린 건 아니지. 다른 가게 주인들도 엄청나게 노력했어."

"그렇지만 전부 네 생각이었잖아. 그리고 네가 도전한 거였고."

그렇긴 한데. 나는 생각하지 못한 칭찬에 어떤 표정을 지을지 몰라 멍하니 있었다.

다른 사람도 아니고 선에게 칭찬을 받을 줄은 몰랐다. 아니, 잠깐. 이거 칭찬인가?

"지금 날 칭찬하는 거야?"

내 질문에 선의 미간에 주름이 생겼다. 그는 자신이 한 게 칭찬인지 잠깐 생각하는 듯하더니 입을 열었다.

"아니, 있는 그대로의 사실을 말한 건데."

아, 그렇군.

이상하게도 그가 딱히 칭찬을 한 게 아니라 있는 그대로의 사실을 말한 거라고 하자 기분이 좋아졌다. 나는 아직 선이 손대지 않은 접시를 그에게 밀며 말했다.

"먹어 봐. 우리 가게 신제품이야."

크림 빵이다. 겉으로 보기엔 그냥 동그란 빵처럼 보이겠지만.

선은 그렇지 않아도 이 빵은 뭔지 궁금했다는 표정을 지으며 크림 빵을 집어 들었다. 그리고 이상하다는 표정으로 빵을 뒤집어 보더니 크림을 넣은 구멍을 발견하고 눈을 가늘게 떴다.

"여기로 크림을 넣은 건가? 어떻게?"

응? 크림 빵을 알고 있네? 나는 빵을 반으로 쪼개는 선에게 물었다.

"크림 빵을 알아?"

"말했잖아. 이 거리를 살린 건 너라고."

아까 그렇게 말하긴 했다. 하지만 크림 빵과 이 거리가 살아난 게 무슨 상관인지는 모르겠다.

거리는 내가 크림 빵을 팔기 전부터 이미 살아나 있었다. 굳이 거리를 살린 빵을 고르자면 밤 빵이나 마늘 빵이지 않을까. 그렇게 생각하는 내게 선이 다시 말했다.

"나한테도 들어왔거든. 이 거리에 있는 빵집이 대단하다고 말이야."

"그런 소문이 있어?"

웃는 얼굴로 선이 고개를 끄덕였다. 세상에. 기분이 좋아졌다. 아주 많이.

선은 쪼갠 크림 빵을 먹으며 말을 이었다.

"네가 수도의 작은 가게와 연계에서 신제품을 만들어 낸다는 소문도 있고."

"그것도 소문이 퍼졌어?"

이건 전혀 예상하지 못했다. 놀란 내 반응에 선이 고개를 끄덕이며 말했다.

"'세상의 모든 빵들'과 비교되고 있더군."

"어, 어떻게 비교돼?"

이건 진짜 궁금하다. 나는 긴장한 나머지 주먹을 꼭 쥐고 물었다. 내 제빵 실력은 당연히 세모빵의 마이크보다 못하다. 사실, 지금 내가 신제품을 알려 주는 다른 빵집의 사장들 중에서도 나보다 못하는 사람은 없을 거다.

심지어 아이린 아주머니조차도 그냥 빵은 나보다 더 잘 만든다.

내 제빵 실력은 고작해야 취미 수준이다. 정식으로 배운 적은 한 번도 없었다. 호떡도 나보다 한나가 더 잘 만들지 않던가.

"그쪽은 그리 좋은 소문이 없어."

선은 손에 묻은 크림을 핥으며 말했다. 그 모습이 왠지 야하게 느껴져서 나는 저도 모르게 눈동자를 굴렸다.

"제품은 괜찮은데 그 제품에 얽힌 이야기가 꽤 있더군."

얽힌 이야기가 뭔지 궁금하다. 하지만 선은 더 이상 이야기할 생각이 없는 모양이었다. 그는 냅킨에 손을 닦더니 주제를 바꿨다.

"어쨌든, 네 아버지와 이야기해 봐."

"응?"

"이 가게 말이야. 네가 여기에서 영업을 해야 한다는 걸 조건으로 걸었으니 그는 네가 꼭 필요할 거야."

건물을 헥터가 선에게 판 걸 말하는 거다. 어, 설마.

이상한 생각이 들었다. 혹시 헥터에게 내가 꼭 이 가게를 운영해야 한다는 조건을 건 게 나 때문이었나?

선은 자리에서 일어나고 있었다. 아까까지는 분명 나와 이 가게가 유명하기 때문에 앞으로의 거리를 위해 그런 조건을 걸었다는 것처럼 말했다.

하지만 지금 그의 말은 꼭 자신이 판을 깔아 줬으니 헥터와 거래를 하라는 것처럼 들린다. 헥터는 계약을 했으니 내 존재가 필요하고 나는 그걸 이용해서 헥터에게 원하는 것을 받아 낼 수 있는 거다.

"얼마야?"

그때 선이 불쑥 물었다. 그는 어느새 자리에서 일어나 나갈 준비를 하고 있었다. 얼마냐고? 잠시 어리둥절해 하던 나는 그가 묻는 게 방금 먹은 다과비라는 것을 깨달았다.

"어, 잠깐. 혹시 나 때문에 그런 거야?"

"뭐?"

내 질문에 이번에는 선이 어리둥절한 표정을 지었다. 나는 자리에서 일어나 그에게 다가가며 물었다.

"그 계약 말이야. 내가 여기서 꼭 영업해야 한다는 거. 날 위해서 헥, 아니, 내 아버지와 그런 계약을 한 거냐고."

그러자 선의 얼굴에 여유로운 표정이 떠올랐다. 아닌가? 단순히 에버딘의 아버지를 이용해서 날 붙잡아 두려는 속셈이었나?

하지만 내가 헥터가 원하는 대로 따를 거라는 보장은 어디에도 없다. 물론 겉보기엔 그가 내 아버지기는 하지만 세상에 부모의 말을 듣는 자식보다 듣지 않는 자식이 더 많지 않던가.

"내가 왜 널 위해 그런 짓을 했다고 생각해?"

그럼 그렇지. 선의 대답에 조금씩 커지던 기대감이 푸시식 가라앉았다. 그가 날 위해 좋은 일을 할 리가 없다.

헛웃음이 나왔다. 나는 그에게서 물러나며 물었다.

"그럼 왜 그런 조건을 걸었어?"

"나쁠 것 없는 조건이었으니까. 난 네가 여기서 계속 가게를 해도 괜찮고, 안 해도 괜찮거든."

너 잘났다. 나는 선이 아쉬울 게 없는 사람이라는 것을 새삼 떠올렸다. 그는 부유하고 고귀한 남자고 남에게 도움을 주면 줬지 도움을 받는 자는 아니다.

아마도 나처럼 원하지 않는 대가를 치르거나 도움을 받아야 했던 경험 따위는 없을 거다.

그렇게 생각하자 다시 기분이 삐딱해졌다. 선이 곤란해하는 것을 보고 싶었다.

"얼마지?"

다시 선이 물었다. 오늘 그가 먹은 건 차 한 잔뿐. 크림 빵은 신제품이라 먹어 보라고 내놓은 것뿐이다. 게다가 날 도와줬으니 돈을 받을 생각도 없었다.

하지만 방금 전 생겨난 삐딱한 내가 선을 좀 골려 먹자고 속삭였다.

"돈은 됐고."

내 대답에 재킷 안쪽으로 손을 넣던 선의 움직임이 멈췄다. 돈을 꺼내려 했던 모양이다. 하지만 지금 말했다시피 난 돈은 필요 없다.

나는 오른손으로 내 뺨을 톡톡 치며 최대한 재수 없게 말했다.

"뽀뽀나 하고 가."

"뭐?"

선의 얼굴이 일그러졌다. 하하. 꼴좋다.

그는 예상도 못 했을 거다. 나는 다 큰 손자에게 뺨에 뽀뽀하고 가라고 말하는 할머니가 된 기분으로 다시 내 뺨을 톡톡 치며 말했다.

"뽀뽀 몰라?"

"진심이야?"

"싫으면 다음에 해도 돼."

안 해도 된다는 말은 절대 안 할 거다.

선은 내 앞에서 믿을 수 없다는 표정으로 나를 내려다보기 시작했다. 그래, 믿기 어렵겠지. 다 커서 자기보다 어리고 작은 여자에게 손자처럼 볼에 뽀뽀나 해야 한다는 현실이.

내색하지 않으려 했는데도 웃음이 비죽비죽 흘러나왔다. 선은 나를 한참 동안 물끄러미 내려다보더니 약간 체념한 듯 말했다.

"좋아."

나도 좋다. 나는 똑바로 서서 그를 향해 오른쪽 뺨을 내밀었다. 선이 머뭇거리더니 손을 내밀어 내 어깨를 잡았다.

응?

다음 순간, 그의 묵직하면서 시원한 향이 강하게 풍겨 왔다. 어쩐지 가슴을 설레게 만드는 남성적인 향기였다.

어, 이게 아닌데. 그렇게 생각했을 때 그의 턱이 내 머리를 스쳤다. 그리고 그의 뺨이 내 귓불에 닿았다.

잠깐.

나직하게 그의 숨 쉬는 소리가 귓가에 들려왔다. 맙소사. 나는 반사적으로 선의 팔뚝을 움켜잡았다. 그는 그대로 내 뺨에 자신의 뺨이 닿을락 말락 한 거리에서 멈춰 있더니 천천히, 아주 천천히 내 뺨에 입을 맞췄다.

부드러운 입술이 내 뺨에 닿았다. 그게 꼭 뜨겁게 달군 인두로 내 뺨에 누르는 것처럼 느껴졌다.

"한 번이면 돼?"

그의 입술이 내 뺨에서 떨어진 줄도 몰랐다. 뺨이 너무 뜨거워서 여전히 그가 입술을 대고 있는 것처럼 느껴졌다. 그래서 나는 선이 그렇게 물었을 때 깜짝 놀라서 거의 펄쩍 뛰어올랐다.

"뭐, 뭐?"

"다과비 말이야. 뽀뽀 한 번이면 되냐고."

여전히 그가 내게 허리를 숙이고 말한 탓에 그의 목소리가 너무 가깝게 들려왔다. 약간 쉰 것 같으면서 등줄기가 오싹할 정도로 낮은 목소리였다.

"어, 아니, 아니. 한 번이면 되지."

나는 그렇게 말하며 선에게서 물러났다. 이상한 기분이 들었다. 그가 천천히 허리를 세우며 물러나는데도 여전히 선이 내 어깨를 잡고 있는 것처럼 느껴졌다.

식당 안에 이상한 공기가 흐르는 것처럼 느껴졌다. 선은 내 앞에 똑바로 서서 가만히 나를 쳐다보다가 도망치듯 몸을 돌리며 말했다.

"그럼 이만."

이상하네. 나는 식당 밖으로 빠져나가는 그의 뒷모습을 보며 인상을 썼다. 선을 골려 먹으려고 한 짓이고 그가 저렇게 도망치는데 난 왜 겁이 나지?

도망쳤던 선의 소식을 들은 것은 그로부터 이틀 뒤의 일이었다. 아니, 그걸 도망쳤다고 말해도 되는 건지 모르겠네.

분명 그때는 그가 도망치는 거라고 생각했는데 오늘 그의 소식을 듣고 나니 그때 그가 도망친다고 생각한 건 내 바람이었던 것 같다.

"자를까요?"

멍하니 이틀 전 선의 뒷모습을 떠올리던 나는 내 앞에서 남자아이의 손을 잡고 묻는 치안관의 질문에 깜짝 놀라서 정신을 차렸다. 남자아이의 얼굴은 눈물과 콧물로 엉망이 되어 있었지만 누군지 알아볼 수는 있었다.

이틀 전에 엘리스를 괴롭히고 내게 돌을 던졌던 애다.

"진짜 자르는 거예요?"

나는 치안관의 질문에 놀라서 반문했다. 처음엔 그냥 애를 겁주려는 거라고 생각했는데 아니었던 모양이다. 그의 표정이 진지했다.

"귀족에게 돌을 던졌잖습니까."

이 나라 인권은 대체 어떻게 되먹은 거람. 나는 치안관의 단호한 대답에 뭐라고 해야 할지 몰라 남자아이를 쳐다봤다. 아무래도 한 대 맞은 모양인지 소년의 뺨은 붉게 달아올라 있었다.

사건은 이렇다. 이른 아침 호떡 반죽을 위해 출근한 한나와 주방에서 실컷 장사 준비를 하고 도리스와 가게 안팎을 청소하는데 치안관 셋이 찾아왔다. 그리고 느닷없이 내게 돌을 던진 범인이 이 녀석이냐며 남자아이를 들이민 것이다.

범인을 제보한 게 웨스트 공작이라는 말과 함께 그들은 내가 원한다면 소년의 손을 자르겠다고 말했다. 당연히 나는 그게 애를 겁주려고 하는 말인 줄 알았다.

"잠깐, 잠깐만요."

나는 엉망이 된 얼굴로 눈물만 줄줄 흘리는 남자아이를 보고 더 높아 보이는 치안관을 불렀다. 치안관도 등급이 있는지 이 치안관이 옷 색도 다르고, 소개할 때 들으니 1급 치안관이라고 했다.

"정말 애 손을 자르겠다고요? 쟤네 부모는요?"

이래도 되는 거야? 미성년자를 보호자도 없이 끌고 와도 되는 거냐고.

당황한 나와 달리 치안관은 담담했다. 그는 소년을 돌아보더니 내게 설명했다.

"부모는 없습니다. 인근 고아원에서 사는 아이거든요."

"그럼 고아원은 뭐래요?"

고아원도 아이들을 보호하고 돌봐야 할 의무가 있다. 하지만 저 남자애의 고아원은 그럴 생각이 없는 모양이었다. 치안관이 고개를 저으며 말했다.

"남작님, 저 아이가 있던 고아원은 저 애 때문에 두 분의 분노가 고아원에 미치지 않길 바랄 뿐입니다."

"두 분이요?"

"남작님과 공작님 말입니다."

또 션의 이름이 나왔다. 나는 뭐라고 말해야 할지 몰라 인상을 쓴 채 소년을 바라보고 있었다.

나도 사람이다. 당연히 내게 돌을 던진 저 애에게 화가 난다. 그 돌이 내 머리를 맞았다면 지금 나는 이렇게 서 있지 못할 수도 있다.

하지만 뺨은 잔뜩 부어오른 채로 우는 소년을 보고도 손을 자르라고 할 수 있을 리가 없다. 나는 뭐라고 말해야 할지 몰라 망설이다가 치안관에게 물었다.

"그냥 놔주라고 하면 안 되는 거죠?"

"공작님께서 남작님께서 그렇게 말하시면 당신께 끌고 오라고 하셨습니다."

그게 무슨 소리야? 나는 대체 션이 무슨 생각인지 몰라서 인상을 썼다. 그리고 남자애를 한 번 쳐다본 뒤 치안관에게 조심스럽게 물었다.

"혹시 저 애의 얼굴에 난 상처가……."

"아, 저건 저 녀석이 도망치려고 해서 그만……."

뭐? 나는 어이가 없어서 입을 딱 벌렸다. 혹시라도 선이 때렸나 싶어서 물어본 건데 그냥 치안관들이 때렸나 보다.

"당신들, 저 애가 몇 살인 줄 알아요?"

아무리 그래도 미성년자를 치안관이 때렸다는 거야? 말도 안 되는 소리에 벌컥 화를 내는데 치안관들이 이해를 못 하겠다는 듯 말했다.

"열네 살쯤 됐을 겁니다. 고아원에서 맡아 주는 것도 몇 년 안 남았으니 손 떼고 싶어 하는 거겠죠."

열넷이라고? 열다섯 살이나 열여섯 살쯤 된 줄 알았는데. 나는 소년을 돌아보고 인상을 썼다. 아무래도 또래보다 좀 큰 모양이다.

"그럼 당신들은 열네 살밖에 안 된 애를 때린 거예요?"

내 지적에 치안관이 이해할 수 없다는 표정으로 동료를 돌아보았다. 이 나라, 진짜 아동 복지가 왜 이래? 나는 퉁퉁 부은 남자애의 뺨과 터져서 피딱지가 달린 입술을 보고 한숨을 내쉬었다.

난 저 남자애가 혼나길 바란 거지 구타를 당하길 바란 건 아니었다. 나는 치안관들이 내 말을 전혀 이해하지 못한 것을 깨닫고 다시 입을 열었다.

"내가 알아서 할게요. 그냥 놔주세요."

"안 됩니다."

당연히 알았다고 할 줄 알았다. 그런데 안 된다고? 내가 인상을 쓰자 치안관이 곤란한 표정으로 설명했다.

"웨스트 공작님께서 강력하게 항의하셨습니다. 길거리에 귀족을 해하려 하는 자가 돌아다니게 해서는 안 된다고 말입니다."

"그럼 어쩌려고요?"

"손을 자르거나 노역장으로 보내겠죠. 선택은 남작님께서 하시는 겁니다."

당신들, 장난해?

너무 화가 난 나머지 머리 위로 김이 오르는 듯한 느낌이 들었다. 그러니까 나보고 열네 살밖에 안 된 애의 손을 자를 건지, 노역장으로 보낼 건지 선택을 하라는 거야?

미쳤니?

마음 같아서는 뻔뻔하게도 열네 살밖에 안 된 애 얼굴을 저 지경으로 만든 치안관들을 다 한 대씩 차 버리고 싶었다. 하지만 그럴 수는 없다. 나는 화를 눌러 참기 위해 두 손에 얼굴을 묻고 숨을 들이쉬었다.

"어서 남작님?"

내 행동을 본 치안관이 걱정스러운 어조로 물었다. 아무래도 내가 운다고 생각한 모양이다. 그의 다음 질문이 가관이었으니까.

"선택하기 어려우시다는 걸 압니다. 하지만 마음을 굳게 먹으셔야……."

"좀 닥쳐 봐!"

나는 화가 난 나머지 소리를 버럭 질러 버렸다. 마음을 굳게 먹으라고? 열네 살짜리 애의 손을 자르기 위해서? 그따위 짓을 하기 위해 마음을 굳게 먹으라는 말이 나올 수가 있어?

"야, 너!"

나는 그대로 남자애를 향해 성큼성큼 다가가서 소리를 질렀다.

말없이 울고만 있던 그는 내가 자신에게 소리치자 힘없이 고개를 들었다.

"너 내가 귀족인 거 알았어, 몰랐어?"

당연히 몰랐을 거다. 그러니까 돌을 던졌겠지. 소년이 몰랐다고 하면 몰랐으니까 봐주라고 할 생각이었다. 하지만 그의 입에서 전혀 예상하지 못한 말이 튀어나왔다.

"이, 일부러 그런 거 아, 아니야. 우드 씨가……."

이건 또 뭐야? 나는 당황해서 치안관들을 쳐다봤다. 그런데 그들도 나와 똑같은 표정을 짓고 있었다.

이것 봐라?

"자세히 말해 봐."

내 재촉에 남자애가 입을 다물더니 치안관들의 눈치를 보기 시작했다. 설마 이 사람들이 애한테 뒤집어씌우려고 협박한 건가?

순간적으로 그런 생각이 들었지만 그건 아닌 모양이었다. 소년은 내가 아니라 치안관들에게 애원하기 시작했다.

"우드 씨가 해, 해도 된댔어. 우드 씨가 알아서 한다고 했단 말이야."

"알아서 한다니? 뭘 알아서 한다는 거야?"

치안관의 질문에 소년이 고개를 저었다. 그것까지는 모르는 모양이다. 그는 이번에는 내게 애원했다.

"우드 씨가 알아서 한다고 했어. 금발 꼬마애를 혼, 혼내 주면, 방해가 되면 빨간 머리도 넘어트려도 된다고……."

금발은 엘리스일 테고 빨간 머리는 나를 말하는 걸 거다. 내가 아무 말도 하지 않자 남자애가 더듬더듬 다시 말했다.

"조, 조금만 혼내면 알아서, 그러니까 자기가 다 알아서 한다고……."

책임을 지겠다고 한 모양이다. 나는 인상을 쓴 채 남자애를 쳐다보며 물었다.

"알아서가 어떻게인데? 네가 손이 안 잘리게 해 준대?"

"그건, 그건 아니지만……."

"그럼 뭔데?"

"그게, 그, 돈을 준다고……."

"도망칠 돈을 주겠대?"

내 질문에 소년의 얼굴에 혼란스러움이 떠올랐다. 이 애는 다른 사람을 해치면 어떻게 되는지 전혀 몰랐던 모양이다.

귀족을 해치려 하면 손이 잘리거나 노역장으로 끌려간다는 것도, 그러지 않으려면 도망쳐야 한다거나 하지 말아야 한다는 그런 기본적인 것조차 전혀 몰랐던 거다.

다시 분노가 치솟았다. 이 애는 아무 교육도 받지 못했다. 자신이 하는 행동이 범죄라는 것도, 고아인 본인이 범죄를 저지르면 과도한 처벌을 받는다는 것도.

아무것도 모르는 어린애를 유혹해서 자기 대신 위험한 짓을 시키다니, 제대로 된 어른이 할 짓이 아니다. 아니, 엘리스를 팔아넘기려 할 때부터 우드 부부가 제대로 된 어른이 아니라는 건 알았다.

하지만 이건 그 정도를 넘었잖아.

"진짜 이렇게 아무것도 모르는 애의 손을 자르겠다는 거예요?"

나는 분노를 치안관에게 돌리며 물었다. 너네 치안관이잖아. 이 용당한 애 손을 잘라서 어떻게 사회 치안을 지키는 건데?

그들은 여전히 어찌해야 할 바를 모르겠다는 표정으로 서로를 쳐다보고 있었다. 그러다가 제일 높은 사람이 내게 대표로 입을 열었다.

"하지만 남작님, 공작님께서 워낙 강력하게 요구하셔서……."

"그럼 진범을 잡아야죠! 이런 쓰다 버리는 졸개 말고요."

치안관들이 다시 서로의 눈치를 살피기 시작했다. 놀랍게도 그들 보다 잡혀 있는 소년이 더 놀란 눈치였다.

자신이 졸개 노릇이나 하고 있었다는 걸 몰랐던 모양이다. 나는 그를 한번 힐끔 쳐다보고 치안관들에게 다시 말했다.

"공작님과 이야기해 볼게요. 이 애의 증언대로 진범이나 잡아 주세요."

치안관들은 귀찮다는 게 역력한 표정으로 한숨을 내쉬었다. 그리고 남자애를 다시 끌고 마차에 올라탔다.

나는 허리에 손을 얹은 채 치안관들에게 끌려가는 소년을 쳐다보고 있었다. 나는 저 애가 혼이 났으면 좋겠다. 진심으로. 하지만 이런 방식은 아니었다.

"그럼 이틀 드리겠습니다."

마차에 올라탄 치안관이 그렇게 말했다. 이틀? 내가 그게 무슨 소리냐고 묻자 그가 골치 아프다는 표정으로 설명했다.

"그렇다고 이 녀석이 남작님께 해를 끼치려 한 게 없어진 건 아니잖습니까. 고아원에서도 포기했고요. 이틀 안에 어떻게 처리할지 공작님과 이야기해서 알려 주십쇼."

"이틀 안에 안 알려드리면 어떻게 되는데요?"

치안관의 시선이 소년을 향했다. 내 덕분에 약간 살아났던 소년은 치안관의 매서운 시선에 다시 기가 죽었다.

"노역장으로 보낼 겁니다."

"뭐라고요? 방금 얘는 이용당한 거라고 했잖아요!"

"그건 이놈의 말뿐이잖습니까. 이용당한 건지 스스로 나선 건지 어떻게 압니까?"

"그건 진범을 잡으면……."

"진범이 자기가 시킨 거고 이놈은 죄가 없다고 자백이라도 해 준다면 또 모르겠습니다만."

치안관이 거기까지 말했을 때 마차가 움직이기 시작했다. 그는 나를 비웃으며 덧붙였다.

"설마 그 정도로 순진하시지는 않겠지요."

뭐래! 나는 열이 받아서 떠나는 마차의 뒷 꽁무니를 향해 가운뎃손가락을 내밀어 줬다. 그 정도로 순진하지는 않겠지요오?

"그러는 너는! 그따위로 일하면서 치안관 자리에 앉아 있냐!"

재수가 없으려니까. 씩씩거리며 돌아서는데 장사 준비를 끝낸 한나가 호떡 기계를 끌고 나오는 게 보였다. 누가 훔쳐 갈까 봐 영업이 끝나면 내 가게에 보관하기로 했다.

그래 봤자 뒷마당에 두는 정도라 딱히 자리를 차지하는 건 아니다.

"무슨 일 있어요?"

호떡 기계를 밀며 이쪽으로 다가오는 한나의 질문에 나는 고개를 저었다. 설명이 복잡하다. 일단 선과 만나서 대체 무슨 소리를 했길래 치안관들이 열네 살짜리의 손을 자르려고 하냐고 따져야겠다.

"한나, 미안한데 저 잠깐 어디 좀 다녀올 테니 도리스를 도와줄 수 있을까요?"

빵 반죽은 미리 해 놨으니 도리스가 화장실을 가거나 오븐을 살필 때만 잠깐 가게를 봐 주면 된다. 그렇게 부탁하려는데 한나가 허리를 세우더니 내 뒤를 바라보며 말했다.

"그래야겠네요."

어딜 보고 이야기하는 거야? 나는 그녀의 시선을 이해할 수 없어서 뒤를 돌아보았다. 그러자 거리로 익숙한 상인들이 걸어 들어오고 있는 게 보였다.

"무슨 일 있어요?"

수도 곳곳에 흩어진 작은 빵집의 사장님들이었다. 나와 신제품을 연구하는 사람들이다. 그러니까 쉽게 말하면 마이크의 추락을 기원하는 사장들이라는 말이다.

물론 그 사장님들이 전부 온 건 아니고 다섯 명 정도였지만 이상한 건 이상한 거다. 오늘은 모이는 날도 아니고 이런 아침부터 찾아올 이유가 없으니까.

"어서, 잠깐 이야기 좀 하고 싶은데."

나는 심각한 표정의 사장들을 보고 한나를 쳐다봤다. 그러자 그들이 한나를 쳐다보며 말했다.

"당신도 듣는 게 좋겠어. 한나."

대체 무슨 일이지? 그리 좋은 이야기가 아닐 것 같다. 나와 한나의 표정도 사장님들을 따라서 굳었다.

"알메인 씨가요?"

다섯 명의 사장님들이 찾아와서 한 이야기는 아주 이상한 이야기였다. 알메인. 마이크의 추락을 기원하는 사장 모임에 있는 사람 중 하나다.

머리가 살짝 벗겨지고 배가 좀 나오긴 했지만 손재주는 좋았다. 아, 물론 우리 모임에서 나보다 손재주가 나쁜 사람은 없지만.

어쨌든 그 알메인 씨가 나와의 약속을 깨고 빵을 아주 싸게 판다는 거였다. 앙금 빵이나 크림 빵은 물론이고 소시지 빵까지.

알메인이 파는 가격은 아슬아슬하게 적자를 보지 않을 정도였다. 그렇게 싸게 팔아서야 알메인도 그리 이득이 없을 것이다.

그런 고민을 하는데 나를 찾아온 사람 중 선두에 섰던 데빈이 심각한 표정으로 입을 열었다.

"그것뿐만이 아니야."

우리 모임에서 가장 열성적으로 빵을 배워 가던 사람이다. 그는 한나를 힐끔 쳐다보더니 차마 그녀의 얼굴을 쳐다보기 힘들다는 듯 말했다.

"한나의 가게를 신고한 것도 알메인 씨야."

"신고요?"

나는 그게 무슨 소린가 하고 데빈을 쳐다보다가 곧 그게 가스 냄새를 말한다는 것을 깨달았다. 한나의 가게에 새로 들어온 가스 오븐에서 가스가 새는 것 같다는 신고를 그 아저씨가 했다고?

왜 그런 짓을 하지? 이해가 되지 않았다. 내가 인상을 쓰자 데빈이 재빨리 말했다.

"우리 중에서 한나의 가게와 가장 가까운 가게가 어디야? 알메인의 가게라고! 둘 다 장사를 하면 힘들다고 생각한 거겠지."

그런가? 한나를 쳐다보자 그녀의 얼굴이 하얗게 굳어 있는 게 보였다.

어, 진짜로 알메인의 가게가 한나의 가게와 가장 가까운가? 라이벌을 줄이려고 진짜 알메인이 그런 짓을 한 걸까?

그래도 여전히 이해가 되지 않는다. 그동안 마이크 때문에 힘들 때도 알메인은 한나와 가까운 거리에서 잘 살았다. 그런데 이제 와서?

그때 한나가 내게 몸을 돌리더니 다른 사람들에게 들리지 않을 목소리로 속삭였다.

"그렇지 않아도 치안관이 가스 냄새가 난다고 찾아왔을 때 이상했어. 신고한 사람이 가스 오븐에서 가스가 새는 거 같다고 했다더라고요."

그게 왜? 그렇게 물어보려던 나는 곧 뭐가 문제인지를 깨달았다. 신고한 사람은 콕 집어서 가스 오븐에 문제가 있다고 신고를 했다는 거다.

즉, 신고자는 한나가 가스 오븐을 샀다는 것과 가스 오븐이 가스를 이용하는 오븐이라는 것도 안다는 것이다.

가스 오븐이라고 해도 그게 뭔지 모르는 사람은 가스 오븐과 가스 냄새를 연결 짓지 못한다. 그러니 신고한 사람은 가스 오븐에서 가스가 샌다는 것도 안다는 거겠지.

알메인은 제빵사고, 한나와 똑같이 오븐을 사용하니까 가스 오븐에 대해서도 알고 있었을 것이다. 빵을 싸게 파는 거나, 가스 냄새가 난다고 신고하는 게 한나를 공격하는 거라면 말이 된다.

나는 한나를 물끄러미 쳐다보다가 그녀에게 조심스럽게 물었다.

"한나, 알메인을 잘 알아요?"

"그, 글쎄요. 잘 안다고 생각했는데……."

데빈의 말에 혼란스러워진 모양이었다. 뭔가 오해가 있을 수도 있다. 가스가 샌다고 신고를 한 게 알메인이 아닐 수도 있고.

나는 한숨을 내쉬며 말했다.

"알메인과 이야기해 볼래요?"

"내가?"

당황하는 한나를 보니 알메인과 이야기한다는 게 겁이 난 것 같았다. 생각해 보면 한나는 여기서 피해자다. 알메인과 단둘이 이야기하게 하는 게 그리 좋을 것 같지 않았다.

"제가 이야기해 볼게요."

"아니, 내가 이야기해 봤어."

그때 데빈이 끼어들었다. 이야기했다고? 알메인과? 내가 그를 쳐다보자 데빈은 인상을 쓰며 말을 이었다.

"이미 몇 번이나 지적했다고. 너무 싸게 팔지 말라고 말이야. 그런데도 저렇게 싸게 팔고 있어."

아, 이미 데빈이 지적을 한 모양이다. 그의 옆에서 같이 온 다른 사장도 고개를 끄덕이며 말했다.

"나도 한 번 이야기 했었어요."

데빈뿐만 아니라 다른 사람이 지적했는데도 고치지 않았다는 거다. 나는 인상을 쓰며 허리에 손을 얹었다. 이거 어떻게 해야 하는 거지?

곤란해하는 내게 데빈이 여전히 인상을 쓴 채 말했다.

"할 수 없어. 알메인은 이 모임에서 나가라고 해야 돼."

"모임에서요?"

"그렇잖아. 앞으로도 알메인은 계속 저렇게 싸게 팔 거라고."

그러면 균형이 깨져 버린다. 나는 데빈의 말에 저도 모르게 고개를 끄덕였다. 그와 함께 온 다른 사장들도 그의 의견에 동의하는지 고개를 끄덕이고 있었다.

"게다가 자기가 살겠다고 한나를 신고한 작자잖아. 우리 모임의 다른 사람에게도 피해를 줄지 어떻게 알아?"

그건 그렇다. 나는 이번에도 고개를 끄덕이려다가 멈췄다. 그리고 데빈을 향해 물었다.

"그런데 한나를 신고한 게 알메인이라는 건 어떻게 알았어요?"

알메인이 스스로 말하지는 않았을 거 아냐? 내 질문에 데빈이 가슴 앞으로 팔짱을 끼더니 한나를 한 번 쳐다봤다.

웅? 설마. 이상한 생각이 들었다.

"내가 치안관한테 가서 물어봤거든."

어어. 나는 믿을 수 없는 사실에 데빈과 한나를 번갈아 쳐다보기 시작했다. 설마 데빈이 한나를 좋아하나?

내가 알기론 데빈과 한나 둘 다 미혼이다. 그러니 둘 중 하나가 상대를 좋아한다 해도 아무 문제는 없다.

나는 우리 모임에서 핑크빛 기류가 형성되는 게 과연 좋은 일일지 생각하다가 다시 데빈에게 물었다.

"치안관이 알메인이래요?"

"신고자 이름을 알려 준 건 아니야. 하지만 외모가 알메인이었어. 게다가 신고자가 자기가 근처에서 빵 가게를 해서 가스 오븐에 대해 잘 안다고 했대."

곁에서 한나가 헉 하고 숨을 들이켜는 소리가 들렸다. 그리고 무슨 일인가 하고 주방으로 들어오던 도리스도.

나는 도리스를 돌아보고 살짝 고개를 저은 뒤 데빈을 쳐다봤다. 그거야말로 확실한 증거기는 하다. 하지만 그것만으로는 신고한 사람이 알메인이라고 말하기는 어렵다.

"알메인과 이야기해 볼게요."

나는 단호하게 말했다. 이건 한쪽 말만 듣고 끝낼 수 없다. 특히나 알메인이 다른 사람에게 피해를 준다면 왜 그랬는지라도 들어야 한다.

내 말에 데빈은 못마땅한 표정을 지었지만 아무 말도 하지 않았다. 대신 그와 함께 온 다른 사장이 끼어들었다.

"가능하면 알메인이 빠지는 게 좋을 겁니다. 그렇지 않아도 제빵 길드에서 우리 모임을 그리 좋지 않게 보고 있거든요."

"제빵 길드에서요?"

제빵 길드가 우리 모임을 왜 안 좋게 보지? 어리둥절해 하는데 한나가 끼어들었다.

"원래 이런 건 제빵 길드가 해야 할 일이거든요."

이런 거? 이런 게 뭔데?

이번에는 내 어리둥절한 표정으로 본 도리스가 설명했다.

"새로운 빵을 만들어서 다른 상인들에게 알려 주잖아요. 그런 교육도 길드의 일이거든요."

"어? 그럼 길드에 소속된 빵집은 신제품 교육을 받을 수 있는 거예요?"

난 길드에 가입을 안 했다. 어차피 이번 달까지만 영업할 거라 할 필요가 없다고 생각했던 거다. 그럼 도리스와 한나는 교육을 받았던 건가?

하지만 아니었던 모양이다. 한나와 도리스가 고개를 저으며 말했다.

"난 한 번도 못 받았어요."

"저도요."

그렇겠지. 나는 가슴 앞에 팔짱을 낀 채 테이블을 물끄러미 쳐다봤다. 만약 길드에서 그런 교육을 해야 한다면 길드장인 마이크가 제일 먼저 해야 할 것이다.

하지만 마이크는 절대 자기가 알고 있는 정보를 남에게 풀지 않을 것이다.

이렇게 생각하니 약간 우월감이 들었다. 난 어쨌든 마이크보다 더 나은 행동을 하고 있잖아?

"일단 알메인과 대화해 볼게요."

나는 다시 한 번 단호하게 말했다. 이야기는 해 봐야 한다. 그러자 데빈이 떠나기 전에 내게 다가와서 진지하게 말했다.

"알메인은 빠져야 해. 길드에서 알메인이 한나에게 피해를 준 걸 알면 이 모임도 위험해질 거야."

진짜로 데빈은 한나에게 마음이 있는 모양이다. 그는 마지막까지 알메인이 한나에게 피해를 줬다는 사실에 분노하고 떠나갔다.

아, 진짜. 나는 갑자기 나타난 문젯거리에 머리를 짚었다. 지금 내 손에는 고아 소년의 손 한쪽과 알메인의 모임 자격이 걸려 있다.

내 선택으로 누군가의 손이 날아갈 수도 있고 누군가가 모임에서 쫓겨날 수도 있는 거다. 이런 부담감, 별로 좋아하지 않는데.

나는 투덜거리며 주방을 정리하고 도리스와 한나에게 가게를 부탁한 뒤 거리를 빠져나왔다. 더 급한 불부터 끄자.

"무슨 일이야?"

급한 불을 끄기 위해 찾은 곳은 웨스트 공작가였다. 아직 신고당하지 않은 요리사와 이미 갇혀서 손이 잘릴 위기에 처한 소년 중 누가 더 급하냐 하면 단연 소년 쪽이다.

선과 이야기를 나누고 싶다는 내 요청에 집사가 확인해 보겠다고 떠나자마자 아네트가 얼굴을 내밀었다.

"안녕, 아네트."

오랜만이네. 그러고 보니 마지막으로 본 게 시합 때였던 것 같다. 그동안 선을 만나러 몇 번 이 집을 찾았지만 아네트를 본 적은 한 번도 없었다.

단순히 이 집이 워낙 커서 못 만난 거라고 생각했는데 아네트가 집에 없어서였을 수도 있다는 생각이 들었다.

"어쩐 일로 집에 있어?"

내 질문에 아네트의 어깨가 으쓱 올라갔다. 아, 진짜로 그동안 집에 없어서 못 봤던 건가 본데?

"나갈 거야. 그 전에 뭐 좀 물어보려고."

그녀가 그렇게 말한 덕분에 나는 아네트가 입은 게 외출복이라 는 것을 깨달았다. 앤 집에서 입는 옷도 내가 평소에 입는 것보다 훨씬 화려해서 이게 외출복인지 실내복인지 구분이 어렵다.

"뭔데?"

나한테 왔다는 건 나한테 물어보려고 한다는 거겠지. 나는 아네 트가 내게 물어볼 게 대체 뭔지 어리둥절해 하며 허리를 세웠다. 우 린 그다지 접점이 없다.

나와 아네트가 대화다운 대화를 한 것도 몇 주 전에 크리스틴을 위해 그녀의 도움을 요청했을 때뿐이었다.

"오라버니 말이야. 혹시……."

오라버니? 나는 아네트의 말에 어느 쪽 오빠를 말하는 거냐고 물 어보려 했다. 하지만 아네트의 질문이 채 끝나기도 전에 집사가 들 어왔다.

"남작님, 주인님께서 만나시겠답니다."

지금까지 선은 한 번도 내 방문을 거절한 적이 없었다. 사실, 날 기다리게 한 것도 첫날 빼고는 한 번도 없었다.

그래서 나는 집사의 말에 당연하다는 표정으로 고개를 끄덕인 뒤 아네트에게 물었다.

"둘 중 누굴 말하는 거야?"

선일 가능성이 컸지만 마틴일 가능성도 놓을 수는 없지. 어쨌든 나와 혼담이 오갔던 건 마틴이잖아.

내 질문에 당연하다는 듯 입을 연 아네트가 곧 '어라?' 하는 표정을 지었다. 그러더니 인상을 쓰며 말했다.

"당연히 선 오라버니에 관한 거지."

당연한 건가? 의문이 들었지만 나는 아무 말도 하지 않았다. 그러자 아네트가 한숨을 내쉬더니 손을 저었다.

"됐다, 됐어."

"뭔데?"

물어보려던 거 아니었어?

하지만 아네트는 고개를 절레절레 흔들며 떠나 버렸다. 가면서 말도 안 된다는 둥 이상한 소리를 중얼거리긴 했지만 뭘 물어보려 했던 건지 알아야 말이지.

"가실까요?"

집사의 질문에 나는 떠나는 아네트를 쳐다보다가 고개를 끄덕였다. 대체 뭐야?

　　　　　　*　　　*　　　*

"제인, 내 모자 갖다 줘. 마차는 준비됐지?"

아네트는 응접실을 나서자마자 대기하고 있던 하녀에게 물었다. 오늘은 보통 때 같은 놀이가 아니라 모임이 있다.

"공작님께 인사하고 가실 거죠?"

재빨리 모자를 가져와 아네트에게 씌워 주며 제인이 물었다. 이 집의 주인은 선이다. 허랑방탕한 마틴조차도 집에 들어오고 나갈 때는 선에게 보고를 한다.

　아네트는 그럴 거라고 말하려다가 고개를 저으며 말했다.

　"됐어. 오라버니는 지금 손님과 이야기 중일 거야."

　"제가 얼른 가서 나가신다고 알릴까요?"

　굳이 아네트가 가지 않아도 너무 늦은 시간이거나 선이 바쁘면 사용인들이 알리기도 한다. 하지만 아네트는 지금쯤 선이 에버딘과 만나고 있을 거라는 사실에 고개를 저었다.

　"아니. 오늘 모임이 있는 건 알고 계실 테니까, 오라버니를 방해하지 마."

　다른 사람이면 모르지만 에버딘 어서다. 아네트는 최근 에버딘을 향한 선의 태도가 심상치 않다는 것을 느끼고 있었다.

　심지어 얼마 전에 에버딘과 만나고 온 그녀의 오라버니는 대체 무슨 일이 있었는지 하루 종일 멍한 표정이었다. 그러더니 저녁 식사를 끝낸 아네트가 그만 자러 들어가겠다고 하자 저녁 인사라며 그녀의 뺨에 키스를 해 주었다.

　"웃기게 돌아간다니까."

　아네트는 반사적으로 자기 뺨을 문지르며 중얼거렸다. 뺨에 키스라니, 그녀가 아주 어릴 때도 받지 못했던 행위였다. 그녀를 낳는 바람에 죽은 어머니는 물론이고 아버지도 아네트에게 굿나잇 키스 같은 건 해 준 적이 없었다.

　당연하게도 마틴이나 선이 그녀를 다정하게 안아 준 적도 없다.

아주 어릴 때부터 아프거나 어둠이 무서워서 떨고 있을 때 그녀를 안아 준 건 인형이나 베개였다.

그런데 이제 와서 굿나잇 키스라고? 말도 안 되는 행동이다.

아네트는 부유하지만 애정이 없는 집안에서 자란 소녀답게 눈치가 빠르고 현실적이었다. 그녀는 선의 이상한 행동이 최근 그의 곁에 나타난 에버딘 어서 때문이라는 것을 알아차렸다.

최근 선의 주변에 달라진 건 에버딘뿐이니 당연하다면 당연한 추론이기도 했다.

"뭐가요, 아가씨?"

마차가 움직이기 시작하자 아네트를 수행하기 위해 따라온 제인이 물었다. 아네트는 선이 에버딘을 마음에 들어 하는 것 같다고 말하려다가 돌려서 이야기했다.

"어서 남작 말이야. 오라버니랑 자주 만나는 거 같아서."

"아, 그분이요. 맞아요. 사이가 안 좋은 것 같은데 공작님도 받아 주시는 걸 보면 실력은 좋은가 봐요."

그건 그렇다. 아네트는 선과 에버딘이 만나기만 하면 싸웠던 것을 떠올리고 키득키득 웃었다. 대부분 그녀의 오라버니가 무시하곤 했지만 몇몇 사건은 그도 어이없어했다는 것을 안다.

가장 대표적인 사건은 외출 금지였던 그녀와 작당해서 말도 안되는 핑계로 아네트를 데려간 거였다. 물론 그녀가 외출 금지 처분을 받은 건 에버딘 때문이기도 했지만.

"웃기는 사람이야."

에버딘을 생각하며 혼잣말을 한 아네트는 시트에 몸을 기댔다.

가게를 망가트린 아네트 대신 돈을 주겠다는 선에게 직접 치우라고 말하는 사람은 처음 봤다. 아마도 그녀의 오라버니는 자신에게 그렇게 구는 사람은 처음 만났을 것이다.

그리고 아네트 역시 처음 만났다.

"어서 남작께서 오셨습니다."

집사의 알림에 선은 자리에서 벌떡 일어났다. 에버딘이 왔다. 그는 에버딘의 방문을 들었을 때부터 의미 없이 들여다보고 있던 서류를 놓고 책상을 돌아 나가려다가 멈췄다.

그리고 쓰고 있던 안경을 벗었다가 그걸 책상에 놓을지 말지 고민하기 시작했다.

그 자리에 에버딘이 있었다면 어디 아프냐고 했을 것이다. 하지만 안타깝게도 이 자리엔 에버딘은커녕 톰슨도 없다.

"주인님, 어서 남작께서 오셨습니다."

선은 안경을 책상에 놔야 할지 다시 써야 할지 고민하다가 그를 재촉하는 듯한 집사의 말에 허둥지둥 다시 안경을 썼다.

"들어와."

에버딘이 선의 대답을 듣고 서재 안으로 들어갔을 때 그는 책상 맞은편에 놓인 손님용 소파 앞에 서 있었다.

"어?"

이런 일은 처음이다. 당연히 선이 책상 앞에 앉아 있을 거라고 생각한 에버딘은 들어오자마자 책상을 쳐다봤다가 소파 옆에서 그를 발견하고 멈칫했다.

"앉아."

다행히 그때 선은 이미 침착해진 뒤였다. 그는 에버딘에게 자신이 서 있는 소파와 가장 가까운 곳에 있는 소파를 가리킨 뒤 안경을 벗었다.

그리고 다시 썼다.

"뭐해?"

그 모습을 선의 얼굴을 아주 좋아하는 에버딘이 못 알아차릴 리가 없다. 안경을 벗었다가 쓰는 그의 행동을 이상하게 생각하는 에버딘에게 선은 아무것도 아니라는 듯 말했다.

"눈이 좀 피곤해서."

거짓말이다. 물론 하루에도 몇 시간씩 서류를 보다 보니 눈이 피곤하긴 하다. 하지만 그는 손님이 오면 안경을 벗고 맞이했다. 상대가 자신의 눈을 두려워하는 걸 신경 쓰지 않았기 때문이다.

그러던 것이 그 손님이 에버딘이 되자 신경이 쓰였다. 그녀는 한 번도 그의 눈을 무서워한 적이 없지만 혹시라도 겁먹을까 봐 걱정이 됐다.

생소한 감각에 선의 행동이 멈췄다. 자신의 행동이 바보 같다는 자각이 있었지만 그는 결국 그대로 안경을 쓰고 있기로 결심했다.

이미 전에 한번 에버딘에게 필요 이상으로 차갑게 굴었다가 후회하지 않았던가. 그의 머릿속에 시합 날 제랄딘에게 에버딘이 신경 쓰이냐는 말을 듣고 에버딘을 재촉해 그녀의 아버지와 만나게 했던 게 떠올랐다.

그리고 그 후에 에버딘이 자신의 앞에서 눈물을 흘렸던 것도.

"무슨 일이야?"

그때를 생각하면 기분이 이상해진다. 선은 저도 모르게 딱딱하게 입을 열었다가 곧 후회했다. 그렇게까지 딱딱하게 말할 필요는 없는데.

하지만 정작 에버딘은 아무 생각이 없었다. 그녀는 그가 차가웠다가 조금 부드러웠다가를 반복하는 것에 익숙했고 이번에는 피곤해서 기분이 안 좋은 모양이라고 생각하며 입을 열었다.

"나한테 돌 던진 애 말이야."

에버딘의 말에 선의 눈동자가 차갑게 빛이 났다. 그 건방진 녀석이라면 그가 이미 치안관에게 손을 자르라고 말해 놨다. 에버딘은 그의 눈이 싸늘해지는 것을 보고 멈칫했다가 말을 이었다.

"당신이 손을 자르라고 했다며?"

"귀족에게 해를 입힌 자는 손을 잘라."

말이 되는 소릴 좀 해라. 에버딘은 그렇게 말하려다가 멈췄다. 그리고 한숨을 내쉬며 말했다.

"저기, 걔가 열네 살인 거 알아?"

"그런데?"

그게 뭐가 어떠냐는 선의 반응에 오히려 에버딘이 당황했다. 그녀는 열네 살의 손을 자르겠다는 선이 기가 막혀서 그를 쳐다보다가 불쑥 말했다.

"그게 아네트였어도 그렇게 말했을 거야?"

"아네트는 공공장소에서 남에게 해를 끼치는 애가 아냐."

"그렇게 배웠으니까."

단호해진 에버딘의 목소리에 선의 눈이 가늘어졌다. 그게 무슨 소리냐는 표정에 에버딘은 허리를 세우고 말했다.

"아네트나 우리는 그러면 안 된다는 걸 배웠잖아. 그게 범죄고, 어떤 결과가 오는지도 알잖아. 하지만 그 애는 안 배웠어. 아니, 못 배웠어."

에버딘은 아예 못되어 먹은 아이라면 모를까 몰라서 그런 아이에게까지 그렇게 가혹하게 굴고 싶지 않았다. 하지만 선의 생각은 달랐다.

그는 에버딘이 너무 착하다고 생각하고 있었다. 그러니까 다들 그녀를 이용해 먹으려고 하는 거다. 그녀의 아버지 같은 인간들이.

"아무리 못 배웠다고 해도 돌을 던지면 맞은 사람이 다친다는 것쯤은 알겠지."

약간의 침묵 끝에 선이 그렇게 말했다. 그건 다섯 살짜리 어린아이도 아는 거다. 그 소년은 뭘 몰라서 에버딘에게 돌을 던진 게 아니라 에버딘을 다치게 하려고 돌을 던진 거다.

그 점이 용서받을 수가 없다.

남을 해치려 했다는 점. 그리고 그 상대가 에버딘이라는 점.

선의 단호한 말에 에버딘 역시 잠시 말을 잃었다. 그의 말이 맞다. 돌을 던지면 상대가 다친다는 것쯤은 그 소년도 알았을 것이다.

"나도 그 녀석이 혼났으면 좋겠어."

에버딘은 잠시 가만히 있다가 입을 열었다. 그녀에게 돈을 던졌으니 당연히 혼나야 한다. 하지만 그녀가 생각한 건 소년에게 돌을 던지는 정도였지 손을 자르겠다는 건 아니었다.

"하지만 혼나서 그 녀석이 자기 잘못을 반성하길 바라는 거지 피해를 입길 바라는 게 아냐."

에버딘의 말에 선이 표정이 굳었다. 반성하길 바라는 거지 피해를 입길 바라는 건 아니라고?

자신이 피해를 입지 않으면 어떻게 잘못했다는 걸 안단 말인가. 그는 용병대와 함께 자랐다. 그의 어머니는 어릴 때 그를 공작의 후계자가 아니라 용병대의 수습 용병으로 키웠다.

대부분의 용병대는 눈에는 눈 이에는 이라는 규칙을 가지고 있다. 용병대 안에서 상대에게 해를 끼치면 똑같은 처벌을 받는 거다.

그건 서쪽 하늘 용병대 역시 다르지 않았고 선 역시 그렇게 자랐다. 물론 남들보다 좀 더 영리했던 그는 벌을 받을 만한 짓을 하지 않거나 들키지 않게 했지만.

그런 그에게 약한 건 나쁜 거였다. 강한 자가 착할 수는 있지만 약한 자가 착하게 살아남을 수는 없었다.

그는 약한 주제에 착하게 구는 에버딘이 마음에 들지 않았다. 다른 사람이라면 잘라 내고 그의 관심에서도 밀어냈을 것이다. 하지만 에버딘은 그럴 수가 없었다.

선은 에버딘이 신경 쓰였고 관심이 갔다. 뭘 하는지, 뭘 원하는지, 무슨 생각을 하는지 알고 싶었다. 그녀가 싫으면서 동시에 궁금해서 견딜 수가 없었다. 그런 모순적인 상황이 선은 불쾌했다.

"뭘 어쩌고 싶은 건데."

명백하게 기분이 나빠진 듯한 선의 태도에도 에버딘은 신경 쓰지 않았다. 그녀는 그의 변덕에 익숙했고 사실 별로 상관하지 않았다.

잘생긴 그림 속의 남자가 변덕쟁이면 어떻고 성격이 더러우면 어떻단 말인가.

어차피 그림 속의 남자다. 에버딘은 그 잘생긴 얼굴을 마음껏 감상할 수 있으면 그걸로 충분했다.

이런 점도 션은 마음에 들지 않았다. 다른 사람들은 그가 명백하게 기분 나쁜 티를 내면 안절부절못하곤 했다. 그는 남이 그러거나 말거나 신경 쓰지 않았고 스스로도 다른 사람이 자신을 어떻게 생각하는지 크게 관심이 없다는 자각이 있었다.

하지만 에버딘이 그의 행동에 상관하지 않는 건 신경이 쓰였다.

"다른 걸로 하면 어때? 벌금을 내거나……."

"그럴 돈이 있어 보여?"

에버딘의 말이 끝나기도 전에 불쑥 끼어든 션의 말에 그녀는 짜증 난다는 듯 그를 흘겨봤다. 어쩐지 그게 마음에 들어서 션은 저도 모르게 씩 웃었다.

"아니면 일을 시키거나."

"그래서 노역장으로 보내도 된다고 했잖아."

에버딘은 다시 짜증 난다는 듯 그를 쳐다봤다. 노역장이 어딘지 안다. 거긴 심각한 범죄를 저질렀거나 벌금을 낼 수 없는 사람들이 노동으로 대신 벌금을 내는 곳이다.

밥도 제대로 주지 않고 잠도 땅바닥에서 잔다고 한다. 그런 가혹한 곳에 아이를 보낼 수는 없다.

"그런 곳밖에 없어? 죄를 지은 사람을 재교육시키는 곳은 없는 거야?"

에버딘의 질문에 선의 미간에 주름이 생겼다. 죄를 지은 사람을 왜 재교육을 시키지? 그는 그녀의 말을 이해할 수가 없었다. 선이 이해하지 못하는 것을 본 에버딘은 이곳의 감옥이 교정을 목적으로 가두는 게 아니라는 것을 깨닫고 입을 딱 벌렸다.

에버딘이 살던 곳의 감옥이란 죄수들의 교정하는 곳이었다. 물론 모든 죄수가 다 교정되지는 않았고 그녀도 그걸 알았다.

하지만 이곳의 감옥은 교정 목적이 아니라 처벌과 유리였다.

"그럼 걔는 손이 잘리거나 노역장으로 가는 거 말고는 방법이 없어?"

"그냥 놓아주라는 건가?"

선의 질문에 에버딘의 미간에도 주름이 생겼다. 물론 그런 걸 원하는 건 아니다. 그런 애들은 한번 혼이 나야 한다.

그래야 앞으로 다른 사람에게 피해를 끼치지 않는다.

"아, 진짜. 왜 나한테 선택하라고 해서."

에버딘은 짜증이 치솟아서 두 손에 얼굴을 묻었다. 그녀에게 소년의 처분을 물어보러 온 치안관들이 원망스러워졌다.

처음부터 그녀에게 묻지 않고 처분했으면 에버딘이 그렇게 신경 쓸 필요가 없었을 것이다. 소년의 손을 자르느냐, 노역장으로 보내느냐가 그녀의 어깨에 얹어져 있다는 게 부담스러웠다.

"알았어."

짜증 내는 에버딘을 본 선이 조용히 입을 열었다. 그가 치안관에게 피해자인 그녀의 의견을 물어보라고 한 건 그렇게 하는 게 에버딘의 기분이 풀릴 거라 생각했기 때문이었다.

정작 아네트와 마틴의 사고를 처리할 때도 그는 두 사람에게 말하지 않고 독단으로 처리했다. 이번에는 일부러 에버딘의 기분이 풀리도록 그녀에게 알린 건데 그게 역효과였던 모양이다.

"알았다니, 뭐가?"

"내가 알아서 처리하지. 너는 이제 신경 쓰지 마."

그렇게 말한다고 바로 신경을 끌 수 있을 리가 없다. 에버딘은 션의 말에 어이가 없어서 입을 딱 벌렸다. 그렇게 말처럼 편하면 좋겠다.

"어떻게 하려고?"

"내가 알아서 할게."

션은 그렇게 말하고 자리에서 일어났다. 에버딘이 저렇게 괴로워할 줄 알았다면 그냥 자신이 처리했을 것이다.

하지만 에버딘의 생각은 달랐다. 그녀는 션을 따라 일어나서 그에게 바짝 붙으며 물었다.

"그냥 놔줄 거야?"

그럴 수 있을 리가 없다. 그 소년은 보는 사람이 많은 거리에서 에버딘에게 돌을 던졌다. 본보기로라도 혼을 내야 한다.

역시 손을 자르는 게 낫겠지. 션은 그렇게 생각하며 에버딘에게 몸을 돌렸다. 그러자 그의 뒤에 바짝 서 있던 그녀와 션이 거의 끌어안을 정도로 가까워졌다.

먼저 물러난 건 션이었다. 그는 한걸음 뒤로 물러났다가 에버딘도 한걸음 뒤로 물러나자 인상을 썼다. 자기도 놀라서 물러나 놓고 그녀가 물러났다는 게 기분이 안 좋았다.

"모르는 게 나아."

으. 에버딘의 얼굴이 일그러졌다. 그녀도 그렇게 생각한다. 방금 전에도 그렇게 생각하지 않았던가. 차라리 몰랐으면 하고.

어쩌면 그게 나을지도 모른다. 게다가 지금 에버딘은 그것 말고도 할 일이 많았다. 그녀는 알메인과도 이야기를 해 봐야 하고 자신의 영지에 갈 준비도 해야 한다.

영지에 가 있는 동안 가게를 봐줄 사람도 필요하다. 어차피 조만간 재개발을 위해 가게 문을 닫을 테지만 그전까지는 영업을 해야 할 테니까.

게다가 선에게 갚아야 할 빚도 있다. 그건 에버딘이 아니라 헥터가 갚아야 할 돈이지만 못 갚으면 마틴과 결혼해야 하는 건 헥터가 아니라 에버딘이다.

차라리 선이라면 기쁜 마음으로 안 갚을지도 모르지만 마틴은 절대 싫다.

"으으."

에버딘은 복잡한 머리를 감싸 쥐고 신음을 내뱉었다. 일이 너무 많아서 골치가 다 아프다.

이번 한 번 정도는 모른 척해도 되지 않을까. 에버딘의 내부에서 누군가가 그렇게 속삭였다. 그녀는 깊게 한숨을 내쉰 뒤 고개를 들어 선에게 말했다.

"알았어. 맡길게."

이미 그는 책상으로 돌아가 의자 앞에 앉아 있었다. 여전히 안경을 쓴 채 서류를 들여다보고 있던 선은 에버딘의 대답에 건성으로 고개를 끄덕였다.

하지만 에버딘이 떠나자 그는 한숨을 내쉬며 안경을 벗었다. 괜히 이야기했다. 마틴이나 아네트에게 하는 것처럼 그가 독단으로 처리하는 게 나았을 거라는 생각이 들었다.

게다가 에버딘이 저렇게 신경 쓰는 걸 보니 그도 손을 자르는 건 좀 과한가 하는 생각이 들기 시작했다. 선은 서랍에서 종이를 꺼내 치안관에게 보낼 편지를 쓰기 시작했다.

그 소년을 노역장으로 보내라는 편지였다. 기한은 최대한 짧게 해 주라는, 그답지 않은 편지였다.

"안녕하세요, 알메인 씨."

한편, 웨스트 공작가를 떠난 에버딘은 바로 알메인의 가게를 찾았다. 확실히 그의 빵집은 한나의 가게에서 그리 멀지 않은 곳에 있었다. 고작해야 거리 하나 차이니 가깝다면 가장 가까울 것이다.

"어, 어서……."

알메인은 에버딘의 방문에 눈에 띄게 당황하는 태도를 보였다. 그녀를 찾아왔던 사람들의 이야기가 맞는 모양이다.

에버딘은 속으로 한숨을 내쉬며 그에게 다가갔다.

"어, 어쩐 일이야?"

생각해 보면 에버딘은 늘 모임의 사람들을 그녀의 가게로 불렀지, 그들의 가게에는 가 본 적이 없었다. 그녀는 이번 기회에 다들 어떻게 영업을 하고 있는지 찾아가 봐야겠다고 생각하며 알메인에게 말했다.

"사람들이 항의를 해서 확인하러 왔어요. 다른 데 보다 빵을 더 싸게 판다면서요?"

에버딘이 그렇게 물은 순간 가게에 들어온 손님이 소시지 빵을 집어 알메인에게 계산을 부탁했다. 에버딘은 알메인이 자신의 눈치를 살피며 손님에게 계산해 주는 것을 아무 말 없이 지켜봤다.

오늘 아침부터 그녀에게 항의하러 온 사람들의 주장대로, 알메인은 그녀가 말한 것보다 훨씬 싸게 팔고 있었다. 손님이 계산을 끝내고 나가자 알메인은 다시 에버딘의 눈치를 살피기 시작했다.

"사실이었네요."

에버딘은 어이가 없어서 한숨을 내쉬며 말했다. 이래서야 진짜로 알메인을 내보내야 할지도 모른다는 생각이 들었다.

"아니, 그게……."

알메인은 에버딘의 실망에 어쩔 줄 몰라 하며 그녀에게 다가왔다. 그가 욕심을 부리거나 에버딘의 지시를 무시한 건 아니었다.

그는 가게 안에 손님이 없는 것을 확인하고 에버딘에게 재빨리 속삭였다.

"나도 이렇게 내리고 싶진 않은데, 손님들이 너무 비싸다고 그래서……."

"그건 다른 사람들도 들어요."

신제품이 나오면 다들 한마디씩 하고 간다. 비싸다, 맛이 없다, 이게 뭐냐, 이상하다.

부정적인 평가는 가장 빠르고 아프게 꽂힌다. 그래서 에버딘은 사람들의 말보다는 매출로만 확인했다. 앙금 빵도, 크림 빵도 그랬다. 다들 이런 단 빵을 누가 먹냐고 말했다.

디저트라면 쿠키나 케이크를 먹으면 된다. 굳이 빵이 달아야 할 필요가 있냐고 물어보던 손님도 있었다.

하지만 지금은 둘 다 꽤 잘 팔리고 있다. 에버딘은 한숨을 내쉬며 말을 이었다.

"이 가격에 팔면 남는 게 있기는 해요?"

에버딘이 정한 가격은 재료비와 인건비, 가게 세 등등을 빼고 나면 약간의 이익이 남을 정도의 가격이었다. 지금 알메인의 가격으로 팔면 오히려 팔 때마다 아슬아슬하게 손해가 날 정도다.

알메인은 에버딘의 지적에 대답하지 못하고 머뭇거렸다. 그 모습에 에버딘이 소시지 빵을 집어 들며 말했다.

"이거, 제가 살게요."

"아, 아니……."

말리려는 것 같은 알메인의 태도를 무시하고 빵을 들여다본 에버딘의 얼굴이 일그러졌다. 가볍다. 빵 크기 자체는 에버딘이 만들었던 것과 비슷했다. 하지만 문제는 다른 데 있었다.

"소시지가 작네요."

알메인은 에버딘이 설명했던 것보다 훨씬 작은 소시지를 쓰고 있었다. 소시지 빵은 빵 반죽으로 소시지를 감싼 뒤 모양을 내서 굽는다. 빵 크기는 에버딘의 것과 같은데 소시지가 작다면 모양은 에버딘의 것보다 훨씬 둥근 모양이 된다.

게다가 빵이 두꺼워서 소시지 맛이 묻혀 버린다.

에버딘은 안절부절못하는 알메인을 무시하고 빵을 뜯어서 입에 넣었다. 역시나 그녀의 생각대로 소시지 맛이 약했다. 그것뿐만 아니라 그 위에 얹는 양파와 옥수수알도 확 줄여서 밀가루 맛밖에 안 났다.

"맛없어요."

에버딘은 그렇게 말하고 알메인을 쳐다봤다. 그녀의 가게에 더 맛있는 빵이 있는데 굳이 이 돈을 내고 먹고 싶지는 않은 맛이었다.

어쩌면 또 모르지. 소시지 빵을 먹어 보고 싶은데 너무 비싸서 먹기 힘든 사람들에게는 이게 대안이 될지도. 하지만 과연 그럴까.

에버딘의 머릿속에 비관적인 생각이 떠올랐다. 소시지 빵이 유명한 데 그게 비싸다고 훨씬 맛이 떨어지는 저렴한 버전을 먹는 게 과연 대안이 될까.

"저기……."

맛없다는 한마디에 얼굴이 확 달아오른 알메인은 머뭇거리며 에버딘에게 말을 걸었다. 그녀가 뭐냐는 표정을 짓자 뜻밖에도 그는 솔직하게 사과했다.

"미안해, 어서."

"왜 그랬어요?"

이해가 되지 않는다. 다른 사람들은 다 그녀가 시킨 대로 팔고 있다. 에버딘은 지금이 점심시간이라는 것을, 그럼에도 이 빵이 아직도 남아 있다는 사실을 깨달았다.

그 말은 둘 중 하나다. 알메인의 소시지 빵이 맛이 없어서 안 팔렸거나, 그가 엄청 많이 만들어서 아직도 팔고 있는 거거나.

후자라면 이 가게에 직원이 알메인 혼자일 리가 없다. 에버딘도 혼자서는 감당이 안 돼서 도리스를 고용하지 않았던가.

하지만 에버딘이 아무리 가게 안을 살펴도 알메인 외의 직원이 보이지는 않았다.

"그게, 사람들이 자꾸만 너무 싸다고 해서…… 그래서 크기를 줄이고 가격을 내렸더니 또 너무 작다고 하니까……."

"다른 가게도 그런 말을 들어요."

"아니야, 우리 집은 그게 너무 잦았다고. 하루에도 몇 번씩 그런 이야기를 들었다니까."

억울한 나머지 알메인은 봇물 터지듯 에버딘에게 하소연을 시작했다. 유독 그의 가게에 비싸다는 말이 많았다고 했다. 특히 자주 오던 단골 한 명이 소시지 빵이 비싸다고 그렇게 투덜거렸다는 말에 에버딘의 인상이 일그러졌다.

단골이 그런다고?

"내가 아무리 설명해도 소용이 없더라고. 다른 가게는 더 싸다는데 뭐라고 해?"

"응?"

어째 레퍼토리가 익숙했다. 에버딘은 인상을 쓴 채 알메인을 쳐다봤다. 그러자 그는 인상 쓴 에버딘에 살짝 겁을 먹고 허둥지둥 입을 열었다.

"진짜야. 데빈이……."

그러더니 화들짝 놀라서 입을 다물었다. 하지만 이미 에버딘의 귀에는 데빈이라는 이름이 들어간 뒤였다.

데빈? 에버딘은 알메인의 말에 이해가 되지 않아서 물었다.

"여기서 데빈이 왜 나와요?"

"아니, 아니야."

절대 말할 수 없다는 태도에 에버딘은 허리에 손을 얹고 알메인을 물끄러미 쳐다봤다. 그러다가 고개를 돌리며 말했다.

"알았어요. 데빈한테 가서 물어보죠, 뭐."

"아, 아니, 아니, 잠깐만."

데빈에게 가서 물어보겠다는 말에 알메인이 당황해서 에버딘에게 매달렸다. 그녀보다 머리 하나는 큰 남자가 어쩔 줄 몰라 하며 자신에게 매달리는 모습에 에버딘은 한숨을 내쉬며 말했다.

"그럼 뭔데요?"

"그, 그게……."

에버딘이 신제품을 가르쳐 주면서도 종종 느낀 거지만 알메인은 상당히 숫기가 없었다. 이런 사람이 한나의 가게에 가스 냄새가 난다는 누명을 씌웠다고?

그녀는 예전부터 그 사실이 의아했다.

"데빈이 다른 가게는 몰래몰래 싸게 판다고 하더라고. 데빈도 그런데. 이거 절대 데빈에게 말하면 안 돼."

어이없는 실토에 에버딘의 표정이 멍해졌다. 뭘 어쩌고 어째? 그녀는 오늘 아침 분기탱천해서 자신을 찾아온 데빈과 다른 사장들을 떠올리고 인상을 썼다.

"데빈이 그래요? 다른 가게도 몰래 싸게 판다고? 그러니까 당신도 그렇게 하라고?"

"그래. 아니, 데빈이 나도 그렇게 하라고 한 건 아닌데……."

다시 알메인의 표정이 자신 없어졌다. 일이 이렇게 된 거, 알메인은 에버딘에게 네빈과의 일을 이야기하기 시작했다.

그의 가게와 데빈의 가게도 꽤 가까운 편이라 데빈이 가끔 그의 가게에 오곤 했다. 그러다가 알메인의 가게에서 비싸다고 항의하는 손님을 발견한 것이다.

어째야 할지 고민하는 알메인에게 데빈이 말한 게 바로 방금 에버딘이 들은 이야기였다. 다른 사람들도 몰래 가격을 내려서 팔고 있다는 이야기.

"다른 사람들이 싸게 파는 걸 봤어요?"

"아, 아니. 그건 아닌데……."

"그런데 믿었어요? 자기 눈으로 본 것도 아닌데?"

에버딘도 데빈에게 이야기 듣고 직접 확인하러 왔다. 그런데 가격을 내리면 직접적으로 장사에 타격이 오는 알메인이 확인을 안 했다고?

어이없어하는 에버딘에게 그가 자신 없는 표정으로 말했다.

"그런데 자꾸 손님이 다른 가게는 싸다고 하고, 데빈도 싸게 판다니까……."

그런가 보다 했다는 거다. 에버딘은 어이가 없어서 한숨을 내쉬었다. 그녀의 할머니에게 그런 이야기를 들었다. 아들이 사람을 죽였다는 말에 꿈쩍도 안 하던 어머니가 세 번이나 같은 말을 듣자 의심하기 시작했다는 이야기.

이걸 어떻게 해야 하지?

에버딘은 머리를 감싸 쥐었다. 뭔지 몰라도 일단 데빈이 그녀에게 거짓말을 했다는 건 알겠다. 문제는 그 이유가 무엇인지다.

알메인을 속여서 수준 낮은 소시지 빵을 싸게 팔게 하는 게 데빈에게 무슨 이득이 있단 말인가. 하지만 곧 에버딘의 머릿속에 한나뿐 아니라 데빈도 알메인과 가까운 거리에서 가게를 한다는 것이 떠올랐다.

"데빈의 가게가 이 근처에 있다고 했죠?"

"어? 어어. 저쪽 거리야."

"그럼 한나의 가게는요?"

에버딘의 질문에 알메인이 잠시 생각하더니 이번에는 다른 곳을 가리키며 말했다.

"저쪽 거리일걸?"

"두 가게가 가까워요?"

"그럴걸?"

거리로 따지면 알메인과 한나, 데빈은 삼각형을 이루고 있다. 그 사실에 에버딘의 미간에 주름이 생겼다.

간단하게 생각하면 데빈이 한나와 알메인의 장사를 망쳐서 자신의 매출을 올리려는 걸 것이다. 하지만 그걸 에버딘에게 이야기하는 건 별개의 문제다.

에버딘은 데빈이 이런 짓을 해서 얻을 게 뭔지 곰곰이 생각하기 시작했다. 알메인의 가게를 망치고 한나의 영업을 방해한 게 알메인이라고 사람들에게 말하는 건 일견 그가 알메인이 싫어서 그러는 것처럼 보인다.

"데빈하고 사이는 어때요? 괜찮아요?"

"어? 그렇지. 아무래도 가까우니까."

에버딘의 질문에 알메인이 얼떨떨한 표정으로 대답했다. 데빈이 그를 음해하려 할 만한 이유도 딱히 없다. 에버딘은 인상을 쓴 채 알메인을 쳐다보다가 불쑥 말했다.

"일단 소시지 빵은 원래대로 바꾸세요. 그리고 앞으로 이런 일이 있으면 저한테 이야기해 주시고요."

"그, 그래. 알았어."

알메인의 대답에 에버딘이 고개를 끄덕였다. 그리고 가게를 나가며 그에게 경고를 던졌다.

"다른 사람들이 모임에서 내보내라고 해서 온 거예요. 이번은 경고니까 그냥 넘어가겠지만 다음번에 또 걸리면 정말 모임에서 나가셔야 할 거예요."

다시 알메인의 얼굴에 긴장한 표정이 떠올랐다. 에버딘은 그가 알겠다고 대답하는 것도 듣지 않고 그대로 나와 자신의 가게가 있는 거리로 돌아왔다.

그녀의 가게 앞은 여전히 사람들로 북적이고 있었다. 물론 대부분의 손님은 빵집이 아니라 하나의 호떡을 사러 온 사람들이었다.

에버딘은 호떡이 잘 팔리는 것을 확인하고 가게로 들어가지 않고 반대편에 있는 아이린의 주점으로 향했다. 그리고 그녀에게 인사를 하는 직원에게 손을 한번 흔들고 곧바로 주점에 앉아 있던 베르트에게 다가갔다.

"오, 어서 경."

"이제 남작이지."

베르트의 곁에서 카렌이 가볍게 타박했다. 에버딘은 그녀의 호칭을 남작님으로 고쳐 주는 베르트에게 됐다고 손을 흔든 뒤 의자를 가져와 두 사람 옆에 앉았다.

"무슨 일입니까?"

"용병을 한 명 고용하고 싶은데. 얼마나 내야 해?"

느닷없는 에버딘의 질문에 베르트와 카렌의 시선이 부딪쳤다. 어서 남작이 용병을? 두 사람은 눈빛만으로 의견을 교환하다가 좀 더 언변이 있는 카렌이 조심스럽게 나섰다.

"어떤 일에 필요한지 여쭤봐도 됩니까?"

"혹시 시체를 묻을 사람이 필요 하, 커헉!"

쓸데없는 소리를 하려던 베르트는 카렌에게 퇴치됐다. 카렌은 있는 힘껏 베르트의 정강이를 걷어차는 바람에 자신의 발가락도 아프지만 티 내지 않고 말했다.

"업무의 종류에 따라 고용 가능한 녀석과 금액이 달라지거든요."

"누굴 납치하거나 감금하거나 죽이는 건 아니야. 물론 이미 죽은 사람을 처리하는 일도 아니고. 일단 싸우는 일은 없을 거야."

에버딘의 느긋한 대답에 다시 카렌과 베르트의 시선이 부딪쳤다.

"그럼 뭘 하는 겁니까?"

베르트가 물었다. 에버딘은 어디까지 이야기해야 하는지 고민하다가 사안이 사안이니만큼 그녀가 어떤 생각을 해야 하는지 전부 말해야 한다고 생각하고 입을 열었다.

"누굴 미행해 줬으면 좋겠어."

상대방이 최대한 빨리 움직이도록 에버딘도 수를 쓰겠지만 얼마나 미행해야 할지 모른다. 하루에 얼마냐는 에버딘의 질문에 베르트가 카렌을 쳐다봤다.

서쪽 하늘 용병대의 대장은 베르트지만 그는 얼굴마담에 불과하다. 진짜 실력자는 카렌이었고 실질적인 우두머리기도 했다. 카렌은 에버딘을 물끄러미 쳐다보다가 불쑥 물었다.

"공작님도 아시는 겁니까?"

"내가 서쪽 하늘 용병대에 의뢰를 하는 데 웨스트 공작의 허락이 필요해?"

그건 아니다. 카렌은 대답 대신 고개를 저은 뒤 다시 물었다.

"그럼 이건 공작님과 아무 관련이 없는 일입니까? 공작님의 추천 같은 것도 없고요?"

그제야 에버딘은 카렌이 무슨 의도로 그런 질문을 한 건지 알아차렸다. 선이 연관돼 있다면 약간의 이득이 있는 거다.

가격이 저렴해지거나, 투입되는 용병의 수준이 더 높아진다거나 하는 식으로.

하지만 에버딘은 그런 걸 원하지 않았다. 그녀는 그렇지 않아도 오늘 선이 자신을 위해 어떤 일을 했는지 떠올리고 인상을 썼다.

소년의 처분을 결정하는 것에 골치 아파하는 에버딘을 대신해서 자신이 처리하겠다고 말했다. 그리고 에버딘은 아무것도 몰라도 된다고 했지.

아니, 모르는 게 낫다고 했다. 그리고 그게 맞을 것이다. 그녀는 아예 몰라야 마음이 편할 테니까.

문득 에버딘은 그와 자신 중에서 더 다정한 사람은 선일지도 모른다는 생각이 들었다. 사람은 자신이 남을 위해 한 행동을 남이 알아주길 바라는 법이다. 하지만 선은 그러지 않았다.

"아무 상관 없어."

"알겠습니다."

에버딘의 대답에 카렌은 주변을 둘러보다가 존을 불렀다. 등급이 떨어져 재교육 중이지만 미행 정도는 할 수 있다. 게다가 재교육 중이니 비용도 훨씬 싸다.

존은 카렌의 부름이 머리를 긁적이며 다가오다가 에버딘을 발견하고 흠칫 멈췄다. 에버딘은 멍청한 존의 행동에 혀를 차며 물었다.

"이 녀석 말고 다른 사람은 없어?"

"얘보다 똑똑하면 더 비싸지거든요."

그럼 할 수 없지. 혀를 차며 고개를 끄덕이는 에버딘의 모습이 마치 존의 목을 베면 피가 몇 리터나 나오는지 가늠하는 것 같아서 존의 얼굴이 하얗게 질렸다. 하지만 곧 누군가를 미행하기만 하면 된다는 말에 다시 화색이 돌아왔다.

"누굴 미행하면 됩니까?"

존의 질문에 에버딘의 얼굴에 미소가 떠올랐다. 그리 어렵지는 않을 거다. 어디 있는지도 알고 일정을 알아내는 것도 쉽다. 그녀는 존과 카렌, 베르트에게 누굴 미행해야 하는지, 이유가 뭔지 설명하고 자리에서 일어났다.

이제는 가게를 가 봐야 한다. 아침부터 오후까지 하루 종일 돌아다녔더니 다리가 아팠다.

천천히 걸음을 옮기던 에버딘은 문득 선을 떠올리며 인상을 썼다. 너무 골치가 아파서 그의 다정함에 홀랑 넘어갔는데 역시 그러면 안 될 것 같다는 생각이 들었다.

*　　*　　*

하늘이 새파랗게 동이 터오자마자 엘리스는 잠에서 깼다. 좀 더 자고 싶은 마음이 굴뚝 같지만 그녀의 하루는 항상 이 시간쯤부터 시작되곤 했다.

동이 틀 때 일어나서 옷을 갈아입고 우드 부부가 세수할 물을 떠서 부부의 방에 놓아둔다. 그리고 부엌으로 가서 빵 반죽을 시작한다.

그녀가 빵을 반죽하고 발효하기 시작하면 그녀보다 어린 아이들이 일어나서 복도로 나왔다. 루실은 옷을 갈아입고 나와서 제일 먼저 어제 우드 부부가 마신 술병과 잔, 안주 등을 치웠다.

다른 아이들은 루실처럼 옷을 갈아입고 집 앞을 쓸거나 아침 먹기 전에 빨래를 하기 위해 빨랫거리를 모으곤 했다. 그 사이 엘리스는 가장 어린 마니가 가져다준 장작으로 오븐에 불을 지폈다.

그런 엘리스의 생활은 에버딘의 집에 와서도 크게 달라지지 않았다. 그녀는 에버딘이 일어날 때 눈을 떴고 그녀가 빵을 만드는 것을 돕곤 했다. 하지만 우드 부부의 집에서 하는 것보다 훨씬 좋았다.

거기와 달리 여기선 매일 세수를 할 수 있었고 머리를 감을 수 있었다. 자기 전에는 샤워를 할 수 있었고 일주일에 한 번은 욕조에 몸을 푹 담그기도 했다. 엘리스는 원한다면 언제든지 따뜻한 물로 씻을 수 있다는 게 너무 행복했다.

우드 부부의 집에서는 한 달에 한 번씩만 샤워를 할 수 있었는데 한여름이 아니면 물은 항상 얼음장처럼 차가워서 덜덜 떨며 샤워를 하곤 했다. 그마저도 우드 부부는 물값이 아깝다며 탐탁지 않아 했다.

느긋한 목욕이라는 건 에버딘을 만나고 처음 알았다. 좋은 향기와 거품이 풍성하게 나는 비누나 도톰하고 뽀송한 수건의 감촉도 너무 좋았다.

때때로 에버딘은 엘리스와 함께 한 욕조에 들어가서 서로의 등을 닦아 주거나 머리를 감겨 주기도 했는데 그건 엘리스가 태어나서 처음 겪는 경험이었고 감정이었다.

"엘리스, 넌 안 가도 돼."

엘리스가 자기 방에서 나오자 막 세수를 하고 나온 에버딘이 그녀를 발견하고 말했다. 오늘도 아침부터 도리스와 한나에게 가게를 부탁하고 다녀올 곳이 있다.

미리 엘리스에게도 말을 해 놓았다. 에버딘은 그녀의 허락이 필요하다고 생각했기 때문이다.

"나도 가면 안 돼요?"

"가는 건 상관없는데……."

에버딘은 엘리스의 얼굴을 들여다보다가 고개를 끄덕였다. 상관없겠지. 엘리스가 가고 싶다고 한 거니까. 아직 도리스도 안 온 가게에 엘리스만 두고 가는 것도 좀 걱정되기도 한다.

에버딘이 이른 아침부터 엘리스를 데리고 찾아간 곳은 그녀에게 돌을 던진 소년이 갇힌 유치장이었다. 야간 근무로 졸고 있던 치안관들은 갑자기 들이닥친 에버딘에게 놀라 인상을 쓰며 물었다.

"뭐요?"

"에버딘 어서 남작이에요."

에버딘은 손을 내밀어 치안관에게 악수를 청하며 자기소개를 했다. 안타깝게도 그녀를 아는 치안관은 없었다. 있었다면 일이 더 쉬웠을 텐데.

그녀는 남작이라는 말에 눈이 휘둥그레진 치안관의 손을 놓으며 물었다.

"나한테 돌을 던진 소년이 오늘 노역장으로 이동한다고 들었는데요."

그제야 치안관은 눈앞에 있는 여자가 누구인지 깨달았다. 그렇지 않아도 그 소년을 잡을 때부터 치안관 사이를 떠들썩하게 만들었던 주인공이 바로 에버딘 어서라는 남작이었다.

여자였구나. 치안관은 얼떨떨한 기분으로 에버딘을 멍하니 쳐다봤다. 반묶음 한 붉은 머리카락이 귀밑으로 흘러내리고 창백하다 싶을 정도로 하얀 얼굴 위로 선명한 녹색 눈동자가 도드라졌다.

치안관들 사이를 떠들썩하게 만들었던 건 직접 웨스트 공작이어서 남작에게 해를 끼치려 한 소년을 잡으라는 지시를 내렸기 때문이다.

심지어 웨스트 공작은 어디서 찾을 수 있는지도 알려 주는 친절을 베풀었다. 물론 그의 마부가 어디로 도망쳤는지 봤기 때문에 가능한 일이었지만 웨스트 공작은 보통 그런 친절을 베풀지 않는다.

그래서 다들 어서 남작과 무슨 사이길래 저 웨스트 공작이 나섰냐고 시끄러웠다. 그러다 웨스트 공작이 다시 편지로 노역장으로 보내라고 했기 때문에 가라앉았었다.

"어, 네. 맞습니다. 오늘 이동합니다."

동이 텄으니 이제 곧 이동 준비를 시작할 것이다. 치안관은 동료가 소년을 데리고 나오려고 들어갔는지 목을 빼고 확인했다. 그때 에버딘이 말했다.

"그거 취소하고 싶은데요."

"취소한다고요? 어, 그러니까 죄인이 벌을 안 받기를 바라시는 겁니까?"

그건 아니다. 에버딘은 엘리스를 한번 내려다보고 치안관에게 말했다.

"아뇨. 제가 직접 벌을 주려고요."

당연하게도 이 나라는 피해자가 가해자에게 직접 벌을 줄 수는 없다. 뭐라고 말해야 할지 몰라서 치안관의 표정이 굳자 에버딘은 피식 웃으며 말했다.

"참작해 달라고 부탁하러 왔어요."

물론 피해자가 가해자의 벌을 감형해 달라고 요청하는 경우는 있다. 치안관이 믿을 수 없다는 표정을 짓자 에버딘은 허리에 손을 얹으며 말했다.

"고아라면서요. 한 번 더 기회를 줄까 해요. 노역장에 가는 것보다 내 가게에서 일을 배우는 게 나을 거고요."

귀족이 상황이 좋지 않은 아이를 데려다가 일을 가르치고 일자리를 알선해 주는 일은 흔하다. 치안관은 잠시 망설이다가 안으로 들어가며 말했다.

"잠깐 들어오시지요. 절차를 확인해 보겠습니다."

에버딘은 고개를 끄덕이며 치안관의 뒤를 따랐다. 그녀는 이미 절차를 전부 알아보고 왔다. 고아원에서 그 소년의 인도를 포기했다는 것도, 노역장에서 노역을 하고 나오면 소년은 열여덟 살이 된다는 것도 안다.

그럴 거라면 에버딘이 데려가서 열여덟 살까지 일을 시키는 게 낫겠다는 생각이 들었던 것이다.

물론 그녀는 어젯밤에 엘리스에게 자신의 생각을 이야기하고 그래도 되느냐고 물어봤다. 에버딘도 피해자기는 하지만 일차적인 피해자는 엘리스고 같은 공간에 있어야 하니 당연한 질문이었다.

하지만 에버딘의 질문에 엘리스는 한동안 아무 말도 할 수가 없었다.

그녀는 한 번도 뭔가에 대한 결정권을 가져 본 적이 없었다. 엘리스가 기억하는 순간부터 그녀는 결정권은커녕 그녀의 일거수일투족까지도 다른 사람이 결정했다.

아주 어릴 때는 그녀와 같은 아이들이 사는 집에서 그 집 주인이 엘리스의 행동을 결정했고 조금 자라서 우드 부부의 집에 오고 나서는 우드 부부가 결정했다.

엘리스가 뭘 먹고 언제 씻고 무슨 일을 하고 몇 시간을 자는지까지 전부 우드 부부의 손안에 있었다. 그런 그녀가 자신의 생활에 스스로 결정권을 가지게 된 건 에버딘의 집에 온 뒤부터였다.

그런데 이제는 다른 아이를 데려와도 되는지 결정을 하란다.

그녀가 그런 일을 해도 되는지 덜컥 겁부터 났다. 엘리스의 결정에 그 소년의 미래가 달려 있다는 게.

"네가 싫다고 하면 다른 가게로 보낼 거야. 너는 그 녀석과 같은 지붕 아래 있는 게 괜찮은지 싫은지만 생각하면 돼."

에버딘의 설명에도 엘리스는 여전히 굳은 표정이었다. 그녀도 다른 가게가 노역장보다는 낫다는 것을 안다. 하지만 그 다른 가게가 이곳보다 낫지는 않을 것이다.

게다가 에버딘이 그녀에게 얼마 전에 설명했다. 이 거리는 곧 재개발에 들어갈 거고 그러면 에버딘은 엘리스를 데리고 반나절 정도 걸리는 다른 지방으로 갈 거라고. 우드 부부의 집에서 사는 아이들도 돌봐 줄 다른 사람이 없다면 그녀가 데려간다고 했었다.

그렇다면 그녀를 괴롭힌 소년을 데려온다면 그 소년도 같이 그곳으로 가게 된다는 말이다.

한참을 고민하던 엘리스는 심각한 표정으로 고개를 끄덕였다.

"대신 조건을 걸어도 되나요?"

엘리스의 질문에 에버딘은 그게 무슨 의미냐고 다시 물었다. 엘리스는 그 소년을 데려오는 데 조건을 걸고 싶었다. 그 조건만 지켜 준다면 괜찮을 것 같았다.

그게 어제저녁의 이야기.

엘리스는 에버딘과 함께 치안관을 따라 안쪽으로 들어갔다가 안쪽의 유치장으로 고개를 돌렸다. 그리고 치안관과 소년의 신병을 인계받는 절차에 대해 대화를 나누는 두 사람을 쳐다봤다.

슬쩍 저쪽에 다녀와도 괜찮을 것 같다. 엘리스는 에버딘이 치안관에게 가볍게 한마디 하는 것을 보고 슬그머니 물러났다.

"그게, 때리려고 때린 게 아니라 잡다 보니까……."

"잡다 보니까 애를 패요? 잡다가 다친 얼굴이 아니잖아요. 화풀이로 애를 때리지 말라는 거예요."

엘리스나 에버딘에게 돌을 던진 소년이나 누군가가 저렇게 편을 들어준 적은 한 번도 없었다. 잘못을 했으니 맞는 건 당연한 일이고 그게 과하다고 말리는 사람은 본 적이 없었다.

엘리스는 자신에게 돌을 던진 소년의 얼굴에 멍이 든 것에 화를 내는 에버딘을 잠시 쳐다보다가 살금살금 유치장이 있는 안쪽으로 들어갔다.

어차피 입구는 하나뿐이고 치안관들이 앉아 있는 사무실을 통해야 하기 때문에 유치장 입구에 있는 의자는 텅 비어 있었다.

덕분에 엘리스는 아무의 제지도 받지 않고 소년이 서 있는 철창 앞까지 갈 수 있었다. 다른 철창에도 사람들이 누워 있는 게 보였다. 기껏 해 봐야 술집에서 술에 취해 잠든 채 일어나지 않으니 끌려오거나 주정 부리며 시끄럽게 군 녀석들이다.

소년은 그들 사이에서 바짝 긴장한 채 서 있었다. 맞은 탓에 이제는 보라색으로 변하기 시작한 멍이 그의 얼굴 전체에 걸쳐 얼룩덜룩하게 번져 있는 게 보였다.

"난 엘리스야."

멍하니 서 있는 소년 앞에서 엘리스가 불쑥 말을 걸었다. 소년은 엘리스의 얼굴을 알아보고 그녀가 왜 여기에 있는지 몰라서 놀란 표정을 지었지만 아무 말도 하지 못했다.

설마 여기서 혀라도 잘린 건 아니겠지? 엘리스의 머릿속에 끔찍한 상상이 떠올랐다. 아이린의 술집에서 청소를 하다 보면 입이 험한 용병들의 이야기를 들을 때가 있다.

그들이 적의 혀를 잘랐다는 말을 낄낄대며 한 적이 있었다. 물론 근처에 엘리스가 있는 것을 본 한 명이 이야기하던 용병을 툭 쳐서 멈추게 했지만.

"너, 이름은?"

"마, 마크."

소년의 입에서 쉰 목소리가 흘러나왔다. 엘리스를 괴롭힐 때와는 전혀 다른 목소리에 엘리스는 잠시 아무 말도 하지 않았다.

"오늘 노, 노역장으로 간다며."

노역장이라는 단어를 떠올리느라 엘리스의 미간이 찡그려졌다. 마크 역시 노역장이라는 말에 고개를 숙였다.

"나 지금 남작님이랑 왔거든."

이번에도 엘리스는 남작님이라는 단어를 말하며 인상을 썼다. 기분이 이상했다. 그녀에게 에버딘은 에버딘이나 에버딘 사장님이었기 때문이다.

남작님이랑 엘리스가 감히 쳐다볼 수도 없고 만날 수도 없는 아주 높은 사람이다. 그런 사람을 그녀가 입에 올리고 마크 앞에서 친한 것처럼 이야기 하고 있는 게 어색했다.

하지만 마크는 남작님이라는 단어에 긴장해서 엘리스가 어색해한다는 것은 전혀 깨닫지 못하고 있었다. 그도 이야기를 들었다. 자신이 돌을 던진 여자가 귀족이라고 했다.

그것도 귀족의 가족이 아니라 영지를 가진 진짜 귀족.

유치장을 들여다보며 저 녀석 인생은 이제 끝났다고 치안관들이 혀를 찰 때마다 마크의 안색도 점점 흙빛으로 변해 갔다.

"네가 세 가지만 약속하면 내가 남작님께 널 봐달라고 이야기를 해 줄 수도 있어."

하늘에서 들려오는 듯한 엘리스의 제안에 마크의 고개가 번쩍 올라갔다. 남작님께 날 봐달라고 해 주겠다고? 아주 잠깐 그의 머릿속에 그게 가능한가 하는 의문이 떠올랐다.

하지만 마크가 돌을 던질 때 엘리스가 에버딘을 끌어안는 것을 봤다. 그리고 그가 엘리스를 괴롭힐 때도 에버딘이 끼어들어서 엘리스를 직접 데리고 나갔다.

"뭐, 뭔데?"

엘리스의 시선이 마크의 맨발로 향했다. 그녀도 그랬다. 지금은 크리스틴이 만들어 준 옷과 에버딘이 사 준 신발을 신고 있지만 엘리스가 새 옷과 새 구두를 갖게 된 것도 에버딘의 집에 와서였다.

"남작님한테 사과해. 진심으로."

엘리스는 진심으로 하는 사과가 정확히 뭔지 몰랐지만 마크에게 요구했다. 에버딘은 마크의 사과 없이 그를 용서해 줄 모양이었지만 그녀는 아니었다.

어쨌거나 그녀는 마크가 에버딘에게 진심으로 사과를 하고 다시는 그런 짓을 하지 않기를 바랐다. 그래서 에버딘보다 먼저 마크에게 와서 이 거짓말을 시작했다.

"아, 알았어."

마크가 대답했지만 엘리스는 그가 진짜로 잘못했다고 생각할 거라고는 생각하지 않았다. 그녀는 마크 같은 아이들을 잘 알았다.

이런 아이들은 자신이 남에게 해를 끼치는 것을 잘못했다고 생각하지 않는다. 에버딘이 건드려서는 안 될 귀족이었기 때문에 잘못했다고 생각하는 것뿐이다.

그래서 생각해 온 두 번째 조건을 내밀었다.

"그리고 두 번째, 앞으로는 너보다 약한 사람은 공격하지 마."

그건 어렵지 않다. 마크는 쉽게 고개를 끄덕였다. 그리고 잠시 멈칫했다.

나보다 약한 사람이라면 눈앞의 엘리스도 포함되는 걸까?

"너도?"

너도 공격하면 안 되냐는 질문에도 엘리스는 표정 하나 바꾸지 않았다. 그런 질문을 할 줄 알았다. 사실은 그것도 염두에 둔 거긴 했다.

원래는 그녀와 에버딘을 공격하지 말라고 하려고 했었다. 하지만 그러면 엘리스와 에버딘만 마크의 공격에서 벗어날 뿐 다른 피해자는 계속 생길 것이다. 엘리스는 그게 싫었다.

"내가 너보다 강하다고 생각하면 공격해도 좋아."

엘리스는 마크가 자기보다 약한 사람을 강하다고 인정하고 싶어 하지 않을 거라고 생각했다. 그리고 그녀의 생각은 정확하게 맞아

떨어졌다.

"알았어."

다시 시무룩해지는 마크를 본 엘리스는 마지막 조건을 입에 담았다.

"그리고 세 번째로, 앞으로는 존댓말을 써야 해."

존댓말? 마크의 얼굴이 일그러졌다. 그런 낯간지러운 말은 못 쓴다. 게다가 그는 존댓말을 할 줄도 몰랐다.

그런 마크의 생각을 읽은 것처럼 엘리스가 재빨리 덧붙였다.

"걱정 마. 존댓말은 내가 가르쳐 줄게."

엘리스의 눈이 반짝하고 빛이 났다. 마크는 다시 한 번 엘리스가 정말 자신보다 약한지 고민하기 시작했다.

*　　*　　*

"남작님."

존이 에버딘을 찾아온 것은 그녀가 가게로 돌아와 점심 장사를 준비하고 있을 때였다. 아직 범인의 신병을 인수할 절차가 끝나지 않아서 마크는 유치장에 있다.

하지만 노역장으로 가는 건 취소됐다는 말에 에버딘은 안심하고 엘리스와 함께 가게로 돌아왔다. 그리고 엘리스는 아침을 포함해 제대로 된 한 끼도 먹지 못한 마크에게 빵을 갖다 주러 다시 나간 뒤였다.

"오늘 저녁에 만난답니다."

짧은 보고였지만 에버딘은 존이 무슨 말을 하는지 이해했다. 그녀는 고개를 끄덕였다가 몸을 돌리는 존을 붙잡으며 말했다.

"빵 가져가."

"빵이요?"

웬 빵? 어리둥절해 하는 존에게 에버딘이 소시지 빵과 크림 빵을 하나씩 던져 주었다. 그리고 이제 가도 좋다는 듯 손을 저으며 말했다.

"빵집 주인의 일을 하는 건데 이런 재미가 있어야지."

의뢰인이 빵집 주인이니 공짜 빵을 얻어먹는 재미라도 있어야 한다는 말이다. 에버딘의 말에 존은 그녀가 그를 감금하고 있을 때도 식사만은 꼬박꼬박 줬다는 것을 떠올렸다.

어라.

가게를 나가면서 존은 저도 모르게 에버딘을 돌아보았다. 지금까지 그녀에 대한 인상은 덤비지 않는 게 좋을 미친 여자였는데 방금 깨달은 그 사실로 어쩌면 좋은 사람일지도 모른다는 생각이 들었다.

그날 저녁, 데빈은 안 좋은 표정으로 "세상의 모든 빵들" 앞에 서 있었다. 일이 잘못되어 가고 있다는 생각이 들었다. 애초에 끼지 말았어야 할 일이지만 안 낄 수도 없었다.

그는 사람들의 시선을 의식해 일단 가게를 지나간 뒤 골목을 돌아 "세상의 모든 빵들"의 직원용 문으로 접근했다.

사실은 여기도 오고 싶지 않았다. 하지만 안 올 수도 없다.

"길드장님을 만나러 왔습니다."

마이크의 사무실 앞에는 비서 대신 건장한 남자가 앉아 있었다. 비서라기보다는 경호원이다. 마이크가 워낙 구린 짓을 많이 하다 보니 고용한 사람이었다.

경호원은 데빈의 말에 말없이 고개를 끄덕이고 그를 사무실 안으로 들여보내 주었다. 이 시간에 데빈이 온다는 것은 그도 알고 있었다.

마이크는 책상 앞에 앉아 새로 나온 빵을 먹어 보고 있었다. 소시지를 빵 반죽으로 감아 구운 빵인데 특이하게도 가위로 잘라서 모양을 냈다.

문제는 위에 뿌린 토마토소스였는데 이걸 어떻게 해야 할지를 모르겠다는 점이다. 그는 토마토소스를 찍어 맛을 보며 데빈에게 말했다.

"이 소스 말이야. 토마토 말고 다른 걸로는 못 만드나?"

그런 걸 데빈이 알 리가 없다. 뻔뻔한 질문에 데빈의 미간이 구겨졌다. 그는 마이크의 책상 앞에 서서 말했다.

"모르겠는데. 그 여자가 토마토로 만드는 것만 알려 줬거든."

"이거, 참."

마이크는 혀를 차며 빵이 담긴 접시를 책상 끝으로 밀었다. 다른 건 다 따라서 만들었는데 이 소시지 빵이 문제였다.

앙금빵이나 크림 빵은 원래 있는 재료의 조합일 뿐이니 모양만 약간 바꾸면 된다. 하지만 소시지 빵은 위에 뿌린 토마토소스가 없으면 그 맛이 안 난다.

토마토소스 말고 다른 걸 뿌리면 안 되나? 이건 좀 연구해야겠다. 마이크는 그렇게 생각하며 데빈을 향해 고개를 들었다.

"그리고 내가 편지를 보내지 말고 직접 오랬지."

오늘 낮에 웬 꼬마가 그에게 줄 편지가 있다며 찾아왔다는 말을 듣고 마이크는 어이가 없어서 혀를 찼다. 길거리 아이들에게 돈 몇 푼 쥐어 주고 편지 배달을 시키는 건 편하지만 위험하다.

그 아이들이 제대로 편지를 배달하지 못할 가능성이 크기 때문이다. 하지만 이미 아이들에게 배달을 시킨 걸 어쩌겠는가. 마이크는 관대하게 마음먹고 한숨을 내쉬며 다시 입을 열었다.

"그래서, 치안관이 조사를 한다는 건 무슨 소리야?"

오늘 낮에 거리의 아이들을 통해 데빈이 보낸 편지에는 치안관이 그와 마이크를 조사하고 있다는 내용이 담겨 있었다.

"그게……."

데빈이 입을 열었을 때였다. 사무실 밖에서 누군가 경호원을 부르는 소리가 들려왔다.

멈칫한 마이크와 데빈은 사무실 문을 향해 동시에 고개를 돌렸지만 그 뒤로 사무실 밖은 조용했다.

무슨 일이지? 마이크는 자리에서 일어나서 창문 밖을 쳐다봤다. 그러자 가게 뒷문 쪽에 어떤 남자와 그의 경호원이 이야기를 나누는 게 보였다.

친구라도 왔나 보군. 마이크는 한숨을 내쉬며 다시 자리로 돌아갔다. 그리고 데빈을 쳐다보며 물었다.

"무슨 소리냐고."

마이크의 재촉에 데빈은 무슨 일인가 하고 쳐다봤던 창문에서 시선을 떼고 그를 쳐다봤다. 오늘 아침에 어떻게 됐는지 찾아갔던 알메인에게 들은 이야기다.

"가스 신고한 거 말이야. 그걸 조사한대."

"어디서 새는지 말이야?"

이미 깊이 팬 마이크의 미간에 다시 주름이 생겼다. 가스가 새는 것 같다는 신고 자체가 거짓말이었으니 어디서 새는지 조사해 봤자 알 수가 없다.

하지만 데빈은 인상을 쓰며 다시 말했다.

"그게 아니라, 가스 신고를 한 사람을 조사한대!"

"그걸 왜?"

가스 냄새가 난다고 신고한 사람을 조사할 이유가 뭐가 있겠는 가. 그래서 마이크는 전에도 이런 방식으로 몇몇 마음에 들지 않는 빵집을 괴롭혀 왔다.

하지만 그게 문제였다.

한나의 가스 오븐을 신고한 사람이 제빵사 같다는 말에 에버딘 은 마이크가 손을 썼을 거라고 생각했다. 그리고 그런 식으로 가짜 신고를 받아 영업 정지가 된 가게가 한나의 가게뿐만이 아닐 거라 는 생각도.

"왜긴 왜야? 그동안 네가 가스 누출이라며 신고를 한 게 너무 많 아서 치안관도 이상하게 생각한다는 거지! 이제 어떻게 할 거야?"

데빈의 분노에 마이크의 얼굴이 일그러졌다. 확실히 수도 전역 의 빵집에 그런 식으로 영업을 방해하긴 했다. 하지만 그게 뭐 어떻 단 말인가.

마이크는 여전히 책상 앞에 앉아서 데빈을 바라보며 말했다.

"그게 뭐 어때서? 치안관이 조사를 하면 착각했다고 하면 돼."

"신고한 게 나라는 걸 알게 되잖아!"

데빈은 어이가 없어서 소리쳤다. 한나의 가게를 신고한 게 마이크가 아니라 데빈이니까 문제다. 이 일이 한나와 모임 사람들에게 알려지면 데빈은 그 거리에서 장사하는 게 껄끄러워진다.

하지만 마이크는 여전히 심드렁했다. 그는 그게 뭐가 문제냐는 듯 물었다.

"그럼, 거기서 평생 있으려고 했어? 넌 그 모임에서 가르쳐 주는 레시피나 빼다가 전달해 주면 돼. 들킬 것 같으면 빠지면 되고."

"그런, 그러면 내 장사는?"

믿을 수 없다는 듯한 데빈의 질문에 마이크는 한심한 표정으로 그를 쳐다봤다. 그럼 그렇게 마이크가 시키는 대로 다른 빵집을 방해해 놓고 자기는 그대로 장사하려고 했단 말인가.

그는 귀찮다는 듯 말했다.

"돈 줬잖아. 다른 데 가서 새로 시작해."

그건 말도 안 된다. 데빈의 얼굴이 일그러졌다. 원래 하고 있던 가게를 계속하면서 돈을 받아야 이득이지 가게를 팔고 다른 데로 가서 다시 시작하면 결국 원점이지 않은가.

"그런 게……."

그가 벌컥 화를 낸 순간이었다.

쾅!

큰 소리가 나며 사무실 문이 열렸다. 그리고 한나와 사미나를 양옆에 세운 에버딘이 기세 좋게 외쳤다.

"암행어사 출두야!"

뭐? 이해할 수 없는 말에 데빈과 마이크의 표정이 멍해졌다. 하지만 마이크는 곧바로 정신을 차리고 자리에서 벌떡 일어나며 외쳤다.

"카터!"

아까 데빈에게 문을 열어 준 경호원의 이름이다. 에버딘은 어깨를 으쓱하며 말했다.

"당신 경호원? 지금 바쁠걸?"

지금쯤 존이 그를 상대하고 있을 거다. 싸우는 건 아니고 그냥 불러내서 시간만 끌어 달라고 부탁했다.

하지만 에버딘의 말을 오해한 마이크의 표정이 하얗게 질렸다. 그는 다시 창문으로 다가가 밖을 쳐다보고 원래 있던 자리에 존과 카터가 없는 것을 확인했다.

"무슨 짓이야? 당신들, 이거 침입이야!"

"침입이라니 우린 당신 만나러 온 것뿐인데?"

에버딘의 말에 마이크의 얼굴이 일그러졌다. 당연히 그는 그녀를 만날 생각이 없었다. 마이크는 일단 에버딘을 내보내기 위해 그녀에게 다가가며 소리쳤다.

"나가 주시죠! 남의 영업장에서 이게 웬 행패입니까?"

"행패는 댁이 했지. 한나의 가게에서 가스 냄새가 난다고 가짜로 신고한 게 당신과 데빈이라며?"

에버딘은 그렇게 말하고 데빈을 쳐다봤다. 그는 하얗게 질려 마이크의 뒤에 서 있었다. 그러자 에버딘이 그에게 주먹을 내밀며 말했다.

"넌 죽었어!"

뭐라는 거야. 마이크의 미간이 주름이 생겼다. 대체 어디부터 들은 걸까. 불안한 마음에 그는 화를 내며 소리쳤다.

"나가! 당신들도!"

에버딘의 양옆에 서 있던 한나와 사미나를 향한 고함이었지만 그게 촉발이 되었다. 사미나와 한나는 각각 마이크와 데빈에게 어떻게 그럴 수 있냐고 따지기 시작했다.

"데빈! 어떻게 이럴 수 있어! 알메인에게 누명을 씌운 거야?"

"내가 전부터 경고했지! 그만하라고!"

두 사람의 공격에 데빈과 마이크가 정신을 차리지 못할 때쯤 존과 담배를 피운 카터가 돌아왔다. 그는 가게 앞에서 시비를 거는 용병이 있다는 소식을 듣고 달려갔다가 존을 달래 주고 올라오던 길이었다.

요란한 소리에 카터는 부랴부랴 달려왔다가 데빈에게 따지는 한나와 마이크에게 삿대질을 하는 사미나를 발견했다.

그리고 혼자 남아서 마이크의 사무실을 둘러보는 에버딘도.

"여긴 어떻게 들어온 거야!"

당황한 카터가 벌컥 화를 내며 에버딘의 어깨를 움켜잡았다. 아야. 에버딘은 예상치 못한 고통에 작게 신음하며 비틀거렸다. 하지만 다음 순간 누군가 카터의 손목을 움켜잡더니 나직하게 으르렁거리듯 말했다.

"놔."

17

"무슨 생각으로 그런 짓을 한 거야?"

데빈은 물론 마이크까지 치안관에게 넘기고 난 이튿날, 날이 밝자마자 찾아온 션은 무섭게 화를 냈다.

말없이 들어와서 스스로 식당에 들어와 앉은 션의 모습은 정말로 무시무시했다. 오죽하면 도리스가 치안관을 부르는 게 어떻냐고 제안할 정도였다.

아, 왜 화를 내고 그래. 나는 석상처럼 앉은 채 눈동자를 붉게 빛내는 션을 보고 인상을 썼다.

"내 생각대로 한 거지."

나는 그의 맞은편에 앉아서 그렇게 말했다. 서 있으려고 했는데 서 있자니 왠지 내가 그에게 혼나는 것 같아서 앉았다.

네가 우리 할머니도 아니잖아. 감히 날 혼낼 수는 없다.

"생각대로? 그래서 위험하게 혼자 거길 간 건가?"

비꼬기까지 하네. 슬슬 나도 화가 나기 시작했다. 야, 네가 그동 안 도와준 게 고마워서 지금까지는 그냥 참아 줬는데 넌 그럴 자격 없거든?

나는 짜증 나는 어조로 빠르게 말했다.

"도리스가 치안관 불러오고 있었고 존이 그 경호원을 끌어냈어. 남은 사람은 둘이고 우린 셋이었고."

수적으로 우리가 우세했다는 말이다. 하지만 션은 그렇게 생각 하지 않았던 모양이다. 그는 인상을 쓰며 말했다.

"상대 남자 둘이야. 너보다 다 머리 하나는 컸고."

뭐래. 나는 션의 말에 콧방귀를 뀌었다. 에버딘은 별로 큰 편이 아니다. 이 나라에서 에버딘보다 키가 작은 남자는 없다. 이건 부럽 군.

나는 적대적으로 말했다.

"그래서?"

어릴 때 할머니가 그랬다. 애들 얼굴 좀 작작 긁어 놓으라고. 그 러다가 눈이라도 다치면 큰일 난다고.

그 훈계로 내가 깨달은 건 딱 하나였다. 여차하면 눈을 찌르면 되는구나!

션의 눈동자가 분노로 불타올랐다. 솔직히 말하면 나는 이 남자 가 왜 이렇게까지 화를 내는지 모르겠다. 물론 경호원이 날 잡았을 때 그가 나타나서 날 도와주긴 했다.

선이 놓으라고 말하는 것과 동시에 울려 퍼지던 경호원의 비명이 아직노 귓가에 생생할 정도였다. 그래, 네가 힘이 센 건 인정한다고.

하지만 나는 인간이고 인간은 머리를 쓴다. 힘으로만 상대를 누르는 건 동물의 세계에 사는 짐승도 할 수 있는 짓이다.

나는 무신보다 문신이 더 높은 나라에서 왔다.

"나한테 말했어야지."

그때 선이 한숨을 내쉬며 말했다. 뭐라고? 나는 어이가 없어서 내 귀를 의심했다. 뭘 어쩌라고?

"내가 너한테 왜 말해?"

내 질문에 선의 미간에 주름이 생겼다. 그는 답답하다는 듯 말했다.

"아니면 카렌도 있잖아."

"아니, 그러니까 내가 왜 너나 카렌한테 말을 했어야 했는데?"

이건 내 일이다. 나와 한나와 도리스와 사미나의 일이다. 여기서 선과 카렌은 어디까지나 남의 일일 것이다. 하지만 선은 그렇지 않았나 보다.

그는 테이블 위로 손을 얹더니 내게 몸을 내밀며 말했다.

"널 보호해 줄 사람을 데리고 갔어야지."

"난 날 보호할 수 있어."

대체 이 남자가 날 어떻게 생각하는 건지 모르겠다. 나는 스스로를 지킬 수 있다. 존을 가둬 놨을 때 침입하려 드는 용병들을 전부 물리친 것도 나 혼자였다.

선은 못마땅하다는 표정으로 나를 쳐다보더니 불쑥 물었다.

"그러다 다치면 어쩌려고 그래?"

점점 더 이해할 수가 없어졌다. 나는 조각처럼 잘생긴 그의 얼굴을 멍하니 쳐다보다가 물었다.

"그건 내 책임이지."

나는 다칠 걸 각오하고 뛰어든 거다. 이 몸은 내 몸이고 마이크나 데빈에게 한두 대 맞을 각오는 했다. 당연한 거 아냐?

그들의 범죄 사실을 밝히려고 가면서 그 정도 피해도 생각 못 했을까 봐?

하지만 선은 내가 그럴 거라는 생각은 전혀 못 했던 모양이다. 그는 내 대답에 멈칫하더니 믿을 수 없다는 표정으로 나를 쳐다보기 시작했다.

그 표정은 내가 짓고 싶은 표정이다. 선은 우리 할머니가 아니다. 아니, 아버지라고 해야 하나?

하지만 나는 아버지를 가져 본 적이 없다. 여기 와서 만난 아버지는 쓸모없는 자식이었지. 그렇다고 그가 내 연인인 것도 아니고.

꽤 기분 좋은 상상에 입꼬리가 올라갈 뻔했다. 다행히 나는 음흉하게 웃기 전에 멈출 수 있었다. 그리고 선에게 말했다.

"저기, 날 도와준 건 고마운데. 난 당신이 왜 그렇게까지 화를 내는지 모르겠어."

"뭐?"

선과 나는 친구가 아니다. 내가 그에게 빚을 지고 있는 입장일 뿐이지. 그 빚도 갚을 수 있을 거 같다. 돈을 거의 모았거든.

선은 내 말에 놀라더니 이상한 표정을 지었다. 화난 것 같으면서 동시에 상처 입은 것 같은 표정이기도 했다.

상처 입었다고? 나는 내가 읽은 표정에 놀라 눈을 깜빡였다. 그가 내 말에 상처받을 이유가 뭐가 있지?

잠시 우리 사이에 침묵이 흘렀다. 선은 여전히 화가 난 표정으로 나를 쳐다보고 있었다. 점점 더 이상한 생각이 내 머릿속을 장악하기 시작했다.

그러고 보니 어제 마이크를 만나러 갈 때 나는 선을 부르지 않았다. 그가 온 건 식당을 이용하러 왔다가 치안관을 부르려는 도리스에게 사정을 들었기 때문이라고 했다.

왜 온 거지? 날 도와주려고? 왜?

나는 이해할 수 없는 이야기에 곰곰이 생각하다가 선을 쳐다봤다. 그는 여전히 인상을 찌푸린 채 나를 쳐다보고 있었다.

혹시?

"저기, 웨스트 공작."

아니, 선이라고 불러도 되나? 나는 조심스럽게 그에게 질문을 던졌다.

"혹시 나 좋아해?"

"뭐?"

선의 미간에 생긴 주름이 움직였다. 너 전부터 나한테 이상하게 굴었잖아. 마차에서 쓰러졌을 때도 날 자기 집에 묵게 했고 의사를 불러줬다. 그러고 보니 아이린 아주머니의 주점에서 어떤 남자가 나한테 치근덕거리려 했을 때도 그가 먼저 나섰다.

그리고 어제 일도 마찬가지다. 선은 아무 상관도 없었고 그를 부르지도 않았는데 달려와서 날 도와줬다.

선의 눈동자가 번쩍이기 시작했다. 그는 정색을 하며 내게 물었다.

"내가 널 좋아한다고 생각해?"

아닌가 보다.

나는 순식간에 백기를 흔들었다. 아, 아님 말고.

그런데 그렇게 생각하니 억울해진다. 내가 착각한 거라고 하기엔 나한테 잘해 준 건 맞잖아.

물론 잘해 준다고 다 날 좋아해서가 아니긴 한데. 나는 허둥지둥 변명했다.

"내가 다치는 걸 너무 걱정하길래. 알아서 한다니까?"

"그건……."

선이 입을 열었을 때였다. 복도 쪽에서 도리스가 외치는 소리가 들렸다.

"사장님, 손님 왔는데요."

손님이라고? 올 사람이 없는데? 치안관이 왔나? 나는 놀라서 벌떡 일어났다. 그리고 복도로 나가자 가게 쪽으로 들어왔는지 존이 가게와 복도로 통하는 문으로 들어오며 인사를 건넸다.

"안녕하십니까, 어서 남작님."

그러더니 내 뒤를 보며 멈칫했다. 왜 그래? 나는 고개를 돌리고 거기에 선이 있는 것을 확인했다. 그가 있는 줄은 몰랐나 보다.

"무슨 일이야?"

내 질문에 선의 눈치를 살피던 존이 뒷머리를 긁으며 말했다.

"저기, 일은 이제 끝난 건가 해서요."

아, 맞다. 그러고 보니 어제 존이 마이크의 경호원을 유인해 준 뒤로 치안관과 이야기하느라 그와 이야기를 못 했다. 나는 허둥지둥 이 층으로 향하는 계단으로 몸을 돌리며 말했다.

"응, 맞아. 끝났어. 어제까지 일해 준 거, 지금 돈 줄 테니까 잠깐 기다려."

돈 계산은 바로바로 해야 한다. 나는 부랴부랴 이 층 침실로 올라가서 미리 준비해 둔 돈주머니를 꺼내 왔다. 그리고 다시 일 층으로 내려왔을 때 선은 이미 가고 없었다.

"응?"

어디 갔지? 이야기 중이었는데? 혹시 선이 갔냐고 물어보려고 존을 쳐다보자 그는 이상하게 얼굴이 하얗게 질린 채 벽에 기대어 서 있었다.

"여기, 어제까지 일해 준 돈. 그런데 웨스트 공작은 갔어?"

"네? 네? 어, 네?"

뭐야, 왜 이래? 뺨이라도 때려서 정신을 차리게 해야 하나 망설이는 데 곧 정신을 차렸는지 존은 고개를 절레절레 흔들더니 돈을 받지도 않고 내게 말했다.

"죄, 죄송합니다. 공작님과 중요한 이야기 중이었는데 방해를 해서……."

중요한 이야기? 전혀 아니었다. 선이 내게 화를 냈고 내가 날 좋아하냐고 물어봤지. 그리고 그가 정색을 했고.

이걸 중요한 이야기라고 하기는 어렵지 않을까. 나는 그렇지 않다고 말하며 다시 존에게 돈주머니를 내밀었다. 그러자 그는 주머니 안을 살펴보지도 않고 품에 넣더니 허둥지둥 떠나가 버렸다.

뭐야, 확인도 안 할 줄 알았으면 동전 몇 개 덜 넣을걸.

문득 그런 생각이 들었지만 나는 고개를 절레절레 흔들며 가게로 나갔다. 착하게 살아야지. 그런 짓을 하면 안 된다.

"무슨 이야기였어요?"

내가 가게로 나가자 도리스가 다가오며 물었다. 손님이 한차례 빠져나갔는지 가게 안은 한산했다. 나는 밤 식빵과 그냥 식빵 사이에서 고민하는 손님을 쳐다보고 도리스에게 말했다.

"별 이야기 안 했어요. 어제 왜 자기를 안 불렀냐고 하더라고요."

"공작님이요?"

그렇다. 내가 고개를 끄덕이자 도리스가 갑자기 눈을 반짝이기 시작했다. 이 사람은 또 왜 이래? 내가 왜 그러냐는 표정을 짓자 그녀는 기대하는 표정으로 작게 속삭였다.

"전부터 생각한 건데, 웨스트 공작님이 사장님을 좋아하는 거 아닐까요?"

문득 억울하다는 생각이 들었다. 이것 봐! 나만 그런 생각 한 거 아니잖아! 도리스도 그렇게 생각했대!

나는 인상을 쓰며 고개를 저었다. 그리고 손님이 골라 온 빵을 포장하며 말했다.

"아니에요."

"에이, 맞는 거 같은데요?"

"내가 물어봤거든요. 정색하던걸요?"

그렇게 정색할 수가 없을 정도로 정색했다. 아, 다시 생각하니 좀 상처받네.

날 좋아하냐는 질문에 정색하던 선을 떠올리니 가슴이 좀 아파 왔다. 그렇게 정색할 건 또 뭐람. 웃으면서 아니라고 말하면 되지.

살짝 우울해질 것 같아서 나는 일부러 활기차게 나가는 손님에게 인사를 건넸다. 도리스는 손님이 나가자마자 다시 질문을 던졌다.

"정색했다고요?"

"엄청나게요. 창피해서 혼났어요."

그리고 가슴이 아팠고 섭섭했지. 하지만 나는 일부러 창피했다는 말만 하고 말았다. 섭섭했다는 말까지 하면 내가 선을 좋아하는 거 같잖아.

맞나?

머릿속이 혼란스러워졌다. 나는 인상을 쓰고 손님에게 받은 돈을 물끄러미 쳐다봤다. 그러자 도리스가 물었다.

"창피를 줬어요?"

누가? 아, 선이.

나는 돈을 재빨리 서랍에 집어넣었다. 그가 창피를 준 건 아니다. 그냥 정색하고 자기가 나를 좋아하는 거 같냐고 되물었을 뿐이지.

그런데 그게 더 민망하게 느껴졌다. 에이, 씨. 차라리 날 놀리거나 비웃었으면 역시 재수 없는 놈이라고 정이라도 떨어졌을 텐데.

"아뇨. 창피를 준 건 아니에요."

내 대답에 도리스가 다행이라는 표정을 지었다. 아, 이거 왜 내가 고백했다가 차인 거 같지? 이래서 사람들이 '너 나 좋아하지?' 같은 질문을 잘 안 하는 거다. 착각했다는 걸 들키잖아.

그래도 다행인 건 이틀 뒤에 헬름으로 떠난다는 거다. 물론 다시 돌아올 거지만 영지를 확인하고 이사 날짜를 정하면 바로 떠날 거다. 이 건물도 헥터가 선에게 팔았다고 했으니 선에게 돈을 갚고 헬름으로 가면 나는 더 이상 그와의 접점이 없게 된다.

그게 다행으로 느껴졌다.

* * *

"생각보다 시골이네."

수잔의 말에 나는 말없이 고개를 끄덕였다. 헬름으로 향하는 마차에는 나와 수잔, 그리고 어떤 남자가 앉아 있었다.

중간에 누가 내린 게 아니라 처음부터 헬름으로 향하는 마차는 우리 셋뿐이었다. 다른 지역으로 가는 마차는 육 인용이었는데 꽉 차다 못해 지붕 위에도 사람이 앉아 있었다.

또 다른 마차는 사람은 네 명 정도였지만 지붕 위에 짐이 가득 실려 있기도 했지.

하지만 내가 탄 마차는 아무것도 없었다. 짐도 나와 수잔의 짐뿐이었다. 우리와 같이 탄 남자는 아예 짐도 없었다.

대체 어디서 가는 거길래 짐도 없는 거지? 처음엔 헬름 사람인 거 같아서 말을 걸었는데 나중엔 나도 수잔도 남자를 무시하고 둘이서만 대화했다.

"촌이야, 촌. 여자들도 아주 촌스럽고. 시골 무지렁이가 따로 없어."

바로 이런 점 때문에.

수잔과 생각보다 시골이라거나 들어가는 입구가 가파르다는 말을 하고 있는데 남자가 끼어들었다. 이 남자는 수도에서 여기까지 오는 시간 동안 몇 번이나 우리의 대화에 끼어들려 했다.

수잔은 이야기하는 걸 아주 좋아한다. 그녀의 취미는 귀족 사교계의 가십을 수집하는 거다. 그리고 나도 이런저런 흥미로운 이야기를 듣는 걸 좋아한다.

하지만 이 남자의 이야기는 그리 기분 좋은 이야기가 아니었다. 그는 우리가 수도에 산다는 것을 알자 기분 나쁘게 눈을 빛내며 말을 걸어왔는데 하는 이야기는 다 저런 거였다.

헬름이 얼마나 촌스럽고 낙후된 곳인지. 그곳에 사는 사람들이 얼마나 무식하고 게으른지. 그중에서 특히 여자들이 얼마나 수준 떨어지는지.

이야기하는 걸 좋아하는 수잔조차도 나중엔 입을 다물었을 정도니 말 다 했다. 그런데 남자는 우리가 수도에서 왔다고 새침 떤다고 생각한 모양이다. 그는 헬름에 가까워질수록 왠지 모르게 점점 더 자신감을 얻어가기 시작하더니 종래에는 내 무릎을 손으로 툭툭 치며 말했다.

"우리 마을에 괜찮은 호수가 하나 있거든. 촌스럽고 낙후된 곳이다 그렇잖아? 주변 광경만은 그럴듯하지. 물론 수도에서 오신 아가씨들은 심심할 테지만."

수도에서 오신 아가씨들. 거기까지 들었을 때 나는 수잔을 돌아보았다. 그녀는 내게 아주 빠르게 역겹다는 표정을 짓고 재빨리 표정을 원래대로 되돌렸다.

"내가 소개해 줄게. 나도 일이 있어서 밤밖에 시간이 안 되긴 하지만 호수는 밤에 보는 것도 아주 끝내준다고."

밤이라는 말에 수잔이 다시 한 번 내게만 웩하는 표정을 지어 보였다. 그 덕분에 불쾌하던 기분이 사라졌다. 나는 킬킬대고 웃으며 물었다.

"넌 무슨 일을 하는데?"

"나? 난 저택에서 아주 중요한 일을 하고 있지."

"저택에서 일해?"

헬름에 저택이 과연 얼마나 있을까. 나는 방금 언덕 위에서 본 마을의 광경을 떠올리며 생각했다. 수도에서 외곽으로 가야 있는 형태의 집이 헬름은 아직도 대다수를 차지하고 있었다.

나는 헬름에 있는 저택이 내 저택 하나뿐이라고 확신했다. 그러자 남자의 행동이 아주 재미있게 느껴졌다.

"어서 남작이라고 알아? 내가 그 남작님과 아주 가까운 사이거든."

남자의 말에 수잔이 내 눈치를 살피는 게 느껴졌다. 나는 흥미로운 말에 마차 시트에 몸을 기대며 물었다.

"남작이라면 어느 쪽?"

에버딘과 에버딘의 어머니 중 어느 쪽을 말하는 건지 묻는 거다. 남자는 거들먹거리며 말했다.

"헥터 어서 남작님 말이야. 그분이 날 아주 총애하시지."

수잔은 남자에게 표정을 감춰야 한다는 것도 잊고 눈을 휘둥그 레하게 뜨고 나와 남자를 번갈아 쳐다보기 시작했다. 어허, 그러면 안 되지.

나는 슬쩍 손을 내밀어 수잔의 손을 감싸 쥐었다.

아직은 안 된다. 저택에 도착해서 내가 어서 남작이라는 것을 밝 혔을 때 이 남자의 표정을 보고 싶었다.

"그분도 저택에 살아?"

내 질문에 남자가 건방진 표정을 지었다. 그는 몸을 내밀어내 무 릎을 잡으며 말했다.

"사시냐고 해야지. 아니, 그분은 수도에 사셔. 하지만 가끔 내려 오시지. 그래서 내가 그분께 전달을 해 드리고 있지."

"뭘 전달하는데?"

이건 아주 궁금하다. 내 질문에 남자는 더욱더 뽐내는 표정을 지 었다. 하하. 너 헥터한테 아주 꼬리를 살랑살랑 흔드는 녀석이구 나?

"아주 다양하지만 대부분 세금이지. 헬름의 영지민들이 내는 세 금을 전달해 드릴 때도 있고 수확물을 전달해 드릴 때도 있고."

그렇군. 입 싼 개구리 같은 녀석 덕분에 나는 헥터가 내 재산을 빼돌리고 있다는 증언을 확보했다. 나는 마음속으로 남자를 입 싼 개구리로 명명하고 다시 물었다.

"남작님과 자주 만나?"

"그럼. 한 달에 두 번은 만난다고."

"정말? 내가 듣기로 어서 남작님은 얼마 전에 노혜임을 떠나 있었다고 들었는데."

남자는 내 말에 마치 나를 비웃듯 피식 웃었다. 그러더니 별거 아니라는 듯 마차 시트에 몸을 기대며 말했다.

"떠나기는. 잠깐 외곽으로 나가 계셨던 거야. 내가 거기로 돈을 전달해 드려서 알거든."

"그래? 왜 그런 소문이 퍼진 거지? 이상하네."

수잔이 감탄하는 표정으로 날 쳐다보는 게 보였다. 내 연기력 대단하지? 나는 그녀를 못 본 척 여전히 남자에게 이상하다는 표정을 지어 보였다.

그러자 남자가 마치 은밀한 이야기를 하듯 내게 고개를 내밀더니 주변을 살폈다.

저기, 여기 마차 안이고 우리밖에 없거든? 주변을 뭐 하러 살피니?

내 머릿속에 입 싼 개구리는 머리도 나쁘다는 게 추가됐다. 하기야, 처음 본 사람한테 이렇게 주절주절 떠든다는 것부터 머리가 나쁘다는 증거긴 하다.

"남작님한테 딸이 하나 있나 있거든. 근데 그 딸이 약간 모자란 데다 못생겨서 시집도 못 가고 있어."

이건 또 무슨 소리야. 나는 입을 딱 벌리려다가 곁눈질로 수잔의 표정을 발견했다. 그녀는 완전히 굳어 있었다.

덕분에 놀라기 전에 멈출 수 있었다. 나는 재빨리 수잔의 손을 꽉 잡았다. 그리고 시치미를 뚝 떼고 남자에게 물었다.

"만나 봤어?"

"누구? 남작님 딸?"

남자는 콧방귀를 뀌었다. 그리고 가상의 남작 영애를 비웃으며 말을 이었다.

"만난 적 없어. 어릴 때는 몇 번 왔나 본데 성인이 된 뒤로는 한 번도 안 왔대."

그건 굉장히 이상한 이야기다. 나는 저도 모르게 입가에 떠오르는 미소를 눌렀다. 분명 헥터는 에버딘이 작년쯤에 그의 재혼을 반대하느라 헬름으로 도망쳤다고 들었다.

그런데 성인이 된 뒤로 한 번도 안 왔다고? 헥터의 거짓말이 또 한 번 드러났다.

"그럼, 그럼 못생겼다거나 모자라다는 건 어떻게 알아?"

그때 수잔이 나섰다. 그녀는 남자에게 그렇게 물으며 힐끔힐끔 내 눈치를 살피고 있었다. 괜찮은데. 나는 그녀가 내 기분이 상했을까 봐 걱정한다는 것을 깨달았다.

하지만 나는 아무렇지도 않다. 객관적으로 에버딘은 못생기지 않았고 모자라지도 않다. 저런 말도 안 되는 비하는 내게 먹히지 않는다.

"저택에서 일하는 요리사랑 집사가 꽤 오래 일한 사람이거든. 어릴 때부터 남작 딸을 봤다는데 별로 예쁘지도 않고 좀 모자라다고 하더라고."

아하.

덕분에 저택에서 누굴 가장 조심해야 하는지 알았다. 나는 빙그레 웃으며 여전히 내 무릎을 잡고 있던 남자의 손등을 꼬집었다.

"아야! 아아아!"

그리고 그대로 그의 손을 들어 올리며 말했다.

"알려 줘서 고마워. 네 이름은?"

"아! 이, 이거 안 놔?"

"남의 몸에 함부로 손댔으면 손이 잘릴 각오는 해야지, 안 그래?"

"뭐? 감히……."

"감히?"

애 웃기네. 네 손등의 살점이 내 손가락 사이에 있는데도 그런 말이 나와? 나는 그의 손등을 비틀었다. 그러자 남자가 다시 비명을 질렀다.

"아악! 너 이년! 가만 안 둘 줄 알아!"

"해 봐."

과연 날 어떻게 가만 안 둘지 아주 궁금해진다. 나는 남자의 손등 살점이 떨어져 나가도록 비틀었다.

"아악! 아아악! 뭘 원하는 거야!"

"사과해야지. 네 주인이 널 그렇게 가르치던?"

"잘못했어! 잘못했다고!"

저택에 가자마자 일하는 사람들 교육을 다시 해야겠다는 생각이 들었다. 나는 남자가 애원하며 사과를 하자 그의 손을 놓아주었다.

곧 마차가 헬름의 시내에 멈췄다. 이걸 시내라고 해도 된다면 말이지만.

　나와 수잔이 마차에서 내렸지만 남자는 내리지 않았다. 처음엔 내가 무서워서 안 내리는 줄 알았는데 아니었던 모양이다. 마부에게 뭔가를 묻고 온 수잔이 풍경을 보던 나에게 다가와 말했다.

　"원래는 여기서 멈추는데 저 남자는 저택까지 데려다준다네. 우리도 타고 갈까?"

　"저택까지 데려다준다고? 돈을 더 받고?"

　"그건 아닌 거 같던데."

　무료로 태워다 준다고? 좋은데? 나는 내 짐을 수잔에게 맡기고 마부에게 다가갔다. 그사이 열린 마차 문을 지나치자 안에 있던 남자가 나를 노려보며 협박했다.

　"너 이년, 남작님이 널 가만 안 둘 거야."

　"반사."

　내가 할 말이다. 나는 그대로 마부에게 다가가서 물었다.

　"저택까지 간다고요? 돈 더 내야 해요?"

　"아, 아냐. 저택 사람들은 저택까지 데려다주거든."

　그러고 보니 아까 저 남자가 한 달에 두 번 정도 수도를 다녀온다고 했었지. 단골 고객 서비스인가? 그렇게 생각하는데 마부가 내게 몸을 기울이더니 속삭였다.

　"저택 가게? 아가씨도 조심해. 저택 사람들은 아주 날강도가 따로 없어."

　이건 또 무슨 소리야? 나는 인상을 쓰며 물었다.

　"왜요? 뭘 어떻게 하는데요?"

날강도라는 말까지 나왔다는 게 너무 수상하다. 내 질문에 마부
는 더 이상 말하고 싶지 않다는 듯 입을 다물었다.

어디 있는 입 싼 개구리와는 다르군. 나는 잠시 고민하다가 목소
리를 낮춰 물었다.

"아저씨한테도 뭔가 피해를 줬어요?"

잠시 망설이던 마부는 한숨을 내쉬며 말했다.

"딸이 여기에 살아."

그리고 그대로 마차를 달려 떠나 버렸다. 우리만 두고.

"뭐래?"

수잔이 내게 다가와서 물었다. 나는 그녀가 들고 있던 내 짐을
받아 들며 말했다.

"딸이 여기 산다네."

"마부도 여기 사람인가?"

"아닐 것 같은데. 저 아저씨, 수도에 있던 운송 회사 소속이라며."

그럼 수도에 산다는 말 아닌가? 나와 수잔은 잠시 사라지는 마차
를 쳐다보다가 몸을 돌렸다. 눈앞에 주점이 보였다.

"들어갈 거야?"

걱정스러운 수잔의 질문에 나는 잠시 망설이다가 주변을 훑었
다. 다 이런 느낌이다. 큰 주점이었지만 가게 앞은 전혀 청소를 하
지 않은 것처럼 더러웠고 사람도 없었다.

낮이라 술을 마시는 손님이 없어서 주점이 한산하다고 생각할
수도 있지만 그렇다면 길을 다니는 다른 사람이라도 있어야 한다.
주변은 주점만큼이나 한산했고 돌아다니는 사람도 거의 없었다.

"이 동네 남자들이 다 아까 그 남자 수준이면 어쩌지?"

뭘 물어보고 싶어도 그런 수준이면 말 붙이기 싫은데. 내 질문에 수잔이 피식 웃으며 말했다.

"좀 멍청하긴 한데 생긴 건 괜찮았어."

"그게?"

"나쁘지 않았잖아. 앉아 있는데 뱃살도 없었고."

아니, 뭐, 그렇긴 한데. 나는 인상을 쓰고 내게 무례하게 굴던 남자를 떠올렸다. 호리호리한 체격이긴 했다. 하긴, 생각해 보니 마이크는 호리호리한데 배만 튀어나온 체형이었지.

확실히 입 싼 개구리는 생긴 건 보기에 나쁘지 않을 수준은 됐다. 하지만 그걸 괜찮다고 하는 건 좀 문제가 있지 않을까.

나는 자연스럽게 선을 떠올리고 있었다. 잘생겼다고 하려면 그 정도는 되어야 한다. 나보다 머리 두 개는 큰 키와 떡 벌어진 어깨. 그리고 길쭉한 다리. 깎은 듯한 코와 턱. 짙은 눈썹 아래 선명한 붉은 눈동자.

"에버딘?"

멍하니 선을 생각하는데 수잔이 나를 재촉해 왔다. 아차. 퍼뜩 정신을 차린 나는 수잔에게 고개를 끄덕이며 말했다.

"뭐, 그 남자가 뱃살이 없긴 했지."

그러자 수잔의 얼굴에 이상한 표정이 떠올랐다. 그녀는 내가 어디 아픈지 걱정된다는 표정으로 말했다.

"아니, 여기 들어갈 거냐고."

아, 그랬군. 좀 민망하다. 나는 고개를 끄덕이며 주점 안으로 들어갔다. 그리고 재빨리 뒷걸음질로 나와 버렸다.

주점은 넓었지만 어두웠고 어두운 탓에 천장이 대단히 낮게 느껴졌다. 문제는 그게 아니었다. 악취가 났다.

주점이면 술을 파는 데잖아? 술을 팔면 안주도 팔 테고? 음식을 파는 데서 저렇게 악취가 나도 괜찮은 거야? 고개를 돌려보니 수잔 역시 믿을 수 없다는 표정을 짓고 있었다.

"어, 손님 없었지?"

"어, 어…… 손님 없었던 거 같아."

왜 없는지 알겠다. 우리는 고개를 들어 상당한 규모의 주점을 쳐다봤다. 이 정도 크기면 수도에서도 제법 크다고 할 만하다. 그러니 마차도 이 앞에서 우릴 내려 줬겠지.

근데 손님이 하나도 없는 것도 그렇고, 간판이 낡다 못해 삭아서 간신히 매달려 있는 것도 그렇고. 이 주점은 망해 가고 있다.

아니면 이미 망했거나.

나는 어이가 없어서 다시 주변을 살폈다. 그냥 사람만 적은 게 아니라 가게 대부분이 문을 닫은 모양이었다. 아니면 닫은 것처럼 보이거나.

"에버딘."

약간 겁을 먹은 것처럼 수잔이 나를 불렀다. 나는 건물 이 층에 있는 창문으로 누군가 우리를 쳐다보고 있는 것을 발견했다.

와, 이거 무서운 이야기에 나오는 상황 같은데?

"버넷 씨가 언제 온다고?"

버넷. 존의 성이다. 존 버넷. 나는 주변을 둘러보고 시계가 없다는 것을 확인했다.

"금방 온댔는데. 한 시간쯤 있다가 출발한댔으니까 곧 도착하지 않을까."

처음 가 보는 동네를 가는데 수잔과 단둘이 올 정도로 나는 겁을 상실하지 않았다. 나와 수잔을 경호해 달라고 존을 고용했는데 출발하기 직전에 급한 일이 생겼다고 나중에 따라오겠다고 했다.

그래도 그쪽은 말을 타고 온댔으니 한 시간 정도 늦게 출발해도 도착 시간은 비슷할 거라고 했다. 나는 한 번 더 주위를 둘러보고 혹시 이쪽으로 오고 있는 점 같은 게 보이는지 확인했다.

하지만 여전히 시내는 조용했다. 여기서 기다려야 하나? 고민하는데 수잔이 말했다.

"저택으로 가 볼까? 거기로 올지도 모르잖아."

아, 그것도 그러네. 나는 고개를 돌려 저택까지 큰 길이 쭉 이어져 있는 것을 확인했다. 이 큰길을 쭉 따라 걷다 보면 언덕이 나오는데, 그 너머에 있는 듯했다.

언덕에 일부 가려진 집의 지붕이 삐쭉 솟아 있는 게 보였다.

"일단 가 볼까?"

나는 가방을 고쳐 쥐며 말했다. 우리가 없는데 존이 먼저 도착했다면 그것도 문제긴 하다. 이럴 줄 알았으면 그냥 마차 타고 저택으로 바로 갈걸.

후회가 들었지만 어쩔 수 없다. 시내가 이렇게 황량할 줄 알았겠냐고.

"이 길로 따라가면 될 것 같은데."

수잔 역시 내가 본 길을 가리키며 말했다. 우리는 주변을 둘러보고 마차는커녕 말도 없다는 것을 다시 확인한 뒤 걷기 시작했다.

"지나가는 마차도 없네."

나는 시내를 빠져나가며 수잔에게 말했다. 좀 미안하다.

나야 내 영지니까 보고 싶은 거지만 수잔은 나를 따라와 준 것뿐이다. 원래는 아이린 아주머니가 따라오겠다고 했는데 그녀는 가게가 있다.

같은 이유로 오겠다는 크리스틴과 도리스를 말린 건 나였다. 하지만 수잔의 '꽃가게 주인으로서 헬름에 어떤 꽃이 피는지 봐야겠다'는 주장은 꺾을 수가 없었다.

"괜찮아. 노헬에서도 항상 이 정도는 걸었는데 뭐."

고맙게도 수잔은 별거 아니라는 듯 대답해 주었다. 시내를 빠져나가자 큰길은 확실하게 거칠어졌고 건물도 사라졌다. 우리는 언덕에 올라 잠시 멈춰 서서 시내를 내려다보았다.

"예전엔 꽤 규모가 컸나 본데."

"그러게."

언덕에서 내려다본 시내의 모습은 규모가 꽤 있어 보였다. 저 건물의 대다수가 빈 건물이라는 걸 아까 알아차리지 않았다면 헬름을 괜찮은 마을이라고 생각했을 거다.

하지만 건물의 대부분이 비어 있다는 것을 안 지금은 전혀 다르게 보인다. 나는 상당한 규모의 방앗간을 발견하고 그곳을 가리키며 말했다.

"방앗간도 크네."

방앗간이 저렇게 크다는 건 이곳에 사는 사람도 꽤 많다는 뜻이다. 빻아야 할 곡식이 많이 나온다는 뜻이니까.

하지만 과연 지금도 그 정도로 많은 사람이 살고 있는지는 의문이 들었다. 빈 건물로 보아 사람 수는 확실히 줄었을 것이다.

"원래 규모가 있던 곳인데 최근 들어 갑자기 망했나 봐."

이유가 뭘까. 나는 내가 사는 거리가 쇠퇴한 이유를 떠올렸다. 거기도 원래는 괜찮은 거리였다고 들었다. 그런데 건물이 노후하면서 상인들이 떠나고 그로 인해 손님의 발길도 끊겼다고 들었다.

그 뜻은 규칙적인 건물 관리와 점검이 중요하다는 거지.

문제는 이 마을의 관리는 에버딘의 선조가 해 왔다는 거다. 그러니까 길게는 그녀의 고조부모나 증조부모였을 것이고 짧게는 에버딘의 어머니겠지.

최근 들어서 마을이 쇠퇴했다는 건 에버딘의 조부모나 부모가 영지 관리를 제대로 안 했다는 말이 된다. 그 생각에 이르자 내 표정이 굳었다.

아, 이거 별로 안 좋은데.

"저긴가 봐."

앞서가던 수잔이 언덕 위에 보이는 저택을 가리키며 말했다. 왜 아까 그 입 싼 개구리가 마차를 타고 갔는지 알겠다. 수도를 걸어 다니며 누볐음에도 언덕을 올라가는 건 꽤 힘이 들었다.

나는 가방을 땅에 내려놓고 잠깐 숨을 골랐다. 아이고, 힘들어.

"에버딘, 버넷 씨가 말 타고 온댔지?"

나보다 체력이 좋은 지 몇 발자국 앞서갔던 수잔이 내게 물었다.

그랬다. 일이 있어서 좀 늦게 출발해야겠다던 존은 내게 말을 타면 금세 따라잡으니 걱정 말라고 했었다.

나는 마지막으로 심호흡을 한 번 하고 허리를 세웠다. 그리고 가방을 들고 수잔을 따라가며 말했다.

"응. 말 타고 온댔어. 왜?"

"그럼 손님이 왔나 봐."

"손님?"

저택에? 주인도 없는데? 어리둥절해 하며 쳐다보자 수잔이 가리킨 곳에 마차가 한 대 서 있었다. 문제는 저 마차가 어디서 본 것처럼 익숙했다는 점이다.

"어라?"

저 마차를 내가 어디서 봤지? 나는 수잔과 함께 빠르게 저택으로 다가갔다. 그사이 저택 앞에 멈춰 있던 마차가 천천히 움직이더니 저택 뒤로 돌아가는 게 보였다.

누군가 방문해서 저택 안으로 들어가고 마부가 마차를 옮기는 모양이다. 하지만 누가 온 걸까? 헥터가 왔나?

제일 먼저 생각난 건 헥터였다. 에버딘의 아버지. 그의 마차가 저렇게 생겼었나? 잠시 기억을 뒤졌지만 생각나지 않는다.

그새 수잔은 저택의 현관으로 다가가 문을 두드리는 손잡이를 잡고 세게 두드렸다.

탕탕탕!

요란한 소리가 났지만 안에서는 아무 소리도 들리지 않았다. 이상한데? 수잔과 시선을 마주한 나는 그녀 대신 손잡이를 잡고 다시 두드렸다.

쾅쾅쾅!

이번에는 좀 더 힘차게 두드렸다. 그래도 반응이 없으면 창문이라도 열고 소리칠 생각이었다. 하지만 다행히 내가 실행에 옮기기 전에 안에서 누군가 나오는 발걸음 소리가 들려왔다.

"누구……."

문을 벌컥 열고 나온 남자는 나를 보자마자 멈춰 섰다. 대략 사오십 대 정도로 보이는 남자였다. 선의 집에서 몇 명의 하인을 만나 본 경험으로 이 나이대의 남자는 보통 집사였다.

나는 그에게 대뜸 물었다.

"방금 누가 왔어요?"

"아, 아가씨?"

역시.

남자는 집사가 맞는 모양이다. 문제는 내가 그의 이름을 모른다는 거다. 하지만 나는 그의 이름을 모른다는 것을 시치미 떼며 다시 말했다.

"방금 온 사람 누구냐고요."

그는 여전히 나를 보고 굳은 채였다. 아니, 왜 이래? 내가 인상을 쓰며 그의 눈앞에서 손을 흔들자, 집사가 움찔하더니 내 말을 못 들은 듯 말했다.

"어, 어떻게 오셨습니까? 오신 걸 주인님께서는 아십니까?"

뭐라는 거야. 나는 그를 밀고 안으로 들어가며 물었다.

"주인님이 누구죠?"

"네? 네?"

그렇지 않아도 바닥을 기고 있던 이 저택의 집사를 향한 신뢰도가 땅을 뚫고 내려갔다. 나는 현관을 지나 홀까지 들어간 다음 그를 향해 돌아서며 말했다.

"나를 두고 감히 누굴 주인이라고 말하는 거냐고."

집사는 내 말에 다시 멈칫했다. 뭐야, 이 멍청이는. 그때 내 뒤에서 익숙한 목소리가 들려왔다.

"이 계집! 여기가 어디라고 들어와!"

"에버딘!"

수잔이 내게 소리치는 것과 동시에 나는 몸을 돌렸다. 그러자 복도 저편에서 나를 발견하고 달려오는 입 싼 개구리가 보였다.

저거 설마 날 때리겠다는 거야?

머릿속에 별의별 생각이 다 스쳐 지나갔다. 설마 날 때리겠어? 집사는 뭘 하는 거지? 쟤 진짜 내가 누군지 모르나 본데?

그 생각 사이에서도 내 몸은 그대로 굳어 있었다.

"글로버!"

집사가 그렇게 외치는 게 들렸다. 입 싼 개구리의 이름이 글로버인 모양이다. 그때 그의 뒤로 누군가 나타났다.

"어?"

선이었다. 그는 눈 깜짝할 사이에 글로버에게 다가가더니 그가 내게 손을 뻗기도 전에 글로버를 낚아챘다.

"꾸웩!"

나는 글로버의 꼴사나운 신음과 그를 한 손으로 들어 올리는 선의 완력 중에서 어느 쪽에 더 집중해야 할지 몰라 멍하니 서 있었다.

"괜찮아?"

선은 글로버를 들어 올린 채 내게 다가와서 물었다. 와, 얘한테 힘으로 덤비면 절대 안 되겠는데? 내가 쓰러졌을 때 선이 날 들어 올리긴 했지만 글로버는 그래도 나보다 큰 남자다.

선은 그런 남자를 어렵지 않게 들어 올리고 있었다.

"어, 뭐. 응. 괜찮긴 한데."

내 시선이 선이 들고 있던 글로버에게로 향했다. 선이 그의 목덜미를 잡고 들어 올렸는지 글로버의 얼굴색이 파래지더니 점점 흙빛으로 변하고 있었다.

"죽이면 안 돼."

나는 선의 미래와 이 저택의 청소부를 생각해서 말했다. 아무리 그래도 여긴 내 저택인데, 내 저택에서 손님이 하인을 죽여 버리면 손님하고 싸워야 하잖아.

난 선이랑 싸워서 이길 자신이 없다.

내 제지에 선은 그제야 자신이 글로버를 들고 있었다는 것을 깨달은 것처럼 그를 집어 던져 버렸다. 허우대는 멀쩡한 글로버의 몸이 구겨져서 홀을 미끄러지듯 가로질러 처박혔다. 그 모습에 집사가 허둥지둥 달려간 것은 말할 것도 없다.

"글로버!"

둘이 연인이야, 뭐야. 나는 봉변을 당할 뻔한 주인이 아니라 무례한 짓을 한 하인을 걱정하는 집사를 한심하게 쳐다보다가 선을 향해 고개를 돌렸다. 그는 짙은 눈썹을 모으고 걱정스럽다는 표정으로 나를 쳐다보고 있었다.

"여긴 어쩐 일이야?"

설마 존을 데려다주러 온 건 아니겠지. 그렇게 생각하는 데 문득 선의 뒤로 누군가 서 있는 게 보였다.

"카렌?"

카렌은 믿을 수 없다는 표정으로 서 있었다. 어, 뭐야. 카렌까지 왔어? 설마 존에게 무슨 일이 생긴 건 아니겠지?

나와 존 사이에 별로 좋은 경험은 없지만 그래도 미운 정도 정이라고 걱정이 됐다. 나는 선에게 다가가서 조심스럽게 물었다.

"존한테 무슨 일이라도 있어?"

그러자 선의 표정이 이상해졌다. 그는 명백하게 기분 나쁘다는 표정으로 대뜸 물었다.

"왜? 걱정돼?"

"별건 아니고요."

그때 카렌이 재빨리 우리 사이에 끼어들었다. 그녀는 수잔에게 눈인사를 하더니 다시 내게 말했다.

"그 녀석은 지금 교육 중이라서요. 빠지면 안 되는 거라 공작님이 대신 왔습니다."

"뭐?"

이게 무슨 말도 안 되는 소리야. 나는 어이가 없어서 선과 카렌을 번갈아 쳐다봤다. 존 대신 선이 왔다고? 그러니까 재교육 중인 하급 용병 대신 공작이 왔다는 말이지?

너네 지금 나랑 장난하니?

"서쪽 하늘 용병대에 지금 사람이 없어?"

"그건 아닌데 존이 제일 싸거든요."

뭐라는 거야. 나는 곁눈질로 선을 쳐다보며 카렌에게 물었다.

"그런데?"

"공작님은 공짜죠."

뭐라는 거야, 진짜. 내가 대놓고 어이없다는 표정을 짓자 카렌이 깔깔대고 웃더니 속삭였다.

"단골 서비스 같은 거죠. 존 가격으로 모실게요."

단골이라고 해 봤자 난 존을 딱 며칠만 썼을 뿐이다. 그걸 단골이라고 하는 건 좀 어렵지 않을까. 내가 믿을 수 없다는 표정을 짓자 카렌이 한숨을 내쉬더니 마지막 패라는 듯 말했다.

"그럴 줄 알고 저도 왔어요. 연수생 가격으로 공작님 쓰실래요, 팀장 가격으로 저 쓰실래요?"

"팀장 가격은 얼만데?"

카렌의 얼굴에 미소가 떠올랐다. 그녀는 주변을 살피더니 내 귀에 입을 가져다 대고 작은 목소리로 금액을 불렀다.

그런 우리 둘을 선은 못마땅한 듯이 쳐다보고 있어서, 나의 기분도 조금 나빠지려고 했다. 하지만 금액을 다 들은 순간 선이 천사로 보였다.

"세상에."

서쪽 하늘 용병대의 팀장 가격은 진짜, 진짜, 진짜, 진짜 비쌌다. 어느 정도로 비쌌냐면 '아, 이 정도 가격을 버니까 선이 헥터한테 지참금을 그렇게 줬구나?'라는 생각이 들 정도로.

그런데 연수생 가격으로 선을 쓴다고 해도 그는 한 영지의 영주고 여기는 내 영지다. 이렇게 생각하자 선과 카렌의 의도가 의심스러워졌다.

내 영지의 내부 자료 같은 걸 빼가려고 온 건 아니겠지?

"존이 무슨 교육을 받는다고?"

나는 의심 가득한 표정으로 카렌에게 물었다. 그러자 그녀가 잠깐 멈칫하더니 별거 아니라는 듯 대답했다.

"성희롱 예방 교육이요."

아, 그거면 할 수 없지. 존에게 가장 필요한 교육이기도 하다. 나는 인상을 쓰며 고개를 끄덕였다. 그러자 카렌이 재빨리 덧붙였다.

"한 달짜리 교육인데 존은 재교육을 받는 중이죠."

서쪽 하늘 용병단은 생각보다 훨씬 괜찮은 용병단인가 보다. 그러고 보니 아이린 아주머니의 주점에 죽치고 있는 용병들 중에서도 가장 얌전한 게 서쪽 하늘 용병단이기도 했다.

나는 의심스러운 표정으로 다시 선을 쳐다봤다. 그는 어쩐지 불안한 표정으로 나를 보고 있었다. 마치 내가 당장이라도 자신을 쫓아낼까 봐 걱정된다는 표정이었다.

그럴 리가 없다. 그가 여기서 쫓겨나는 걸 걱정할 리가 없잖아. 아니, 설마 진짜로 내 영지의 사정이 어떤지 염탐하러 왔나?

하지만 다른 사람도 아니고 웨스트 공작이 그럴 이유가 있을까? 나는 일단 선에게서 의심의 눈을 거두고 집사에게 말했다.

"집을 한번 돌아보고 싶은데. 그리고 영지 사정도 보고 싶고."

집까지는 선에게 보여 줘도 되지 않을까. 그렇게 생각하며 말한 서였는데 집사의 표정이 살짝 굳는 게 보였다. 그는 나와 선을 번갈 아 보더니 천천히 말했다.

"일단 손님이 오셨으니 차부터 대접하시는 게……."

"아직 차도 안 내줬단 말이야?"

손님이 왔는데? 깜짝 놀라는 내게 카렌이 집사를 두둔하듯 말했 다.

"들어온 지 얼마 안 됐습니다. 온 용건도 말 안 했고요."

뭐라고? 이건 더 놀랄 일이다. 나는 저도 모르게 말을 내뱉었다.

"그런데도 집에 들였단 말이야? 주인도 없는 집에?"

다시 집사의 표정이 굳었다. 아차. 이런 이야기는 손님이 가고 나 서 해도 늦지 않다.

나는 재빨리 사태를 수습하기 위해 집사에게 다시 말했다.

"일단 차를 가져와."

그리고 수잔에게 손짓해서 카렌과 선이 나온 응접실로 들어갔 다.

응접실은 평범했다. 수도에 있는 집보다 약간 낮은 수준으로 꾸 며 놓은 느낌이었다. 그렇다고 내 가게처럼 목적만 맞으면 된다는 식으로 아무 가구나 가져다 놓은 건 아니고.

가구의 조각이나 벽의 칠 같은 게 수도에 있는 저택의 응접실에 비하면 조금 더 심플하다는 느낌이었다. 그게 마음에 들기는 한다.

"그런데 선은 그렇다 쳐도 카렌은 어쩐 일로 온 거야?"

여전히 나는 주인도 없는 집에 두 사람을 들인 것을 이상하게 여기고 있었다. 수도에서 헥터가 사는 집에 연락 없이 찾아간 적이 있 거든.

그때 하인은 헥터가 집에 없다는 이유로 나를 돌려보냈다. 그게 당연한 줄 알았지. 내가 집주인이지만 실제 거주자는 헥터니까 실 거주자를 우선으로 돌아가는 건 줄 알았다.

그런데 지금 보니 둘 중 하나인 모양이다.

이 저택의 집사는 주인을 아주 무시하거나 헥터가 수도에 있는 집에 자신이 없으면 나를 들이지 말라고 했거나.

어느 쪽일까. 고민하는 사이에 카렌이 입을 열었다.

"저는 공작님의 경호로 왔습니다."

"난 존을 내 경호로 고용했는데?"

이게 무슨 일이람. 그러니까 내 경호원의 경호원으로 카렌이 왔 다는 말이다. 내가 어이없다는 듯 말하자 옆에 앉아 있던 수잔이 쿡 하고 웃음을 터트렸다.

카렌 역시 우습다는 표정이었다. 하지만 선은 아니었다. 그는 내 옆에 앉아 여전히 못마땅하다는 표정으로 나를 쳐다보고 있었다.

아, 또 왜.

"혼자 이런 동네에 오면서 경호를 고작 한 명을 고용했단 말이 야?"

선은 그게 마음에 안 들었던 모양이다. 나는 그에게 다시 한 번 날 좋아하냐고 물어보려다가 말았다.

아, 대체 무슨 상관이야. 네가 내 아빠야? 애인이야? 남편이야? 대신 어이가 없어서 말했다.

"내 마음이지."

"위험하게······."

선이 그렇게 말한 순간 하인이 차를 가지고 들어왔다. 호리호리한 체형의 남자였다. 그는 쟁반에 찻잔을 빼곡하게 담아 가지고 들어오다가 선과 눈이 마주쳤다.

"으아악!"

그 순간 하인은 비명을 지르며 말 그대로 쟁반을 집어 던졌다. 헉. 얼어붙은 내 앞에서 선이 벌떡 일어났다. 그리고 한 팔로 나를 가려 주었다.

이게 무슨 일이야.

나는 선의 그림자에 가려진 채로 얼떨떨하게 앉아 있었다. 진짜 이게 무슨 일이냐고밖에 할 말이 없다. 고개를 돌리자 카렌이 수잔을 보호해 주고 있는 게 보였다.

하지만 하인이 가져온 차를 다 뒤집어쓴 건 두 사람이 아니었다. 그리고 나도 아니었고.

그럼 남은 건······.

"괜찮아?"

선밖에 없다. 그 사실을 깨닫자마자 나는 깜짝 놀라서 그에게 매달렸다.

하인은 새파랗게 질린 채 바닥에 주저앉아 있었다. 뒤이어 집사와 하인들이 뛰어 들어왔다. 하인의 비명에 놀라 뛰어 들어온 그들은 응접실의 참상을 발견하고 신음을 내뱉었다.

"헉······."

"죄, 죄송합니다!"

죄송하고 말고의 문제가 아니다. 나는 선의 팔을 잡아당기며 물었다.

"선, 괜찮아?"

아니, 바보 같은 질문이다. 뜨거운 차를 뒤집어썼는데 괜찮을 리가 없다. 하지만 그는 짜증 섞인 한숨을 내쉬더니 나를 돌아보았다. 그리고 젖은 머리를 쓸어 올리며 물었다.

"괜찮나?"

"아, 안 뜨거워?"

의외로 선은 멀쩡했다. 이 남자, 설마 뜨거운 물에 내성이라도 있는 건 아니겠지? 어리둥절해 하며 그의 젖은 팔을 만지는데 미지근했다.

"하인 교육이 엉망이군."

하인이 미지근한 차를 가져왔던 모양이다. 미지근한 차라니, 눈물 쏙 빠지게 혼낼 일이지만 천만다행이었다. 나는 벌떡 일어나서 선의 앞으로 돌아갔다. 그리고 그가 얼마나 젖었는지 확인하며 집사에게 소리쳤다.

"뭐해? 수건 가져와! 차가운 물도!"

이놈들 다 대체 뭘 하는 놈들인지 모르겠다. 하나같이 파랗게 질려서 서 있는 게 사건을 수습할 의지가 전혀 없어 보인다.

선의 말대로 이 저택은 하인 교육이 엉망이었다. 그리고 이 저택은 내 소관이고.

"미안해."

나는 주머니를 뒤져 손수건을 꺼내며 그에게 속삭였다. 진짜로 미안했다. 그에게 차를 엎지른 것도 내 하인이고 그가 차를 뒤집어쓴 것도 나를 보호하느라 그런 거다.

찻물은 선의 앞머리와 얼굴을 거쳐 그의 가슴팍까지 번져 있었다. 나는 손수건으로 그의 얼굴을 닦으며 다시 한번 사과했다.

"진짜, 진짜 미안해. 옷은 새로 사 줄게."

선의 얼굴 위로 감정을 읽을 수 없는 표정이 떠올랐다. 그는 내 손을 잡더니 무뚝뚝하게 말했다.

"됐어."

그대로 내 손을 밀어낼 줄 알았는데 그는 그대로 내 손을 잡고 나를 물끄러미 쳐다보고 있었다.

어, 이거…….

분위기가 좀 묘했다. 그가 나를 좋아했다면, 지금 딱 키스하면 좋을 것 같은 분위기였다. 선이 날 좋아한다면 내가 했을지도 모르겠다.

하지만 나는 인간이고 욕망을 누를 지능이라는 게 있지. 내가 그에게서 물러나는 순간 집사와 하인들이 수건과 차가운 물을 가지고 들어왔다.

"수건 가져왔습니다!"

이것들 바보 아냐? 나는 하인들이 가져온 엄청난 양의 수건을 보고 입을 딱 벌렸다. 집사까지 네 명의 남자들은 각각 수건 한가득에 물이 반쯤 찬 물동이까지 하나씩 들고 있었다.

너네 청소 한 번도 안 해 봤니? 나는 어이가 없어서 가장 가까이

서 있던 하인의 수건을 빼앗았다. 아니, 말이 빼앗았다지 얼마나 많이 가져왔는지 수건의 탑에 하인의 얼굴이 가려져 있었다.

게다가 가져와 놓고 내려놓지도 않은 채 계속 들고 있어서 맨 꼭대기 수건은 내 손에 닿지도 않았다. 결국 중간쯤에서 하나 빼 오는 수밖에 없었다.

"공작님이 입을 만한 남자 옷이 있을까?"

나는 수건을 선에게 건네며 누구에게랄 것도 없이 물었다. 가능하면 남자 새 옷이 있었으면 좋겠지만 그게 가능할 리가 없다. 그렇게 생각하는데 집사가 대뜸 말했다.

"주인님께서 새로 지은 옷이 몇 벌 있습니다. 가져올까요?"

지적할 부분이 많았지만 참았다. 그는 계속 헥터를 계속 주인님이라고 부르고 있었고 이 상황에서 옷을 가져오는 것조차 확인하고 있었다.

나는 한숨을 내쉬고 어서 가져오라고 말하려고 입을 열었다. 하지만 그보다 먼저 선이 어이가 없다는 듯 물었다.

"내게 여자 옷을 입으라는 건가?"

"네? 아닙니다. 어서 남작님의 옷입니다."

집사의 대답에 선은 더더욱 혼란에 빠진 표정이었다. 그 표정을 보고도 집사는 자신이 무슨 실수를 했는지 깨닫지 못하고 있는 게 보였다.

그러니까 이 집사는 내가 아닌 헥터를 주인님이라고 부른 게 실수가 아니었다는 말이다.

한마디 하고 싶지만 손님 앞에서 집사를 혼내는 건 그리 좋지 않다는 것을 아까 학습했다. 나는 손을 내저어 집사의 시선을 내게 가져온 뒤 말했다.

"가서 어서 씨의 새 옷을 가져와."

과연 헥터의 옷이 션에게 맞을지 모르겠다. 둘을 나란히 세워 본 적은 없지만 어림짐작으로 션이 헥터보다 머리 하나 더 크다. 그래도 헥터도 그 나이치고는 체격이 나쁘지 않으니 적당히 맞지 않을까.

나는 그렇게 생각하며 부랴부랴 나가는 집사에게서 시선을 돌려 멍청하게 서 있는 하인들을 쳐다봤다. 그들은 여전히 수건과 물동이를 들고 서 있었다. 수건을 저렇게 많이 가져오질 말던가, 아니면 한 명 정도는 빈손으로 오던가.

누군가 도와주지 않으면 수건도, 물동이도 내려놓을 수가 없어 보인다. 나는 글로버를 한 번 쳐다보고 수건을 하나 더 빼앗은 뒤 명령했다.

"가져온 곳에 원래대로 돌려놔."

"아……."

어디선가 짜증 난다는 탄식이 흘러나왔다. 하하. 이 자식들 아주 빠져서 놀고 있네? 다행히 그들은 내 구성진 욕을 듣기 전에 몸을 돌려서 응접실을 나갔다.

나는 두 번째 수건도 션에게 넘겨주려다가 그의 머리가 아직도 젖어 있는 것을 발견하고 말했다.

"머리는 아직 젖어 있어."

"어디?"

선은 그렇게 물으며 자신의 머리를 거칠게 털었다. 아니, 거기 말고 앞머리 말이야. 저러다가 깨끗하게 빗어 넘긴 머리까지 망가트릴까 봐 걱정된다.

나는 들고 있던 수건을 들어 올리며 말했다.

"앉아 봐."

의외로 선은 순순히 앉았다. 물론 그가 앉아 있던 소파는 찻물로 젖어 있었기 때문에 어쩔 수 없이 티테이블에.

그가 앉은 덕분에 서 있는 내게 선의 머리가 보였다. 내가 수건으로 조심스럽게 그의 머리에 묻은 물을 닦는 동안 어디선가 시끄러운 구둣발 소리가 들렸다.

아, 이 집 하인들 진짜 못 써먹겠네. 나는 창피한 줄도 모르고 쿵쾅쿵쾅거리는 발소리에 인상을 쓰며 고개를 돌렸다.

그러자 문 앞에서 마치 튀어 들어오듯 나타난 집사가 손에 든 옷을 내밀며 말했다.

"새, 새 겁니다. 헉, 헉……."

어이가 없다, 어이가 없어. 나는 집사가 가져온 옷이 남자 셔츠라는 것을 확인하고 속으로 혀를 찼다. 전부 세 벌. 한 번도 입지 않은 새 옷이었다.

그러니까 헥터는 자기 집도 아니고 내 영지에 있는 내 저택에서 주인 행세를 하며 왔다 갔다 했다는 말이다. 심지어 입지도 않은 새 옷까지 주문해서 여기에 둘 정도로.

나는 그중에서 가장 품이 넉넉한 것을 확인하며 집사에게 물었다.

"공작님이 어디서 옷을 갈아입으면 되지?"

"네?"

집사는 그게 무슨 소리냐는 표정을 지었다. 여기서 갈아입으리? 나는 어이가 없어서 그를 쳐다봤다.

이런 것까지 내가 지시해야 아는 거야? 집사라는 건 집안을 살피는 일을 하는 거 아니었어? 이 집사는 확실히 자기 일을 제대로 하지 못하고 있었다.

나는 일하는 법도 모르던 하인들을 떠올리고 대체 이 저택의 집사가 하는 일이 뭔가 하는 생각을 했다. 아랫사람을 제대로 가르친 것도 아니고 나를 제대로 맞이한 것도 아니다.

집사가 대체 얼마를 받는지 확인을 좀 해 봐야겠는데. 나는 그렇게 생각하며 그대로 응접실을 나갔다. 그리고 가장 가까운 방의 문을 열어 안을 확인했다.

거기도 응접실이었다. 내가 있던 응접실과 다른 점이라면 피아노가 한 대 있다는 점이다. 나는 다시 원래 응접실로 돌아가서 선을 두 번째 응접실로 안내한 뒤 셔츠를 건네며 말했다.

"미안해. 이런 골치 아픈 일을 겪게 해서."

선은 여전히 무뚝뚝한 표정으로 조끼를 벗고 있었다. 당연하지만 조끼도 젖었다. 오히려 안에 입은 셔츠가 덜 젖었지만 이쪽은 흰색이라 찻물이 금세 물들어 버렸다.

나는 목 부분과 가슴으로 들어가는 라인에 홍차 물이 든 것을 보고 혀를 찼다. 이거 안 지워지겠지?

선 웨스트 공작의 셔츠다. 분명 어마어마하게 비쌀 거다.

생각하지 못한 지출에 속이 쓰리지만 나는 재빨리 털어 냈다. 그는 나를 보호해 주려고 뜨거운 차를 뒤집어썼다. 다행히 뜨겁지는 않았지만 그가 나를 위해 나설 때 그걸 알고 뛰어든 건 아니었잖아.

"진짜 미안."

나는 선에게서 수건을 받아 들며 한숨처럼 말했다. 별로 빚지고 싶은 상대가 아닌데 빚을 졌다는 사실이 좀 참혹하게 느껴졌다.

선은 그런 나를 물끄러미 쳐다보고 있었다. 나는 그를 쳐다보다가 다시 이상한 점을 깨달았다.

이 남자는 대체 왜 날 감싸 주려 한 걸까? 그것도 뜨거운 찻물에서 말이다. 나라면 절대 그런 짓 못 한다. 뜨겁잖아.

"나가 줬으면 좋겠는데."

"응?"

불쑥 나온 선의 요청에 나는 그게 무슨 소린가 하고 눈을 크게 떴다. 그러자 그가 자기 셔츠의 단추에 손을 대며 말을 이었다.

"갈아입으려고."

"아."

아아, 아. 아아아아.

무슨 소린지 알겠다. 나는 그대로 펄쩍 뛰어서 선에게서 물러났다. 그러자 그가 피식 웃으며 말했다.

"보고 싶으면 봐도 좋아."

"진짜?"

아차. 마음의 소리가 먼저 나가 버렸다. 이래서 인간은 말을 할 때 뇌를 한번 거치고 해야 한다.

선은 내 질문에 놀란 표정을 짓더니 인상을 썼다. 나는 그가 뭐라고 말하기 전에 재빨리 방을 빠져나왔다.

좀 아쉽긴 하다. 선은 키도 크고 어깨도 넓고 몸 자체가 두툼한게, 보여 준다면야 얼마든지 볼 생각이 만만하거든. 나는 그렇게 생각하며 카렌과 수잔이 기다리고 있는 응접실로 들어갔다.

"공작님은 어떻습니까?"

들어가자마자 카렌이 물었다. 아, 진짜. 나는 빈 테이블을 보자마자 한숨을 내쉬었다.

꽤 시간이 흘렀는데도 그사이에 하인들이 새로운 차를 가져다주지도 않은 모양이다.

그래도 깨진 찻주전자와 찻잔은 치웠는지 바닥은 깨끗했다.

근데 그래도 혹시 모르니 손님을 다른 응접실로 안내해야 하는거 아냐? 얘네 일 진짜 못하네.

나는 카렌에게 대답하기 전에 복도를 살폈다. 하지만 아까 수건을 잔뜩 들고 들어왔던 하인들은 다 어디로 갔는지 보이지 않았다.

"지금 옷 갈아입고 있어. 차가 미지근해서 다행이지……."

고맙기도 하고 미안하기도 한 마음에 한숨을 내쉬자 카렌이 내기분을 안다는 듯 웃으며 말했다.

"너무 신경 쓰지 마세요."

"날 보호해 주려다 찻물을 뒤집어쓴 건데 어떻게 신경을 안 쓰겠어? 물이 미지근해서 다행이지……."

"남작님 때문은 아닐 겁니다."

응? 나는 이해할 수가 없어서 카렌을 쳐다봤다. 내 집에서 내 하인의 실수로 엎은 찻물로부터 날 보호해 주려다 뒤집어쓴 건데 왜 내 탓이 아니야?

카렌은 이해하지 못하는 내 표정에 잠깐 놀라는 듯하더니 말했다.

"사람들은 공작님의 눈을 무서워하거든요."

"그런데?"

지금은 특이하게 예쁜 눈이라고 생각하지만 나도 처음 봤을 때는 놀랐다. 사람이 붉은 눈을 가질 수 있는 줄은 몰랐으니까.

하지만 내가 살던 곳에는 붉은 눈을 가진 동물이 은근히 있었던 걸로 기억한다. 특히 흰 토끼가 붉은 눈을 가지고 있다.

그러니까 여기는 붉은 눈을 가진 인간도 있나 보다 했던 것뿐이다. 그런데 카렌의 태도를 보니 그게 흔하지 않은 모양이었다.

그녀는 '그런데?'라는 내 질문에 잠깐 당황하더니 조심스럽게 말했다.

"놀라서 실수하는 사람도 많다는 이야기입니다."

붉은 눈이 특이하다고 해도 그렇게 쟁반을 집어 던질 정도로 놀랄 일인가? 하지만 나는 문득 떠오른 생각에 표정을 굳혔다. 나는 카렌의 말을 확인하기 위해 물었다.

"그러니까 웨스트 공작은 사람들이 자기, 그러니까 자기를 보고 놀라는 거에 익숙하다는 말이지?"

차마 눈을 보고 놀랐다고 말하는 건 못하겠다. 남의 약점을 건드리는 건 옳지 못한 행동이잖아. 그게 선의 약점인지는 모르겠지만……

"그렇죠. 평생을 그렇게 사셨으니까요."

"그럼 그는 피할 시간이 충분했네?"

선이 마음만 먹었다면 그는 뜨거운 찻물에서 도망칠 수 있었다는 말이다. 그런데 피하지 않고 고스란히 맞은 건 나 때문이라는 거고.

내 질문에 카렌의 표정이 굳었다. 그녀는 갑자기 시선을 어디에 둬야 할지 모르겠다는 표정을 짓더니 이상한 목소리로 말했다.

"그건 공작님만 아시는 거겠죠."

내 말이 맞다는 거다. 세상에. 나는 인상을 쓴 채 카렌을 쳐다봤다.

그녀가 불편하다는 듯 시선을 피하는 게 보였다. 내가 뭔가를 더 물어볼까 봐 자리를 피하고 싶어 하는 듯한 느낌이었다.

아, 진짜 이상한데. 나는 하인이 쟁반을 집어 던지는 것과 동시에 번개처럼 일어나서 나를 보호해 주던 선의 모습을 떠올렸다. 그리고 그가 존을 대신해서 여기까지 왔다는 것도.

이거 진짜 날 좋아하는 거 아냐?

그런데 본인은 아니라고 했다. 정색하고 내가 자길 좋아하는 거 같냐고 했지.

"아가씨."

선에 대해 내게 할 말 없냐고 카렌에게 물어보려는 순간 집사가 들어와서 내게 말을 걸었다. 이 자식 봐라? 나는 그가 노크도 하지 않았다는 것과 날 아가씨라고 불렀다는 사실에 눈을 부라렸다.

"다시."

"네?"

"나가. 그리고 다시 들어와."

오냐오냐해 줬더니 아주 온실 속의 잡초처럼 자랐다. 집사는 내 명령에 우물우물 물러나더니 다시 열린 문틈으로 미꾸라지처럼 쏙 들어왔다.

"다시."

나는 지체하지 않고 명령했다. 똑바로 못해? 내 명령에 집사가 왜 그런지 모르겠다는 표정을 지었다. 그것뿐 만이었다면 좋게 말했을 텐데 그의 표정에는 짜증도 섞여 있었다.

"어디서 배운 예절이야? 들어올 때 노크도 할 줄 몰라?"

세 번째로 집사가 노크 없이 들어오자 결국 나는 참다못해 소리쳤다. 그러자 짜증이 한껏 올라왔던 집사의 얼굴이 벌겋게 변했다.

그는 정말로 생각을 못 했던 모양이다. 이런 게 어떻게 집사까지 올라온 거지? 어이없어하는 내 앞에서 다시 나간 집사는 문 뒤에 서서 노크를 하더니 고개를 내밀고 말했다.

"손님께서 다른 옷은 없냐고 물어보십니다."

나는 집사 앞에 서서 내가 이 남자가 마음에 안 들어서 이것도 나한테 물어보는 거냐고 짜증이 나는 건지 진지하게 고민하기 시작했다.

손님이 옷을 갈아입을 때 옷이 없으면 집주인이 해결해 주나? 아니면 집사가 알아서 처리하나?

현대인으로 살았던지라 잘 모르겠다. 나는 한숨을 내쉬며 물었다.

"다른 옷이라니, 왜?"

"작다고 하시는데요."

그게? 나는 품이 꽤 넉넉했던 헥터의 셔츠를 떠올리고 다시 인상을 썼다. 더 큰 옷은 없냐고 묻자 집사가 곤란한 표정으로 말했다.

"헌 옷이라면 있을지도……."

어쭈. 이젠 아예 말을 흐리네? 내가 눈을 부라렸지만 이번에도 집사는 자신이 무슨 잘못을 했는지 모르는 눈치였다. 결국 나는 더 큰 헌 옷을 가져오라고 지시했다.

결과적으로 말하면 그것도 선에게 준 옷보다는 크지 않았던 모양이다. 헌 옷을 가지고 들어갔던 집사가 그대로 들고나왔기 때문이다.

"그것도 작아?"

나는 문틈으로 목소리만 들리도록 물었다. 그러자 안에서 곤란한 듯한 선의 목소리가 들려왔다.

"작은 건 아닌데, 아니, 작다고 해야 하나."

작은 건 아닌데 작다니, 무슨 소리야. 나는 문손잡이를 잡으며 물었다.

"들어가도 돼?"

그러자 선이 한숨을 내쉬는 소리가 들렸다. 왜 한숨을 쉬는 건지 매우 궁금해졌다.

"그래."

좋아. 대체 뭐가 문제인지 봐야겠다. 응접실 안으로 들어간 나는 한 가운데에서 셔츠의 앞섶을 잡은 채 서 있는 선에게 다가갔다. 그리고 그의 얼굴을 쳐다보며 물었다.

"뭐가 문젠데?"

겉보기에 셔츠는 선에게 살짝 끼기는 했지만 어쨌든 들어간 것처럼 보였다. 나는 아무 말도 하지 않은 채 한숨만 내쉬는 선의 얼굴을 바라보다 그의 상체로 시선을 내렸다.

여전히 선은 두 손으로 셔츠의 앞섶을 잡고 있었다. 왜 잡고 있는 거지? 어리둥절해 하던 나는 곧 그게 가리려고 잡고 있는 게 아니라 양쪽을 잡아당기느라 잡고 있다는 것임을 깨달았다.

그러니까 허리까지는 맞았다. 오히려 팔뚝에 비해 허리는 적당히 맞기까지도 했다. 약간 짧긴 했지만.

문제는 가슴과 어깨였다.

가슴으로 올라가자 셔츠가 작았던 거다. 선이 억지로 단추를 끼우자 천이 팽팽해졌다. 단추가 금방이라도 떨어져 나갈 것처럼 보이는 건 덤이다.

"와."

나는 저도 모르게 감탄을 내뱉었다. 시선이 못 박힌 것처럼 떨어지지가 않았다. 그러자 선이 못마땅하다는 어조로 물었다.

"와?"

아차. 고개를 들어 그의 얼굴을 보자 선은 한쪽 눈썹을 들어 올리고 있었다. 평소에도 이 차림으로 다니면 아까 전의 하인처럼 놀랄 사람은 안 나올 것 같은데.

아니, 오히려 사람들이 눈을 못 떼서 사고가 나려나?

하지만 지금 그런 생각을 할 때가 아니다. 나는 쥐꼬리만 한 내 명예를 위해 재빨리 다시 말했다.

"와, 옷이 작네."

다시 한 번 선의 눈썹이 올라갔지만, 다행히 그는 아무 말도 하지 않았다. 나는 당장이라도 튕겨져 나갈 것 같은 단추를 보고 선에게 물었다.

"단추 하나 더 달아 줄까?"

내가 농담했다고 생각했는지 선이 벌컥 화난 표정으로 입을 열었다. 하지만 난 진지했고 진심이었다. 솔직히 단추에게 너무 힘들면 그렇게 열심히 버티지 않아도 된다고 말해 주고 싶거든.

선은 울컥해서 입을 열었다가 곧 다물었다. 그리고 한숨을 내쉬며 이마를 짚으려는 듯 손을 들어 올렸다.

"어."

위험하다, 위험해. 그도 그걸 알아차린 모양이었다. 와, 헥터가 체구가 작다는 생각은 한 번도 안 했는데.

선의 자세가 다시 얌전해졌다. 그는 셔츠 앞섶을 잡더니 한숨을 내쉬며 말했다.

"차라리 내 옷을 돌려줬으면 좋겠는데."

아, 왜? 나는 이번에도 뇌를 안 거치고 말하려다 가까스로 멈췄다. 슬슬 내 명예가 쥐꼬리가 아니라 새끼손가락만 해지고 있는데.

"잠깐 확인해 볼게."

나는 마음속으로 단추에게 장렬히 전사해도 된다고 말해 주고 몸을 돌렸다.

이번에도 복도에는 아무도 없었다. 집사는 또 어디로 간 거야?

복도를 따라 나와 안쪽으로 들어간 나는 거기서 바닥에 엎드린 채 걸레질을 하는 하녀를 발견했다.

하녀가 있었어?

이 저택에 온 지 한 시간 정도 지났지만 여자 하인은 처음 봤다. 내가 다가가자 그녀를 고개를 들더니 깜짝 놀라서 벌떡 일어났다.

"죄, 죄, 죄송합니다."

뭐가? 이 정도로 놀랄 줄은 몰랐다. 하녀는 쥐고 있던 걸레를 쥐어짜는 동시에 끌어안고 있었다. 그거 좀 더럽지 않니?

게다가 다른 데도 아니고 저택 바닥을 엎드려서 걸레질을 한다는 게 놀라웠다. 저거 내가 해 봐서 아는데 허리뿐 아니라 무릎과 손도 엄청나게 아프다.

"손님의 옷을 누가 가져갔는지 알고 싶은데."

내 질문에 하녀가 눈을 깜빡였다. 그녀는 내가 누군지, 손님이 누굴 말하는 건지 모르는 눈치였다. 아니, 뭐야. 그 집사는 주인이 왔는데 사람들에게 알리지도 않은 거야?

내가 표정을 살짝 찌푸리자 그제야 하녀가 알았다는 듯 허둥지둥 말했다.

"죄, 죄송합니다, 아가씨. 손님의 옷을 누가 가져갔는지 확인해 보겠습니다."

얘도 아가씨라고 하네. 아무래도 이 집 사람들은 헥터가 남작이라고 알고 있는 모양이다. 잘도 속였구만.

하녀는 걸레를 바닥에 내려놓으려다가 멈칫하더니 다시 내려놓는 걸 반복하다 결국 쥐고 밖으로 총총 나갔다. 그사이 나는 눈이 부시도록 빛나는 방 안의 상태를 확인했다.

청소 상태는 거의 완벽했다. 신기하네. 아까 수건을 가득 들고 나타난 하인들을 생각해 보면 그들이 이렇게 일을 잘할 줄은 몰랐다.

"아가씨."

그때 또 다른 하녀가 나타나서 나를 불렀다. 아까 내가 물어본 하녀보다 약간 나이가 있어 보인다. 그 뒤로 알아보겠다고 나간 하녀의 얼굴이 보였다.

"찻물에 젖은 옷을 말씀하시는 거죠?"

맞다. 처음으로 이 집에 와서 제대로 된 대화를 하는 기분에 나는 말없이 고개를 끄덕였다. 그러자 하녀가 죄송하다는 표정으로 말했다.

"얼룩을 지우려고 세탁 중인데요. 당장 필요하신가요?"

하녀의 표정에 제발 아니었으면 좋겠다는 간절함이 담겨 있었다. 나는 이미 세탁 중이라는 말에 아, 하고 신음을 내뱉고 말했다.

"마르려면 내일까지 기다려야겠네."

빠르면 오늘 저녁까지는 마를 수도 있겠다. 하지만 그때 하녀가 다시 말했다.

"급하신 거라면 최대한 빨리 말릴게요."

"어떻게?"

나는 이해할 수가 없어서 물었다. 여긴 건조기도 없고 드라이기도 없다. 설마 마법으로 말린다는 건가? 이 저택에 마법사가 있나?

믿을 수 없는 사실에 놀라려는데 하녀가 눈을 깜빡이며 말했다.

"수건으로 두드리면 될 거예요."

완전 수작업이잖아? 나는 어이가 없어서 입을 딱 벌렸다. 그러고 보니 아까 하인들이 엄청난 양의 수건을 가지고 왔었지. 사람이 많아서 수건이 많이 필요한 건가 했는데 그런 용으로 사용할 줄은 몰랐다.

하지만 하녀는 내 표정을 전혀 다르게 받아들인 모양이었다. 그녀는 걱정스러운 표정으로 재빨리 덧붙였다.

"옷이 상하지 않도록 할게요."

그걸 걱정한 건 아니었다. 나는 뭐라고 말해야 할지 망설이다가 고개를 끄덕이며 말했다.

"알았어. 부탁해."

그러다가 문득 생각난 선의 가슴에 재빨리 하녀를 다시 불렀다.

"아, 혹시 더 큰 셔츠가 있을까? 아버지의 새 셔츠 말고 말이야."

그러자 하녀는 대뜸 무슨 소린지 알았다는 듯 물었다.

"손님의 체격이 아주 크신가요?"

크지. 나는 단추가 선의 몸에서 최선을 다해 버티던 걸 떠올리며 고개를 끄덕였다. 정면에서 본 단면은 헥터보다 조금 더 크다는 느낌이었는데 옆에서 본 단면도 헥터보다 훨씬 컸던 모양이다.

"찾아보겠습니다."

하녀는 그렇게 말하고 빠르게 물러갔다. 얘가 집사보다 훨씬 나은데? 나는 그렇게 생각하며 다시 선을 향해 돌아갔다. 하지만 내가 먼저 셔츠의 행방을 물었던 하녀가 어느샌가 다가와서 옷을 내밀며 말했다.

"불편하실 테니 혹시 필요하시다면 이걸 입으시면 어떨까요?"

벌써 선이 입을 만한 셔츠를 찾았나? 놀라서 받아 들고 보니 그건 가운이었다. 가운?

나는 가운을 펼쳐보고 입을 딱 벌렸다. 어, 그러네. 가운은 띠로 조이는 거라 맞춤이라고 해도 훨씬 여유가 있다. 소매도 통이 넓은 편이고.

옷을 찾을 때까지 입기엔 이쪽이 더 편할 것 같다. 나는 가운을 건네준 하녀에게 고맙다고 인사를 하고 다시 선에게로 돌아갔다.

"세탁하는 중이라는데 일단 이거라도 위에 입고 있으면 어때?"

내가 내민 가운에 선의 미간에 다시 주름이 생겼다. 생각해 보니 그에게 미안한 일이다. 어쨌든 지금 선이 겪는 일은 나를 돕느라 생긴 것이지 않은가.

나를 보호하려 하지 않았다면 선은 지금 이런 불편한 일을 당할 일이 없었다.

"하녀가 더 큰 셔츠를 찾으면 갖다 주겠대."

미안한 마음에 그렇게 말했지만 선은 더 이상 기대를 하지 않는 표정이었다. 이렇게 큰 것도 불편한 일이구나.

나는 그렇게 생각하며 작은 셔츠 위로 가운을 걸치는 선을 지켜봤다. 물론 그는 내게 등을 돌리고 있었지만 셔츠가 작아서 등 근육을 잘 볼 수 있었다. 그런데 가운을 여미던 선이 멈칫했다.

"왜 그래?"

가운에서 냄새라도 나나? 하지만 가져올 때 분명 아무 냄새도 나지 않았는데. 그렇게 생각한 순간 가운 아래로 뭔가가 툭 떨어졌다.

17. 373

장렬하게 전사한 단추였다.

"와."

신기한 마음에 나는 저도 모르게 감탄을 내뱉으며 단추를 집어들었다. 진짜 단추가 떨어져 나갈 수가 있구나. 그때 선이 나를 돌아보며 되물었다.

"와?"

내 명예는 이제 새끼손톱에서 엄지손톱의 때로 줄어들고 있었다. 젠장. 나는 재빨리 단추를 주머니에 넣으며 말했다.

"이제 집 구경을 할 수 있겠다. 그렇지?"

선의 한쪽 눈썹이 올라갔다. 그는 나를 어이없다는 듯 쳐다보더니 픽 웃으며 말했다.

"가지."

18

헬름에 있는 어서 저택은 상당한 규모를 자랑했다. 어느 정도였냐면 수도에 있는 어서 저택보다 훨씬 컸고 웨스트 공작의 저택보다 약간 더 컸다.

이건 영지에 있는 본가이기 때문이라고 한다. 보통 자기 영지에 있는 본가는 크다고.

웨스트 공작의 웨스트햄튼에 있는 저택이 여기보다 더 크냐는 내 질문에 선은 아무 말도 하지 않았다.

크다는 거겠지.

저택을 한 바퀴 돌아본 결과 나는 몇 가지 더 놀라운 사실을 깨달았다. 그중 하나는 에버딘이 이곳에 다녀간 지 좀 됐다는 거고 다른 하나는 영주의 방을 헥터가 쓰고 있다는 거였다.

당연히 수도로 올라오기 직전에 당장 그 방을 내 방으로 바꾸라고 명령했다. 집사가 옷장의 옷을 어떻게 다 옮기냐고 찡찡거리길래 가구도 싹 바꿔 버리라고 지시했다.

멍청한 놈.

그런 걸 걱정할 거라면 감히 헥터가 내 방을 쓰려고 했을 때 말렸어야지. 수도로 올라오면서 나는 집사도 갈아 버려야겠다고 생각했다. 지금까지는 깨닫지 못했는데 내가 영지를 갖고 영지에 내 저택을 소유하게 되니까 알겠다.

믿을 수 있는 집사가 얼마나 중요한 존재인지.

그런 의미에서 헬름의 집사는 전혀 믿을 수가 없었다. 그는 내 집사가 아니고 헥터의 집사다. 나는 그에게 저택의 재산 목록을 기록하라고 명령했고 올라오기 전에 서재를 뒤져 저택의 재산 목록을 기록한 장부를 챙겨 왔다.

그리고 지금 눈앞에 있는 책이 바로 그 장부다.

"사장님."

주방에 앉아 장부를 들여다보고 있는데 도리스가 나를 불렀다. 잠깐 손님이 없을 시간이라 들어왔는데 갑자기 바빠졌나?

내가 고개를 돌리자 그녀가 슬쩍 물러나며 말했다.

"손님이 오셨어요."

"안녕하세요."

존이었다. 어제 영지로 갈 때 그를 고용했는데 교육 때문에 못 오고 선이 대신 왔다.

웃기는 용병대야. 나는 존을 맞이하기 위해 자리에서 일어나며 생각했다. 교육 중인 용병 대신 공작이 오는 용병대가 어딨담? 게다가 그 공작의 호위로 부대장이 따라왔다.

이게 말이 되냐고.

"교육은 잘 받았어?"

나는 존을 위해 자리를 내주며 물었다. 그는 약간 우물쭈물하고 있었는데 평소에도 그런 태도라 그건 딱히 이상하진 않았다.

하지만 문제는 그의 손이 품 안에 들어가 있다는 점이다. 설마 저 품에서 칼을 꺼내서 날 찌르려는 건 아니겠지.

"어, 네. 잘 받았습니다."

"성희롱 예방 교육이라면서?"

"어, 어떻게……."

카렌이 거짓말을 한 건 아닌 모양이다. 나는 어깨를 으쓱하고 찬장에서 컵을 꺼내 존에게 차를 따라 주며 물었다.

"무슨 일이야?"

"어, 돈 돌려드리려고 왔습니다."

"돈? 무슨 돈?"

존이 나한테 돈을 돌려줄 일이 있었나? 어리둥절해 하는 내게 그가 품에서 작은 주머니를 하나 꺼내 내밀었다.

"전에 지불하신 금액입니다."

내가 존을 고용하겠다며 서쪽 하늘 용병대 사무실에 가서 지불하고 온 금액을 말하는 모양이다. 나는 이해가 안 돼서 그가 내미는 돈주머니를 그냥 쳐다만 보고 있었다.

그러자 존이 주머니를 테이블 위에 올려놓으며 말했다.

"돌려드리라고 해서 왔습니다."

"돌려주라고? 누가? 왜?"

존에게 이 돈을 돌려주라고 한 사람은 내가 왜 돌려주라고 하는 건지 이해를 못 할 거라는 걸 알았던 모양이다. 준비한 것처럼 존이 빠르게 이야기를 시작했다.

"제 대, 대리가 제대로 일을 하지 못해서요. 돈은 돌려드립니다."

"제대로 했는데?"

나는 저도 모르게 그렇게 말하고 주머니를 쳐다봤다. 혹시나 해서 주머니 안을 열어 보니 그 안에 내가 지불한 동전이 그대로 들어 있었다.

선은 제대로 일했다. 날 위해 차를 뒤집어쓰지 않았던가. 내가 다시 존을 쳐다보자 그는 내게 인사를 하고 물러났다.

"그럼 이만."

"아, 이거 가져가!"

"용병대는 안 받기로 했습니다."

아, 진짜! 나는 주머니를 손에 쥐고 존의 뒤를 따라 복도로 나갔다. 하지만 그때 도리스가 다시 가게에서 복도로 들어오며 말했다.

"사장님, 손님이 왔는데요."

"손님이요? 누구요?"

설마 선인가? 그럼 잘됐다. 이 돈을 그에게 바로 주면 된다. 하지만 선이 아니었다. 도리스는 나가는 존을 붙잡더니 내게 속삭였다.

"사장님 아버지요."

아하. 나는 인상을 쓴 채 가게로 향하는 문을 쳐다봤다. 내가 영지에 다녀왔다는 것을 들은 걸까, 아니면 남작이 됐다는 걸 들은 걸까.

어느 쪽이든 상관없다. 나는 당연한 내 것을 찾았을 뿐이다.

하지만 이상하게도 내 머릿속에는 전에 내가 찾아갔을 때 그가 집에 없었다는 것과 주인이 없어 들일 수 없다고 말하던 하인이 떠올랐다.

헥터가 지금 사는 집도 내 것이고 영지에 있는 저택도 내 것이다. 그런데 헥터는 마치 자신이 주인인 것처럼 행세하며 살고 있었다. 심지어 영지에서는 자신을 남작이고 주인이라고 부르도록 했지.

"없다고 해 줄래요?"

"네?"

내 대답에 도리스는 잠깐 놀라는 듯하더니 곧 고개를 끄덕였다. 아버지의 방문을 거절한다고 이상하게 생각할 줄 알았는데 그녀는 당연하다는 반응이었다.

"어, 왜 그런지 안 물어봐요?"

오히려 내가 도리스에게 물었다. 그러자 그녀가 몸을 돌리며 가볍게 말했다.

"사장님한테 빚을 지운 사람이잖아요?"

맞다. 에버딘을 팔아 지참금을 받은 것도 헥터였지. 그리고 그 돈으로 이 건물과 시외의 집도 하나 사들였고.

그래놓고 이 건물은 내게 말도 없이 선에게 되팔았다. 빌어먹을 자식. 만나서 멱살이라도 잡을까 하는 생각이 들었지만 지금은 아니었다.

한 번쯤은 그를 문전박대하고 싶다. 그 김에 션을 만나 이 돈을 돌려줘야지. 나는 도리스에게 헥터를 부탁하고 존과 함께 뒷문으로 빠져나왔다.

"어서 남작님입니다."

션의 집사는 항상 그렇듯 나를 션에게 바로 안내했다. 그는 이번에도 서재에 있었는데 내가 들어가자 펜을 내려놓으며 나를 쳐다봤다.

"이거. 주러 왔어."

편지를 쓰고 있었던 모양이다. 나는 성큼성큼 책상 앞으로 가서 그가 다른 책으로 덮어 버리는 편지지를 슬쩍 보고 주머니를 내려놓았다. 그러자 션이 쓰고 있던 안경을 벗으며 물었다.

"이게 뭔데?"

나처럼 그도 이게 뭔지 알기 전까지는 받지 않겠다는 태도였다. 나는 한 걸음 물러나며 설명했다.

"널 고용한 돈 말이야. 아까 존이 돌려줬어."

그러자 션의 미간에 주름이 생겼다. 그는 다시 안경을 쓰더니 별거 아니라는 듯 말했다.

"가져가."

싫은데? 마음 같아서는 반사라고 말하고 싶지만 션은 열 살짜리 남자애가 아니다. 나는 그대로 몸을 돌려 문으로 다가갔다. 하지만 내가 문으로 가기도 전에 검은 그림자가 다가왔다.

"가져가라니까."

다리가 길어서 나보다 더 빠른 모양이다. 나는 몸을 돌려 그를 마주 봤다가 저도 모르게 뒤로 물러났다.

선은 생각보다 훨씬 더 가까운 곳에 서 있었다. 고개를 돌리자마자 보인 게 그의 가슴이었기 때문에 자연스럽게 어제 일이 생각났다.

그러고 보니 그 단추, 아직도 내 주머니 안에 있다.

나는 거기까지 생각하고 고개를 한 번 흔든 뒤 선에게 말했다.

"난 존을 고용했고, 고용비를 지불했어."

"하지만 그 녀석은 교육 때문에 일을 못 했지."

"대신 네가 왔잖아."

선의 미간에 주름이 생겼다. 그는 못마땅하다는 듯 나를 내려다 보더니 다시 말했다.

"나는 일을 제대로 못 했어. 멍청한 옷 때문에 반 이상을 갇혀 있었지."

그렇지 않다. 나는 선이 왜 돈을 돌려주라고 한 건지 깨닫고 입을 딱 벌렸다. 확실히 내가 헬름에 있는 시간의 반 정도를 그의 옷을 찾아 주느라 허비하긴 했다.

그리고 나중에 하녀가 말려서 가져온 옷을 갈아입느라 또 일 층 응접실에 머물렀지. 하지만 옷을 말리는 동안에는 그는 나와 함께 저택을 돌았다. 뿐만 아니라 날 보호해 주려고 했다.

"넌 할 일을 했어. 덕분에 화상을 입지 않았잖아."

그것만으로 나는 그가 돈값을 했다고 생각한다. 아니, 돈값 이상의 일을 했지. 만약 차가 뜨거웠다면? 그가 날 보호해 주지 않았다면?

난 화상을 입었을 거고 어쩌면 지금 여기 서 있지 못했을 수도 있다.

"애초에 뜨겁지도 않았어. 그리고……."

입을 연 선은 한숨을 내쉬더니 안경을 벗고 자신의 미간을 꾹꾹 눌렀다. 그리고 지친 목소리로 말했다.

"그건 나 때문이야. 네 하인은 나 때문에 놀라서 안 할 실수를 한 거고 너는 당할 이유가 없는 위험을 당한 거야."

그러니 날 보호해 준 게 당연하다는 논리인가 보다. 이럴 때마다 생각하는 건데 선은 내 생각보다 훨씬 책임감이 강하고 좋은 사람이다.

나는 그를 물끄러미 쳐다보다가 불쑥 말했다.

"날 보호하지 않을 수도 있었지."

"뭐?"

"그런 일에 익숙하다며. 날 보호하지 않고 네 몸만 피할 수도 있었어."

"말도 안 되는 소리 하지 마."

선은 말도 안 된다고 했지만 그게 더 당연하지 않나? 그런 일에 익숙하다면 자기 몸을 보호하는 게 더 익숙할 것이다.

그럼에도 선은 나를 보호했다. 나는 한숨을 내쉬고 손을 내밀어서 그의 손을 잡았다. 여전히 내 손은 그의 손안에 쏙 들어갔지만 그는 내 손을 감싸지 않았다.

"사과는 했는데 고맙다는 말은 못 한 거 같아서."

확실히 그랬다. 그는 나를 위해 많은 일을 해 주었다. 찻물로부터 날 보호해 준 걸 말하는 게 아니다. 마크에 대한 처분을 고민할 때도 그는 내 대신 결정을 해 주었다.

남에게 피해가 갈만한 선택을 한다는 거. 그걸 하면서 과연 착하게 살 수 있을까. 마크를 데려오기로 결심하기 전에 나는 밤새 고민했다.

과연 소년의 손을 자르거나 노역장으로 보낼 결정을 하면서 착하다고 할 수 있을까? 반대로 선택하지 않으면 그건 착한 걸까?

또 남에게 어려운 일을, 소년의 손을 자르는 일 같은 걸 미루면서 사는 걸 과연 착하게 산다고 할 수 있을까.

내가 마크를 데려오기로 한 건 착하게 살려고 그런 건 아니었다. 여전히 나는 어떤 게 착한 건지 알 수 없었지만 딱 하나는 안다.

그 선택을 선에게 미루면서 착하게 살았다고 할 수는 없다는 거.

"고마워. 날 보호해 줘서. 내가 줄 수 있는 건 이것뿐이야."

우리 둘의 손에 돈주머니가 없었지만 선은 내가 말한 '이것'이 뭔지 알아차린 모양이었다. 그의 미간에 주름이 생겼다.

그는 재빨리 몸을 돌려 책상으로 돌아갔다.

어.

내 손을 감싸던 커다란 손이 사라지자 어딘지 모르게 좀 섭섭하게 느껴졌다. 하지만 그것보다도 그가 내 감사에 아무 반응도 하지 않는다는 게 더 섭섭하게 느껴졌다.

할 수 없지. 나는 한숨을 내쉬고 단념했다. 사과나 감사에 상대가 반드시 반응해 줘야 할 필요는 없다. 그건 상대의 몫이니까.

"돈은 필요 없어."

다시 문으로 몸을 돌리는데 어느새 선이 책상 위에서 돈주머니를 가져와서 내게 내밀었다. 거절하는 거구나. 맥이 탁 풀려서 나는 그의 손에서 주머니를 받아 들었다.

그때 선이 다시 말했다.

"대신 뽀뽀하고 가."

응?

농담하나? 선의 얼굴을 쳐다보는데 그는 진지했다. 진짜로 돈 대신 볼 뽀뽀를 받겠다는 표정이었다.

별로 좋지 않은데. 나는 그의 얼굴을 인상을 쓰고 쳐다보며 생각했다. 나도 저거 해 봤는데 내 생각처럼 막 그렇게 할머니 기분이 나고 손자한테 뽀뽀 받는 기분은 느껴지지 않았다.

아니, 잠깐. 선은 혹시 그때 내가 할머니처럼 느껴졌나?

나는 그때 그가 할머니에게 뽀뽀하는 기분을 느꼈다는 것에 즐거워해야 할지 실망해야 할지 잠시 망설였다. 그러자 선이 다시 말했다.

"싫으면 그만 가 봐."

무슨 소리야. 합법적으로 미남에게 뽀뽀할 수 있는 기회인데. 나는 고개를 번쩍 들었다. 그리고 그의 옷깃을 잡으며 말했다.

"좀 숙여 봐."

선이 내게 뽀뽀하는 건 쉽지만 내가 그에게 뽀뽀하는 건 어렵다. 내가 까치발을 해도 그의 뺨에 닿을까 말까란 말이다. 선은 내가 잡아당기자 순순히 허리를 숙여 주었다.

심지어 얌전하게 눈도 감았다. 하. 볼 때마다 감탄하게 된다. 살아 있는 인간이 굳이 이렇게 잘생길 필요가 있을까?

나는 반듯한 이마부터 쭉 뻗은 콧날과 깎은 듯한 턱선까지 마치 나도 몰랐던 내 취향을 읽어 내 만든 것 같은 선의 얼굴을 보며 감탄했다.

피그말리온의 심정을 알 것 같다. 차이점이 있다면 난 선이 조각상이었다면 더 좋았을 거 같단 말이지. 마음대로 만질 수 있을 거 아냐.

"안 해?"

그때 선이 눈을 뜨며 물었다. 내가 너무 오래 그의 얼굴을 감상하고 있었던 모양이다. 나는 어색함을 없애기 위해 빙그레 웃으며 그의 뺨에 가볍게 입술을 갖다 댔다.

늘 느끼는 거지만 그는 좋은 냄새가 난다. 남성스러우면서도 시원한 향이 코끝에 스쳤다. 뽀뽀가 아니라 포옹이었으면 더 좋았을 텐데.

약간 아쉽다는 생각이 들었지만 이건 내가 원한 게 아니라 선이 원한 거니까.

나는 입술을 떼고 그에게서 한걸음 물러났다. 선은 어딘지 멍한 표정으로 나를 쳐다보고 있었다.

좀 아쉬운데. 나는 나를 위해 허리를 숙인 덕에 시야가 맞는 선의 얼굴을 바라보며 속으로 혀를 찼다. 좀 오래 할걸.

"한 번이면 돼?"

저도 모르게 질문이 흘러나왔다. 부족하다고 하면 몇 번 더 해 줄 수도 있다. 그러자 선이 자세를 바로 하더니 몸을 돌리며 말했다.

"아냐, 한 번이면 충분해."

그렇군. 다시 어색한 공기가 흘렀다. 전에 내가 똑같은 대가를 요구했을 때 왜 선이 도망쳤는지 알 것 같다. 나는 내가 움직인다는 것을 그가 눈치채지 못하도록 슬금슬금 문 쪽으로 다가갔다.

그때 밖에서 집사가 문을 두드리며 말했다.

"차를 가져왔습니다."

젠장. 이미 내 손이 문손잡이에 닿아 있었기 때문에 문을 열지 않을 수가 없었다. 집사는 내가 문을 열어 주자 잠깐 놀라는 표정을 짓더니 곧 평온하게 물었다.

"벌써 가십니까?"

"아니."

대답은 내가 아니라 선의 입에서 흘러나왔다. 아, 간다고 했어야 했는데!

완전히 어색한 분위기였지만 집사는 눈치채지 못했는지 테이블에 찻잔을 내려놓고 떠나 버렸다. 선은 내가 다시 슬금슬금 문손잡이를 잡는 것을 깨닫지 못하고 소파에 앉으며 말했다.

"앉아. 그렇지 않아도 할 이야기가 있었어."

"나, 나한테?"

나한테 할 말이 뭐 있어? 당황하는 내게 선이 시선을 던지더니 이상하다는 듯 물었다.

"왜 그렇게 멀리 있어? 이쪽으로 와."

역시 뽀뽀는 받는 사람보다 하는 사람이 더 민망한 행위인 모양이다. 나는 나와 달리 침착한 선을 보고 어쩔 수 없이 소파로 다가갔다.

그러자 그가 내게 찻잔을 내밀며 말했다.

"그 소년 말인데."

그 소년? 머릿속에 제일 먼저 생각난 건 내게 데려가기로 했던 마크였다. 그렇지 않아도 이미 내가 데려가기로 결정했을 때 선에게 편지를 보냈었다.

치안관이 마크를 노역장으로 데려가기 전에 내가 데려와야 했기 때문에 선을 만나 이야기할 기회가 없었다. 그리고 어제 헬름에서 별말 없길래 관심이 없는 줄 알았다.

"헬름으로 데려갈 생각이야?"

"마크? 응."

어차피 내가 있는 거리는 재개발을 할 테고 그럼 몇 달 동안은 아무도 살 수 없다. 나는 헬름으로 가야 하니까 엘리스와 함께 마크도 데려갈 생각이었다.

선은 알겠다는 듯 차를 한 모금 마시더니 다시 물었다.

"그럼 그 소녀는?"

엘리스 이름 정도는 외워라. 나는 인상을 쓰며 말했다.

"엘리스도 당연히 데려가야지. 우드 부부의 자격이 박탈되지 않는다고 해도 엘리스는 데려갈 거야."

처음엔 엘리스를 데려가기 위해 우드 부부의 자격을 박탈시킬 생각이었는데 슬슬 그냥 데려가도 괜찮을 것 같다는 생각이 들고 있었다.

그 정도로 우드 부부는 엘리스에게 전혀 접촉하지 않았다. 그리고 나와 거리의 다른 상인들에게도 마찬가지였다.

나라에서 나오는 보조금만 받으면 엘리스의 행방에는 관심이 없는 게 아닐까. 괜히 시끄럽게 일을 키우는 것보다 엘리스만 조용히 데려가는 게 나을 것 같다는 생각도 들고 있었다.

하지만 선의 생각은 다른 모양이었다. 그는 잠시 손깍지를 끼고 나를 쳐다보더니 조용히 말했다.

"우드의 자격은 박탈될 거야."

"어? 어떻게 알아?"

얼마 전에 탄원서를 제출했다. 하지만 그걸 접수한 직원이 처리되는데 한 달 정도는 걸릴 거라고 말했다. 선은 어떻게 이렇게 빨리 아는 거지?

어리둥절해 하는 내게 그가 천천히 말했다.

"그 소년이 네게 돌을 던졌잖아. 그들이 아이들에게 좋지 못한 영향을 주고 있다는 증거로 충분했지."

"설마 마크가 증언했어?"

나는 깜짝 놀라서 물었다. 마크의 보호자는 고아원에서 내게로 넘어오는 중이다. 그에게 증언을 요구하려면 나 혹은 고아원을 통해야 할 것이다.

하지만 나는 아직 그런 요구를 들은 적이 없었다. 설마 고아원으로 요구가 갔나?

선은 나를 가만히 쳐다보더니 별거 아니라는 듯 말했다.

"아니. 치안관들이 들었으니 그걸로 충분해."

아, 그렇군. 그제야 나는 엉망으로 멍이 든 마크의 얼굴을 떠올렸다. 오늘 아침에도 가서 보고 왔다. 그 애의 얼굴에 난 멍은 이젠 보라색으로 변해 있었다.

내게 치안관들이 끌고 왔을 때 우드 부부가 시켜서 그런 거라고 말하기도 했지.

"탄원서 썼어?"

내 질문에 선이 잠깐 그게 무슨 소리냐는 표정을 짓더니 곧 씩 웃었다. 그리고 다시 찻잔을 들어 올리며 말했다.

"굳이 그럴 필요가."

탄원서를 쓸 필요가 없었다는 말이다. 나는 그가 부유할 뿐 아니라 강한 힘을 가진 귀족이라는 것을 새삼 깨달았다. 어쩌면 선은 증거가 없었어도 우드 부부의 자격을 박탈하는 게 어렵지 않았을지도 모른다.

그럼 또 한 가지 의문이 남는데. 나는 조심스럽게 물었다.

"혹시 압력을 넣었다거나……."

그러자 이번에도 선이 그게 무슨 소리냐는 표정을 짓더니 한숨을 내쉬고 말했다.

"그럴 필요도 없었어."

필요하다면 했을 거라는 말이다. 하지만 나는 그가 날 위해 나섰다는 점에 집중하기로 했다.

"고마워."

나는 솔직하게 감사 인사를 건넸다. 설마 이걸로 또 볼 뽀뽀를 하라고 하는 건 아니겠지. 그렇게 생각하는데 선이 다시 덤덤하게 말했다.

"감사를 받기에는 일러. 그 아이들을 돌봐 줄 사람은 아직 못 찾았으니까."

"뭐?"

나는 한 번도 생각해 본 적 없는 선의 겸손한 모습에 놀라 그를 쳐다봤다. 그가 우드 부부네 집에서 살던 아이들을 돌봐 줄 사람들도 구하고 있다는 건가?

"그럴 필요까진 없어."

나는 서둘러 말했다. 그건 내 일이다. 처음부터 우드 부부의 자격을 박탈하려 한 것도 내 생각이었고 갈 곳이 없어지는 우드 부부네 아이들을 책임지겠다는 것도 내 생각이었다.

하지만 선은 그렇게 생각하지 않는 모양이었다. 그는 인상을 쓰며 말했다.

"그 애들을 다 헬름으로 데려갈 순 없어."

"왜 없어? 방도 많던데."

"넌 영지를 다스려야 하고 네 사람을 만들어야 해. 그 와중에 아이들까지 돌보겠다고?"

불가능하다는 듯한 말이었다. 그게 뭐가 불가능해? 할 수 있어. 그렇게 말하려던 나는 입을 다물었다.

모르겠다. 나는 가능할 수 있다고 생각한다. 하지만 아이들은 어떨까.

단순히 먹여 주고 재워 주는 것뿐이라면 어렵지 않다. 헬름의 저택은 넓고, 우드 부부가 아이들에게 먹이는 것을 생각하면 그것보다 더 먹이는 것도 가능하다.

하지만 아이들에게 온전히 관심을 쏟을 수 있을까. 수도에서 헬름으로 강제로 데려가면 아이들은 많은 적응을 해야 할 것이다. 어른의 관심은 반드시 필요하다.

"아이들을 돌봐 줄 사람도 내가 구할게."

그래도 선에게 맡길 수는 없다. 내가 하겠다고 했으니 내가 책임져야 한다. 내 말에 다시 그의 미간에 주름이 잡혔다.

"제일 나이가 많은 두 명은 일하던 곳에서 숙식을 제공해 주겠다더군."

선의 말에 나는 얼굴도 모르는 소년 둘을 떠올렸다. 우드 부부가 돌봐 주는 아이들은 모두 일곱. 그중 나이가 많은 둘은 남자아이들로, 이미 어느 가게에서 일을 하고 있다고 들었다.

우드 부부의 집에서 나올 날이 일 년, 이 년 남은 아이들이다. 일하던 곳에서 계속 일할 수는 있지만, 문제는 그 애들이 받은 봉급을 그동안 우드 부부가 전부 빼앗아 갔다는 게 문제다.

우드 부부의 집에서 나와도 집을 구할 돈이 없다. 심지어 가장 나이가 많은 아이는 동생도 우드 부부의 집에 있다. 결국 그 애는 동생도 우드 부부의 집에서 나올 수 있는 나이가 될 때까지 우드 부부에게 빨대를 꽂힐 거라는 말이다.

여기 빨대가 있나? 나는 머릿속에 떠오른 사소한 의문을 털어 내고 선에게 말했다.

"안 할지도 몰라. 제일 큰 애의 동생이 우드 부부네 있거든. 동생이 헬름으로 가면 같이 가고 싶어 하지 않을까?"

"이야기해 봤어?"

선의 질문에 나는 고개를 저었다. 나라면 그럴 것 같다. 하나뿐인 동생이잖아. 하지만 선의 말은 달랐다. 그는 그럴 줄 알았다는 듯 입을 열었다.

"해 봐."

뭘 아는 것 같은 말투였다. 하지만 내가 그 말투를 지적하기 전에 그는 주제를 바꿨다.

"그리고 거리 말인데."

"거리?"

"헬름으로 갈 거면 가게를 어떻게 할 건지 이야기해야지. 나도 공사를 시작해야 하고."

어. 그러네. 정신이 없어서 거리의 공사나 가게를 언제까지 할지는 제대로 이야기한 적이 없었다. 아니, 선과 그런 걸 이야기해야 하는지도 몰랐다.

나는 우리 거리의 매출이 어땠는지를 떠올렸다. 거래 때문이기는 하지만 가게의 매출을 알려 주는 건 민감한 문제다.

그래서 일주일에 한 번 정도만 만나서 듣고 있었다. 물론 아무에게도 말하지 않고 나만 알고 있다.

문제는 그걸 지지난 주까지만 확인했다는 점이지.

바쁘기도 했고 다들 매출이 어느 정도 궤도에 올라서 별일 없으니 조건에 다다를 것 같았기 때문이었다.

"다른 사람들하고 이야기해 봐야겠는데."

나는 그렇게 말하고 전체 매출이 어느 정도 되는지 추측하기 시작했다.

그러자 선이 고개를 끄덕이며 말했다.

"원한다면 공사가 끝난 뒤 가게 임대가 가능하다고 전해 줘. 같은 장소가 될지는 모르겠지만."

그날 저녁, 나는 아이린 아주머니의 주점이 아니라 내 가게에 거리의 상인들을 모두 불러 모아 선의 이야기를 전달했다.

물론 데이브 아저씨는 오지 않았다. 아니, 아예 만날 수가 없었다는 게 더 맞을 것이다.

이제는 거의 동네 사랑방이 되어 버린 내 가게의 주방에서 사람들은 처음엔 선의 제안이 믿기지 않다는 반응이었다.

"기존 계약서대로 진행해 주겠다고?"

"원하는 사람에게는요. 계약서 기간 그대로 금액까지 유지해 주겠대요. 그 후엔 올리겠지만요."

파격적인 제안에 나뿐만 아니라 다른 사람들까지도 어안이 벙벙한 모양이었다. 이 거리는 낙후되어 있고 그만큼 임대료도 싸다. 그걸 선은 재개발 후에도 저렴한 임대료로 남은 계약 기간 동안 유지해 주겠다는 거다.

"어, 이런 말을 하면 좀 그렇지만 그게 싫은 사람은?"

"마찬가지로 계약서에 나온 금액을 지불하겠대요."

이것도 기존 계약서대로 가겠다면 당연히 계약을 유지하는 게 훨씬 낫다. 내 설명에 크리스틴이 제일 먼저 말했다.

"그럼 난 남을래."

"공사가 끝날 때까지 놀려고?"

수잔의 질문에 크리스틴은 사람들을 둘러보더니 누구에게랄 것도 없이 말했다.

"아는 사람들이 몇 명 가게를 차렸거든. 그중 한 곳에서 당분간 일할 수 있을 거 같아."

"몇 명이나 가게를 차렸어?"

내 질문에 크리스틴의 얼굴에 고소하다는 미소가 떠올랐다.

"빨간 리본에서 일하던 사람들이야. 거기, 드디어 망했거든."

망한 줄도 몰랐다. 소리 소문도 없이 망했네.

내가 마지막으로 빨간 리본에 대해 들은 건 크리스틴에게 따지러 왔던 어느 부인에게 들은 거였다. 그런데 내 설득이 굉장히 잘 통했는지 그 뒤로 굵직한 손님이 줄줄이 빠져나갔단다.

그러고 보니 제랄딘도 거기서 옷을 주문했는데 끊었다고 했다. 아네트도 그랬지. 내가 아는 귀족 두 명이 거래를 끊었을 정도니 다른 사람도 거래를 끊었을 거라는 생각이 들었다.

거물이 빠져나가면서 크게 휘청거린 빨간 리본은 그 뒤로 굵직한 고객을 잡으려 했지만 영 소용이 없었던 모양이다. 폴은 기존 고객을 굵직한 고객으로 만들려고 노력하기 시작했는데 그게 완전 잘못된 선택이었다고 했다.

"자꾸만 더 고급스러운 천과 장신구를 달라고 권하니까 부담스러워진 거지."

크리스틴의 설명에 나는 고개를 끄덕였다. 예를 들면 이런 거군.

운동하려고 헬스장에 갔는데 트레이너가 자꾸 부담스럽게 피티하라고 권해서 한 달만 하고 안 가는 거지.

덕분에 평범한 고객까지 도망친 빨간 리본은 완전 내리막길을 걸었다. 그리고 조용히, 소리 없이 망해 버렸다.

그럴 수도 있구나. 나는 놀라운 결과에 아무 말도 하지 않았다. 빨간 리본의 폴이 엿 먹길 바랐지만 이렇게 빨리 망할 줄은 몰랐다.

물론 내 행동은 작은 불씨 정도였을 뿐이지만.

나는 다른 사람들은 어떻게 할 건지 물었다. 아이린 아주머니가 잘 모르겠다는 표정으로 말했다.

"나도 여기 남고 싶어서 일자리를 알아보고 있어. 이제는 집세도 내야 할 테고."

아, 그러네. 그제야 나는 엄청난 사실을 깨달았다. 이 거리는 장사 터인 동시에 생활 터전이기도 했다. 나를 포함한 여기 있는 모든 사람은 이 거리에서 자고 일을 했다.

거리를 재개발한다면 단순히 일을 못 하는 게 아니라 숙박 장소까지 새로 구해야 한다는 말이 된다. 내게는 헬름이 있지만, 이 사람들은 아니었다.

"집세가 많이 들까?"

"혼자 살면 아무래도 좀 그렇지."

하지만 어차피 구해야 할 집이다. 아예 건물을 다시 짓는 거라 거기에 가게 주인이 살 공간이 있을지는 모르는 거니까.

그래서 세 사람은 신중하게 집을 찾고 있다고 했다. 가능하면 이 거리와 가까우면서 임시로 일할 가게와도 너무 멀지 않아야 한다고.

"괜찮으면 헬름에 올래요?"

나는 세 사람을 쳐다보다가 불쑥 물었다.

선과 이야기하면서 생각난 건데 헬름의 저택은 방이 많다. 세 사람에게 내줄 방 정도는 있다.

"물론 계속 살라는 건 아니에요. 하지만 공사 기간을 일종의 휴가라고 생각하면 헬름에 와서 나랑 지내는 것도 괜찮을 것 같아요."

내 제안에 수잔과 아이린 아주머니가 서로의 눈치를 살피기 시작했다. 이미 일자리를 구한 크리스틴은 두 사람을 쳐다보고 있었기 때문에 나는 다시 말했다.

"방은 있거든요. 음식은 잘 모르겠지만."

"하지만 우린 귀족도 아니고…….."

그게 무슨 상관이야? 나는 어이가 없어서 크리스틴과 수잔을 쳐다봤다. 하지만 두 사람도 아이린 아주머니와 비슷한 표정을 짓고 있었다.

"무슨 소리예요. 귀족은 친구 없나요? 내가 내 친구를 내 집에 초대하는 게 뭐가 어때서요."

"그, 그런가?"

드디어 수잔이 긍정적인 반응을 보였다. 하지만 아이린 아주머니와 크리스틴은 아니었다. 나는 두 사람을 설득하기 위해 다시 입을 열었다.

"그리고 귀족 저택이라고 해도 방만 많지, 아무것도 없어요. 솔직히 오면 일을 도와줘야 할지도 몰라요."

일을 도와줘야 할 수도 있다는 말이 아이린 아주머니를 안심시킨 모양이었다. 그녀는 고개를 끄덕이며 수잔에게 말했다.

"그, 그럴까?"

"세 사람이 온다면 나도 좀 마음이 편할 거 같아요. 거긴 낯선 사람들뿐이라."

헥터를 남작이라고 생각하는 사람들이다. 그들과 일일이 싸우려면 피곤할 것 같다. 하지만 세 사람이 있다면 나도 말 상대가 있고 좋지 않을까.

나는 크리스틴에게 고개를 돌려 그녀에게도 며칠 정도 헬름에 머무르겠다는 약속을 받아 냈다. 그리고 마감을 하고 오겠다던 도리스를 떠올렸다.

"아직 마감이 안 끝났나?"

우리가 가게를 어떻게 할지 이야기하는 동안 도리스는 가게를 정리하고 들어오겠다고 했다. 나는 꽤 시간이 지났음에도 그녀가 아직 오지 않았다는 것을 깨닫고 자리에서 일어났다.

"그럼 그렇게 알고 있지."

복도로 나가 가게로 향하는 문을 여는 순간 익숙한 남자의 목소리가 들려왔다. 어디서 들은 목소리지? 내가 문을 열고 가게로 들어가자 누군가 가게 정문으로 나가는 소리가 들렸다.

"손님이었어요?"

나는 카운터 앞에 서 있는 도리스에게 다가가며 물었다. 가게 안은 깔끔했다. 내가 도리스를 좋아하는 이유 중 하나다. 그녀는 일을 잘하고 깔끔했다.

"도리스?"

말을 걸면서 다가갔는데도 도리스는 미동도 없었다. 무슨 일이지? 내가 그녀의 어깨를 잡는 순간 도리스가 펄쩍 뛰어올랐다.

"헉!"

"엄마야!"

나도 놀랐다. 나는 깜짝 놀란 도리스에게서 한 걸음 뒤로 물러나며 그녀를 쳐다봤다. 어찌나 놀랐는지 도리스의 얼굴색이 파랗게 질려 있었다.

"왜, 왜 그렇게 놀라요? 손님이 아니었어요?"

강도 같은 거였나? 그렇게 생각하기엔 가게 안에 없어진 것도 흐트러진 것도 없었다. 내 질문에 도리스가 주변을 두리번거리더니 어쩐지 겁에 질린 듯한 표정으로 물었다.

"어, 어서 사장님?"

"왜 그래요?"

"아니, 아니에요. 아무것도 아니에요."

같은 말을 반복하는 것부터가 전혀 아무것도 아닌 것처럼 보이지 않는다. 하지만 내가 왜 그러냐고 묻기 전에 도리스가 주제를 바꾸려는 것처럼 물었다.

"뭐 필요한 거 있어요?"

그건 아닌데. 나는 파랗게 질렸던 도리스의 안색이 서서히 돌아오는 것을 확인하고 그녀를 찾았던 이유를 말했다.

"조만간 이 거리를 공사할 거라고 해서, 공사 기간 동안 혹시 갈곳이 없으면 나랑 같이 헬름으로 가자고요."

마음 같아서는 헬름에 도리스의 빵집을 내주고 싶지만 내가 거기까지 능력이 될지 모르겠다. 도리스가 거기서 가게를 하고 싶어 할지도 모르겠고. 그래도 나와 몇 주 동안 고생했으니 적어도 저택에서 휴가를 겸해서 좀 쉬게 해 주고 싶었다.

"어, 공사 기간이요?"

내 설명에 흔들리던 도리스의 눈동자가 또렷해지기 시작했다. 그녀는 내 얼굴을 똑바로 쳐다보더니 마치 뭔가를 결심한 것처럼 단호하게 말했다.

"아니에요. 전 다른 곳에서 일을 하는 게 좋을 것 같아요."

"며칠만이라도 놀다 가지 그래요? 다른 사람들도 온다고 하는데."

몇 번 더 권했지만 도리스의 태도는 완고했다. 조금 섭섭한데. 나랑 헬름에 가서 며칠만 같이 지내면 좋을 텐데.

하지만 워낙 그녀의 태도가 완고해서 결국 더는 권하지 못하고 물러나야 했다. 어쩌면 다른 지방으로 이동할 수 없는 이유가 있는지도 모른다.

영지민이 낸 세금이 영주의 주 수입인 만큼 영주들은 자기 영지의 영지민들이 늘어나거나 줄어드는 것에 관심이 많다고 한다.

당연하게 자기 영지의 영지민이 다른 영지로 이동하는 걸 크게 반기지 않는다. 특히 일할 수 있는 성인은.

아이들은 좀 나았다. 특히 고아원의 아이들은 더 쉬웠다. 마크 같이 같은 문제를 일으킨 아이라면 프리패스나 다름이 없다.

그러고 보니 마크의 방을 준비해야겠네. 헬름으로 가기 전까지 며칠 정도지만 마크가 머물 방이 필요하다. 나는 직원 휴게실을 마크의 방으로 바꿔야겠다고 생각하며 다시 주방으로 돌아갔다.

*　　*　　*

"죄송하지만 지금은 주인님께서 안 계셔서 아무도 들일 수가 없습니다."

이튿날, 헥터와 이야기하기 위해 어서 저택의 문을 두드리자 나온 하인이 나를 보고 말했다.

돈 주는 사람을 주인이라고 한다면 그 돈은 내 돈일 테니 네 주인은 헥터가 아니라 나일 텐데? 그런 말이 목구멍까지 기어 올라왔지만 나는 억지로 눌러 참으며 말했다.

"내가 이 집 주인인데?"

내 말에 하인의 얼굴에 당황이 떠올랐다. 그건 몰랐던 모양이다. 하긴, 헥터는 기존에 일하던 하인을 전부 해고하고 도망쳤다가 최근 돌아왔다. 그리고 하인을 전부 새로 고용했지.

전에 일하던 하인들을 전부 해고한 게 그들을 위해서가 아니라 헥터 자신을 위해서였겠다는 생각이 들었다. 헬름에서도 자신을 남작이라고 부르게 시키던 놈이다.

기존 하인들은 내가 주인이고 남작이라는 것을 알고 있으니 자신을 주인이라고 부르게 시킬 수가 없었던 게 아닐까.

"비켜."

나는 마음을 굳게 먹고 안으로 들어갔다. 그러고 보니 이 집은 내 집인데 단 한 번도 내 마음대로 돌아다닌 적이 없다는 생각이 들었다.

매번 헥터의 허락하에 들어왔고 헥터와 함께 응접실로 가서 그곳에서만 머물렀다. 내 방을 구경하고 싶다는 요청도 거절당했지.

생각하면 생각할수록 이상한 점만 떠오른다. 그럼에도 그전까지 그를 믿으려 했던 건 내가 가진 적 없는 아버지가 생겼다고 생각했기 때문이다.

"아, 안 됩니다! 주인님께서 절대 안 된다고……."

하인은 감히 나를 말리려는 듯 내 팔을 잡았다. 이건 또 뭐야? 나는 고개만 돌려 그를 쳐다봤다. 어딜 감히 만져?

"안 놔?"

"안 됩니다. 주인님께서 자신이 없을 때 딸은 절대 들이지 말라 하셨습니다."

"딸?"

나는 어이가 없어서 헛웃음을 지었다. 헥터가 새 하인들에게 무슨 소리를 했는지 알 것 같았다. 내가 사는 거리의 상인들은 귀족을 어려워한다. 서쪽 하늘 용병대조차도 내가 남작 위를 계승하기 전부터 감히 내게 함부로 손을 대지 못했다.

왜 사람들이 호칭에 집착하는지 알 것 같았다. 내가 헥터의 딸인 게 아니라 헥터가 내 아버지인 거다. 나는 내 팔을 잡은 하인의 손등을 찰싹 내리쳤다.

"손님의 몸에 손대지 말라는 교육도 못 받았어?"

선의 저택에서 하인들은 절대로 손님의 몸에 손을 대지 않았다.

집사 역시 난동을 부리던 응접실의 찌질이들에게도 몸에는 손 하나 까딱하지 않았다.

내 호통에 하인이 멈칫했다. 그때 뒤에서 여자가 말을 걸었다.

"무슨 일이야?"

레슬리였다. 헥터의 부인. 내게는 새어머니가 되겠지. 그녀는 우리 쪽으로 다가오더니 하인을 무시하고 내게 인사를 건넸다.

"어서 오세요, 어서 남작님. 축하 인사가 늦어서 죄송해요."

응?

레슬리의 반응은 내 생각과 달랐다. 그래서 나는 그녀가 뭘 축하하는 건지 약간 늦게 깨달았다. 그래, 그녀는 내가 남작이 된 걸 축하하는 거다.

그녀가 알았다면 헥터도 분명 알았을 것이다. 그가 좋아하지 않았을 텐데도 내게 축하하는 레슬리의 모습에 놀라 나는 한 박자 늦게 반응했다.

"아, 아닙니다. 저야말로 오랜만이에요."

뭐라고 불러야 하지? 어서 부인? 내가 그녀를 부를 호칭을 고민하는 사이 레슬리는 바로 하인에게 몸을 돌리더니 엄하게 말했다.

"뭘 하는 건가? 어서 응접실로 안내하지 않고."

"하, 하지만 주인님께서……."

"이분이 이 집의 주인이자 이 집안의 가주인 어서 남작님이네. 건방지게 굴지 말아!"

하인은 레슬리의 꾸짖음에 어찌할 바를 모르더니 나를 향해 고개를 꾸벅했다. 그러더니 안쪽으로 팔을 내밀며 말했다.

"잘못을 용서해 주십시오. 바로 안내하겠습니다."

나는 레슬리를 놀랍다는 표정으로 쳐다보다가 그녀가 나를 쳐다보자 재빨리 하인이 가리키는 쪽으로 시선을 돌렸다. 그러자 레슬리가 내게 다가오며 하인에게 다시 말했다.

"아니야. 내가 안내하지. 가서 차를 가져와."

"아, 알겠습니다."

그녀는 내 생각보다 제대로 된 안주인인 모양이었다. 나는 레슬리의 안내대로 응접실로 가려다가 물었다.

"아버지는 집에 안 계신가 봐요?"

"어르신께서는 잠깐 나가셨어요. 곧 오실 거예요."

그래? 레슬리를 따라 응접실로 향하던 나는 그녀가 헥터를 부르는 칭호를 다시 떠올리고 멈칫했다. 어르신이라고? 남편이나 헥터가 아니라?

이상한 기분이 들었다. 보통 그런 칭호는 하인들이 하는 말 아니던가?

하지만 이 저택의 하인은 헥터를 주인님이라고 불렀다. 그래서 레슬리가 어르신이라고 부른 건가?

그래도 이상하다는 생각이 들었다.

나는 그녀와 함께 응접실로 들어가다가 멈춰 서 말했다.

"아, 그 전에 내 방에 가 보고 싶은데요."

에버딘이 어떻게 살았는지 진짜 봐야겠다. 얼마 전에 헬름에 가 봤는데 에버딘이 거기 간 지 꽤 된 것 같았다. 웃긴 건 헥터는 그가 레슬리와 결혼하겠다고 하자 에버딘이 헬름으로 가출했다고 말했다는 점이지.

그리고 에버딘이 쓰던 물건을 전부 헬름으로 가져가서 방이 텅 비어 있다고도 했다. 하지만 헬름에 에버딘의 물건은 거의 없었다.

진짜 에버딘의 방이 텅 비어 있는지 봐야겠다. 만약 레슬리가 안 된다고 하면 그녀를 밀고서라도 들어가 볼 생각이었다.

하지만 레슬리는 잠깐 머뭇거리더니 알겠다며 몸을 돌렸다.

"이쪽이에요."

당연하지만 에버딘의 방은 이 층에 있었다. 레슬리는 나를 방까지 안내해 주고 문을 열어 주었다.

이게 에버딘의 방이었군. 나는 에버딘의 방으로 들어가며 그렇게 생각했다. 그녀가 죽으려 한 이유는 물론 복합적이겠지만 방을 보자 이것도 한 이유일 수 있다는 생각이 들었다.

에버딘의 방은 거리에 있는 가게의 이 층 침실에 비하면 완전히 궁전이었다. 가게 이 층에 있는 침실에는 나 혼자로도 꽉 차는 작은 침대가 있는데 여긴 두 명이 누워도 충분할 만큼의 큰 침대가 있었다.

게다가 방 크기 차이도 어마어마했다. 가게의 침실은 침대랑 옷장, 책상과 의자를 놓으면 꽉 찼다. 하지만 이 방은 아니었다.

가장 안쪽에 놓인 커다란 침대와 그 맞은편에 있는 난로, 그리고 그 사이에 소파와 테이블이 놓여 있었다. 심지어 안쪽에 문이 하나 딸려 있었는데 문을 열자 욕조가 놓인 작은 방이 나왔다.

개인 목욕실이 딸린 방이라는 말이다.

와, 개인 목욕실.

내가 원래 살던 곳도 개인 목욕실이 딸린 방은 흔하지 않았다. 하지만 생각해 보니 딱 하루 묵은 션의 손님방에도 개인 목욕실이 딸려 있었다.

물론 좀 더 묵긴 했지만 내가 잠들어 있었으니 체감상 하루다.

그래도 방 크기는 션의 손님방보다 좀 더 컸다. 그때 그 방도 크다고 생각했는데.

나는 속으로 감탄하며 안쪽에 있는 벽장을 열었다. 그러자 안에 옷이 걸려 있는 게 보였다.

"옷이 적네."

벽장은 엄청 컸다. 내 방의 옷장과 비교하면 세 배쯤은 되어 보인다.

하지만 옷장 안에 있는 옷은 오히려 옷장의 규모에 비해 휑하다 싶을 정도로 적었다.

에버딘이 검소하게 살았나 보네. 나는 그렇게 생각하며 이번에는 화장대로 걸음을 옮겼다.

화장대 역시 휑했다. 간단한 화장품은 있었지만 머리핀 같은 건 하나도 없었다.

"이상한데."

나는 그렇게 중얼거리며 화장대의 서랍을 모두 열었다. 여기도 머리카락 길이가 짧은 여자가 종종 있었지만 에버딘은 아니었다. 에버딘의 머리카락 길이는 꽤 길다.

그녀는 길고 탐스러운 붉은 색 머리카락을 가지고 있었고 나는 가게에 있는 하나뿐인 리본으로 반묶음을 하거나 하나로 묶곤 했다.

지금까지는 리본이 하나밖에 없는 건 그녀가 맨몸으로 가출했기 때문이라고 생각했다. 하지만 이 저택의 에버딘의 방에도 리본이나 핀은 하나도 없었다.

이건 진짜로 이상한 거다. 머리카락이 이렇게 긴 사람 중에 끈이나 핀이 하나뿐인 사람은 없다.

나는 방 안을 돌아다니며 모든 서랍을 뒤지기 시작했다. 그러다가 또 한 가지 이상한 점을 깨달았다.

"뭐 찾는 거 있어요?"

레슬리가 걱정스러운 표정으로 내게 다가와 물었다. 혹시 비싼 건 금고 같은데 넣어 뒀나? 나는 침대 옆에 있는 협탁의 서랍까지 텅 비어 있는 것을 보고 눈살을 찌푸리며 그녀에게 물었다.

"내 액세서리요. 하나도 없네요?"

에버딘은 남작이다. 이 집에 살 때는 남작 후계자였지만 어쨌든 귀족이었다. 귀족이 액세서리가 하나도 없다는 게 말이 되나?

물론 가난한 귀족이라면 없을 수도 있지. 모든 귀족이 아네트처럼 화려한 보석을 달고 다니는 건 아니라는 것쯤은 안다.

하지만 어서 집안에 내려오는 브로치라거나 반지 정도는 있어야 하는 거 아냐?

"어떻게 생긴 걸 찾는데요?"

레슬리의 질문에 나는 자리를 옮겨 그녀에게 텅 빈 서랍을 보여주었다. 특정 액세서리를 찾는 게 아니다. 여기 있던 모든 액세서리를 찾는 거다.

빈 서랍을 본 레슬리의 얼굴이 굳었다. 그녀는 내게 다가와 서랍을 들여다보더니 그 밑의 다른 서랍도 확인했다.

적어도 레슬리가 가져간 건 아닌 모양이다. 아니면 그녀가 연기를 아주 잘하거나.

나는 굳은 표정으로 서랍을 확인하는 레슬리에게 물었다.

"제 액세서리를 어딘가 다른 곳에 옮겼나요?"

"제가 지시하진 않았어요."

여기부터가 문제다. 나는 귀금속이 어디에 있는지 보고 싶다고 말하고 싶지만 차마 말할 수가 없었다. 내가 여기서 쭉 살았다면 할 수 있겠지만 난 여기 살고 있지 않다.

내가 지금 여기 살지 않는데 그런 요구를 해도 되는 걸까.

그렇게 생각하고 있을 때 레슬리가 먼저 제안했다.

"보관실에 가 볼까요?"

"어, 그래도 괜찮아요?"

자기 집 귀금속을 그렇게 쉽게 보여 줘도 되는 건가? 그렇게 생각하는 순간 레슬리가 말했다.

"여긴 당신 집이니까요, 어서 남작님."

그제야 나는 그녀가 이 집에서 나를 본 순간부터 나를 남작님이라고 부르고 있다는 것을 깨달았다.

기분이 이상했다. 레슬리는 내가 생각하던 새어머니의 모습은 전혀 보이지 않았다. 아니, 이쪽에선 이게 당연한 건가?

나는 귀족이고 그녀는 아니다. 설령 그녀가 내 아버지와 결혼했다 해도 그녀는 귀족의 가족이 된 거지, 귀족이 된 건 아니니 계급

만으로 보면 나보다 낮은 거다.

그래서 이런 태도를 취하는 걸까. 나는 새어머니보다는 집사에 가까운 태도로 나를 대하는 레슬리의 뒤를 따라 어서 저택의 보관실로 향했다. 가는 길에 길게 늘어진 복도에 어서 가문의 초상화가 걸려 있는 게 보였다.

"어."

나 아니, 에버딘이다.

나는 가장 끝에 초상화에서 걸음을 멈췄다. 내가 초록색 드레스를 입고 서 있는 초상화였다. 이건 언제 그린 걸까. 나는 초상화의 에버딘을 자세히 보고 오히려 지금의 나보다 나이가 들어 보인다는 것을 깨달았다.

"어머니군요."

에버딘이 아니었다. 에버딘의 어머니였다. 그녀는 붉은색 머리카락과 초록색 눈동자까지 에버딘과 똑같았다. 그림이라 그런지 모르겠지만 에버딘보다 좀 더 창백하고 딱딱해 보이는 인상이었다.

그제야 나는 이 벽에 걸린 초상화가 역대 남작의 초상화라는 것을 깨달았다. 그렇다면 어머니의 초상화 옆에 내 초상화가 걸릴 것이다.

기분이 좀 이상했다. 에버딘이 포기하고 나와 맞바꾼 것이지만 이런 세세한 것까지 앞으로는 내 것이 된다는 게.

"이쪽이에요."

레슬리는 뒤로 물러선 채로 내가 어머니의 초상화를 가만히 구경할 시간을 준 뒤 보관실의 문을 열며 말했다. 열린 문틈으로 들여다본 보관실은 그림과 조각이 훨씬 더 많아 보였다.

이런 곳은 금은보화가 막 쌓여 있을 줄 알았는데 그것도 아닌 모양이다. 내가 안으로 들어가려 했을 때였다.

"레슬리!"

어디선가 엄청난 고함 소리가 들려왔다. 그리고 누군가 이쪽으로 뛰어오는 소리도.

고개를 돌려보니 반대쪽 복도에서 헥터가 무시무시한 얼굴로 이쪽으로 뛰어오는 게 보였다. 드디어 만났군. 그렇게 생각하는데 우리 앞으로 후다닥 달려온 헥터가 손을 올렸다.

짝!

다음 순간 헥터의 손이 레슬리의 뺨을 내리쳤다. 엄마야! 나는 깜짝 놀라서 그대로 굳었다. 천천히 레슬리가 비틀거리는 게 보였다.

"미쳤어?"

그대로 헥터가 소리쳤다. 그제야 굳었던 머리가 돌기 시작했다. 나는 인상을 쓰며 소리쳤다.

"미친 건 당신이야!"

누구 보고 미쳤대! 어딜 손을 올려? 진짜 미친 거 아냐?

하지만 헥터는 뻔뻔했다. 그는 숨을 가누며 내게 손을 들더니 명령했다.

"에버딘, 넌 가만히 있거라."

마치 자신이 이 상황을 처리하겠다는 태도였다. 하지만 오자마자 부인의 뺨을 때린 남자에게 이 상황을 처리하게 둘 수 있을 리가 없다.

"거기! 누구 없어?"

나는 재빨리 복도 바깥쪽을 향해 소리를 질렀다. 하인들이 반대쪽에서 얼쩡거리는 게 보였지만 다가오는 사람은 아무도 없었다.

쓸모없는 자식들.

"레슬리, 이쪽으로 와요."

나는 재빨리 레슬리의 손을 잡으며 말했다. 경황이 없어서 그녀를 어서 부인이라거나 어머니라고 불러야 한다는 것도 잊어버렸다.

그러자 헥터가 내 앞을 막아서며 말했다.

"에버딘! 이건 집안일이다!"

"집안일?"

웃기고 있네. 나는 레슬리를 억지로 잡아당기며 헥터를 노려봤다. 집안일인데 어쩌라고?

"그렇죠. 내 집안일이죠."

아까 하인에게 레슬리가 말했다. 나는 어서 남작이고 어서 가문의 가주라고. 그렇다면 이 집안에서 일어나는 일은 내 일이기도 하다.

헥터는 내 집안일이라는 말에 멈칫하더니 내게 다시 말했다.

"아니, 내 말은…… 그래! 부부간의 일이라는 말이었다."

그거야말로 말도 안 되는 소리다. 나는 헥터를 적대적으로 쳐다보며 말했다.

"그리고 당신은 내 아버지죠. 방금 내 눈앞에서 새어머니의 뺨을 때렸고요."

"그건, 그건……."

더 이상 할 변명도 없었는지 헥터가 웅얼거리기 시작했다. 나는 그를 무시하고 복도로 걸어가며 소리쳤다.

"여봐라! 아무도 없느냐?"

이상한 말투 덕분인지 복도 밖에서 얼쩡거리던 하인이 고개를 내밀었다. 나는 정확하게 그를 지목하며 명령했다.

"너! 가서 찬물과 수건을 가져와! 그리고 치안관 불러!"

"에, 에버딘!"

치안관을 부르라는 소리에 헥터가 당황해서 달려왔다. 그는 어쩔 줄 몰라 하며 말했다.

"치안관이라니 무슨 소리냐? 어쩌려고?"

"아버지께서 새어머니를 때렸잖아요? 폭력이죠."

"그, 그래서, 그래서 날 신고라도 하겠다고?"

당연한 거 아냐? 내 눈앞에서도 때렸는데 내가 없을 때는 안 때릴 거라는 보장이 어디 있어? 헥터와 레슬리는 분리돼야 한다.

그때 레슬리가 말했다.

"괘, 괜찮아요, 남작님."

"그래! 레슬리도 괜찮다고 하잖니?"

"괜찮다니? 왜? 설마 아버지가 당신을 때린 게 흔한 일인가요?"

"뭐?"

레슬리를 향한 질문에 헥터가 깜짝 놀라는 게 보였다. 설마 진짜로 평소에도 헥터가 레슬리에게 손을 올렸나?

하지만 다행히도 그건 아니었다.

"아니, 아니에요. 어르신은 당황해서 그래요. 이번이 처음이에요."

그제야 나는 레슬리의 손을 잡고 그녀를 쳐다봤다. 어찌나 세게 때렸는지 레슬리의 뺨이 붉게 부어오르기 시작했다.

어쩌면 레슬리에게 처음으로 손을 올렸다는 말은 믿을 수 있을지도 모른다. 하지만 나는 여전히 레슬리와 헥터를 한집에 두고 싶지가 않았다.

심지어 자기 부인에게 자신을 어르신이라고 부르게 하는 남자라면 더더욱.

"좋아요. 그럼 치안관은 안 부를게요."

내 말에 헥터가 안도하는 표정을 지었다. 일이 커지는 걸 원치 않았던지 레슬리 역시 안도하는 게 보였다. 하지만 이대로 끝낼 생각은 없다.

"대신."

나는 헥터를 향해 검지를 들어 올리며 말을 이었다. 그러자 그가 다시 움찔하는 게 보였다.

"선택해요. 헥, 아버지가 나가시거나, 제가 들어오거나."

"뭐? 나가라니?"

"레슬, 새어머니를 내보낼 수는 없잖아요. 전 두 분이 한 지붕 아래에 단둘이 있는 거 못 봐요."

"단둘이라니, 에버딘."

헥터가 사람 좋은 표정으로 미소를 지으며 내게 다가왔다. 내가 처음 봤을 때의 그 표정이었다.

이상하게도 그 표정을 보자 션이 떠올랐다. 그는 나를 위해 많은 일을 해 주었지만 저런 표정을 지은 적은 없었다.

언젠가 할머니가 그랬지. 상대가 날 정말 위해 주는지 알고 싶다면 상대의 말이 아니라 행동만을 봐야 한다고.

"여기에 왜 우리 둘만 산다고 생각하니. 하인들이 이렇게 많은데. 요리사도 있고."

주제에 요리사도 있어? 나는 헥터의 말에 인상을 쓰며 대꾸했다.

"아버지가 새어머니를 때릴 때 쳐다보지도 않던 그 쓸모없는 놈들 말이죠?"

그때 차가운 물고 수건을 가져오던 하인이 내 말을 듣고 멈칫했다. 맞는 말이잖아. 안 그래? 내가 노려보자 그는 아무 말 없이 고개를 숙였다.

이 집안에서 가장 높은 사람은 헥터였다. 아무도 헥터의 말을 거역할 수 없다. 심지어 그의 부인조차도.

아무도 거역할 수 없는 사람이 아랫사람에게 휘두르는 폭력을 누가 막을 수 있을까.

"아, 아니이, 어디로 나가라고?"

그제야 헥터는 약한 모습을 보이기 시작했다. 이제 와서 가족에게 버림받은 약한 중년의 모습을 보여 봤자 소용없다. 내 눈앞에서 부인을 때려 놓고 가증스럽기도 하지.

나는 시치미를 떼고 이상하다는 듯 말했다.

"아버지께서 산 건물들 많잖아요? 외곽에 있는 집도 있고 가게도 있고요."

"가게라니?"

"제가 사는 가게 말이에요. 그렇지 않아도 정리하려 했는데 아버지께서 사시면 되겠네요."

"정리? 정리한다니? 왜?"

당황한 헥터가 내 손을 잡으려는 듯 달려들었다. 나는 재빨리 손을 뒤로 감추며 말했다.

"언제까지나 빵집을 할 수는 없잖아요? 가게를 팔아치우고 영지를 다스려야죠."

"영지를 다스린다고?"

헥터의 얼굴이 당장이라도 죽을 것처럼 새파랗게 변했다. 그렇군. 나는 그가 아직 내가 헬름에 다녀왔다는 소식을 모른다는 사실을 깨달았다.

그건 나쁘지 않다. 저쪽의 정보가 느릴수록 이쪽이 더 유리하다.

"너, 이름이 뭐지?"

나는 여전히 찬물이 든 그릇과 수건을 들고 있는 하인에게 몸을 돌리며 물었다.

"지, 지미입니다."

"가서 아버지의 짐을 싸 드려. 당장이라도 나가실 수 있게."

"에버딘!"

그제야 정신을 차렸는지 헥터가 내게 고함을 질러 왔다. 왜 소리를 질러? 내가 진짜 에버딘이라면 헥터의 고함에 놀랐을지도 모른다. 어쩌면 두려워했을지도 모르지.

하지만 나는 진짜 에버딘이 아니고 헥터는 내 아버지가 아니다. 나는 그를 돌아보며 단호하게 말했다.

"그렇게 소리를 치시다가 저도 때리시겠네요."

"뭐?"

헥터의 얼굴에 당혹이 떠올랐다. 그는 주제에 하인의 눈치를 보더니 내게 비굴하게 말했다.

"내, 내가 널 왜 때리겠니? 레슬리는, 레슬리는 실수였다니까……."

"제게 소리도 치시는데 때리는 건 어려울까요?"

"에버딘, 절대 그렇지 않다. 내가 널 얼마나 사랑하는지 알잖니."

정말? 나는 날 사랑한다며 그가 한 행동이 내게 피해만 주는 것들이었다는 사실을 떠올렸다. 행동만을 보라고 했지.

"절 사랑하지만 절 판 돈은 아직 돌려주지도 않았잖아요?"

"뭐? 그건 무슨 소리야? 내가 널 팔았다니?"

"웨스트 공작에게 받은 돈 말이에요. 아직 그에게 돌려주지 않았잖아요?"

"아, 아니, 그게 이거랑 무슨 상관이란 말이냐? 그건 그거고 이건 이거지."

그렇게 말할 줄 알았다. 나는 수건을 찬물에 적셔 레슬리의 뺨에 대 주었다. 그리고 다시 하인에게 말했다.

"지미, 가서 아버지의 짐을 싸 드려. 웨스트 공작에게 받은 돈과 집이 있으니 잘 사시겠지."

"에버딘!"

시끄러워 죽겠네. 다시 선이 생각났다. 그러고 싶지 않지만 헥터의 행동 하나하나가 선과 비교가 됐다.

선은 고함을 치거나 소리를 지르지 않았다. 그는 하인을 부리거나 아네트를 부를 때 늘 나직하게 명령했고 경고를 했을 뿐이다. 그것만으로 충분했다.

내게 듣기 좋은 말을 하며 뒤로 날 어떻게 이용해먹을지 궁리하지도 않았다. 그는 당당하게 내 면전에 대고 조건을 제시했고 나중에 말을 바꾸지도 않았다.

헥터처럼 내 앞에서 여자에게 손을 올리는 짓도 하지 않았다. 오히려 나를 보호해 주었다.

괜찮은 인간과 쓸모없는 인간의 차이란 이런 것이다. 나는 겁많은 개처럼 짖어대는 헥터를 인상을 쓰며 쳐다봤다. 그리고 마지막 경고로 말했다.

"어서 남작이라고 부르세요."

이제 헥터의 얼굴은 분노와 이름 모를 감정으로 붉게 달아올랐다.

"감히 아버지보고 널 남작이라고 부르라고 하는 거냐?"

"새어머니는 아버지를 어르신이라고 부르는데 아버지는 절 그렇게 못 부를 이유가 있나요?"

"그녀와 난 다르지!"

헥터의 말에 내 옆에 있던 레슬리가 움찔하는 게 느껴졌다. 나는 그녀에게로 향하는 시선을 억지로 헥터에게 고정한 채 말했다.

"뭐가 다른데요?"

"나는 네 아버지잖으냐!"

"그래서요?"

그렇다 해도 헥터는 작위를 가진 귀족이 아니다. 레슬리가 평민이라 헥터를 어르신이라 부르는 거라면 그 역시 마찬가지다.

내 반박에 헥터가 발을 쿵쿵 구르며 소리쳤다.

"에버딘, 건방지게!"

이 모습을 어디서 본 거 같은데. 한 박자 늦게 내 머릿속에 마크의 모습이 떠올랐다. 엘리스를 괴롭히지 못하게 했더니 지금 헥터처럼 발을 구르며 화를 냈었지.

이상하게도 헥터의 그 모습을 보자 끓어올랐던 화가 차갑게 가라앉았다. 동시에 헥터가 아주 한심하고 덜떨어져 보였다.

남작 남편이었지만 헥터는 제대로 된 교육을 받지 못한 고아원의 소년과 똑같았다. 마크도 이랬지.

마크와 헥터의 차이점이라면 그는 남작의 아버지라 치안관이 때릴 수 없다는 점일 것이다.

"건방진 건 당신이겠지. 감히 내 집에서, 내 돈으로 살면서 내 집안사람에게 손을 대?"

"거, 건방?"

헥터는 경악한 표정으로 나를 쳐다보기 시작했다. 어쩔 건데? 나도 때리게? 뺨을 때리면 나도 뺨을 때려 줄 거다.

나는 오른손을 쥐었다 폈다 하기 시작했다. 그때 헥터가 조용히 말했다.

"네가 어디 아픈 모양이구나."

응? 나는 헥터의 갑자기 바뀐 태도에 어리둥절해서 아무 말도 하지 않았다. 그러자 그가 갑자기 손을 들었다.

"뭐 하는 거야?"

설마 날 때리려고? 의혹으로 가득한 표정을 짓자 헥터는 상처받은 표정을 지으며 말했다.

"아니, 난 그저, 열이 있나 재 보려고……."

이게 뭐 하는 꿍꿍이람? 내가 아무 말도 하지 않자 헥터는 슬그머니 손을 내리더니 다시 말했다.

"요즘 일이 많아서 네가 많이 피곤했을 거라는 걸 안다. 그러니 이제 그만 들어가서 쉬면 어떻겠니?"

그러더니 그대로 이 층으로 올라가 버렸다. 와, 완전 불여우네.

나는 레슬리를 바라보고 그녀가 갑자기 변한 헥터의 행동에 전혀 놀라지 않았다는 것을 확인했다. 그러니까 헥터의 저 행동은 내게만 하는 짓이 아니라는 말이다.

이튿날부터 헥터는 저택 안에서 모습을 감췄다. 딱히 어딘가 숨은 건 아니고 그냥 아침 일찍 도망치듯 나가는 것뿐이지만.

남편이 보이지 않자 하인에게 행적을 물은 레슬리는 그가 아침 일찍 나갔다는 말에 놀란 표정을 지었다. 그전에는 이른 아침에 나간다 해도 반드시 사람을 시켜 레슬리를 깨웠기 때문이다.

헥터는 그가 집을 나가거나 들어올 때 반드시 저택의 모든 사람이 나와서 자신에게 인사하기를 원했다. 그가 하루에 열 번을 나갔다 들어와도 레슬리를 비롯한 사용인들은 하던 일을 멈추고 현관 밖으로 달려 나가서 일렬로 서 있어야 하는 것이다.

웃기는 짓이라는 건 알았지만 레슬리가 헥터의 행동이 확실히 모자란 짓이란 것을 깨달은 것은 가주인 에버딘이 이 저택에 들어온 이튿날부터였다.

"나가셨다고?"

아침에 일어난 레슬리는 제일 먼저 어서 남작의 아침 식사를 준비하라고 일렀다. 하지만 돌아온 대답은 놀라웠다. 어서 남작이 이미 나갔다는 것이다.

"가게에 가 보셔야 한다고 나가셨는데요."

"아침 식사는?"

"가게에서 드시면 된다고 하셔서……."

맙소사. 레슬리는 말도 안 되는 상황에 이마를 짚었다. 집안의 주인이 아침 일찍 나가는 데 아무도 나가 보지 않았다는 거다. 심지어 하인들은 아침 식사조차 준비하지 않았다는 말에 그녀의 시름이 깊어졌다.

문득 헥터가 떠올랐다. 레슬리는 어제저녁, 그에게 맞은 뺨을 만지지 않으려 애를 쓰며 아무렇지 않게 물었다.

"어르신의 아침 식사는 준비됐나?"

"주인님께서도 아침 일찍 나가셨습니다."

믿을 수 없는 말에 레슬리의 눈이 커졌다. 제일 먼저 덜컥 겁이 났다. 그녀가 너무 늦게 일어나서 아침 인사도 못 받았다고 화를 내는 거 아닐까.

전에도 레슬리는 한 번 경험이 있었다. 너무 피곤해서 아침에 조금 늦게 일어났더니 헥터는 며칠 동안 기분 나쁜 티를 냈다. 그 뒤로 그녀는 헥터보다 먼저 일어나서 그의 침실로 가서 문안 인사를 했다.

그리고 아무리 식욕이 없어도 식당으로 내려가서 헥터와 함께 아침 식사를 해야 했다.

"언제?"

당황하는 레슬리에게 하인이 조심스럽게 말했다.

"평소보다 훨씬 일렀습니다. 마님을 깨우지 말라고 하셨고요."

하인이 그렇게 말해도 레슬리는 여전히 걱정이 됐다. 깨우지 말라고 해 놓고 그녀가 알아서 일찍 일어나지 않았다고 한 소리하는 게 아닐까.

하지만 헥터가 급한 일이 있다며 아침 식사도 하지 않고 나갔다는 설명에 레슬리의 기분이 조금 나아졌다.

어제 일은 실수였을 것이다. 그래서 미안한 마음에 그녀를 깨우지 않은 건지도 모른다.

레슬리가 에버딘에게 말했던 것처럼 헥터는 그전까지 한 번도 레슬리에게 손을 댄 적이 없었다.

물론 고함을 치거나 화를 낸 적은 있었다. 하지만 대부분 그건 그녀의 잘못이었고 때린 것도 어제 딱 한 번이었지 않은가.

"실수였을 거야."

레슬리는 그렇게 말하며 맞은 뺨을 만지다가 화들짝 놀라 손을 뗐다. 지금쯤 하인들은 그녀가 헥터에게 맞았다는 이야기로 수다를 떨고 있을 것이다.

그렇게 생각하자 다시 마음이 무거워졌다.

"이럴 때 하녀가 없어서 다행이긴 하네."

레슬리는 그렇게 중얼거리며 옷을 갈아입었다. 하녀가 있었다면 그녀의 뺨에 난 붉은 자국을 보고 호들갑을 떨었을 것이다.

그녀는 지금 그 호들갑을 감당할 자신이 없었다.

이 저택에 돌아와서 헥터가 새로운 하인을 구하라고 했을 때, 그녀는 하녀도 한 명 구하고 싶었지만 그가 허락하지 않았다.

저택에서 달아나듯 떠나기 전에도 이미 대부분의 사용인을 해고한 뒤였기 때문에 사실상 귀족과 결혼했어도 레슬리는 누군가의 시중을 받아 본 적이 없었다.

어쩌면 그게 그녀의 팔자인지도 모른다는 생각이 들었다. 기껏 어머니처럼 살기 싫어서 부유한 귀족과 결혼했는데…… 이럴 때 뺨을 식혀 줄 하녀조차 없는 삶.

그러다가 그녀는 문득 에버딘 역시 옷을 갈아입는 것을 도와줄 하녀가 없다는 사실을 깨달았다. 심지어 그녀는 귀족으로 태어나 자랐다. 그녀는 어떻게 했을까. 옷을 갈아입고 난 후 레슬리는 복도로 나가 지나가는 하인에게 물었다.

"남작님께서는 언제 들어오신다고 하셨지?"

복도를 지나가던 하인도 아까 그녀가 불렀을 때 온 하인이었다. 어슬렁거리다가 레슬리에게 들켜 당황하는 모습에 그녀의 눈살이 찌푸려졌다.

이 집에 일하는 하인은 모두 다섯. 요리사를 포함하면 여섯 명이지만 전부 다 레슬리의 눈에는 차지 않았다.

그들은 그녀의 어머니까지 가지 않아도 그녀의 기준으로도 이런 저택에서 일할 하인으로는 한참 못 미쳤다. 구부정한 자세, 똑바르지 못한 발음. 그리고 틈만 나면 모여 담배를 피우고, 수다를 떠는 것까지.

레슬리는 이들이 그녀가 지급하는 급여의 대부분을 담배를 사는데 쓸 거라고 생각했지만 아무 말도 하지 않았다. 좋은 고용주란 고용인이 일만 제대로 한다면 업무 외 시간은 모른 척하는 법이다.

문제는 어서 저택의 하인들은 일을 제대로 못 한다는 점이지만.

"언제 올지 모른다고 하셨습니다. 처리할 일이 많다고……."

레슬리의 미간에 주름이 생겼다. 저렇게 말끝을 흐리지 말라고 몇 번이나 말을 했건만…… 이 저택의 하인들은 아직도 말끝을 흐리고 있다.

그녀는 주의를 주기에 앞서 가장 궁금한 것을 물었다.

"점심 식사는?"

"그, 그것도 잘……."

그건 아예 물어보지도 않은 모양이다. 레슬리는 한숨을 내쉬고 하인을 내보냈다. 말투와 구부정한 자세를 고쳐 줄 마음도 들지 않았다.

모든 게 불안했고 마음이 가지 않았다. 문득문득 잊을 만하면 어제저녁 헥터가 그녀의 뺨을 때린 일이 떠올랐다.

"이럴 때가 아니지."

레슬리는 억지로 고개를 흔들어 기억을 떨쳐 내고 몸을 돌렸다. 그녀에게는 할 일이 있다. 에버딘이 사라졌다고 한 액세서리를 찾아야 한다.

하늘에 맹세코 그녀는 어서 남작의 물건은커녕 방에 들어간 적도 없다. 헥터가 부유한 귀족이라 결혼한 건 맞았지만 그의 딸이자 어서 남작의 사유 재산까지 탐내고 싶지는 않았기 때문이다.

"어서 부인, 뭐 하세요?"

에버딘이 돌아온 것은 그날 저녁이었다. 점심도 먹는 둥 마는 둥하고 창고란 창고는 다 뒤지는 레슬리 뒤에서 에버딘이 그녀를 불렀다.

처음 듣는 호칭에 레슬리는 깜짝 놀라서 뒤를 돌아봤다. 그리고에버딘과 그녀의 약간 뒤에 서 있는 금발 머리 소녀를 발견했다.

"레슬리라고 부르세요, 남작님."

"네? 하지만……."

에버딘의 얼굴에 망설이는 표정이 떠올랐다. 아무리 그래도 새어머니인데 이름을 부르는 건 좀 거부감이 든다. 그 표정에 레슬리가 덤덤하게 말했다.

"그쪽이 더 편해요."

게다가 엄밀히 말하면 레슬리는 어서 부인이 아니다. 헥터는 에버딘의 어머니에게 장가와서 어서라는 성을 쓰게 되었을 뿐이고 그는 어서라는 성을 레슬리에게 줄 수는 없다. 원래대로라면 헥터는 장가 전 원래 성을 쓰고 레슬리 역시 그의 총각 시절 성을 써야 했을 것이다.

하지만 아버지를 매우 사랑하는 에버딘이 그걸 허락했다고 들었다. 아버지를 사랑하기 때문에 레슬리를 어서가의 일원으로 인정했다는 말이다.

하지만 레슬리는 자신의 입장이 굳이 따지면 가신이라는 것을 잘 알고 있었다. 귀족과 결혼해 남작의 새어머니가 됐지만 그녀는 에버딘의 어머니가 될 수도, 어머니로서의 권리를 요구할 생각도 없었다.

"그럼, 레슬리."

에버딘은 레슬리라고 불러 달라는 새어머니의 요청에 잠시 고민하다가 고개를 끄덕이고 다시 입을 열었다.

"이쪽은 엘리스예요. 제가 돌보고 있는 아이고, 앞으로 이 애 또래인 남자애도 올 거예요."

"돌보고 있는 아이라고요?"

놀라는 레슬리에게 에버딘은 손을 저으며 설명했다.

"말하자면 길어요. 나중에 이야기해 드릴게요. 헬름에 갈 때까지 여기서 같이 살 거라서 소개하는 거예요."

"엘리스입니다."

그제야 엘리스가 레슬리에게 인사했다. 레슬리는 엘리스가 성을 밝히지 않는 것을 보고 그녀가 고아라는 것을 알아차렸다.

레슬리는 놀란 표정을 지으며 에버딘을 쳐다봤다. 그녀가 헥터에게 들어 왔던 것과 달랐다. 그는 자신을 딸을 다양하게 이야기했지만 공통된 평가는 게으르다는 거였다.

— 에버딘? 걘 너무 게을러서 영지를 다스리지 못해. 그래서 내가 하고 있지.

헬름을 딸 대신 다스린다고 자랑했을 때 헥터의 거들먹거리던 모습이 떠올랐다. 하지만 그녀는 애써 떨쳐 내고 하인을 불러 엘리스에게 적당한 방을 내주라고 명령했다.

"여기서 뭐 하고 있어요?"

하인을 따라가고 싶어 하지 않는 엘리스에게 곧 뒤따라갈 테니 먼저 가라고 다독인 에버딘이 물었다. 오자마자 엘리스가 여기서 머문다는 것을 이야기하기 위해 레슬리를 찾았는데 창고에 있다는 이야기를 들었다.

그래서 찾아왔더니 정말로 레슬리는 소매를 걷어붙이고 창고를 뒤지고 있었다.

"아, 혹시 액세서리가 여기 있나 싶어서요."

"이런 곳에 있을까요?"

에버딘은 안 쓰는 가구와 커튼 같은 것들로 쌓여 있는 창고를 둘러보며 말했다. 액세서리는 보석과 함께 좀 더 보안이 제대로 된 곳에 보관돼 있지 않을까.

레슬리는 에버딘의 질문에서 그런 뉘앙스를 바로 읽어 냈다. 그녀는 안쪽에 있는 함을 열어 보관하고 있는 게 오래된 커튼이라는 걸 확인한 뒤 손을 털며 말했다.

"보관실에는 없더라고요. 혹시 이쪽으로 딸려 왔나 해서요."

"집이 비었을 때 하인들이 훔쳐 간 건 아니겠죠?"

걱정스러운 에버딘의 질문에 레슬리가 멈칫했다. 불성실한 하인들이 주인집의 돈과 보석을 들고 도망치는 일은 그리 드물지 않다.

그녀는 그렇지 않다고 말하려다가 입을 다물었다. 다른 재산이라면 그렇지 않다고 말할 수 있다. 하지만 어서 남작의 재산은 아니었다.

"그건, 잘 모르겠어요. 저는 남작님의 방이나 물건을 관리하지 않았거든요. 어르신이 그냥 두라고 해서요."

"집안 관리는 레슬리가 한 거예요?"

"네."

그게 안주인의 일이다. 물론 레슬리는 어서 남작가의 안주인이 아니지만.

사실은 안주인과 집사, 둘이 해야 하는 일이다. 하지만 이 저택의 집사는 몸이 안 좋아서 헥터가 일찍 퇴직시켰다고 들었다. 그 이후로도 헥터가 집사를 고용하자는 말은 없었다.

"관리 솜씨가 훌륭한 거 같아요."

그때 에버딘이 느닷없이 말했다. 물론 그녀는 느닷없이 한 말이 아니었다. 에버딘은 몇 달이나 비었음에도 깨끗한 자신의 방과 늘 잘 정리된 응접실을 떠올리고 있었다.

이런 건 청소하는 하인과 관리자의 공이다. 하인은 부지런히 청소했고 관리자는 구역별로 꼼꼼하게 관리했다는 말이니까.

그러자 레슬리의 얼굴이 살짝 달아올랐다. 그런 칭찬은 처음 들었다. 그녀가 아무리 집안 관리를 해도 헥터는 아무 말도 하지 않았다.

그런 칭찬을 아버지와의 결혼을 반대한 남편의 딸이 해 줄 줄은 몰랐다.

"뺨은 어때요?"

에버딘은 잠시 입을 다물었다가 근처에 아무도 없는 것을 확인하고 조심스럽게 물었다. 어제 그녀의 눈앞에서 헥터가 레슬리의 뺨을 때리는 것을 봤다. 당연히 놀랐고 걱정이 됐다.

다행히 저녁이 되면서 부기가 가라앉았지만, 레슬리의 뺨은 여전히 불그스름했다.

"괘, 괜찮습니다."

당황한 나머지 레슬리는 뺨에 손을 대며 딱딱하게 말했다. 그 모습을 지켜보던 에버딘이 혹시나 하는 마음에 물었다.

"아버지와 이야기해 봤어요?"

"아니요. 한 번도 못 봤습니다. 아침 일찍 나가셨거든요."

"그 뒤로 한 번도 안 들어온 거예요?"

이건 확인할 필요도 없다. 레슬리는 이미 헥터가 한 번도 안 들어왔다는 것을 알고 있으니까. 그녀가 고개를 끄덕이자 에버딘이 인상을 쓰며 말했다.

"사람들 몰래 들어왔다 나간 건 아니겠죠?"

"그건 아닙니다."

레슬리의 대답은 빠르게 나왔다. 그건 확실히 아니다. 헥터는 자신의 존재를 알리려는 것처럼 발걸음 소리를 크게 내면서 걷는 버릇이 있었고 그랬다면 하인들이 눈치챘을 것이다.

그리고 하인들이 알았다면 레슬리도 알았겠지.

"어, 어떻게 알아요?"

에버딘의 당연한 질문에 레슬리의 입이 닫혔다. 그녀는 이 이야기를 해야 할지 말아야 할지 고민하다가 조용히 말했다.

"버릇입니다."

"버릇이요?"

"어릴 때부터 집안에 있는 사람이나 물건을 파악하도록 가르침을 받았거든요."

이상한 가르침이다. 에버딘은 그렇게 생각했다가 다음 순간 어쩌면 그게 큰 저택의 안주인이 되기 위해 받는 가르침일지도 모른다고 생각했다.

하지만 그때 레슬리가 재빨리 덧붙였다.

"별다른 이유가 있는 건 아니었습니다. 그저, 어머니께서 집사셨거든요."

레슬리의 어머니는 피에르가의 집사였다. 피에르 자작가는 사교계에서 그리 유명한 가문이 아니었고 레슬리가 자란 피에르가는 자작의 방계였기 때문에 더더욱 사람들에게 알려지지 않았다.

레슬리는 아마 에버딘이 기억을 잃지 않았더라도 자신의 어머니가 일한 집안은 잘 몰랐을 거라고 생각하며 말을 이었다.

"어머니께서 절 좀 늦게 낳으셨어요. 아버지는 제가 태어나기 전에 돌아가셨고요. 그래서 저는 거의 피에르가에서 자랐습니다."

그녀의 어머니가 은퇴하기 전까지 레슬리는 거의 수습 집사처럼 어머니를 도왔다. 물론 집사란 수습이라는 게 있는 건 아니지만 어릴 때부터 어머니의 일을 도왔던 시간이 레슬리에게는 수습 기간으로 느껴졌다.

"그런데 집사가 될 생각은 없었어요?"

당연한 에버딘의 질문에 레슬리의 입이 닫혔다. 그녀는 어머니처럼 살고 싶지 않았다. 이왕 관리할 거면 자신의 집을 관리하고 싶었다. 평생 남의 집만 관리하다가 은퇴 후 그 집을 쓸쓸히 떠나 생소한 작은 집에서 눈을 감는 게 끔찍하게 느껴졌다.

그녀의 어머니가 일한 피에르가에서 레슬리가 원한다면 추천장을 써 주겠다고 했지만 레슬리가 거절했다. 그녀가 원한 건 집사의 딸로 사는 게 아니라 그녀를 모르는 큰 집을 가진 남자와 결혼해서 그 집을 관리하는 거였다.

"네."

문득 자신이 왜 이런 이야기를 에버딘에게 하는지 알 수가 없어서 레슬리는 그렇게만 대답하고 말았다. 제대로 이야기를 나눈 게 어제가 처음인 이 집안의 주인에게 집사의 딸로 살기 싫었다느니 하는 이야기는 너무 무겁다.

레슬리가 더 이상 이야기하고 싶지 않다는 티를 내자 에버딘도 더는 캐묻지 않았다. 그녀는 레슬리가 의자가 쌓인 식탁을 지나올 수 있도록 손을 내밀어 주며 말했다.

"어쩐지, 어제 하인을 다루는 게 너무 훌륭해서 저도 배우고 싶을 정도였어요."

그러자 레슬리의 얼굴이 다시 가볍게 달아올랐다. 그런 칭찬을 다른 사람도 아닌 에버딘에게 들은 줄은 몰랐다. 심지어 그녀와 결혼한 헥터도 한 번도 한 적 없는 칭찬을.

문득 레슬리는 어제 그녀를 때린 헥터에게 대항하던 에버딘을 떠올렸다. 그동안 헥터에게 들은 에버딘이라고는 생각도 못 한 태도였다.

헥터는 늘 에버딘에 대해 답답하고 게으른 녀석이라고 말했다.

좀 착하긴 하지만 그가 교육하지 않으면 아무것도 하지 않으려는 멍청한 딸이라고 말한 적도 있다.

하지만 레슬리가 실제로 만나 본 에버딘은 전혀 달랐다. 그녀는 에버딘이 빵집을 한다는 것을, 방금 고아 소녀를 돌본다며 데려온 것을 떠올렸다.

모든 음식을 다루는 가게가 그렇지만 빵집도 부지런하지 않으면 할 수 없다. 매일매일 재료를 다듬고 반죽을 해서 이른 아침부터 구워 내야 한다.

어쩌면 헥터의 말이 틀린 게 아닐까. 그가 자신의 딸을 잘못 알고 있었던 걸까?

의문을 품기 시작하는 레슬리에게 그녀와 함께 복도를 지나 응접실로 돌아온 에버딘이 조심스럽게 물었다.

"레슬리, 우리가 전에 이야기한 적이 있나요?"

그녀 역시 레슬리와 비슷한 생각을 하고 있었다. 헥터는 에버딘이 레슬리를 싫어했다고 말했다. 어쩌면 그럴 수도 있겠지.

하지만 그녀는 빠르게 헥터가 자신을 속였다는 것을 깨달았다. 그렇다면 과거의 에버딘도 속이지 않았을까.

"아니요. 대화할 기회가 없었어요."

물론 기회가 없었던 건 헥터 때문이었다. 레슬리는 에버딘과의 대화를 매번 헥터가 차단했다는 것을 떠올렸다.

결혼했으니 에버딘까지 셋이 식사를 해야 하지 않느냐는 그녀의 질문에 헥터가 곤란하다는 표정을 지었었다. 왜 그러냐고 묻자 아직 에버딘이 그녀를 받아들이지 못했다고 했었다.

그때는 그럴 수 있다고 생각했다. 그리고 그 생각은 지금도 다르지 않았다. 하지만 그 이후로도 헥터는 에버딘과 레슬리를 불편할 거라는 이유로 만나게 하지 않았다.

에버딘이 빵집을 한다는 말에 레슬리가 관심을 표하자 딸이 불편할 테니 괜히 찾아가지 말라고 주의를 줬던 것도 생각났다.

"그럼, 오늘 토마토 스파게티를 할 건데 같이 먹으면서 이야기하지 않을래요?"

그게 뭐지? 레슬리는 토마토라는 말에 잠시 멍하니 에버딘을 쳐다봤다. 음식에 토마토가 들어가는 건가?

그 모습을 본 에버딘이 재빨리 덧붙였다.

"토마토가 불편하면 레슬리는 다른 걸 만들어 드릴게요."

"만들어 준다고요? 요리를 한다는 말이에요?"

"네. 오늘 엘리스가 토마토 스파게티를 먹고 싶다고 해서 그걸 만들어 주기로 했거든요."

어제 에버딘이 갑자기 돌아가지 않은 것에 대한 사과로 먹고 싶은 걸 만들어 준다고 하자 엘리스가 토마토 스파게티가 먹고 싶다고 말했었다.

에버딘은 하인에게 엘리스의 방으로 안내받아 그녀를 데리고 나왔다. 작은 방이긴 했지만 손님방을 쓰게 된 엘리스는 완전히 흥분해 있었다.

"저렇게 높은 침대는 처음 봤어요."

평소 에버딘과 그녀가 쓰던 침대보다 훨씬 높은 침대에 흥분하는 엘리스를 보고 에버딘은 빙그레 웃었다. 그녀도 전에 선의 손님방에서 묵었을 때 놀랐었다.

이곳의 침대는 다 작고 움직일 때마다 삐걱삐걱 소리가 나는 줄 알았는데 훨씬 튼튼하고 큰 침대가 있었던 거다.

매트도 안을 훨씬 많이 채워 넣어 푹신한 만큼 높았다. 물론 그 만큼 비싸겠지만.

"이게 뭡니까?"

어서 저택의 요리사는 에버딘이 엘리스를 데리고 들어가자마자 따지듯이 물었다. 그녀가 가져온 것 때문이다.

"토마토소스예요."

에버딘은 그렇게 말하며 바구니를 열어 안을 확인했다. 오늘 가게에서 조금 많이 만들어서 가져왔다. 오자마자 하인에게 주방에 가져다 놓으라고 말했는데 시킨 건 제대로 한 모양이다.

"토마토라니! 그렇게 위험한 건 내 주방에선 허락 못 합니다!"

안을 들여다보는 에버딘에게 요리사가 외쳤다. 뭐라는 거야. 에버딘은 바구니에서 토마토소스를 담은 병을 꺼내며 요리사를 쳐다 봤다.

투실투실하게 살이 찐 요리사는 앞치마도 없이 주방 안에 서 있 었다. 에버딘은 주방에 앞치마도 없이 요리하는 요리사는 처음 봤 다. 그녀는 요리사의 배 때문에 터질 것 같은 셔츠에 아무 얼룩도 묻어 있지 않은 것을 보고 말했다.

"그럼 나가도 돼요."

싫으면 나가면 된다. 에버딘은 여기서 엘리스와 함께 토마토 스 파게티를 해 먹을 예정이었다. 하지만 요리사는 나가도 된다는 말에 얼굴을 시뻘겋게 물들이며 말했다.

"지금 저보고 제 주방에서 나가라는 겁니까!"

방금 그렇게 말했다. 레슬리는 에버딘에게도 호통을 치는 요리사를 보고 약간 안도했다. 그는 그녀에게도 그렇게 굴었다.

레슬리가 점심 식사나 저녁 식사를 직접 하려고 하면 못 하게 막았다. 뿐만 아니라 그녀가 간이 좀 세거나 싱겁다고 말하면 입맛이 이상한 거 아니냐고 노골적으로 비웃은 적도 있었다.

하지만 그런 행동은 에버딘에게 통하지 않았다. 그녀는 수도의 작은 빵집 주인들을 모아 여러 가지 빵 만드는 방법을 가르쳐 줬다. 그중에서 꼭 자기가 더 잘 안다고 에버딘의 말을 듣지 않는 아저씨도 있었다.

게다가 에버딘은 션 웨스트와 일대일로 대적하는 몇 안 되는 사람 중 하나다. 성인 남자를 한 손으로 들어 올려 집어 던지는 션을 보고도 겁먹지 않은 그녀가 투실투실한 요리사의 호통에 겁을 먹을 리가 없다.

"그래서 싫으면 나가라고 했잖아요?"

그녀는 눈 하나 까딱하지 않고 토마토소스가 든 병을 들고 조리대로 다가갔다. 그 모습에 오히려 요리사가 멈칫했다. 하지만 그는 애처롭게도 자신에게 아직 무기가 남아 있다고 착각하고 에버딘에게 협박하듯 말했다.

"주인님께서 절 이렇게 대하면 가만두지 않을 겁니다."

뭐라는 거야. 냄비에 소스를 붓던 에버딘은 마치 헥터와 매우 가까운 사이 같은 요리사의 말에 눈살을 찌푸리며 그를 쳐다봤다.

가늘고 호리호리한 미소년이 그러면 떼쓰냐고 웃기라도 할 텐데 에버딘의 두 배쯤 되는 몸에 배 둘레는 다섯 배쯤 되는 아저씨가 이러니까 꿈에 나올까 봐 무섭다.

가서 이르던가. 에버딘이 그렇게 말하려 하는데 뒤따라온 레슬리가 먼저 입을 열었다.

"건방지게 굴지 말게. 이 집의 주인은 어서 남작님이야."

레슬리의 훈계에 요리사의 시선이 그녀를 향했다. 요리사는 잠깐 어디 감히 자신에게 훈계냐고 말하려다가 입을 다물었다.

어쨌든 저쪽은 둘이고 이쪽은 한 명이다. 그는 헥터가 돌아오면 일러야겠다고 생각하며 물러났다. 둘 다 가만두지 않을 것이다.

어제 어서 주님이 건방지게 군 부인의 뺨을 때렸다고 들었다. 요리사는 아직도 붉은 레슬리의 뺨을 보고 히쭉 웃었다. 건방지게 구는 것들은 맞아야지.

그 사이 에버딘은 신경 쓰지 않고 토마토소스를 부은 냄비를 오븐 위에 올려놓았다. 그리고 찬장을 열며 물었다.

"만들어 둔 면은 없겠죠?"

있다. 하지만 알려 줄 생각은 없었다. 요리사가 흥 하고 고개를 돌리고 아무 말도 하지 않자 에버딘은 그를 한 번 쳐다보고 기분 나쁘다는 표정을 지었다.

항아리 같은 아저씨가 삐졌다는 티를 내면 우스운 걸 넘어서서 끔찍하다. 꿈에 나올까 무섭다는 게 절대 거짓말이 아니다.

"있네."

결국 에버딘이 요리사가 만들어 둔 면을 찾아서 말했다. 미리 만들어서 말려 두면 오래 쓸 수 있다. 하지만 그녀가 면을 쓰려 하자 요리사가 재빨리 나서서 말했다.

"안 됩니다."

"왜요?"

"그건 주인님을 위해 만든 겁니다."

"주인은 난데?"

당연한 에버딘의 질문에 요리사가 멈칫했다. 하지만 그는 굴하지 않고 말했다.

"제 주인님은 헥터 어서 씨뿐입니다."

"그럼 나가야겠네."

에버딘은 그렇게 말하고 밀가루를 꺼내 반죽을 시작했다. 이 집의 주인은 에버딘이고 요리사를 고용한 돈 역시 에버딘의 것이었다.

그녀는 정 주인을 헥터라고 생각하고 그렇게 충성하겠다면 헥터와 함께 나가야 한다고 생각하고 있었다.

하지만 요리사는 그 사실까지는 몰랐다. 나가야 한다니? 그는 에버딘이 자신을 해고하는 건가 하고 생각했지만, 곧 그럴 리 없다고 생각했다. 그럴 리 없다.

이 여자가 남작이기는 하지만 헥터가 그녀에게 그 정도 발언권은 없다고 말했다. 그가 남작만 아닐 뿐 어서 가문의 모든 결정권은 자신이 가지고 있다고 몇 번이나 자랑했던 것이다.

"제가 할게요."

그사이, 엘리스가 다가와서 손을 씻더니 에버딘 대신 반죽하기 시작했다. 덕분에 손이 빈 에버딘은 다시 찬장을 뒤져 토마토소스에 넣을 채소와 고기를 찾았다.

그 일련의 행동들이 물 흐르는 듯 이어졌다. 레슬리는 에버딘과 엘리스의 자연스러운 협업을 멍하니 지켜보고 있었다.

아직 어린 엘리스는 능숙하게 에버딘이 넘긴 빵 반죽을 빨래 빨듯 쥐었다 펴기를 반복했다. 그 모습을 보자 레슬리는 자신도 뭔가를 해야겠다는 생각이 들었다.

"뭘 하면 돼요?"

"고기 다져 주실래요?"

미트볼을 만들 거다. 다진 고기를 토마토소스에 넣어서 한번 볶아 면에 얹어도 괜찮지만 에버딘은 이왕이면 그럴듯한 요리를 만들고 싶었다.

그녀는 레슬리가 고기 다질 수 있도록 고기 그라인더를 찾기 시작했다. 하지만 어서 저택의 주방에 그런 건 없었다.

"고기 그라인더 없어?"

에버딘의 질문에 요리사는 팔짱을 낀 채 아무 말도 하지 않았다. 절대 도와주지 않겠다는 태도에 레슬리가 칼을 꺼내며 말했다.

"칼로 다지면 돼요."

고기 그라인더가 없는 집에서는 다들 칼로 다진다. 레슬리 역시 어머니가 일한 저택에서 고기 그라인더가 고장이 나서 칼로 다지는 것을 본 적이 있다.

레슬리가 고기를 다지기 시작하자 요리사는 코웃음을 쳤다. 요리란 힘이 필요한 작업이다. 저 고기를 다 칼로 다지겠다고?

그는 레슬리 역시 에버딘만큼이나 얕보고 있었다. 몇 주 전에 레슬리가 요리사의 휴일에 헥터에게 요리를 해 준 적이 있다.

그때 헥터는 돌아온 요리사에게 레슬리의 요리가 얼마나 끔찍했는지 몇 번이나 이야기했던 것이다. 저 여자 셋이 제대로 된 요리를 할 리가 없지. 그렇게 생각하는 요리사 앞에서 찬장을 뒤지던 에버딘이 투덜거렸다.

"어떻게 된 주방에 앞치마도 없어?"

주방에 앞치마가 없다는 건 행주가 없다는 것 다음으로 말도 안 되는 일이다. 에버딘은 얼룩 하나 없는 요리사의 복장을 보고 인상을 썼다.

앞치마가 없는데 요리사의 옷이 저렇게 깨끗하다는 건 둘 중 하나다. 요리사의 능력이 신이 내린 수준이라 아무것도 튀지 않거나, 요리사가 제대로 된 요리를 하지 않거나.

부디 전자였으면 좋겠다. 에버딘은 깨끗한 면포를 찾아 엘리스와 레슬리의 허리에 감아 주며 생각했다.

만약 요리사의 능력이 정말로 신이 내린 수준이라면 저 정도 건방은 용서해 줄 수 있다.

반죽은 어떻게 됐으려나. 에버딘은 그녀가 물을 약간 많이 넣었던 것 같다고 생각하며 엘리스에게 몸을 돌렸다. 하지만 그보다 먼저 레슬리가 그녀를 불렀다.

"이제 치댈까요?"

어느새 레슬리는 고기를 다 다진 뒤였다. 어쩐지 개운한 표정을 짓는 그녀를 보고 에버딘은 빙그레 웃었다.

빵을 반죽하는 것만큼이나 고기를 다지는 것도 스트레스 해소에 도움이 된다. 에버딘은 소금과 후추를 찾아 다진 고기에 뿌리고 가져온 토마토소스도 한 수저 넣었다.

"저, 저……."

주황색의 토마토소스를 간 고기에 뿌리는 것을 본 요리사가 혀를 찼다. 하지만 이번에도 에버딘은 신경 쓰지 않았다. 레슬리가 고기를 치대기 시작하자 에버딘은 양파를 썰기 시작했다.

덕분에 엘리스의 반죽을 확인하는 걸 잊어버렸다. 손에 달라붙어 떨어지지 않는 스파게티 반죽을 먼저 발견한 건 요리사였다.

그럴 줄 알았다. 그는 엘리스의 반죽이 완전히 엉망인 것을 보고도 아무 말도 하지 않았다. 눈치도 없고 귀하게만 자란 귀족 영애가 스파게티를 만들 수 있을 리가 없지.

에버딘이 이대로 실패하면 요리사는 그 꼴을 보고 크게 비웃어 줄 생각이었다. 물론 그의 주인인 헥터에게 이야기할 거리도 생긴다.

"사장님……."

어떻게든 반죽을 고쳐 보려던 엘리스가 결국 에버딘을 불렀다. 양파를 써느라 눈물을 찔끔이던 에버딘이 그 부름에 고개를 돌렸다.

엘리스가 에버딘을 부르는 소리를 들은 것은 레슬리도 마찬가지였다. 그녀는 어딘지 모르게 기가 죽은 듯한 엘리스의 목소리에 고개를 돌렸다가 질어서 엘리스의 손에 다 달라붙은 반죽을 발견했다.

큰일 났다. 저걸 어쩐담? 당황하는 레슬리의 옆에서 에버딘이 눈물을 닦으며 말했다.

"엘리스, 밀가루 더 넣어."

반죽이 질면 밀가루를 더 넣으면 된다. 되면? 물을 더 넣으면 된다. 아주 간단한 일이다.

하지만 요리사에게는 아니었다. 그는 엘리스가 반죽에 밀가루를 뿌리자 말도 안 된다는 듯 비웃었다.

"일주일 내내 스파게티만 먹으려고?"

"먹으면 되지?"

에버딘은 다 썬 양파를 그릇에 담으며 말했다. 그녀의 태평스러운 대답에 밀가루를 반죽하던 엘리스의 어깨가 풀렸다.

엘리스와 함께 긴장해 있던 레슬리 역시 에버딘의 대답에 어깨를 늘어트렸다. 너무 많이 만들면 이튿날도 먹으면 된다.

간단한 논리에 레슬리는 어쩐지 기분이 후련해지는 것 같았다.

면을 너무 많이 만들면, 이튿날도 먹으면 된다. 적게 만들면 더 만들면 된다.

그건 그렇게 대단한 게 아니었다. 모자라면 더 넣으면 되고 남으면 남겨 놨다가 다음에 쓰면 된다.

그런 간단한 이론이 그녀의 안에서 천천히 퍼져 나갔다. 그동안 헥터의 기분이 상할까 봐, 조금이라도 그의 기준에 맞지 않을까 봐 전전긍긍했던 게 오히려 이상하게 느껴질 정도였다.

아침에 인사를 좀 안 했다고 세상이 무너지지 않는다. 헥터의 기준이 좀 나쁘다고 그녀가 당장 죽지 않는다.

그런데 왜 그렇게 겁에 질려 움츠린 채 헥터의 눈치만 살폈을까.

"맛있어요."

미트볼을 넣은 토마토소스 파스타는 레슬리의 기대보다 훨씬 더 맛있었다. 레슬리는 약간 넓다 싶은 면을 돌돌 말아 입에 넣고 깜짝 놀라서 말했다.

"그럴 리가."

요리사가 콧방귀를 뀌며 중얼거렸지만 레슬리는 일부러 무시했다. 남의 행복을 시기해서 어깃장을 놓는 녀석들은 어디에나 있다.

거기에 끌려다니기엔 눈앞의 음식과 시간이 아깝다.

"먹고 싶으면 먹고 싶다고 말하면 돼."

에버딘은 식당까지 따라와서 세 사람의 식사를 지켜보는 요리사에게 빈정거렸다. 정말 세 사람을 무시하고 관심이 없었다면 처음부터 자리를 떴을 것이다.

그러지 않는다는 게 요리사가 세 사람을 얼마나 의식하는지 알 수 있는 지점이다.

"면은 어때요?"

엘리스가 눈치를 보며 물었다. 너무 질어서 밀가루를 더 넣었던 면이다. 그 질문에 요리사가 끼어들기 전에 에버딘이 재빨리 대답했다.

"맛있어."

물론 면은 요리사가 만드는 것보다 맛있진 않았다. 이건 어쩔 수 없는 문제다. 하지만 먹을 만은 했다.

"내일은 더 맛있을 거예요."

에버딘은 여분의 면을 말리기 위해 걸어 둔 것을 바라보며 레슬리에게 말했다. 원래 면이란 반죽해서 한 번 건조한 뒤 삶는 게 더 쫄깃하고 맛있다.

내일은 더 맛있을 거라는 말에 엘리스의 눈이 반짝반짝 빛났다. 그것을 본 레슬리가 저도 모르게 물었다.

"내일도 같은 걸 먹을 텐데 괜찮아?"

이상한 걸 묻는 사람이다. 엘리스는 그렇게 생각했다. 그녀는 매일 그녀가 만든 맛없는 빵과 묽은 죽을 먹었다. 가게에서 파는 음식을 온전히 하나를 혼자서 다 먹은 건 에버딘의 가게에 와서였다.

"내일은 더 맛있어진다니까요. 아닌가요?"

엘리스의 질문에 레슬리는 저도 모르게 에버딘을 쳐다봤다. 확실히 면은 한 번 건조해서 삶는 게 더 맛있다. 그녀는 자신의 질문 때문에 엘리스가 에버딘의 말을 의심할까 싶어 재빨리 대답했다.

"아니, 맞아. 면은 건조하면 더 쫄깃하거든."

"그럼 오늘보다 더 맛있는 음식을 먹는 거네요."

똑같은 음식이지만 오늘보다 더 맛있는 음식이다. 엘리스의 질문에 레슬리의 얼굴이 굳었다. 그녀는 그렇게 생각해 본 적이 없었다.

하지만 확실히 오늘 먹은 음식은 평소보다 더 맛있었다. 요리사가 만든 것도 아니고 실수도 많았지만 평소에 먹던 요리사의 음식보다 더 맛있었다.

그 이유는 같이 먹는 사람들 때문일 것이다. 레슬리는 그녀가 소금 병을 잡기 위해 손을 뻗자 에버딘이 대신 집어서 건네주는 것을 보고 깨달았다.

헥터와의 식사 시간은 늘 숨 막힐 것 같았고 음식이 어디로 들어가는지조차 알 수가 없었다. 그녀는 늘 헥터의 눈치를 살피며 그에게 부족한 게 없는지 확인해야 했기 때문이다.

하지만 오늘 저녁 식사는 온전히 즐길 수가 있었다. 약간 실수한 면도, 생각보다 훨씬 맛있었던 소스도, 고기는 진리인 미트볼도.

"오늘보다 더 맛있는 음식."

레슬리는 식사를 마치고 방으로 돌아가며 그렇게 중얼거렸다. 별거 아니지만 아주 중요한 것이다. 오늘은 어제와 똑같았고 내일은 오늘과 똑같을 거라 생각했다.

그녀는 평생 남의 시중을 받지 못할지도 모른다.

하지만 오늘까지 헥터의 눈치를 보고 살았다면 내일부터는 그렇게 살지 않을 수 있을지 모른다. 아니, 당장 내일부터는 어렵더라도 한 달 뒤는 어떻게 될지 모른다.

새까맣게 죽어 있던 레슬리의 심장이 다시 천천히 온기를 품고 뛰기 시작했다.

아주 작지만 오늘보다 조금 더 행복할 수 있는 것들. 그녀는 떨리는 자신의 손을 내려다보고 꽉 쥐었다.

어머니처럼 살고 싶지 않아서 헥터와 결혼했다.

평생 동안 살던 커다란 저택을 떠나서 작고 초라한 집에서 쓸쓸하게 눈을 감고 싶지 않았다. 그래서 그녀는 그녀가 다스릴 정도로 큰 집을 원했다.

하지만 그게 잘못된 목적이었던 게 아닐까.

큰 저택에서 죽는다고 과연 그게 쓸쓸한 죽음이 아닐까. 그녀가 죽을 때 과연 헥터가 그녀의 손을 잡아 줄까.

"그럴 리가."

그녀가 생각해도 말도 안 되는 상상에 레슬리의 얼굴에 쓸쓸한 미소가 피어났다. 헥터는 그녀에게 그녀가 바라던 큰 집은 줄 수 있어도 따뜻하고 요란한 죽음은 주지 못할 것이다.

아니, 주지 않을 것이다.

그날 저녁, 레슬리는 아주 중요한 사실을 깨달았다.

어머니처럼 살고 싶지 않았다. 하지만 헥터와 살고 싶지도 않았다.

20

"어서 오세요."

딸랑하고 종이 울리며 문이 열리는 순간 나는 쳐다보지도 않고 인사를 건넸다. 어제오늘 찾아오는 손님이 많아서 매번 쳐다보면서 인사를 할 수가 없다.

나는 도리스가 날 대신해서 손님을 봤기를 바라며 식빵의 포장을 끝마쳤다. 하지만 고개를 들었을 때 가게 안이 조용해져 있었다.

"션?"

왜 이렇게 가게 안이 조용한가 했다. 문 앞에서는 션이 서 있었다. 저렇게 큰 남자가 문 앞에 서 있으면 아무도 못 들어온다.

그렇지 않아도 그를 안으로 들이기 위해 다가가자 문밖에 가게 안으로 들어오지 못하는 사람들이 보였다. 나는 손님들에게 잠시

만 기다려 달라고 손짓하고 선에게 말했다.

"정말 닫는지 확인하러 온 건 아니지?"

곧 거리를 재개발하기 위해 가게를 닫는다는 소식이 퍼졌다. 우리 가게뿐만이 아니라 아이린 아주머니의 주점이나 크리스틴의 의상실, 수잔의 꽃가게도 마찬가지다.

그러자 거리로 사람들이 몰려들었다. 크리스틴에게는 자기 가게에 와서 일을 하라는 권유와 이제 주문을 안 받냐는 질문이 몰려들었다고 한다.

아이린 아주머니도 사 둔 술을 다 팔기 위해 발주를 안 할 생각이었는데 몰려든 손님 때문에 결국 남은 며칠간 팔 술을 또 주문했다고 하소연했다.

물론 즐거움이 가득 담긴 하소연이었다.

나 역시 마찬가지였다. 끊임없이 손님이 몰려들어서 내게 인사를 했다. 물론 빵을 사 주는 건 덤이다. 어제는 빵 모임 사장님들도 찾아왔었다.

이제 내가 한동안 헬름으로 내려갈 생각이라 빵 모임은 내가 새로운 빵을 알려 주는 모임에서 모임 사람들끼리 연구하는 모임으로 성격을 바꿨다.

사미나도 다른 데서 가게를 열 거라면 기사를 써 주겠다고 제안했지. 고마운 일이다.

"어떻게 지내는지 궁금해서."

나는 선의 질문에 대체 무슨 소릴 하는 건가 하고 눈을 찡그렸다.

"우리, 며칠 전에 봤잖아?"

그러고 보니 그때 내가 선에게 뽀뽀를 했지. 그날 그의 냄새가 생각났다. 묵직하면서 시원한 냄새였다. 그리고 내 숨소리도.

어쩐지 쑥스러워서 나는 당황한 얼굴을 감추기 위해 고개를 숙였다. 그리고 재빨리 별거 아닌 척 물었다.

"차 마실 거야?"

차도 많다. 다들 빈손으로 오지 않았다. 손님에게 준 만큼 차가 쌓이고 있었다. 내가 주방으로 들어가자 선이 내 뒤를 따라오며 물었다.

"저택으로 들어갔다고 들었는데."

어서 저택을 말하는 모양이다. 나는 대체 그가 그걸 어디서 들었을지 궁금해하며 찬장을 열었다. 그러자 선이 자연스럽게 찬장에 올려 둔 컵을 집으며 물었다.

"이거?"

"어, 하나 더."

선의 손이 컵 두 개를 동시에 쥐더니 테이블에 내려놓았다. 손, 크네.

전에도 비슷하게 감탄했던 것 같은데 새삼스럽게 감탄스럽다. 나와 도리스가 언제든지 마실 수 있도록 데워 둔 차를 컵에 따라 선에게 내밀며 물었다.

"어떻게 알아?"

"이쪽은 그런 소문이 빠른 편이라."

그러고 보니 에버딘이 죽었다는 소문도 엄청 빨리 퍼졌었지. 나는 어깨를 으쓱하며 농담 삼아 말했다.

"왜? 내가 집에 들어갔대서 걱정이라도 했어?"

"음."

음은 뭐야? 긍정인지 부정인지 모르겠다. 하지만 내가 묻기 전에 그가 먼저 말을 이었다.

"네 집으로 들어간 건 좋은 일이지."

부정이었던 모양이다. 하지만 다음 순간 그가 다시 입을 열었다.

"하지만 네 아버지가 네게 별로 안 좋은 짓을 했다고 해서."

"안 좋은 짓?"

그게 무슨 소리야? 나는 헥터와 만난 적도 한 번밖에 없다. 레슬리를 때렸을 때. 그때 이후로 헥터는 나를 피하기라도 하는 것처럼 저택 안에서 모습을 보이지 않았다.

아마 날 피하는 게 맞겠지. 나는 집을 나갈 용기도 없는 멍청한 남자를 향해 속으로 혀를 찼다.

헥터보다 이십몇 살이나 어리고 여자인 에버딘도 자신의 의견을 관철하기 위해 집을 나갔다. 그런데 아버지라는 작자는 나를 피하느라 아침 일찍 나갔다가 저녁 늦게 들어오면서도 잠은 집에서 꼬박꼬박 자고 있다.

아, 물론 매일매일 세탁물도 엄청나게 내놓고 있다고 들었다.

"세탁비를 엄청나게 내고 있다는 걸 말하는 거라면 맞긴 한데."

어서 저택은 세탁실 하인이 없어서 세탁소를 이용한다. 덕분에 헥터의 세탁물은 고스란히 세탁소의 수입이 되고 있었다.

아, 돈 아까워 죽겠네. 집에 일하는 하인이 여섯 명이나 되는데 개네는 빨래도 안 한다. 그럴 거면 왜 고용해서 돈을 주고 있는 건데? 장식?

나는 장식이라고 하기엔 그리 잘생기지 않은 우리 집 하인들을 생각했다. 그냥 장식품으로 갖다 둬야 한다면 여섯 명 다 해고하고 선에게 여섯 명분의 돈을 다 주고 고용하고 싶다.

물론 선이 그걸 안 받겠지만.

"아니, 그게 아니라……."

선은 거기까지 말하더니 갑자기 내 얼굴을 빤히 쳐다보기 시작했다. 나는 날 뚫어져라 쳐다보는 그의 시선에 당황해서 뒤로 물러났다.

"실례."

내가 당황해서 뒤로 한걸음 물러나자 선이 사과와 비슷한 말을 중얼거리더니 시선을 돌렸다. 어휴, 심장이 벌렁거리네.

남을 빤히 쳐다보는 건 예의에 어긋난다.

그런 의미로 나도 조심해야지. 나는 가끔 내가 멍하니 선을 쳐다봤다는 것을 떠올리며 속으로 고개를 흔들었다.

잠시 고개를 돌렸던 선은 찻잔을 내려놓고 말했다.

"아무래도 헛소문이었던 모양이군."

"뭐가?"

대체 뭔지 나한테 말을 했으면 좋겠다. 할머니가 봤다면 선이 혼자 북 치고 장구 친다고 혀를 찼겠지. 물론 그 전에 이 세계엔 이렇게 잘생긴 놈도 있냐고 감탄하시겠지만.

"아냐."

"뭔데?"

나는 그가 떠나려 하자 재빨리 그의 앞을 막아서며 물었다. 션은 쉽게 나를 밀어 버릴 힘을 가지고 있으면서도 내가 막자 우뚝 멈추더니 다시 내 얼굴을 뜯어보듯 쳐다보기 시작했다.

"아, 뭐냐니까?"

말을 해라, 말을 해. 내 재촉에 내 얼굴을 뜯어보던 션이 한숨을 내쉬었다. 그러더니 어깨를 으쓱하며 말했다.

"네 아버지가 네게 손을 댔다는 소문을 들었거든."

"뭐?"

"뺨에 자국이 났다고."

아, 그래서 그렇게 열심히 내 얼굴을 빤히 뜯어봤던 거군. 그의 행동이 이해가 된다. 나는 괜히 내 뺨을 문지르며 말했다.

"아냐. 헥, 아버지는 나한테 손을 대지 않았어."

하지만 레슬리에게는 손을 댔지. 솔직히 말하면 당장 헤어지라고 말하고 싶었지만 참았다. 레슬리가 내 친구였다면 그 자리에서 노래를 불렀을 것이다.

헤어져! 헤어져! 헤어져!

하지만 그러지 않은 건 내가 헤어지라고 말해도 될지 몰라서였다. 나는 헥터의 딸이고, 어셔의 가주다. 어셔 남작이기도 하지.

내가 레슬리에게 헤어지라고 하는 건 잘못하면 그녀에게 명령으로 들리거나 건방지게 들릴 수 있다. 그건 그녀에게 굉장히 불쾌한 일일 것이고.

"나한테?"

예리하게도 선은 내 말에 눈을 가늘게 뜨며 물었다. 무슨 말이냐는 표정에 나는 가슴 앞으로 팔짱을 끼고 한숨을 내쉬었다.

"그게⋯⋯."

내 아버지가 새어머니의 뺨을 때렸다고 말하는 건 너무 창피한 일이다. 나는 집안일이라고 말하려다가 이미 헥터가 나를 때렸다는 소문이 퍼졌다는 사실을 떠올렸다.

"아버지가 새어머니를 때렸어."

"나와."

"뭐?"

내가 말하자마자 선이 대뜸 나오라고 말했다. 어딜 나가? 비키라는 건가?

나는 이해가 안 돼서 어리둥절한 표정을 지었다. 옆으로 살짝 비켜서기도 했다. 그런데 그는 어쩐지 이를 악문 느낌으로 말했다.

"그 집에서 당장 나와."

내가 아니라 레슬리를 때렸다니까? 그리고 나오라니, 거기 내 집이거든?

"자기 부인에게 손댄 개, 아니, 작자가 딸에게 손을 안 댈 거란 보장이 없어. 나와."

너 지금 헥터를 개 어쩌고로 시작하는 욕으로 부르려고 한 거지? 나는 믿을 수가 없어서 선을 멍하니 쳐다보고 있었다. 그는 갑자기 불안해진 것처럼 손으로 이마를 감싸더니 다시 나를 쳐다보며 말했다.

"톰슨에게 방을 준비하라고 할 테니까. 그 아이들이 신경 쓰인다면 데려와도 좋아."

"아니, 레슬리만 두고 갈 수는 없지."

정말 헥터가 내게도 손을 올릴 거라고 생각한다면 레슬리만 두고 그 집을 떠날 수는 없다. 선은 레슬리가 누구냐는 표정을 지었고 나는 재빨리 덧붙였다.

"새어머니 말이야."

"그럼 그녀도 데려와."

이해할 수 없는 선의 태도에 나는 입을 딱 벌렸다. 진짜로? 헥터가 내게 손댈지도 모르니까 나를 받아 주겠다고? 심지어 내가 돌보는 아이 둘과 새어머니까지?

나는 선을 멍하니 쳐다보다가 말했다.

"그럴 순 없어."

"왜 없어?"

"그 집은 내 집이잖아. 쫓아내려면 헥터를 쫓아내야지 피해자인 사람들이 나가는 게 어딨어."

"그럼 베르트에게 말해서……."

"잠깐, 잠깐."

어휴, 깜빡이 좀 켜고 들어와라. 나는 갑자기 훅 들어오는 선의 제안에 깜짝 놀라서 그의 팔을 잡았다.

그러자 선의 시선이 자신의 팔에 놓인 내 손으로 향했다.

"아, 미안."

나는 얼른 손을 떼며 사과했다. 그리고 물었다.

"베르트한테 말해서 어쩌게?"

"조용하게……."

거기까지 말한 선이 우뚝 입을 다물었다. 조용하게 뭐? 조용하게 뭘 어쩔 건데? 선은 내 표정을 보더니 갑자기 말을 돌렸다.

"그럼 최근에 가게를 찾아온 남자들과 너는 관계가 없는 거지?"

"최근에 가게를 찾아온 남자들? 손님 말하는 거 아냐?"

거리가 임시 폐쇄된다는 소식에 손님은 문 닫는 시간까지 찾아왔다. 그중에 당연히 남자들도 있었고.

내 질문에 선은 다시 입을 다물었다. 아, 진짜.

왜 항상 서두만 꺼내 놓고 본론은 이렇게 뜸을 들이는 건데. 나는 그의 옷깃을 잡고 가볍게 당기며 말했다.

"꼭 그렇게 뜸을 들여야 해? 그냥 바로 말해 주면 안 돼?"

"너랑 상관없는 거면 모르는 게 낫잖아."

그럴 리가 있나!

아니, 그럴 리가 있나? 나는 반사적으로 화를 벌컥 내려다가 멈췄다. 그의 말이 맞다. 나와 상관없는 거면 모르는 게 낫다.

하지만 그 논리에는 아주 큰 허점이 하나 있다.

"그게 나랑 상관없는 건지 어떻게 알아?"

"널 찾아온 게 아니라면 너와 상관없지. 남의 일을 이야기하는 게 내게 이득도 없고."

"뽀뽀라도 해 줘?"

"허비 용병대 용병들이 네 직원을 찾아왔어."

응?

나는 거의 반사적으로 나온 거 같은 선의 말에 눈을 동그랗게 떴다. 얘 지금 내가 뽀뽀해 준다니까 말한 건가? 아니면 그냥 말해 주려고 했는데 우연히 겹친 건가?

아니면, 말 안 하면 뽀뽀한다는 걸로 들었나?

이상한 분위기가 생성됐다. 나는 눈알을 굴리며 슬그머니 그의 옷깃에서 손을 뗐다. 그리고 한 발짝 뒤로 물러나며 물었다.

"누가 도리스를 찾아왔다고?"

"허비. 평이 별로 좋지 않아."

선은 그렇게 말하며 똑바로 섰다.

허비가 어디지? 아이린 아주머니의 주점에 죽치고 앉아 있는 아니, 손님들 덕분에 나는 이 나라에 몇 개의 용병대가 있다는 것을 알고 있었다.

가장 유명한 서쪽 하늘 용병대나, 검은 피 용병대. 그리고 최근 유명해진 용맹한 사자 용병대도 있다. 하지만 허비 용병대라는 곳은 처음 들었다.

내가 처음 듣는다는 표정을 짓자 선이 가슴 앞으로 팔짱을 끼며 설명했다.

"용병이라기보다는 범죄자 집단이야. 단장 이름이 허비라 허비 용병대고. 그들은······."

잠시 생각하던 선이 단어를 골라 말했다.

"의뢰를 가리지 않지."

"용병이 의뢰를 가려 받아?"

내 질문에 선의 입가에 비릿한 미소가 떠올랐다. 가끔 이렇게 악당 같은 표정을 지을 때가 있다. 물론 그것도 끝내주게 잘생겼고 어울린다. 하지만 내 앞에서 하는 건 별로 마음에 들지 않아서 나는 인상을 썼다.

그러자 선이 자기 입가를 한 번 쓸고 말했다.

"그들에게도 규칙이라는 게 있거든."

"아는 사람 의뢰는 무조건 받자, 이런 거?"

선의 눈동자가 붉게 빛났다. 그는 이번에는 어쩐지 나를 귀엽게 보고 있었다. 그리고 나는 그 표정도 마음에 들지 않는다.

"앞으로 네가 모르는 게 나오면 나도 지금 그 표정 똑같이 따라 한다?"

너 빵 만드는 법 알아? 떡 찌는 법은? 막걸리 만들 줄 알아? 내 지적에 선은 피식 웃었다. 그러더니 표정을 가다듬고 말했다.

"전투나 전쟁이 아닌 싸움을 받지 않아. 미성년자와 노약자를 해치는 의뢰도 받지 않지. 기본적으로 범죄는 안 받아."

아니, 그건 당연한 거잖아? 나는 그렇게 말하려다 여기선 그게 당연한 것이 아닐지도 모른다는 생각에 입을 다물었다.

여기선 거리의 치안을 지키는 치안관이 열네 살짜리 소년을 구타하는 게 범죄가 아니라고 했다. 왜냐면 마크는 범죄자니까.

나는 선이 말한 규칙은 꼼꼼히 생각하다가 물었다.

"전투나 전쟁이 아닌 싸움이 뭐가 있어?"

"술집에서 취해서 맞았다고 상대방을 불구가 되도록 때려 달라는 의뢰도 있거든."

"아."

어디나 그런 멍청이들은 있구나. 나는 어이가 없어서 입을 딱 벌렸다. 그리고 다음 순간 허비 용병대는 그런 것들도 가리지 않고 받아들인다는 사실에 인상을 쓰며 물었다.

"허비 용병대는 그런 의뢰도 받는단 말이야?"

"의뢰를 받아 성년이 되기 전의 어느 가문의 후계자를 납치한 적도 있지."

"돈 때문에?"

내 질문에 선은 말하고 싶지 않다는 듯 어깨를 으쓱했다. 나는 잠시 고민하다가 조심스럽게 물었다.

"살았어?"

설마 죽은 건 아니겠지? 괜히 물어봤다는 생각이 불쑥 들었다. 하지만 내가 말하지 말라고 말하기 전에 먼저 선이 대답했다.

"그래. 하지만 아이는 못 만들 거야."

"어, 어떻게 알아?"

생식 능력에 관한 건 굉장히 내밀한 이야기다. 그걸 선이 알고 있다는 게 이상했다. 그의 정보력이 좋긴 하지만, 설마 이 나라는 어느 집 누가 생식 능력이 떨어지는지, 좋은지 다 떠들고 다니나?

"그를 구한 게 베르트거든."

아. 나는 입을 딱 벌리고 멍하니 선을 쳐다보다가 입을 다물었다. 무슨 말을 어떻게 해야 할지 모르겠다. 나는 주제를 바꾸기 위해 다시 물었다.

"그럼 어떻게 돼? 그, 그 남자가 생식 능력이 없어지면 후계자를 못 만드는 거잖아. 후계자는 다른 데서 데려와?"

"음. 보통은 친척을 입양하고. 아니면 작위를 동생이나 삼촌에게 넘기기도 하지."

그리 유쾌한 이야기는 아니다. 나는 인상을 쓰며 의자를 잡아당겨 앉았다. 그러니까 그 남자애를 납치해 달라는 의뢰를 한 의뢰인은 남자애가 죽거나 생식 능력을 잃길 바랐다는 거다.

후계자가 자식을 낳을 수 없게 되면 다음 작위는 그다음 순위로 간다. 즉, 의뢰인은 다음 순위 후계자거나 다음 순위 후계자의 보호자라는 말이다.

계승 싸움이다.

내가 살던 곳에서 그런 건 나와는 상관없는 아주 먼 이야기였다. 재벌들이나 겪을법한, 그런 이야기였다.

여기서도 내가 평범한 사람이었다면 나와는 관계가 없는 이야기였을 것이다. 문제는 에버딘이 귀족이고 남작이라는 점이지.

"어쨌든 허비는 별로 좋지 않아."

내가 죽으면 누가 어서 남작이 될지 생각하는데 선이 주제를 바꿨다. 일단 헥터는 아니다. 그리고 에버딘은 형제자매도 없다. 어머니는 어떨까.

나는 저택으로 돌아가서 에버딘의 어머니가 형제가 있었는지 확인해야겠다고 생각하며 고개를 끄덕였다.

베르트는 믿지 않지만 선은 믿는다. 그가 허비 용병단이 질이 안좋다면 그런 거겠지. 그리고 그자들이 도리스에게 접근한다면 친구로서 그녀의 안전을 확인해야 한다.

나는 선에게 도리스와 이야기해 보겠다고 말하고 의자에서 일어났다. 그러자 선이 눈을 가늘게 뜨며 물었다.

"안 해?"

"뭘?"

내가 여기서 해야 할 게 있나? 어리둥절해 하는 내게 선이 내게 다가오며 당연하다는 듯 말했다.

"뽀뽀 말이야."

어, 진짜로 뽀뽀를 받으려고? 믿을 수가 없어서 멍하니 그를 쳐다보고 있노라니 선이 인상을 쓰며 물었다.

"거짓말한 건가?"

"아니, 그건 아닌데."

뽀뽀를 받고 싶어 할 줄은 몰랐다. 아닌가? 받고 싶은 건 아닌데 내가 준다니까 할 수 없이 받는 건가?

나는 선의 표정을 살피다가 어깨를 으쓱하고 그를 밀어 의자에 앉혔다. 그리고 그의 뺨에 입을 맞추려다 멈췄다.

아, 각도가 안 나오네.

"다리 좀 벌려 봐."

귀찮다고 투덜거릴 줄 알았는데 그는 순순히 내가 들어갈 수 있도록 다리를 벌려 주었다. 나는 선의 어깨를 잡고 천천히 고개를 숙여 그의 뺨에 입을 맞췄다.

여전히 선은 좋은 냄새가 났다. 그리고 여전히 어깨도 단단했고.

나는 그의 어깨를 잡은 채 입술을 떼고 선을 쳐다봤다. 그는 당최 생각을 알 수 없는 표정으로 앉아 있었다.

어쩔 수 없이 받는 건지, 원해서 받는 건지 모르겠네.

"사장님, 손님이……."

그때 도리스가 주방으로 들어오며 말을 걸었다. 응? 나는 선의 어깨에 손을 댄 채 뒤를 돌아보았다. 그러자 도리스가 멈칫하더니 재빨리 뒤로 물러났다.

"누군데요?"

내가 따라가며 묻자 도리스가 붉어진 얼굴로 웅얼거리듯 말했다.

"죄송해요. 공작님이 가신 줄 알고⋯⋯."

"아, 괜찮아요. 이제 슬슬 갈 거예요."

그렇지? 그런 의미로 고개를 돌려 쳐다보자 이미 션은 자리에서 일어나 옷매무새를 다듬고 있었다. 나는 션을 뒷문으로 배웅하고 도리스와 함께 다시 가게로 돌아갔다.

"에버딘 어서 씨입니까?"

정확히 말하면 에버딘 어서 남작이다. 나는 꾸러미를 든 남자에게 고개를 끄덕였다. 가게를 닫는다는 소식에 찾아온 손님인 줄 알았는데 남자는 낯선 얼굴이었다.

그는 꾸러미와 편지를 내밀며 말했다.

"지나가 보내서 왔습니다."

"지나요? 사냥꾼 지나?"

생각하지 못한 이름에 나는 깜짝 놀라서 편지를 펼쳤다. 그 안에는 잘 지내냐는 안부 인사에 이어 내 가게가 폐쇄된다는 소문을 들었다는 내용이 써 있었다.

소문이 잘못된 모양이네. 나는 편지 말미에 사람을 시켜 사냥한 새고기를 조금 보내니 감사의 표시로 받아 달라고 적은 것을 보고 빙그레 웃었다.

꾸러미가 뭔가 했더니 새고기였던 모양이다.

"잠깐 기다려 주실래요? 답장을 쓰고 싶은데요. 전달해 주실 수 있나요?"

내 요청에 남자가 고개를 끄덕였다. 나는 그에게 차와 방금 만든 소시지 빵을 내놓고 지나에게 답장을 적었다. 가게가 폐쇄된다는 건 잘못된 소식이라는 것과 거리를 재개발한다는 것. 그리고 나는 헬름으로 갈 거라는 것까지.

혹시라도 헬름을 지날 일이 있다면 꼭 와 달라는 인사로 끝맺은 뒤 남자에게 편지를 봉해서 내밀었다. 그러자 그는 이상한 표정을 짓더니 물었다.

"이 빵 이름이 뭡니까?"

"소시지 빵이요?"

"이 빵은 여기서만 먹을 수 있나요?"

소시지 빵이 맛있었던 모양이지? 나는 빙그레 웃으며 수도에서 살 수 있는 가게들을 알려 주었다. 덤으로 지나의 편지를 전달해 줘서 고맙다는 의미로 그가 마음에 들어 한 소시지 빵을 몇 개 더 챙겨 준 것은 말할 것도 없다.

"잠깐 이야기 좀 할래요?"

영업이 끝나고, 가게를 정리하면서 나는 도리스에게 말을 걸었다. 아까 선의 이야기를 들어서 그런지 최근 도리스의 태도가 좀 이상했다는 생각이 들었다.

말수가 줄었고 가끔 멍하니 생각에 잠겨 있곤 했다. 그동안은 가게 문을 닫는다니 찾아오는 손님 때문에 정신이 없어서 그런 줄 알았는데.

"이야기요?"

도리스가 내키지 않는다는 표정으로 반문했다. 진짜 무슨 일이 있는 모양인데. 그녀가 나와의 대화를 내키지 않아 하는 걸 처음 봤다.

나는 정리하던 바구니를 내려놓고 진지하게 물었다.

"혹시 무슨 일 있어요?"

"아니요."

이번엔 대답이 너무 빨랐다. 마치 기다렸다는 듯한 대답에 나는 잠시 입을 다물었다.

내게 말하고 싶지 않은 거라면 굳이 캐물 필요가 있을까? 그런 의문이 떠올랐지만 곧 선의 말이 생각났다. 허비 용병대라고 했지.

"사실, 아까 웨스트 공작이 이야기해 줬는데요."

나는 조심스럽게 다시 입을 열었다. 선은 나를 걱정해서 그런 말을 해 준 거다. 그를 고자질쟁이처럼 말하고 싶지는 않았다.

"허비 용병대라는 곳이 있대요. 별로 질이 안 좋은 곳이라고 조심하라고 하더라고요."

"허비 용병대요?"

도리스의 안색이 안 좋아졌다. 역시 허비 용병대를 알고 있는 모양이다. 하지만 거기가 얼마나 질이 나쁜지는 몰랐는지 표정이 영 좋지 않았다.

나는 어떻게 말해야 할지 몰라 잠시 망설이다가 다시 입을 열었다.

"남을 해치거나 범죄 행위도 한다고 하더라고요. 최근에 이 거리에서 봤다고 조심하라는 주의를 들었어요."

그리고 여기까지도 엄밀히 말하면 거짓말이 아니다. 나는 가만히 도리스를 쳐다보다가 그래도 그녀가 말할 기색을 보이지 않자 포기하고 말했다.

"도리스도 조심해요."

내가 할 수 있는 건 여기까지다. 그녀가 아무 말도 하지 않는다면 더 이상 내가 할 수 있는 건 없다.

나는 놓아뒀던 바구니를 들고 몸을 돌렸다. 그때 닫은 가게 문을 누군가 두드리는 소리가 들렸다.

쾅! 쾅! 쾅!

뭐야? 나는 바구니를 든 채로 고개를 돌렸다가 제일 먼저 하얗게 질린 도리스를 발견했다. 반사적으로 그녀가 쳐다보고 있는 가게 문을 쳐다보자 처음 보는 남자들이 문 앞에 서 있는 게 보였다.

"어이, 아가씨."

"문 좀 열어 봐."

누가 들어도 껄렁하고 위협적인 목소리였다. 나는 어서 치안관을 부르라고 말하려고 도리스에게 손을 내밀었다.

이 가게에도 별 이상한 사람들이 많이 찾아왔다. 그럴 때마다 나는 내가 이상한 사람을 상대하는 동안 도리스에게 치안관을 불러오라고 하곤 했다.

하지만 이번에는 달랐다. 도리스는 나를 향해 돌아서더니 심각한 표정으로 말했다.

"에버딘, 올라가요."

"네?"

"이 층으로 올라가요. 제가 상대할게요."

"혹시 아는 사람들이에요?"

나는 설마 하는 생각에 물었다. 저 사람들이 그 허비 용병단인
가?

고개를 돌려보자 남자들은 나와 도리스를 보며 히죽히죽 웃고
있었다. 이럴 때면 내가 션처럼 아주 크고 힘이 셌다면 좋았겠다는
생각이 든다.

그럼 저 남자들을 때려서라도 쫓아낼 수 있을 텐데.

하지만 난 지능이라는 게 있는 인간이고 션 역시 무조건 상대를
힘으로 무조건 제압하지도 않는다.

"사장님."

도리스가 다시 나를 불렀다. 제발 올라가라는 그녀의 간청에 나
는 가만히 그녀를 쳐다봤다. 뭘 어쩌려는 걸까. 저들은 왜 도리스를
찾는 걸까.

"제발요."

끝내 도리스가 내게 애원했기 때문에 나는 어쩔 수 없이 발걸음
을 옮겼다. 하지만 여차하면 달려 나갈 수 있도록 복도에 남았다.

"아, 빨리빨리 좀 열라고."

도리스가 문을 열자마자 남자들이 투덜거리는 소리가 들렸다.
하지만 곧 도리스가 뭐라고 하더니 다시 문이 열렸다 닫히는 소리
가 들려왔다.

"젠장."

나는 재빨리 가게 안을 들여다보고 도리스가 남자들을 가게 밖으로 끌고 나간 것을 확인했다. 몰래 나가서라도 무슨 일인지 들어볼까?

잠깐. 도리스가 그걸 원하지 않잖아. 여기서 도리스가 부탁한 대로 이 층으로 올라가는 게 낫지 않을까. 그게 좋은 사람의 태도일 테고.

하지만 도저히 그럴 수가 없었다. 남자들은 최소 두 명은 되어 보였고 말하는 거나 행동이 별로 좋지 않았다. 만약 선의 말대로 그들이 허비 용병단이라면 그녀 혼자 용병들을 상대하게 둘 수는 없다.

"아, 그래서 언제 갚을 건데?"

결국 후문으로 살짝 빠져나온 나는 도리스와 남자들을 발견하고 벽에 찰싹 붙었다. 맞은편 아이린 아주머니의 주점을 의식했는지 그들은 건물을 측면으로 와서 그림자에 몸을 숨기고 이야기를 하고 있었다.

거리가 있어서 도리스의 목소리는 들리지 않았지만 남자들의 목소리는 띄엄띄엄 들렸다.

"아가씨 여기서 일한다며? 이 집 사장이 아주 부자라던데?"

"아니에요!"

그때까지 나직했던 도리스의 목소리가 높아졌다. 그녀는 소리를 치고 깜짝 놀라더니 다시 목소리를 낮춰 이야기하기 시작했다.

"아, 그럼 여기 사장한테 갚아 달라고 하든가!"

"귀족이라며. 돈도 많을 거 아냐? 그깟 푼돈 정도는……."

두 번째 남자의 목소리가 갈수록 작아져서 잘 들리지 않았다. 하지만 그것만으로도 나는 도리스가 무슨 일로 이야기하는지 알 것 같았다.

도리스가 마이크의 스파이라는 것을 밝혔을 때, 그에게 빚이 있다고 말했던 게 생각났다.

"아, 진짜."

왜 나한테 말을 안 했을까. 나와는 상관이 없는 일이라서? 창피해서?

삐딱한 생각이 머릿속에 제일 먼저 떠올랐다. 어쩌면 내가 도리스와 친하다고 생각하는 것만큼 도리스가 날 친하다고 생각하지 않는지도 모른다.

"아니야."

나는 고개를 저어 기분 나쁜 생각을 털어 냈다. 할머니의 장례식에서 친척들이 내게 보인 태도가 생각났다. 하나같이 과도하게 위로하며 이제부터 혼자서 잘 살아야 한다고 말했었지.

다들 나를 걱정하는 것처럼 말했지만 나는 바보도 아니고 아이도 아니었다. 그들이 무슨 의도로 그런 말을 하는지 금세 알아차렸으니까.

어쩌면 도리스는 내가 그때 그 친척들처럼 굴까 봐 무서웠는지도 모른다.

모든 게 그렇다. 처음부터 기대를 안 하면 실망도 안 하는 법이다.

"그걸로 됐다고 생각하는 거 아니지? 팍, 씨."

그때, 다시 남자들의 소리가 들려왔다. 나는 벽에서 등을 떼고 다시 도리스와 남자들을 쳐다봤다. 도리스가 뭐라고 하자 남자들이 못마땅하다는 듯 건들거리더니 한 명이 몸을 돌렸다.

"다음번까지 준비해 놓으라고. 안 그러면 이 가게를 가만 안 둘 거니까."

"가게는 상관없잖아요!"

다시 도리스의 목소리가 높아졌다. 하지만 남자들은 '퉤!' 하고 건물에 침을 뱉더니 몸을 돌려 떠나 버렸다.

저, 저, 저 그지깽깽이 같은 것들이.

나는 내 가게에 침을 뱉는 남자들이 떠나는 것을 지켜보며 숨을 죽이고 서 있었다. 그리고 도리스가 한참을 남자들을 쳐다보다가 몸을 돌려 천천히 가게 문 쪽으로 간 다음에야 몸을 일으켰다.

어째야 할까. 머릿속이 복잡했다. 마음 같아서는 내가 도리스의 빚을 갚아 주겠다고 말하고 싶다.

하지만 그건 도리스의 자존심을 상하게 할 것이다. 게다가 내가 가지고 있는 돈은 헥터의 배를 갈라도 돈이 안 나올 경우 대신 선에게 갚아야 하는 돈이다.

"이럴 때가 아니지."

나는 내가 아직 건물 밖에 나와 있다는 사실을 깨닫고 벌떡 일어나서 뒷문으로 들어갔다. 도리스가 내가 따라 나왔다는 것을 알면 곤란하다.

다행히 도리스는 가게 쪽에 머물러 있어서 내가 나갔다가 들어왔다는 것을 깨닫지 못한 모양이었다. 나는 복도를 통해서 가게 쪽으로 난 문을 열고 슬그머니 도리스를 쳐다봤다.

"도리스, 괜찮아요?"

그녀는 별일 없었다는 듯 다시 가게 안을 정리하고 있었다. 하지만 당황한 나머지 가게 문에 걸린 닫힘 푯말을 다시 뒤집었는지 닫힘 쪽이 가게 안을 향하는 게 보였다.

"별거 아니에요."

나는 아무렇지 않은 척하는 도리스를 위해 가게 안을 살피는 척 가게 문으로 다가가 푯말을 다시 돌려놓았다. 바깥쪽에서 닫힘이 보이도록.

그리고 도리스를 돌아보며 물었다.

"뭐 도와줄 거 있어요?"

아주 잠깐 도리스의 얼굴이 일그러졌다. 내가 도와줄 수 있는 게 뭐가 있을까. 나는 도리스의 빚을 대신 갚아 줄 수는 없다.

그렇다고 저 남자들과 싸울 수도 없다. 싸우면 안 돼서가 아니라 나는 물리적으로는 저들과 상대가 되지 않을 테니까.

그럼 베르트나 카렌을 고용해 볼까. 거기까지 생각한 나는 금방 카렌의 몸값을 떠올리고 고개를 저었다. 그것도 어렵다.

일단 헥터를 족쳐 볼까. 헥터가 션에게 돈을 갚으면 내가 모은 돈을 도리스에게 빌려줄 수 있다. 그나마 가장 현실적인 방안이 떠올랐을 때 망설이던 도리스가 고개를 흔들며 말했다.

"괜찮아요."

"혼자서 해결할 수 있어요?"

이어진 질문에도 도리스는 망설였다. 안 될 것 같은데.

하지만 내가 도와주겠다고 말하기 전에 그녀는 고개를 저었다.

"제 일이니까 제가 해결할게요. 사장님은 곧 헬름으로 가셔야 하잖아요."

"헬름으로 아주 갈 것도 아니고, 자주 수도로 왔다 갔다 할 거예요."

수도에도 어서 저택이 있다. 게다가 레슬리를 헥터와 단둘이 살게 할 수도 없다. 나는 계속해서 괜찮다는 도리스를 결국 설득하지 못하고 가게를 정리했다.

"오셨어요."

집으로 돌아오자 저택의 사람들이 나를 기다리고 있었다. 하인뿐만이 아니다.

레슬리와 엘리스, 마크도 하인들 앞에 서 있었다. 그것도 저택 밖에서.

나는 나란히 서서 나를 마중하는 사람들을 보고 당황해서 우뚝 멈췄다.

"뭐해요?"

엘리스와 레슬리에게 다가가서 물었다. 마크의 몸이 배배 꼬이는 게 보였지만 모른 척했다. 레슬리는 하인들을 돌아보더니 내게 담담하게 설명했다.

"남작님의 마중을 나온 거예요."

그건 알겠다. 알겠는데.

지금 이 시간에? 그것도 밤에?

이해가 안 된다. 나는 평소 태도가 그리 좋지 않던 하인들까지 똑바로 서 있는 것을 본 후 마크를 쳐다봤다. 그는 내 시선을 받자 그제야 자세를 바로 했다.

"설마 내가 올 때까지 기다린 거 아니죠?"

"오시는 걸 보고 나왔어요."

그것도 별로다. 나는 부담스러운 마음에 재빨리 사람들에게 안으로 들어가라고 손짓했다. 그리고 엘리스에게 슬쩍 물었다.

"얼마나 기다렸니?"

"음, 오래 안 기다렸어요."

"오래 기다렸어."

엘리스와 마크의 대답이 동시에 튀어나왔다. 그리고 엘리스가 그를 돌아보았다. 그러자 놀랍게도 마크가 어깨를 움츠리는 게 보였다.

이거 진짜 이상한 짓이다. 나는 다시 한 번 시간을 확인했다. 마크와 엘리스는 잘 시간이 지났다. 그리고 아침 일찍 일어나야 하는 하인도 이 시간이면 자야 할 것이다.

"레슬리, 잠깐만요."

이걸 레슬리가 시키지는 않았을 거 같은데. 나는 하인들에게 들어가 쉬라고 말한 뒤 레슬리를 잡았다. 물론 엘리스와 마크에게 얼른 가서 자라고 말한 것은 말할 것도 없다.

"네."

레슬리는 아침에 내가 출근할 때보다 훨씬 더 안정된 느낌이었다. 그렇다고 전이 불안정했냐면 그건 아닌데.

뭐라고 설명해야 할지 모르겠다. 어제저녁에 이야기한 것보다 지금이 더 단단하고 심지가 생긴 느낌이었다.

나는 그녀가 내게 출출하지 않냐고 확인하더니 하인에게 차를 가져오라고 지시하는 것을 지켜봤다. 그리고 응접실에 앉아서 이야기를 나눴다.

"아까 그 마중 말인데요. 설마 매일 하는 건 아니죠?"

"어르신께는 매일 해요."

전부터 매일 아침저녁으로 나갔다 들어오는 헥터를 저렇게 온 집안 사람들이 일렬로 서서 배웅하고 마중했다고 한다. 그것도 저택 밖에서.

아주 쇼를 했다, 쇼를 했어.

나는 어이가 없어서 눈살을 찌푸렸다. 호랑이 없는 정글은 여우가 왕이라더니 헥터가 제대로 여우짓을 했다.

"앞으로는 하지 마세요. 다들 바쁜데 그런 짓을 할 필요는 없어요."

"하지만 주인이 외출하는 데 아무도 신경 쓰지 않을 수는 없어요."

그건 그렇긴 하다. 나도 할머니가 나갔다 들어오시면 항상 잘 다녀오셔라, 잘 다녀오셨냐 인사를 했으니까. 그때마다 할머니는 먹고 싶은 게 있냐고 묻거나 날 위해 사 왔다며 호떡 같은 걸 건네주곤 했었다.

이런 거 생각보다 어려운 문제구나. 나는 인상을 쓴 채 어떻게 해야 할지 고민했다. 그때 레슬리가 제안을 했다.

"시간을 정하면 어떨까요. 보통 아침 7시 이전에 나가시는 것과 밤 9시 이후에 들어오시는 건 집사와 시중을 드는 몸종만 하거든요."

그러고 보니 레슬리는 어머니가 집사였다고 했지. 나보다 집안을 다스리는 것을 더 잘 알 것이다. 나는 물끄러미 레슬리를 쳐다보다가 불쑥 말했다.

"레슬리, 나랑 헬름으로 갈래요?"

내게는 나보다 집안을 다스리는 법을 더 잘 아는 사람이 필요하다. 그리고 그건 거리의 상인들이 아닐 것이다. 그들은 이렇게 큰 저택에 살아 본 적도, 귀족도 아니니까.

하지만 레슬리는 아니다. 그녀는 큰 저택에서 자랐고, 그녀의 어머니는 귀족은 아니지만 귀족의 방계 밑에서 일했다고 했다.

내게 지금 당장 꼭 필요한 인재였다.

내 제안에 레슬리의 얼굴에 어리둥절한 표정이 떠올랐다. 그녀는 내가 무슨 소리를 하는지 모르겠다는 표정으로 나를 쳐다보더니 곧 시선을 피하며 말했다.

"남작님, 드릴 말씀이 있어요."

그제야 나는 그녀가 이상할 정도로 내게 존댓말을 쓰고 있다는 것을 깨달았다. 원래도 레슬리는 내게 말을 조심하긴 했다.

하지만 이 정도로 조심하진 않았다. 어제까지만 해도 그녀도 나처럼 예의를 갖추긴 하지만 상대를 어떻게 대해야 할지 모르겠다는 태도였다.

자신이 내 새어머니긴 하지만 입장상 뭔가를 지시할 수는 없다는 것을 아는 태도.

하지만 지금은 내 지시를 따르겠다는 태도였다. 그렇다고 필요 이상으로 굽히는 모습은 아니었다.

무슨 일이라도 있었나? 나는 반사적으로 그렇게 생각했다. 사람이 하루 만에 태도가 바뀐다는 건 무슨 일이 있었다는 거다.

"설마 헥, 아버지가 무슨 짓 했어요?"

그럴까 봐 마크와 엘리스를 일찍 들여보냈다. 혹시라도 헥터가 레슬리에게 또 손을 대려고 하면 당장 나를 부르라고.

하지만 아니었던 모양이다. 레슬리는 고개를 젓더니 말했다.

"아마 마음에 안 드실 수도 있어요."

"뭔데요?"

그때 하인이 차를 가지고 들어왔다. 노크도 없이.

여기도 이러네. 내가 그렇게 생각한 순간 레슬리가 고개를 들며 하인을 힐난했다.

"자네, 뭐 하는 거지?"

"네?"

"다시 들어와."

나는 레슬리가 헬름에서 내가 한 행동과 비슷한 행동을 하는 것을 보고 확신했다. 그녀를 헬름으로 데려가고 싶다.

내가 하인들을 가르치는 건 한계가 있다. 나는 그것 말고도 할 일이 있으니까.

나와 함께 헬름의 하인들을 가르치고 해고하거나 제대로 된 사람을 다시 고용해 줄 사람이 필요했다.

하지만 레슬리는 이미 헥터와 결혼했고 괜찮은 집안의 안주인이
다. 지금 삶에 만족할 수도 있다.

아주 잠깐 머릿속에 헥터가 그녀를 때리는 장면이 떠올랐다. 하,
헥터만 없으면 우리 모두 행복할 거 같은데.

"차입니다."

결국 하인이 다시 나갔다가 노크를 하고 들어와서 차를 내려놓
자 레슬리는 그제야 고개를 끄덕이고 그를 내보냈다. 그리고 직접
내 잔에 차를 따라 주더니 자기 잔에 차를 따르며 말했다.

"어서가를 나가려고요."

어서 가문을 나간다고? 나는 가만히 그녀를 쳐다보다가 말했다.

"집을 나가는 게 아니라 어서 가문을 나간다는 건, 아버지와 헤어
지고 싶다는 말인가요?"

레슬리의 얼굴에 수심이 드리워졌다. 그게 헥터와 헤어지는 것
때문에 그러는 건지, 내게 이런 말을 해야 해서 그러는 건지 모르겠
다.

어쩌면 둘 다인지도 모르고.

"헤어지면 뭐 하려고요?"

나는 찻잔을 들어 올리며 물었다. 내가 레슬리라도 헥터랑은 못
산다. 잘난 거라곤 돈이 좀 있다는 것뿐이잖아. 근데 그 돈도 내 거
지.

나이도 많고 손버릇도 나쁜데 열등감 때문에 온 집안사람을 쥐 잡
듯 잡는 남자다. 결혼 전에야 나이 많은 거 외엔 숨길 수 있었겠지.

솔직히 말하면 나는 레슬리가 사기 결혼을 당했다고 결혼 무효를 주장해도 이해할 수 있다. 혹시라도 헥터를 사기로 고소하고 결혼 무효 소송을 벌이겠다면 증언해 줄 생각도 있다.

내가 헥터의 진짜 딸이 아니라서 그런 건지도 모르지만.

"지금 당장 나가려는 건 아니에요. 이 집 정리도 아직 안 끝났고, 남작님의 액세서리도 찾아야 하니까요."

자기 할 일을 끝내고 가겠다는 거다. 그리고 나가서 어떻게 살지도 생각할 시간이 필요하겠지.

나는 헥터가 레슬리에게 결혼 지참금으로 얼마를 줬을지 잠시 생각했다. 그 허영쟁이라면 상당한 돈을 줬을 것 같다.

아, 쪼잔하니까 안 줬을 거 같긴 한데…… 열등감 덩어리라 레슬리에게 최대한 줬을 거 같기도 하다.

"나가서 지낼 곳은 있고요?"

내 질문에 레슬리는 멈칫했다. 그리고 별거 아니라는 듯 말했다.

"짧으면 두세 달 정도고, 길면 반년 정도일 거예요. 그때까지만 지내도 괜찮을까요."

어떻게 생각하면 집을 구하고 살 방도를 마련하기 전까지 내 집에 머물면서 찾아오겠다는 말이다. 나쁘게 생각하면 그전까지 이 집의 재산을 빼돌리려는 걸 수도 있겠지.

하지만 만약 그랬다면 내게 먼저 헥터와 헤어질 생각이라는 말을 하지도 않았을 것이다.

나는 차를 홀짝이며 레슬리를 쳐다봤다. 그녀는 찻잔을 쳐다보다가 불안한 표정으로 나를 쳐다보기 시작했다.

"내 아버지와 헤어지려는 거잖아요. 내가 당장 나가라고 할 수도 있다는 생각 안 해 봤어요?"

나는 최대한 냉정하지 않게 말도록 노력하며 물었다. 하지만 이런 질문이 냉정하지 않게 들리기란 어렵다.

다행히 레슬리는 이해하는 표정이었다. 그녀는 찻잔을 감싸 쥐더니 진지한 표정으로 말했다.

"당장 나가시라고 하면 당장 나가겠습니다."

그럴 수는 없다. 설령 레슬리가 당장 나간다 해도 나는 그녀를 막을 것이다.

하지만 일단 레슬리가 무슨 말을 하려는지 듣고 싶었다. 내가 아무 말도 하지 않자 그녀는 찻잔으로 시선을 돌리며 말을 이었다.

"어머니께서 솔직한 게 최고라고 하셨거든요."

문득, 할머니가 생각났다. 할머니도 그랬지. 솔직한 게 최고라고.

나는 찻잔을 내려다보고 다시 레슬리를 쳐다봤다.

새삼 그녀의 이런 점이 마음에 든다는 생각이 들었다. 그녀는 자신의 입장을 빨리 파악했고 솔직하게 내 도움을 구했다.

사람은 누구나 자기 살길을 찾아야 한다. 헥터에게 그런 대우를 받았으니 진력이 나서 도망칠 수도 있을 텐데 그런 상황에서까지 뭐가 이득인지 따지는 것도 마음에 들었다.

"레슬리는 내 아버지의 부인인걸요. 당장 나가라고 하면 사람들이 수군거릴 거예요."

아주 잠깐 레슬리의 얼굴에 그건 그렇다는 뜻이 담긴 듯한 표정이 떠올랐다. 나는 차를 한 모금 마시고 찻잔을 내려다본 뒤 내려놓았다.

뭐야, 내가 내린 거랑 비슷하잖아?

웨스트가에서 내온 차는 아주 맛있었다. 쓴맛도 거의 없었고 향도 좋았다. 하지만 어서가의 하인이 내온 차는 내가 내린 것과 비슷했다. 그 말은 끝맛에서 쓴맛이 난다는 뜻이다.

나는 레슬리도 차를 한 모금 마시더니 가볍게 인상을 쓰는 것을 확인하고 다시 입을 열었다.

"이 집에 원하는 만큼 있어도 돼요. 아버지와 헤어지건 헤어지지 않건 상관없어요. 내가 헬름으로 같이 가자고 한 건 당신의 도움이 필요하기 때문이었어요."

"도움이요?"

나는 솔직하게 말할지 말지 고민하다가 솔직하게 말하기로 결심했다. 레슬리도, 레슬리의 어머니도, 그리고 할머니도 말하지 않았는가. 솔직한 게 최고라고.

상대방이 의심이 많다면 내가 하는 말을 어떻게든 의심할 거다. 반대로 솔직한 사람이라면 내 의견을 있는 그대로 받아들이겠지.

"난 집안을 다스릴 줄 아는 사람이 필요하거든요. 혹시 헬름에 가 봤어요?"

당연하게도 레슬리는 고개를 저었다. 그래. 그럴 줄 알았다. 레슬리가 헬름을 가 봤다면 거기가 그 모양일 리가 없다.

나는 노크하는 법도 모르던 집사와 수건을 가져오라는 말에 왜 필요한지도 모르고 산더미만큼 가져오던 하인들을 생각했다.

그들을 다시 가르치려면 집안일을 잘 아는 사람이 필요하다.

"헬름에 있는 하인들이 아주, 음…….

뭐라고 하지? 나는 고민하다가 가장 적당한 단어를 찾아냈다.

"엉망진창이거든요."

"엉망진창이요?"

이건 진짜 보지 않으면 모른다. 나는 잠시 고민했다가 간단하게 말했다.

"거기 집사가 아까 그 하인과 같은 짓을 한다고만 말해 둘게요."

아주 잠깐 레슬리는 내가 무슨 소리를 하는지 모르겠다는 표정을 지었다. 하지만 곧 그녀의 얼굴이 경악으로 가득 차자 나는 뿌듯함까지 느껴졌다.

여기가 엉망 같지? 땡! 저쪽이 더 엉망이지롱! 이런 느낌?

"호, 혹시, 새 집사가 필요하신 건 아니시죠?"

가능하면 새 집사를 구하고 싶긴 하다. 헬름의 집사는 고쳐서 쓸 만할 것 같지가 않거든.

나는 사람은, 특히 남자는 고쳐 쓰는 거 아니라던 할머니의 충고를 떠올리며 말했다.

"괜찮은 사람이 있다면 바꾸고 싶긴 해요."

그러다가 곧 레슬리가 왜 그런 질문을 했는지 깨달았다. 전에 어머니가 집사였는데 집사가 될 생각은 안 했냐고 물어본 적이 있다. 그때 그녀는 할 말이 많은 것 같았지만 그저 그렇다고만 했었지.

어쩌면 집사가 되고 싶지 않았던 건지도 모른다. 나는 허둥지둥 덧붙였다.

"아, 레슬리보고 집사가 되어 달라는 건 아니에요. 새 집사를 구할 때까지만 도와줬으면 좋겠어요. 집안일이나 사람을 부리는 걸 나에게 가르쳐 주면 더 좋고요."

선도 그랬다. 나는 내 사람을 만들어야 한다고. 레슬리가 내 사람이 되길 바라는 건 아니었다. 어쨌든 그는 헥터와 헤어질 생각이니까.

하지만 레슬리가 내게 사람 보는 법을 가르쳐 줄 수는 있겠지.

내 요청에 레슬리는 이상한 표정을 지었다. 어딘가 실망한 것 같으면서 동시에 납득하는 듯한 표정이었다. 그러더니 잠시 생각하다가 물었다.

"언제 내려가실 거예요?"

"일주일 안에요."

곧 가게 문을 닫는다. 그리고 헥터와 선에게 진 빚에 대해 이야기를 해 봐야지. 죽어도 못 낸다고 하면 일단 내 돈을 선에게 주고 헥터에게 어떻게 돈을 되찾을지 궁리 좀 해야겠다.

"그렇게 빨리요?"

당황하는 레슬리를 보니 일주일이 너무 짧은 모양이었다. 하기야 나는 헬름이라는 영지가 있다는 것을 알게 된 후로 계속 거기로 내려갈 준비를 하고 있었다.

하지만 그녀는 아니다. 나는 잠시 고민하다가 말했다.

"난 당신과 아버지를 단둘이 못 놔둬요."

이 집에선 절대 안 된다. 한 번 때렸는데 두 번은 못 때릴까? 레슬리가 헥터를 마주 때릴 수 있다면 모르겠는데 그녀는 아니잖아.

"당분간 괜찮을 거예요. 그 뒤로 아침 일찍 나갔다가 저녁 늦게 들어오시거든요."

그건 나 때문이겠지. 나는 그렇게 말하려다가 말았다. 레슬리와 함께 수도에 좀 더 남아 있다가 같이 내려갈까 하는 생각이 들었지만 그럴 수도 없었다.

헬름은 너무 오래 헥터의 손아귀에 있었고 지난번에 갔을 때 봤던 망해 가던 영지도 신경 쓰였다.

*　　*　　*

"안녕, 카렌."

이튿날, 나는 서쪽 하늘 용병대의 수도 사무실을 찾았다. 베르트 아니면 카렌과 이야기하고 싶다고 했는데 입구에서 얼쩡거리던 용병은 나를 카렌에게 안내했다.

딱히 직원은 없나? 그렇게 생각하는데 카렌이 작은 방에서 척 봐도 용병이 아닌 듯한 여자와 이야기를 하고 있었다.

"이번 달 대금은 이제 끝난 거지?"

"네. 이건 다음 달 대금 예상표고요."

용병단의 재정을 관리하는 직원인 모양이다. 그녀는 몇 가지 더 이야기하더니 내게 인사를 하고 물러났다.

"어서 오십시오, 어서 남작님."

카렌은 문 앞에 서 있던 내게 재빨리 앞의 의자에 앉으라고 하며 인사를 건넸다. 멀쩡하잖아? 분명 어제저녁 늦게까지 그녀와 베르트가 주점에 있는 걸 봤다. 거리를 닫는 게 아쉽다며 늦게까지 술을 마셨다고 들었다.

혹시 베르트는 숙취에 시달리고 있나? 그럴듯한 생각이 떠올랐다. 하지만 나는 숙취는 어떠냐고 묻지 않고 응접실을 가볍게 둘러보았다.

다른 용병대도 이런지 모르겠는데 서쪽 하늘 용병대의 사무실은 깔끔했다. 약간 작긴 했지만 괜찮았다. 내가 둘러보는 것을 보자 카렌이 웃으며 말했다.

"사무실이 있는 용병대는 그리 흔치 않죠."

"그래?"

"보통은 용병 길드에서 의뢰를 받거든요. 용병들은 주점이나 여관에 머물고요."

"하지만 서쪽 하늘 용병대 사람들도 아이린 아주머니의 주점에 머물잖아?"

"맥주 한 잔의 마법이죠."

맥주 한 잔을 공짜로 주는 것 때문이라는 말이다. 심지어 어제는 아이린 아주머니가 그동안 고마웠다고 서쪽 하늘 용병대에게는 술은 공짜로 뿌렸다고 들었다.

아예 술통을 홀에 가져다 놓고 마음껏 가져가서 마시라고 했다고.

그런데도 안주와 식사를 워낙 많이 시켜서 이익이 났다고 들었다. 수잔이 와서 어제 늦게까지 용병들이 있었다면서 이야기해 줬거든.

마지막엔 아이린 아주머니도 피곤하니까 알아서 먹고 치우고 가라고 했단다. 그리고 아침에 나와 보니 그때까지 마시는 놈들도 있었다고.

"그런데, 무슨 일이십니까?"

어제 아이린 아주머니의 주점이 얼마나 난리였는지 수잔에게 들은 것을 떠올리는데 카렌이 진지한 얼굴로 물었다. 그러고 보니 내가 사무실까지 찾아오는 일은 거의 없지.

대체 무슨 일인가 싶을 것이다.

"존을 고용하고 싶은데."

"아, 헬름으로 데려가시려고요?"

"아니야. 수도에 있는 다른 사람을 보호해 줬으면 해."

카렌의 눈동자가 커졌다. 그녀는 나를 물끄러미 쳐다보다가 물었다.

"그립 씨 말입니까?"

그립 씨가 누구지? 나는 잠시 뒤에야 그게 도리스의 성이라는 것을 떠올렸다. 도리스 그립. 그러고 보니 도리스 일도 처리하고 가야 한다.

아, 씨. 갑자기 머릿속이 복잡해졌다. 도리스가 상대하는 허비 용병단도 그리 좋은 놈들은 아니라고 했었다.

위험도만 따지자면 레슬리보다 도리스가 더 위험한 거 같은데. 레슬리에게는 존을, 도리스에게는 다른 용병을 붙여 줘야겠다는 생각이 떠올랐다.

"한 명 더 고용해야 할 거 같아. 존은 내 새어머니인 레슬리 어서 부인을 지켜 줬으면 좋겠어. 그리고 다른 용병이 도리스를 지켜 주고."

"두 명을 고용한다는 말씀이시죠?"

"한 번에 두 명은 안 돼?"

"아니요, 그건 아닙니다만."

잠시 나를 쳐다보던 카렌이 작게 한숨을 내쉬었다. 왜? 뭐가 문젠데? 갑자기 불안해졌다. 그녀는 자리에서 일어나더니 책상을 돌아 내 앞에 다가와서 말했다.

"남작님, 이거 그 두 분께 동의받은 겁니까?"

"두 분? 도리스랑 레슬리?"

"네. 저희가 두 분을 경호하는 걸 그분들이 아십니까?"

아니, 모른다. 분명 도리스는 거절할 것이다. 그리고 레슬리는…… 모르겠다.

내가 아무 말도 하지 않자 카렌이 머리를 쓸어 넘기더니 조심스럽게 말했다.

"남작님, 당사자의 동의가 있어야 해요."

"그냥은 안 돼?"

카렌의 말에 그렇게 질문하자마자 나는 내 실수를 깨달았다. 그걸 도리스와 레슬리가 받아들일 리가 없다. 나도 만약에, 그러니까 션이 나 몰래 날 보호하기 위한 용병을 보냈다면 아주, 아주, 아주 많이 화가 났을 거거든.

왜 하필 예시를 션으로 들었는지 모르겠네.

"아."

나는 두 손에 얼굴을 묻으며 신음을 내뱉었다. 어떻게 해야 할지 모르겠네.

나는 도리스와 레슬리 둘 다 좋아한다. 두 사람이 위험하지 않았으면 좋겠다. 두 사람을 보호하기 위해 돈을 쓰는 것도 각오했는데 문제는 돈이 아니었다.

"어셔 부인은 왜 보호가 필요하다고 생각하시는 건가요?"

카렌의 질문에 나는 잠시 망설이다가 헥터가 그녀를 때렸다는 이야기를 짧게 했다. 그때가 처음이라고는 했지만 내가 없을 때 또 손을 대지 않을 거라는 보장은 없다.

내 설명에 카렌의 얼굴이 험상궂어졌다. 그녀는 화를 참으려는 듯 가슴 앞으로 팔짱을 끼더니 책상에 엉덩이를 대고 기댔다.

그리고 내게 공손하게 말했다.

"어셔 부인은 조건을 바꾸면 될 것 같습니다."

"어떻게?"

레슬리를 헥터로부터 지킨다는 조건을 어떻게 바꾸라는 거야? 레슬리로부터 헥터를 지키라고? 그것도 괜찮을 것 같긴 한데 그걸로 레슬리를 보호할 수 있나?

머릿속에 그럴듯한 생각이 떠올랐다. 하지만 카렌의 생각은 더 기발했다.

"존을 하인으로 고용하시죠."

"응?"

"하인으로 고용하면 남작님의 집에 머물 수 있으니까요."

하인으로 고용해서 헥터가 레슬리에게 손을 대지 못하게 감시하라는 말이다. 그러면 레슬리를 보호하는 게 아니니까 레슬리의 동의도 필요 없다. 또한 내 집에 내가 하인으로 고용하는 거니 헥터도 할 말이 없다.

"괜찮은데?"

그렇게 말하는 순간 내 뒤에서 누군가 불쑥 끼어들었다.

"도리스는 어쩔 건데?"

"엄마야!"

깜짝 놀라서 펄쩍 뛰어오르자 이번에는 누군가 나를 붙잡았다. 악! 넌 또 뭐야! 내가 놀라서 발버둥 치자 익숙한 목소리가 나를 달래 왔다.

"나야."

선이었다. 아, 진짜. 고개를 돌려 보니 내 뒤에서 말을 건 건 위치상 베르트였던 모양이다. 너네는 왜 이렇게 소리도 없이 돌아다녀!

나는 짜증이 나서 저도 모르게 날카롭게 말했다.

"아, 왜 남의 이야기를 몰래 듣고 그래?"

"죄송합니다. 방금 들어왔는데 절 찾으셨다길래……."

입구에 있던 직원에게 베르트나 카렌을 만나고 싶다고 했더니 베르트가 들어오자마자 알려 준 모양이다. 나는 이번에는 선을 노려봤다.

그럼 넌 왜 들어왔어?

내 그런 표정을 읽었는지 선이 덤덤하게 말했다.

"네가 베르트와 카렌 둘 다 이야기하고 싶다고 했다길래 무슨 일인가 해서 왔지."

아무래도 전달한 용병이 뭘 단단히 착각한 모양이다. 용병대의 단장과 부단장 둘 다 보고 싶다고 했으니 선은 내가 엄청난 사건에 휘말릴 줄 알았던 거고.

아, 진짜. 아직도 심장이 벌렁거린다. 나는 자연스럽게 선의 가슴에 머리를 대고 한숨을 내쉬었다. 진짜 깜짝 놀랐다.

"그래서, 도리스는 어떻게 하실 겁니까?"

베르트가 다시 물어왔다. 이 녀석 도리스를 좋아하나? 나는 그가 왜 갑자기 도리스의 안전에 관심을 보이는지 궁금해하며 고개를 들었다.

그러자 베르트가 이어서 말했다.

"내가 그 녀석들을 손봐 주면 어떨까요? 싸게 해 드릴 수 있는데."

"베르트!"

카렌의 호통과 동시에 나는 그가 전에도 허비 용병단과 부딪친 적이 있다는 것을 떠올렸다. 허비 용병단이 납치한 어느 집안 후계자를 구해 줬다고 했다. 그냥 그 녀석들하고 싸우고 싶은 거였냐.

대체 왜 서쪽 하늘 용병단의 단장이 베르트인지 모르겠다. 누가 봐도 카렌 쪽이 더 카리스마 있고 능력도 있어 보인단 말이야.

나는 다음에 그걸 선에게 물어봐야겠다고 생각하며 베르트와 카렌에게 말했다.

"그런 개인적인 싸움은 안 된다면서."

"네? 아뇨. 개인적인 싸움은 상관없습니다. 개인적으로 손봐 주는 게 안 되는 거죠."

카렌이 그렇게 대답한 순간 다시 베르트가 끼어들었다.

"무슨 소리야? 개인적으로 손봐 주는 것도 하잖아. 어제만 해도, 억!"

그는 말을 하다 말고 갑자기 신음을 내뱉으며 주저앉았다. 또 뭐야? 내가 카렌을 쳐다보자 그녀는 이상하다는 듯 베르트를 쳐다보며 말했다.

"왜 그래?"

카렌이 아닌가? 이번에는 선을 돌아봤지만 그는 아까 전부터 내 뒤에 서 있었다. 선이 움직였다면 내가 알아차렸겠지.

심지어 그의 손이 여전히 내 팔을 잡고 있다.

아차. 나는 나 역시 그의 팔뚝에 얹고 있던 내 손을 떼어 내며 한 걸음 물러났다. 그사이 베르트는 자세를 바로 하더니 우물우물하며 말했다.

"아무것도 아닙니다."

나는 어이가 없어서 선을 쳐다봤다. 너네 진짜 이상한 거 알지?

그때 가만히 서 있던 선이 불쑥 말했다.

"네 직원 때문에 그러는 거지?"

정신이 하나도 없다. 나는 방금 전까지 베르트가 허비 용병단과 싸운다는 이야기에서 갑자기 선이 도리스의 이야기로 뛰어넘은 것에 한참 뒤에야 적응했다.

이 용병단 사람들은 알면 알수록 강하고 무섭다기보다는 덜 떨어지는 걸로 보인다니까. 아, 물론 카렌은 빼고.

"어, 음. 사실은 그걸로 너한테도 부탁할 게 있는데……."

도리스는 내가 대신 갚아 주는 걸 절대 받아들이지 않을 것이다. 그러면 내가 도리스에게 돈을 빌려주면 어떨까.

비슷한 것 같지만 다르다. 빌려주는 거니까 도리스에게 돈을 꼭 받을 거거든. 문제는 내가 도리스에게 빌려줄 돈이 없다는 거다.

그래서 생각한 건데 일단 내 돈은 선에게 갚고 다시 도리스에게 빌려줄 돈을 빌리는 거다. 원래는 어제 헥터와 한바탕하려고 했는데 그가 아예 집에 들어오질 않아서 이야기할 수가 없었다.

"좋아."

"좋다고?"

뭘 어쩔 건지 말하지도 않았는데 갑자기 튀어나온 선의 대답에 나는 당황해서 그를 쳐다봤다. 그는 고개를 끄덕이며 말을 이었다.

"내가 빌려줄게."

어, 진짜? 나는 선이 나와 똑같은 생각을 했다는 점을 믿을 수 없어서 그를 멍하니 쳐다봤다. 잠깐, 이거 좋아해야 하는 거야, 싫어해야 하는 거야?

"그럼 갈까."

선과 생각이 통했다는 걸 기뻐해야 할지 말아야 할지 고민하는데 그가 말했다. 어딜 가?

내가 어리둥절한 표정을 짓자 선이 이상하다는 듯 물었다.

"네 직원과 만나야지."

"도리스를 왜?"

"왜라니?"

이제는 선의 얼굴에도 어리둥절한 표정이 떠올랐다. 그는 당연히 도리스와 만나겠다는 모양이었다. 하지만 네가 왜 도리스를 만나?

나는 이해가 안 돼서 말했다.

"돈을 빌리는 건 나잖아? 도리스는 나만 만나면 되지."

그렇지 않아도 도리스는 선을 무서워한다. 굳이 나와 선이 돈을 빌리고 갚는데 그녀가 있어야 할 필요가 없다.

하지만 선의 생각은 달랐다. 그는 인상을 쓰더니 나를 내려다보며 물었다.

"나보고 직원의 빚을 인수해 달라는 거 아니었어?"

"응?"

어어? 그렇게까지 해 주겠다고? 나는 선의 관대한 제안을 믿을 수가 없어서 그를 멍하니 쳐다봤다. 돈을 빌려주는 건 상당히 귀찮은 일이다.

당연하지만 상대가 돈을 갚을 거라는 확신이 있어도 떼어먹힐 수 있다. 그리고 돈을 제때 갚지 않으면 독촉하는 것도 피곤한 일이다.

"어, 그렇게까지 해 주겠다고?"

나는 믿을 수가 없어서 반문했다. 그러자 선의 시선이 베르트와 카렌을 향하더니 다시 나를 쳐다보며 말했다.

"네 직원이라면 확실하겠지. 싫으면 말고."

"어, 아냐, 아냐! 완전 좋아!"

나보단 선이 훨씬 낫다. 솔직히 그렇잖아. 급하니까 내가 나서는 거였다. 앞일을 생각해서라도 나와 도리스 사이에 돈을 빌려주고 받는 것보다 선이 도리스에게 빌려주는 형태가 훨씬 낫다.

그래야 나와 도리스 사이도 깔끔하고.

나는 지체 없이 몸을 돌리는 선의 팔을 끌어안았다. 왜 이러세요,
공작님!

"갈까?"

내가 붙잡은 게 꽤나 기분이 좋았던지 돌아보는 선의 표정은 만
족한 표정이었다. 그도 만족하고 나도 만족하고 도리스도 만족할
테니 이거야말로 트리플 윈ー윈이겠지.

"치안관! 치안관 불러와!"

"아가씨, 괜찮아?"

"총각! 조심해!"

선과 함께 도착한 거리 안쪽은 완전히 엉망이었다. 거리 중반부
터 마차가 진입할 수가 없다는 말에 나는 마차에서 내려 가게로 뛰
어갔다.

어쩐지 안 좋은 기분이 들었기 때문이다.

그리고 그 감이 정확하게 맞았다. 내 가게로 가는 길은 완전히
싸움터가 되어 있었다.

"도리스! 도리스, 괜찮아요?"

나는 사람들을 헤치며 가게 쪽으로 달려갔다. 그리고 가게에서
멀지 않은 곳에 웅크리고 있는 도리스를 발견했다.

"도리스, 괜찮아요?"

내가 몇 번을 물어도 반응하지 않던 도리스는 결국 그녀의 어깨

를 잡고 흔들자 그제야 화들짝 놀라서 고개를 들었다. 다행이다.

나는 도리스의 얼굴을 보고 안도했다. 겁에 질려 있긴 하지만 다치지는 않은 모양이었다.

"사, 사장님……."

나를 보자마자 안도한 모양인지 도리스가 왈칵 눈물을 흘리기 시작했다. 놀랐겠다. 나는 그녀를 일으켜 세우며 위로했다.

"괜찮아요? 이게 다 무슨 일이에요?"

"저, 저 때문이에요."

거기까지 말한 도리스는 두 손에 얼굴을 묻고 울기 시작했다. 이게 왜 도리스 때문이라는 거지?

나는 그녀의 어깨를 감싸 안은 채 뒤를 돌아보았다.

"죽어, 이 자식아!"

"가만 안 둘 테다!"

"악!"

사람들이 둥글게 물러난 빈 공간에서 싸우는 소리가 들려왔다. 뭐야? 왜 갑자기 싸움질이야?

"죄송해요, 저 때문에……."

울던 도리스가 고개를 들고 그렇게 말했을 때였다. 갑자기 나와 도리스 앞에 바다가 갈라지듯 사람들이 양옆으로 갈라졌다.

"악!"

남자 하나가 우리 앞까지 굴러왔다. 나는 내 앞에서 한 바퀴 구른 남자의 얼굴을 보고 그가 어디서 본 남자라는 것을 깨달았다.

"어, 어서 사장님."

남자 역시 나를 알아본 모양이었다. 항상 주점에 죽치고 앉아 있던 서쪽 하늘 용병단의 용병이다. 이름이 뭐더라?

아니, 여기서 왜 싸우는 거냐고 물어봐야 하나? 그렇게 생각하면서 고개를 들자 사람들이 갈라진 틈으로 또다시 익숙한 남자의 얼굴이 보였다.

"어서?"

넌 또 뭐야. 나는 어서 씨도, 어서 사장도, 어서 남작도 아닌 어서라고 나를 부르는 남자의 태도에 인상을 썼다.

그러자 그게 대답이 됐다는 듯 남자가 기분 나쁘게 웃으며 다가왔다.

"잘됐네."

뭐가 잘됐다는 거야? 그렇게 생각하는 것과 동시에 도리스가 나를 잡아당겼다.

"사장님, 도망쳐요."

"네?"

나는 도리스의 말이 이해가 안 돼서 그녀와 남자를 번갈아 쳐다봤다. 왜 도망치라고 하는 거지?

"사장님!"

도리스가 나를 잡아당기며 소리쳤다. 그와 동시에 남자가 나를 향해 달려오기 시작했다.

"어?"

아주 잠깐 얼어붙었던 내 몸은 도리스가 잡아당기는 통에 중심을 잃고 무너졌다. 머릿속이 새하얗게 변했다.

저 남자 왜 저래? 저 손에 든 건 뭐지?

그제야 남자가 손에 뭔가를 들고 있는 게 보였다. 그리고 그게 검이라는 것을 깨달은 것과 동시에 나는 저도 모르게 비명을 질렀다.

아니, 질렀다고 생각했다.

하지만 내 입은 그저 뻐끔거리고 있을 뿐이었다.

미친놈이다!

그런 생각이 머릿속에 스치는 것과 동시에 나는 뒤로 물러나려 애를 쓰기 시작했다. 움직이면 안 되던가?

안타깝게도 나는 이 상황에서 어떻게 해야 하는지 하나도 몰랐다. 사고가 나면 119를 부르면 되고 새벽에 누가 시끄럽게 굴면 112를 부르면 된다.

하지만 대낮에 거리에서 칼을 든 미친놈을 만나면?

"가게! 가게로 들어가요!"

나는 도리스에게 그렇게 외치고 가게 문으로 향해 달리기 시작했다.

하지만 가게 앞에 도착했을 때 이미 남자는 우리보다 먼저 가게 문 앞에 도착해 있었다. 내 걸음이 이렇게 느린 줄 몰랐는데!

어떻게 해야 하지?

저 남자가 노리는 건 나거나 도리스였다. 아니, 아마 내 이름을 불렀으니 나겠지.

내가 도리스에게 일단 여기 있으라고 말하려 했을 때였다. 남자의 뒤에서 선이 나타났다.

'퍽!' 하는 소리와 함께 남자가 앞으로 나동그라지는 게 보였다. 나는 도리스와 함께 손을 잡고 그 모습을 멍하니 지켜보고 있었다.

남자가 넘어지자 선은 그를 한번 걷어찼다. 퍽!

"컥!"

남자의 숨넘어가는 소리가 들렸지만 선은 멈추지 않았다. 그는 다시 남자의 배를 걷어차더니 발만으로 그의 몸을 뒤집었다. 그리고 발끝으로 남자의 뺨을 짓밟으며 그를 내려다봤다.

선의 눈동자가 오싹할 정도로 새빨갛게 빛이 났다. 저런 색이던가? 내가 봤을 때는 항상 열기를 품은 듯한 예쁜 붉은 색이었다.

하지만 지금 선의 눈동자는 달랐다.

"사, 사장님."

그것을 도리스도 봤는지 그녀의 몸이 덜덜 떨리는 게 느껴졌다. 나는 뭐라고 해야 할지 몰라 도리스의 손을 잡은 손에 힘을 줬다.

"가서……."

선이 입을 연 순간 이상한 기분이 들었다. 왜 그런 기분이 들었는지 모르겠다. 그냥 이상했다. 그의 입에서 흘러나오는 말이 형체를 품고 있는 것처럼 느껴졌다.

"선!"

나는 반사적으로 그의 이름을 불렀다. 선은 내 부름을 들은 것처럼 멈칫했지만 여전히 남자의 뺨을 구두로 짓누른 채 그를 쳐다볼 뿐이었다.

다시 한 번, 선이 입을 열었다. 마치 내가 방해한 일을 반드시 하고야 말겠다는 듯이.

"션 웨스트!"

나는 나를 붙잡고 있던 도리스를 뿌리치고 션에게 달려갔다. 그러면서도 여전히 나는 그가 뭘 하려는 건지, 내가 뭘 막는 건지도 몰랐다.

그냥 지금 그가 하려는 일련의 행동들이 매우 기이하고 불길하게 느껴졌다.

내가 션에게 가까이 갔을 때 그는 고개를 숙이고 있었다. 나는 션에게 깔린 남자가 도망칠 수 있음에도 겁에 질려 움직이지 못한다는 것을 확인했다.

"션."

내가 다시 션의 이름을 부르자 그가 한숨을 내쉬는 소리가 들렸다. 그리고 다시 고개를 들었을 때, 션의 눈동자는 내가 알던 그 예쁜 붉은 색으로 돌아와 있었다.

"혼자 돌아다니지 마."

제일 처음 그가 내뱉은 말은 그거였다. 혼자 돌아다니지 마. 위험에 처할 뻔했던 사람에게 하기엔 꽤 괜찮은 힐난이다.

나는 피식 웃으며 그에게 손을 내밀었다.

"그래."

네가 뭔데 그런 말을 하냐, 라거나 너랑 상관없지 않냐는 말이 머릿속을 빙글빙글 돌았지만 지금은 그런 말을 할 때가 아니었다.

어쨌든 션은 이번에도 나를 구해 줬다. 그가 아니었다면 나는 이 남자의 칼에 맞았을지도 모른다.

내가 바닥에 쓰러진 남자에게 시선을 던지자 션이 그러지 말라는 듯 내 손을 움켜잡았다. 그러더니 조심스럽게 물었다.

"다친 곳은?"

없다. 넘어지는 바람에 손바닥이 좀 화끈거리기는 하지만 그건 다쳤다고 할 수 없지. 내가 고개를 흔들자 선이 알겠다는 듯 고개를 끄덕였다. 그리고 내 뒤를 물끄러미 쳐다봤다.

뒤에 뭐가 있나? 나는 그가 뭘 보는지 궁금해서 고개를 돌렸다. 그 순간 발밑에서 둔탁한 소리가 울려 퍼졌다.

퍽!

"뭐……."

"가지."

무슨 소리인지 확인하고 싶었는데 선이 그렇게 두지 않았다. 그는 내 손을 잡은 채 나를 가게 안쪽으로 이끌었다.

"도리스는……."

"그녀는 카렌이 책임질 거야."

내 질문에 그렇게 대꾸한 그는 익숙하다는 듯 나를 데리고 주방으로 들어갔다. 그리고 수도꼭지를 비틀어 물을 틀더니 잡고 있던 내 손을 그대로 물에 가져다 댔다.

"아야."

반사적으로 신음이 흘러나왔다. 선은 놀란 것처럼 내 손을 재빨리 물에서 떼어 내더니 조심스럽게 내 얼굴을 들여다봤다.

"많이 아파?"

"아냐, 놀라서 그래."

진짜로 많이 아픈 건 아니었다. 그냥 순간 따끔해서 놀랐을 뿐이다. 하지만 선은 내 손을 들여다보더니 자기 손으로 수도꼭지에서 흘러나오는 물을 떠서 조심스럽게 내 손바닥에 끼얹었다.

그럴 필요는 없는데. 나는 그렇게 말하려다 내가 언제 이 남자의 수발을 받아 보겠나 싶어서 가만히 있었다. 커다란 손이 내 손을 감싸고 있는 게 기분이 좋았다.

찬물에 닿은 덕에 손바닥의 쓰라림은 많이 사라졌다. 나는 가볍게 까진 손바닥을 확인하고 인상을 썼다.

이 손으로 한동안은 빵을 못 만들겠는데.

〈다음 권에서 계속〉